KB271460

리나가
돌아왔다

리나가 돌아왔다

초판 1쇄 찍은 날 § 2008년 4월 7일
초판 1쇄 펴낸 날 § 2008년 4월 17일

지은이 § 홍윤정
펴낸이 § 서경석

편집장 § 문혜영
편집책임 § 이종민
편집 § 한지윤

펴낸곳 § 도서출판 청어람
등록번호 § 제1081-1-89호
등록일자 § 1999. 5. 31
어람번호 § 제5-0189호

주소 § 경기도 부천시 원미구 심곡1동 350-1 남성B/D 3F (우) 420-011
전화 § 032-656-4452 팩스 § 032-656-4453
http://www.chungeoram.com
E-mail § eoram99@chollian.net

ⓒ 홍윤정, 2008

ISBN 978-89-251-1268-8 03810

Rina's come back
리나가 돌아왔다
홍윤정 지음
도서출판 청어람

CONTENTS

「**잠**깐만!」

　대학 친구이자 한국계 혼혈인인 리버스 페리는 리나의 말이 채 끝나기도 전에 손바닥을 들었다. 그의 표정에서는 별다른 감정이 느껴지지 않았지만 녀석의 따분하고 무료한 시선이 무엇을 의미하는지 잘 아는 리나는 합죽이가 된 듯 입을 다물었다.

　「말하는 중에 끼어들어 미안한데, 궁금한 건 도저히 못 참아서 말이야.」

　그는 일부러 까다롭고 깐깐한 영국식 악센트를 사용하며 리나의 심기를 불편하게 했다. 미국 토박이면서 어디서 저런 억양을 배웠는지 참 신기한 녀석이었다. 머리 좋은 녀석은 뭐가 달라도 달라, 라는 말이 절로 나왔다.

「뭐가 궁금한데?」

리나는 그에게 잘 보이기 위해 상냥한 미소를 지었다. 평소 그녀라면 미소는커녕 주먹을 날릴 테지만, 부탁하는 입장이 되고 보니 상당히 심하게 저자세가 되고 있는 중이었다. 놈에게 잘 보여서 그가 그녀의 계획에 동참하도록 해야 했다.

「아무리 생각해도 이해가 안 되는 부분이 있어서.」

역시 영악한 놈. 리버스는 속지 않는 듯 심드렁한 표정으로 삐딱한 썩소를 지어 보였다. 진땀을 흘리며 리나는 중얼거리듯 물었다.

「구체적으로 어떤 부분인데?」

「너의 그 썬 말이야.」

특유의 거만한 자세로 앉아 있던 리버스가 턱을 움직여 리나의 컴퓨터 화면을 가리켰다. 리나의 컴퓨터 화면에는 디자이너들의 필수 프로그램이랄 수 있는 일명 '옷 입히기' 프로그램이 펼쳐져 있었다. 자신이 디자인한 옷을 가상모델에게 입혀보는 프로그램인데, 모델의 얼굴과 신체사이즈는 디자이너의 재량에 따라 바꿀 수가 있는 아주 유용한 프로그램이었다. 평소 리나는 늘 동일인물의 정보를 입력해 놓는데, 그가 바로 '썬(sun)' 이었다. 김선욱이라는 저 모델은 리나의 오빠로 알려져 있었다. 성(姓)이 다른 오빠. 아주 예전, 부모님이 재혼한 케이스냐고 묻는 리버스에게 리나는 '아니' 라고 대답했었다.

「친오빠가 아니잖아. 어렸을 때부터 좋아했었고.」

「그게 왜 이해 안 돼?」

「왜라니? 몰라서 물어? 어려서부터 좋아했다면 당연히 진즉에 좋아한다고 고백을 했어야지. 네 솔직한 성격에 아직까지 그걸 마음속에 간직하고만 있었다는 게 좀 웃기잖아.」

웃기냐? 나도 웃기다. 리나는 암울한 표정으로 입술을 비틀었다. 그녀의 기분을 눈치 챈 듯 리버스는 눈썹을 치뜨며 어깨를 으쓱했다.

「정말 웃긴다는 게 아니고, 이해가 좀 안 된다는 뜻이었어. 알지? 기분 나빴다면 미안.」

「미안할 거 없어. 웃기다고 느끼는 게 당연해. 나도 이런 내가 답답하고 웃기니까.」

리나는 휴 한숨을 내쉬며 의자 등받이에 풀썩 몸을 기대었다. 그리고 한심한 자신의 처지를 떠올렸다. 열두 살 때부터 십오 년을 좋아해 왔던 남자의 관심을 끊어버리기 위해 약혼까지 위장해야 하는, 정말 기가 막히고 코까지 막힐 처지를. 찬내, 비련의 여주인공이 따로 없었다. 물론 봉리나는 드라마 속 비련의 여주인공과는 전혀 매치가 되지 않는 강인한 '캐릭터'다. 리버스가 의문스러워하는 점도 바로 그 점이었다. 왜 그동안 사랑하는 사람에게 사랑한다고 고백하지 않았는지.

하지만 리나에게도 그럴 만한 사정이 있었다. 모든 일은 정말 운명처럼, 퍼즐이 맞춰지듯 아귀가 딱딱 맞아떨어졌다. 머피의 법칙 같았다고나 할까. 세상의 모든 핸디캡을 압도하는 최악의 핸디캡을 갖고 태어났을 때부터 그녀의 인생은 심하게 꼬이기 시작했다.

부모님 두 분 모두 고아였다는 것이 모든 재앙의 시작이었다. 그녀는 다섯 살밖에 안 된 어린 나이에 뇌종양으로 어머니를 잃었고, 아내를 잃은 아버지는 그 뒤 그녀를 열두 살 때까지 홀로 키웠다. 그리고 초등학교도 졸업하지 않은 어린 딸을 두고 세상을 등졌다. 당시 서른다섯 살밖에 안 된 혈기왕성한 젊은 아빠가 의기를 불태우며 익사 직전의 사람을 둘이나 구하고 정작 자신은 죽어버린 것이다. 때문에 고작 열두 살의 나이로 그녀는 덜렁 세상에 홀로 남겨졌다.

다행히 아버지에 의해 목숨을 건진 두 부부가 리나의 안타까운 사연을 전해 듣고 그녀를 떠맡아주었다. 친절한 부부와 두 오빠 사이에서 그녀는 행복한 아이로 자랄 수 있었다. 큰오빠인 선욱을 사랑하게 된 것만 빼면, 너무나 행복한 시간들이었다. 자신의 처지도 모르고 리나는 그에 대한 사랑을 키워 나갔다. 철모른 채, 대학에 입학하고 성년식을 치르는 즉시 선욱에게 사랑한다는 고백도 해보겠다 앙큼한 결심도 했었다. 하지만 역시나 그녀의 운명은 결코 호락호락하지 않았다.

그녀가 열일곱 살이 되던 해, 선욱의 부모님이 돌아가셨다. 그녀를 친딸처럼 사랑해 주고 키워주었던 그들이 불의의 사고로 세상을 떠버린 것이다. 머피의 법칙. 재수없으면 뒤로 넘어져도 코가 깨진다더니, 리나가 딱 그 경우였다. 당시 대학생이었던 첫째 아들, 선욱은 비통에 빠진 가족과 위기에 처한 집안을 위해 동분서주했다. 당당하게 회사 주주로 일어섰고, 입지를 탄탄히 굳히기 위해 정략적인 약혼에도 동의했다. 리나는 선욱의 발목을 잡는 짐짝이 되어 그가 윤강해와의 정략결혼에 동의하는 걸 지켜봐야 했다. 그런 와중에도 그는 그녀를 유학 보내 공부를 시키는, 모범적인 가장의 모습을 보여주었다.

최악의 핸디캡이었다. 부모님이 둘 다 고아만 아니었더라도, 그녀는 김선욱을 만나지 않을 수 있었다. 사랑하지 않을 수 있었고, 괴롭지 않을 수 있었다. 다른 여자의 남자를 사랑하는 건 옳지 못했고 미친 짓이었다. 그걸 알기에 이런 무모하고 유치하며 멍청한 계획을 세우려는 것이고.

「네 설명에 의하면, 그는 네가 스물두 살 때 약혼했어. 어릴 땐 어려서 선뜻 고백하지 못했다고 치더라도 너에겐 이 년이라는 시간이 있었잖아. 네 성격에, 왜 고백하지 않았던 거야? 그렇게 좋아하면서.」

정식 약혼은 오 년 전에 행해졌지만 실제 결혼 얘기가 오갔던 건 그전부터였다. 리나가 고등학생이었을 때, 선욱의 부모님이 돌아가시고 얼마 후였다. 그때의 일이 떠오르자 리나는 피곤한 듯 한숨을 내쉬었다.

「설명하려면 복잡해. 운이 없었어.」

「복잡해도 난 들어야겠는데. 내 사생활도 포기하고 네 계획에 동조하려면, 사건의 전모 정도는 알고 있어야 한다고 생각해.」

「해주긴 해줄 거야?」

「뭐…….」

그는 그녀의 가짜 약혼자가 되어줄 용의가 있었다. 그의 어머니, 그레이스는 양희정이라는 이름을 가진 토종 한국인이고 그는 검은 머리와 검은―색에 가까운―눈동자를 가진, 하프한국인이었다. 어머니는 늘 한국어에 대한 자긍심을 심어주려 하였고 그에 따른 반강제적인 한국어 교육으로 인해 그는 꽤나 훌륭한 한국어 회화능력을 가지고 있었다. 그녀는 집에서는 늘 한국어를 쓰게 하는 독재를 휘둘렀다. 그와 아버지, 모두에게.

대학 진학과 더불어 그는 그녀의 독재에서 완전히 벗어나게 되었지만 곧 그는 심각한 후유증에 시달리게 된다. 한국과 한국어에 대한 자발적 관심이―Oh, Shit! 세뇌 교육은 이래서 무서운 거다―생겨나기 시작한 거였다. 그래서 결국 석 달 뒤엔 한국에 체류하며 한국문화 탐방의 기회를 가지려는 계획을 세웠었다.

하여튼 그러한 여러 가지 이유로 그는 대학에서 알게 된 이 한국인 친구에게 특별한 호의를 품고 있었다. 동질감이랄까. 비록 절반일 뿐이지만 그에게도 한국인의 피가 흐르고 있었고 그 때문인지 리나는 보통 친구가 아닌 가족 같은 느낌이었다. 게다가 이것저것 느낌도 잘 통하는 편이다. 물론 남녀 간의 감정은 절대 아니다. 봉리나는 오랫동안 김선욱이라는 '오빠'를 연모하고 있었고 리버스도 첫눈에 자신의 심장을 사로잡는 운명의 여자를 기다리고 있었다.

「특별히 돈과 시간과 명예가 깎이는 일이 아니라면.」

「그럴 일은 절대 없어. 맹세해.」

리나는 두 눈을 반짝이며 소리쳤다. 이젠 모든 게 잘되어갈 거라고, 그녀는 속으로 안도하고 있었다. 리나가 결혼을 한다고 하면 선욱은 당연히 그러라고 할 것이다. 그녀의 말이라면 뭐든 다 들어주는 선욱이니까. 리나를 금지옥엽 응석받이로 돌보아 준 선욱은 리나에 대해서는 언제나 무엇이든 OK였다. 지금까지 그가 리나에게 무엇인가를 강요했던 적은 미국으로 유학 보낼 때를 제외하곤 단 한 번도 없었다.

「좋아. 그럼 어떻게 된 건지 얘기해 봐.」

리버스는 한 손으로 턱을 받치며 물었다. 금발로 염색된 머리카락이 창틀 사이로 흘러들어 오는 햇살에 부딪혀 반짝였다. 리나는 한숨을 내쉬며 머리를 터프하게 긁적였다.

「운명이었어. 애초부터 그렇게 되도록 결정이 된 것처럼 아주 자연스럽게 그렇게 되어버렸지. 눈뜨고 보니 썬은 이미 야혼한 몸이 되어버렸고, 난 미국에 와 있더라고.」

「결론만 말하지 말고 과정을 말해봐, 좀. 무슨 소린지 하나도 모르겠다.」

휴— 리나는 조용히 한숨을 내쉬었다. 마음속에만 숨겨놓았던 이 사연을 누군가에게 말한 적이 지금껏 단 한 번도 없었기 때문에 말로 꺼내는 과정이 굉장히 불편하고 힘들었다. 하지만 리버스에게 한국에 체류하는 동안 리나의 약혼자 행세를 해달라고 부탁한 참이니, 이 녀석만큼은 알 권리가 있었다.

　리나는 고개를 숙이고 두 눈을 감았다. 기억은 열두 살 때로 되돌아가고 있었다. 그 푸르른 날, 키가 크고 귀공자처럼 잘생긴 고등학생 김선욱을 처음 만났던 때로.

#1 리나의 귀국에 대처하는 그들의 자세

뭔가에 몰입하려고 애를 쓰면 쓸수록 더 집중력이 흐트러진다는 건 결코 좋은 징조가 아니었다. 그만큼 정신이 산만하다는 것이고 마음속 깊이 불안 요소를 가지고 있다는 것이기 때문이다. 그리고 그 불안감의 정체와 원인에 대해 잘 알고 있음에도 불구하고 집중하지 못한다는 건 더욱 커다란 문제였다. 원인을 알면서도 개선이 불가능하다는 것은 근본적으로 뭔가 많이 잘못되어 있다는 증거였다.

선욱은 초조한 마음을 다스리기 위해 두 눈을 질끈 감았다. 진행 중인 회의 내용에 정신을 모으기 위해 심호흡도 마다하지 않았다. 많은 중진들과 함께 회의를 주제하고 있는 부사장 체면에 이런 흔들림을 내비친다는 건 결코 바람직하지 않았음에도 불구하고 말이다. 그러나 이런저런 노력들은 모두 빠르게 허사로 돌아갔고 결국 그는 무겁게 결론을 내려야 했다.

"오늘은 이것으로 마칩시다."

여러 안건들의 향방이 불투명해지는 순간이었다. 동요하는 임원들의 쑥덕임을 뒤로하고 그는 회의실을 나왔다. 갈지 자로 마구 흔들리는 마음과는 달리 그의 뒷모습은 매우 단호해 보였다. 회의 내용에 불만이 있어 자리를 뜬 듯한 분위기여서 기껏 보고서를 준비하고 브리핑에 열을 올렸던 몇몇 직원들이 땀을 훔쳤다. 여러 사람의 간담을 서늘하게 하고 회의실을 나오는 그의 뒤를 한 여자가 따랐다.

"오빠!"

윤강해다. 또각또각, 구두 굽이 빠른 박자로 복도 바닥을 두드리며 다가오자 선욱은 고개를 꺾어 자신의 약혼녀를 돌아보았다. 빙긋 웃는 그녀는 동그란 이마에 이목구비가 오밀조밀한 얼굴이 매력 포인트인 누가 봐도 썩 괜찮은 아가씨였다. 차분한 언행이 경박스럽지 않고 우아하며 지적인 이미지를 풍기는 데다가 170cm의 늘씬한 외모를 가졌으니 거의 완벽하다고나 할까. 그와 정식으로 약혼하기 전까지 여러 재벌가에서 그녀를 며느리로 들이기 위해 열을 올렸음을 감안하면 선욱에게 강해는 과분한 여자였다.

"무슨 걱정 있어?"

강해는 선욱의 어깨를 잡는다든지, 팔짱을 낀다든지, 하는 친밀감있게 행동하는 대신 조용히 그의 옆에 서서 보조를 맞추어 걷기 시작했다. 할 일 없는 양손으로는 서류를 쥐고 가슴에 안고 있었다. 회사 안이라 직원들 보는 눈도 있고 해서 그런지 강해는 늘 이렇게 거리를 두는 편이었다. 현명하다는 생각에 선욱 역시 회사에선 그녀와 일정한 거리를 두며 사무적으로 대했다.

"오늘 리나 귀국하는 날이라서 그래?"

강해는 그의 눈치를 살피며 묻는다. 언제부터인지 모르지만 강해와 선욱 사이엔 가급적 리나의 얘기를 꺼내지 않는다는 불문율이 생겨 버렸다. 어쩌면 선욱이 리나를 화제 삼아 얘기하는 걸 애써 꺼리고 있음을 강해가 알아채 버린 것일 수도 있음이라. 선욱은 씁쓸한 얼굴로 느슨한 미소를 지었다.

"알고 있었어?"

"그럼, 알고 있지. 얼마나 큰일인데. 공항엔 안 가봐도 돼?"

"지욱이 보냈어."

지욱은 LS그룹에서 홍보팀 일을 맡고 있는 선욱의 동생이다. 최근 들어 연애에 푹 빠지더니 일도 열심이고 형의 말도 투덜대지 않고 아주 잘 듣는 것 같았다. 평소엔 그렇게나 일하기 싫어하더니 역시 사랑은 만병통치약인 건가.

"리나 보고 싶겠다. 정확히 몇 년 만에 들어오는 거야?"

"방학 때마다 들어왔었는데 뭘."

"작년 여름엔 못 봤잖아. 리나가 친구들끼리 배낭여행 간다고

해서. 그 전년도엔 오빠가 일본으로 장기출장 갔었고. 그럼 삼
년 만이네.”

강해는 머리 좋은 티를 팍팍 내며 조목조목 하나하나 따져 말
했다. 그리고 곧 후회했다. 자신의 이런 따지는 듯한 말투가 남
자들에겐 엄청 짜증이라는 소리를 최근 누군가로부터 들었기
때문이다. 평소 때라면 귀 가장자리에도 닿지 않을 소리였건만.
약혼한 지 오 년이 지난 지금까지 약혼자에게 방치된 채 내팽개
쳐진 처지가 되고 보니 모든 게 걱정스럽고 조심스러워지는 그
녀였다.

‘다신 말대꾸 말아야지 다짐해 놓고, 너 왜 이러니, 윤강해?’

강해는 방정맞은 혀를 질끈 깨물며 그의 눈치를 살폈다.

“그랬던가…….”

정작 선욱은 대수롭지 않게 들은 듯 어깨를 으쓱하며 뚜벅뚜
벅 걸었다. 정면을 향해 고개를 들고 걷는 그의 모습은 언제 봐
도 늠름했다. 흔들림없는 지조. 강단. 격조. 당당함. 어른스러
움. 그만의 독특한 남성다움은 모든 남자들을 ‘아이’로 만들기
에 부족함이 없다. 서른세 살의 젊은 나이에 LS라는 거대 기업
의 부사장 자리를 꿰차고 앉을 수 있었던 것도 그의 이러한 풍
모 덕이라 할 수 있었다.

물론 풍모 하나만으로 부사장 자리를 일구어낸 건 아니다. 그
는 부사장이 될 만한 모든 자격 조건을 다 갖추고 있었다. LS그
룹의 창립자 중 한 명인 故김형준 회장의 맏아들이라는 점에서

정통성을 갖추었고, 갖가지 사업기획을 성공시켜 그 자질을 인정받았으며, 김형준의 동업자이자 현 그룹의 수장인 윤석주 회장의 외동딸 윤강해와 혼약을 맺어 그 입지를 굳혔다. 겨우 군대를 제대한 스물세 살의 나이에 고아가 된 이후 끊임없이 스스로를 채찍질해 노력하고 또 노력한 결과라 할 수 있겠다.

"리나는 아주 오는 거래?"

"그래야지. 공부도 끝낸 지 꽤 됐고, 미국에서 사회생활도 해볼 만큼 해봤으니까."

"여기서 일하게 할 거야?"

"당연한 거 아니야?"

고개를 꺾어 그가 강해를 돌아봤다. 그 무심한 시선에 강해는 새삼 섬뜩해지는 걸 느꼈다. 이게 열두 살 때부터 지금까지 십팔 년을 한결같이 사랑해 온 남자이자 오 년 동안이나 약혼 관계를 유지하고 있는 남자의 눈빛이라 생각하니 가슴이 찢어질 듯 아파왔다. 그리고 다시 한 번 냉엄하고 처절한 진실을 마음에 담았다.

'오빠 널 사랑하지 않아, 윤강해.'

그렇다. 그는 강해를 사랑하지 않는다. 그건 꼭, 그가 그녀를 만나면서 단 한 번도 사랑을 입에 올리지 않았기 때문만은 아니었다. 심지어 약혼식 당일조차 출근해 일을 했고, 약혼식이 진행되는 동안 내내 그녀와 눈도 마주치지 않았으며, 약혼식이 끝나자마자 부리나케 다시 회사로 돌아가는 무심함을 보였기 때문만도 아니었다. 오 년 동안 데이트다운 데이트는 손에 꼽을 정도였고, 둘이 나누는 대화 내용의 99%가 회사 일이라는 것 때문만도 물론 아니다. 그런 것들은 연인의 사랑과 관심이 있으면 충분히 극복할 수 있는 문제라고 그녀는 생각했다. 하지만 문제는 바로 그 부분에 있다.

사랑과 관심.

그의 시선에선 그 어떤 애정이나 관심도 느껴지지 않는다. 무덤덤하고 무감흥적인 그 눈빛은 삭막하기 이를 데 없다. 약혼녀인 강해가 옆에 있음에도 그는 늘 외로워 보였고, 다른 생각에 사로잡혀 있는 듯 사색적이었다. 그의 그런 모습들은 공허한 거리감을 낳았고, 그 거리감은 영원히 그를 가질 수 없을지도 모른다는 두려움을 낳았다. 그의 약혼녀이면서도 그의 마음을 차지하지 못하는 자신이 못나게 느껴졌으며 그 때문에 모든 게 초조해지고 있었다. 어떻게, 동생인 리나보다도 더 그의 관심을 받지 못할 수 있을까? 리나를 살뜰하게 챙겨주는 선욱을 보고 있으면 기분이 이상해질 정도였다. 실제로 지금껏 둘 사이를 의심했던 적이 한두 번이 아니었다. 휴, 어쩌다 이렇게 됐을까?

강해가 리나를 처음 만난 건 지금으로부터 십오 년 전. 강해는 중학생이었고, 리나는 겨우 초등학생이었다. 그녀의 아버지는 물에 빠진 선욱네 부모님을 구하려다 목숨을 잃었다고 했다. 또랑또랑한 눈동자에 동그란 단발머리, 깡마른 체구, 너무 울어 퉁퉁 부은 얼굴은 어린애답지 않은 다부진 의연함과 불투명한 미래에 대한 어쩔 수 없는 두려움으로 점철되어 있었다.

그 안쓰러운 첫인상은 그러나 곧, 천진하고 개구쟁이 같은 모습으로 바뀌었다. 이 개월 뒤 강해의 집에 초대 받아 오는 선욱의 가족 속에 그녀가 포함되어 있었던 것이다. 목숨을 살려준 은인의 딸을 자신들이 거두는 것만이 그 은혜에 보답하는 길이라고 선욱네 부모님은 생각했던 모양이었다. 비록 불의의 사고로 끝까지 리나를 책임지지 못하고 돌아가시긴 했지만 그분들의 유지는 아들인 선욱과 지욱이 잘 받들어 리나를 지금껏 동생으로 잘 돌보고 있었다.

그녀의 출현은 강해에게 많은 영향을 미쳤다. 처음엔 그녀도 여동생이 생긴 것 같아 기분이 좋았고, 아껴주고 사랑해 주고 싶은 마음에 잔뜩 기대에 부풀었다. 강해가 형제자매 없는 외동이라 더욱 그랬는지도 몰랐다. 하지만 우연히 선욱의 웃는 얼굴을 목격한 후 그녀의 훈훈했던 마음은 싹 바뀌었다. 리나의 까불대는 모습을 보며 그녀가 귀여워 미치겠다는 듯 웃는 그의 모습은 강해로선 너무나 낯설었다. 그는 강해에게 그렇게 환히 웃어준 적이 없었다.

"걘 내 동생이야. 내 밑에서 일하는 건 당연해."

단호한 어조로 선욱이 다시 한 번 힘주어 말했다. 무표정한 그 얼굴을 올려다보며 강해는 어색하게 웃었다. 그의 심기를 불편하게 하고 싶진 않았다. 어떤 식으로든 약혼자인 그와 불화를 일으키고 싶지도 않았고.

"디자인 전공이니까 우리 홍보팀 쪽으로 넣으면 되겠네."

"이미 조치를 취해놨어. 조금만 쉬고 출근하게 할까 해."

"난 상관없어. 실력도 좋다면서. 우리 회사엔 오히려 도움이 되지."

"지욱이보단 훨씬 나을 거야. 똑똑하고 목표 의식도 투철한 애거든."

뭔들 못마땅하리오. 선욱은 늘 리나에게 관대했다. 동생인 지욱에겐 '더 잘해라, 더 열심히 해라'고 채찍질을 했다면 리나에겐 '그 정도면 잘했다, 다음에 더 잘하면 된다'며 항상 격려해주는 그다. 강해는 초조하게 머리카락을 쓸었다.

"지욱이 말이 나와서 말인데, 걔 말이 정말이야? 리나 결혼한다는 거."

우뚝. 강해의 말이 끝나자마자 선욱이 걸음을 멈추었다. 쭉쭉 뻗던 그의 긴 다리가 반듯한 자세로 섰다. 너무 긴장한 나머지 강해는 꿀꺽, 마른침을 삼켰다.

"지욱이가 그래?"

"응. 인터넷에 올라와 있는 사진 봤어. 오빠도 봤다며."

조용한, 그러나 매섭고 냉철한 시선이 날아와 박혔다. 강해는 저도 모르게 훅, 숨을 들이쉬었다.

"철이 없어서 그래. 잘 타이르면 알아들을 거야."

더 이상의 말꼬리는 허용치 않겠다는 듯 그의 말투는 단호했다. 강렬한 그의 눈빛에 녹아버릴 것 같아 가슴을 졸이며 강해는 바보처럼 말을 더듬었다.

"그래. 나도…… 그렇게 생각했어. 외국인이라니 말이 안 되잖아. 외국에서 생활하다 보니 리나가 잠시, 조금, 그러니까……"

순간 코앞에서 칼바람이 일었다. 휙, 그가 그녀를 지나쳐 사무실을 향해 걸어가고 있었다. 고드름이 뚝뚝 떨어질 것 같은 차가운 냉기에 온몸을 부르르 떨며 강해는 냉큼 그를 뒤따랐다. 힐끗힐끗 지나가는 직원들이 그들을 훔쳐보는 게 느껴졌다. 약혼녀의 보폭은 생각지 않고 혼자 쭉 앞서 걸어가고 있는 선욱과 그의 뒤를 놓치지 않고 따라가려 쫄래쫄래 뛰어야 하는 강해. 직원들 눈에 그들이 어떻게 비쳐질지는 빤했다.

하지만 강해는 상관없다. 어차피 이미 그들의 사이는 회사 내에서도 논란의 대상이 된 지 오래였다. 오 년이나 약혼한 상태에서 더 이상 진전이 없는 그들의 사이를 사람들은 회의적인 시선으로 바라보고 있었다. 그녀의 아버지인 윤 회장마저 선욱과의 결혼은 이제 포기하는 게 낫지 않겠냐는 압박을 해오고 있는 실정이니 더 말해 뭣 하랴. 최근엔 웬 날라리의 사진까지 들이밀며 선을 보라고 종용했다.

그럼에도도 그녀는 선욱을 포기할 수 없었다. 십팔 년인데, 장장 십팔 년을 사랑해 왔던 사람인데, 어떻게 지금 와서 포기할 수 있겠는가. 그녀는 이미 서른 살이다. 다시 새로운 사랑을 하기엔 너무 늦은 나이였다. 십팔 년의 사랑을 뒤로할 만큼 열정적인 사랑에 빠질 확률 또한 제로였다. 그래서 더욱 강해는 리나의 귀국이 두려웠다.

"오빠, 오늘 저녁에……."

"바빠."

그녀의 질문을 끊으며 그가 뒤를 돌아봤다. 부사장실로 들어가기 직전이었다. 바삐 걸어 그의 앞까지 다가간 강해는 흘러내린 머리가닥을 뒤로 쓸며 말했다.

"그래도 리나가 귀국했는데, 어떻게 그냥 말아."

"내일 저녁쯤 시간 내자. 리나도 오늘은 피곤할 거야."

그래. 그런 이유가 있었어. 리나가 피곤하기 때문에……. 왠지 서운한 마음을 애써 숨기며 강해는 어깨를 으쓱하며 빙긋 웃었다.

"그래, 그러겠다. 내 생각이 짧았네."

"……들어가 봐."

"응……."

흐릿한 강해의 말꼬리를 뒤로하고 선욱은 자신의 사무실로 들어섰다. 정장을 멋들어지게 차려입은 여비서가 자리에서 일어나 인사를 건넸다. 인사를 받는 둥 마는 둥, 대충 고개를 끄덕이고 개인 집무실로 들어간 그는 책상 안쪽 푹신한 의자에 풀썩 몸을 묻으며 두 눈을 감았다. 지금쯤 그녀가 도착했을 텐데…….

그는 욱신거리는 눈을 간신히 떠 시간을 확인했다. 역시나 리나가 도착할 시간이 훨씬 지난 시각이었다. 지금쯤 지욱과 만나 집으로 돌아오고 있을 것이었다. 그는 다시 두 눈을 감고 피곤한 눈가를 꾹꾹 눌렀다. 이제 앞으로 어째야 할지 생각해야 했다. 어떻게 해야 이 마음의 동요를 잠재울 수 있을지, 십여 년 동안 스스로도 어찌하지 못한 이 마음을 어찌하면 리나에게 들키지 않을 수 있을지.

머릿속은 며칠 전부터 무겁고 복잡했다. 그녀가 드디어 돌아온다는 말에 그토록 엄격하게 다잡아놓았던 감정이 미친 듯이 울렁거렸다. 동생처럼 아끼고 사랑해 줘야 할 그 아이에게 음심을 품기 시작했던 스무 살, 그때처럼 말이다. 그 거센 감정의 흔적을 그렇게나 오랫동안 지우고 또 지웠건만 여전히 그녀를 향한 남자의 욕구는 그의 몸속에 고스란히 남아 잊혀지지 않고 있었다. 약혼까지 한 몸으로 이런 미친 감정을 아직까지 지우지 못하고 있다니, 자책감이 싸하게 가슴을 물들였다.

"휴!"

한숨을 내쉰 그는 아랫입술을 핥으며 책상을 노려보았다. 더 정확히 말하자면 책상 한구석에 놓여 있는 핸드폰이었다. 회의 때문에 책상에 두고 갔던 휴대폰은 그의 인내를 시험하듯 방긋 웃으며 손짓하고 있었다. 그는 잘근잘근 아랫입술을 깨물며 휴대폰을 집었다. 성마른 행동에서 그의 초조함이 묻어나왔다. 전화를 걸까 말까, 고심하는 흔적이 역력했다. 내려놓을지 말지 한참을 망설이다 결국 그는 통화를 시도했다.

[어, 형!]

전화도 성격대로 받는가 보다. 신호가 가자마자 냉큼 지욱이 전화를 받았다. 손가락을 톡톡 굴려 책상을 두드리며 그는 성마르게 물었다.

"어디냐?"

[어, 여기 주차장. 아까 리나 만났어.]

리나가 도착했으면 했다고 전화라도 해줄 것이지. 기다리는 사람 생각은 하나도 안 하지? 하여튼 지욱은 여친의 일 빼곤 뭐든 대충대충이다. 항상 빈틈을 보이는 미성숙형 인간이 지욱이니 오죽하랴만. 선욱은 지욱의 미덥지 못한 태도가 못마땅해 미간을 찌푸리며 한숨을 쉬었다. 그리곤 욱신거리는 눈두덩을 꾹 누르며 잠시 숨을 골랐다.

"그래, 리나는?"

순간, 선욱의 머릿속은 백지 상태가 되어버렸다. 리나가 보고 싶다는 감정적 굶주림만이 꿈틀거리며 그의 이성을 잠식해 들어왔다. 선욱은 극렬한 감정의 반란을 움켜쥐어 제압하기 시작했다.

"리나?"

운전석에 막 올라탄 지욱은 조수석에 앉아 있는 리나를 흘낏 돌아보며 눈썹을 치떴다. 전화를 받을 건지 말 건지, 당사자인 리나의 의견을 묻는 거였다. 어쩐지 리나는 선욱의 전화를 받기 싫어할 것 같다는 생각이 들었다. 물론 봉리나가 김선욱의 전화를, 그것도 일부러 받지 않는다는 건 평소 때라면 있을 수도 없는 일이다. 하지만 오늘 리나는 매우 저기압이었다. 선욱이 마중 나오지 않은 게 서운한 모양이었다.

속이 상하기도 하겠지. 얼마나 각별한 사이들인데. 선욱이 '회의 때문에 공항에 못 가니 너 혼자 가라' 고 했을 땐 지욱마저도 놀랐다. 너무 뜻밖의 말이었던지라. 어찌 됐든 리나는 지욱의 추측대로 전화를 받지 않으려는 듯 고개를 다급하게 내저었다.

"어…… 화장실 갔어. 곧 올 거야. 오면 전화하라고 할까?"

리나의 눈살이 곱게 찡그려졌다. 지욱은 성(姓)이 다른 여동생의 얼굴을 빤히 바라보며 형의 다음 반응에 귀를 기울였다.

[아니, 됐다. 어차피 집에서 볼 텐데 뭘.]

어째 맥이 쭉 빠져 버린 듯한 목소리다. 지욱은 입술을 삐죽거렸다. 그러게 왜 마중을 안 나와? 리나 성격 몰라서 그랬나?

"음. 뭐, 그렇지. 집에서 봐, 그럼."

[그래, 끊는다.]

"그래."

뚜뚜뚜……. 별다른 인사말 없이 전화가 끊겼다. 지욱은 푸헐, 입방귀를 뀌며 핸드폰 폴더를 접었다. 이 양반, 은근히 귀엽단 말이야. 마중 나오는 것까진 어찌어찌 꾹 자제했지만 그 이상은 못 참겠다는 건가. 목소리라도 듣고 싶어 아주 안달을 하는구만.

"집에서 보재?"

선욱답지 못한 어설프고 서투른 대처에 씩, 웃음을 머금고 있는데 리나가 조심스레 물어왔다. 고개를 기울이며 두 눈을 반짝이는 폼으로 보아 선욱이 뭐랬는지 무진장 궁금한 모양이었다.

'거참!'

지욱은 속으로 콧방귀를 뀌었다. 언제나 느끼는 거지만 김선욱, 봉리나, 정말 짜증나는 인간들이다. 두 사람을 보고 있노라면 일을 꼬고 꼬아 어렵게 만드는 재주가 탁월들 하다는 생각이 아주 절로 들었다. 좋으면 좋은 거고, 만나고 싶으면 만나는 거지. 만나고 싶으면서 왜 안 만나고, 전화를 받고 싶으면서 왜 안 받느냐고.

'하긴, 그런 이상한 성격들이니 일을 이 지경으로 만들어놨지.'

당근 '이 지경'이란, 강해와의 약혼을 말하는 지경이다. 좋아하는 사람 두고 왜 애먼 여자 마음고생을 시키는지 지욱은 아무리 생각해도 선욱을 이해할 수 없었다. 단순무식하기로 소문난 지욱으로선 선욱과 리나의 삐딱선 심리가 짜증날 뿐이었다.

"집에 들어갈 시간은 있나 봐."

지욱은 눈썹을 치뜨며 어깨를 으쓱 끌어올렸다. 워낙 바쁜 몸인지라 아끼는 동생의 귀국에도 마중 나오지 않은 선욱을 비꼰 말이었다. 킥킥, 리나는 지욱 특유의 퉁명 어조에 웃음을 터뜨렸다.

“여전히 바쁜가 보다, 선욱 오빠.”

“세상 일 혼자 다 하고 있지 뭐. 알잖아, 너도.”

시동을 걸며 지욱은 피식 웃었다. 좌우로 고개를 움직이며 후방을 살피는 그는 서서히 주차장을 빠져나갈 준비를 하고 있었다. 리나는 지욱을 따라 빙긋 웃으며 좌석에 몸을 기댔다.

“알지. 꼰대, 김선욱.”

꼰대는 지욱이 어릴 때 입에 달고 다니던 선욱의 애칭이었다. 어른보다 더 어른스러웠던 선욱의 언행을 지욱이 심히 비틀어서 빈정댄 말이었다.

“그래, 꼰대. 지금도 그 꼰대 기질이 여전해서 간섭이 장난 아니다. 가끔은 네가 다 부럽더라. 나도 미국으로 날라 버릴까 욱했던 적이 한두 번이 아니었어.”

“다 오빠를 위해서 하는 잔소리잖아. 그 잔소리 덕에 요즘은 회사에서 잘나간다며.”

“나야 항상 잘나갔지. 예전이나 지금이나.”

거드름 피우듯 지욱이 말한다. 리나는 음산한 표정으로 지욱을 꼬나봤다.

“너무 자신만만한 거 아니야?”

“인마, 나 정도면 됐지. 뭘 더 바라냐? 네 남편감도 나 같은 놈만 데려와 봐라. 넌 그날로 팔자 확 펴는 거니.”

“올케 언니 되실 분도 그렇게 생각하는지 모르겠네.”

“일용이? 당연하지! 걘 내가 하늘인 줄 아는 애야.”

지욱은 여자 친구인 이의령을 일용이라 부른다. 처음 들었을 때는 옆집 강아지를 부르는 듯해 심히 듣기 민망했는데 자주 들으니 요즘은 애틋하고 사랑스럽게 들렸다. 나름 의미도 상당해 지욱답지 않은 닭살유발 속뜻이 있었다. 날마다 하루라도 못 보면 눈이 삐어버린다는.

"하늘이라고? 아니, 요즘 어떤 여자들이 그런 구시대적인 발언을 한단 말이야?"

리나는 목소리를 잔뜩 내리깔고 지욱을 째려보았다. 그러자 그는 핸들을 커다랗게 돌리며 씩 웃었다.

"원래 사랑에는 구시대니 신세대니, 그딴 것들 갖다 붙일 필요가 없는 거거든. 하늘이면 어떻고 땅이면 어때? 어차피 둘이 사랑만 하면 그만인걸."

"오오오! 오빠 멋진걸?"

짝짝! 리나가 크게 손뼉을 치며 감탄한다. 뭐 이깟 것 가지고. 지욱은 괜히 으쓱해지는 기분으로 뻐기듯 고개를 쳐들며 말했다.

"사랑하면 다 철학자가 되느니라."

"오빠 여친, 어떤 분인지 되게 궁금한데?"

"사진 봤잖아. 미니홈피에도 왔다 갔다 왕래하는 것 같더니."

맞다. 요즘 같은 초고속 인터넷 시대에, 멀리 떨어져 있다고 해서 오빠의 여친과 인사 못하라는 법은 없다. 당근 미니홈피에서 인사를 나눴고 자주 왕래를 하고 있다. 지욱과 꽤 진지하게 사귀고 있는 이의령이라는 분은, 나이는 리나보다 두 살 아래지만 꽤 어른스럽고 속이 깊은 것 같았다. 부드럽고 귀여운 인상에 수더분하고 붙임성있는 성격으로 지욱과는 딱 어울렸다.

"그래도 실제로 만나는 거랑은 또 다를 거 아니야."

"그거야 그렇지. 실제로 보면 더 예쁘거든."

"우웩! 웬 닭살."

리나가 오만상을 찡그리며 혓바닥을 쭉 내밀었지만 지욱은 기분이 좋은지 싱글벙글 웃기만 했다.

"뭐야? 그 정도 비위로 견딜 수 있겠냐."

"오빠, 상당히 많이 변했다. 예전엔 그런 말 못했잖아. 토 나온다며."

"예쁘니까 예쁘다고 말하지. 토가 왜 나와?"

"으으으…… 정도가 심한데?"

"너 미국에서 온 것 맞냐? 미국 애들은 알러뷰를 입에 달고 다니더구만. 무슨 이 정도 가지고 야단법석을 떨어?"

"미국 애들은 미국 애들이고, 오빠 오빠지. 오빠가 미국 사람이야?"

"너 미국 놈이랑 사귀잖아. 결혼도 한다며. 그 자식은 너한테 예쁘다는 소리도 안 하냐?"

얼쑤! 내 이런 말 나올 줄 알았지. 리나는 순간, 할 말을 잃고 꿀 먹은 벙어리마냥 침묵하고 말았다. 온몸을 굳힌 채 입만 살짝 벌린 그녀는 리버스에 대해 뭐라 말을 해야 할지 미친 듯이 고민했다. 왜냐고? 그야 지욱을 속이는 건 꽤나 어려운 일임을 잘 알고 있기 때문이다. 남들이 보기엔 단순한 성격의 지욱이 좀 더 쉽게 속을 것 같겠지만, 사실은 이런 타입이 훨씬 예리한 법이다. 아무리 물타기를 해도 직관적인 지욱의 시선을 피하기란 쉽지 않음을 몇 년간 몸소 체험한 바. 어차피 지욱을 속이기 위한 것도 계획도 아닌데 그냥 사실대로 말하는 게 낫지 않을까 싶기도 했다.

"어, 뭐……."

"안 해줘?"

"응? 아, 아니, 그게 아니라……."

아! 대체 어떡해야 하지?

"사진 보니까 아주 죽고 못 사는 것 같던데. 사귀는 사이 아니었어?"

"응……. 아니, 내 말은 그게 맞다는 소린데……."

"결혼까지 할 거라며."

찌르는 듯한 지욱의 말투. 당황한 리나는 얼떨결에 고개를 끄덕이며 대답했다.

"으, 응……."

"결혼은 할 건데 서로 닭살 표현은 안 하고 있다?"

그래. 의외로 지욱이 쉽게 속아줄지도 모른다. 사실 상대가 말하는 대로 받아들이는 것도 어찌 보면 직관적이랄 수 있잖아! 단순하게. 그리고 단순한 건 지욱의 전매특허다. 특별히 지욱이 의문을 가질 사안도 아니니 이대로 구렁이 담 넘어가듯 스리슬 쩍 넘어가게 될지도 몰랐다. 스스로를 열렬히 안심시키며 리나 는 힘주어 대답했다.

"어! 그거야, 바로."

"그게 말이 되냐?"

캑! 이런 깨갱스러운 일이 다 있나.

"결혼할 정도면 그 녀석도 너도 서로를 사랑한다는 건데, 어 떻게 애정 표현이 없을 수 있어?"

"없는 게 아니라 그냥 조금……."

"사실대로 말해라."

잔뜩 목소리를 내리깔고 지욱이 그녀의 말을 가로막았다. 하 여튼 예리하다니까. 리나는 땀이 송골송골 맺히는 듯한 착각에 빠져 슥, 손등으로 이마를 훔쳤다.

"오빠……."

"어떤 게 거짓말이야? 사랑한다는 쪽이야, 결혼한다는 쪽이 야? 아니면 둘 다 거짓말이냐?"

"무, 무슨 거짓말을 한다고 그래? 아니야, 그런 거! 아, 참! 오 빠 결혼은 언제 해? 이의령 씨 졸업하려면 멀었나? 내년인가? 학교 졸업하면 곧바로 할 거야? 아! 이제 보니 선욱 오빠 때문에 못하는 거구나. 선욱 오빠가 빨리 결혼을 해야 오빠도 결혼할 텐데. 선욱 오빠 언제 해? 아직도 계획 없어?"

"귀 따갑다. 딴소리 그만 하고 얼른 대답이나 해."

"뭐, 뭘?"

언제부터 이리 집요해진 거지? 리나와 선욱의 일이라면 늘 알면서도 모르는 척, 대충 넘어가 주던 지욱이었다. 하지만 이번엔 결코 넘어가 줄 것 같지 않았다. 마치 기다렸다는 듯 물고 늘어지는 게 아주 매섭다. 촘촘한 그물에 걸린 물고기마냥 리나의 심장은 마구 파닥거렸다. 그런 리나를 힐끗 곁눈질하며 지욱은 빈정거리듯 물었다.

"사랑하지도 않는데 그냥 결혼 한번 해보고 싶어서, 뭐 그런 소릴 하려는 건 아니겠지?"

"아니야! 그건 절대 아니라고."

지욱의 예상대로 리나는 펄쩍 뛰었다. 뭐가 확실히 있긴 있었다. 아직 확실히 감이 잡힌 건 아니지만 분명 리나는 뭔가를 숨기고 있었다. 그게 뭘까, 지욱은 곰곰이 생각해 보며 운전에 몰두하는 척 대수롭지 않게 물었다.

"그럼 뭔데?"

"아! 진짜 별것 아니야. 오빠는 신경 안 써도 돼."

앓는 소리까지 내며 리나는 울상을 지었다. 아무리 생각해도 지욱에게 사실을 얘기할 수 없을 것 같아서였다. 지욱이 이 사기극에 동참해 줄 것인지의 여부도 미지수인데다가 거짓말인 걸 뻔히 아는 지욱을 앞에 두고 리버스를 사랑하는 척 연기하는 건 도저히 못할 것 같았다.

"오빠란 소릴 말든지. 신경 안 써도 된다는 소릴 말든지. 오빤

데 어떻게 신경을 안 쓰냐?”

“오빠랑은 정말 상관이 없는 일이야.”

“결혼은 인륜지대사다. 어떻게 오빠랑 상관이 없어? 너 나랑 연 끊고 싶냐?”

“오빠아~ 무슨 말을 그렇게 해.”

“아니라고?”

“당연하지. 오빠들이 날 어떻게 키웠는지 누구보다도 내가 더 잘 아는데 어떻게 그래?”

“아는 놈이 그래, 거짓말로 결혼을 하겠다고 해?”

“그건……”

아아―! 어쩌지? 말을 해?

“실망이다. 아무리 피 한 방울 안 섞였어도 십 년 넘게 오빠 동생으로 살았는데, 중요할 땐 신경 쓰지 말라니.”

히익! 리나는 식겁한 얼굴로 지욱을 돌아봤다. 모골이 송연해졌다. 이렇게까지 비약될 줄은 몰랐는데. 뭐야, 이거~!

“아무래도 형한테 말해야겠다. 너 무슨 생각으로 위장 결혼을 하려는 건지 모르겠지만 분명 형이나 내가 나서야 할 것 같으니까. 형은 진작부터 네가 그 미국 녀석과 결혼하면 안 된다고 주장했었어. 알지?”

아이고! 귀국 첫날부터 들통나게 생겼잖아!

“오빠, 선욱 오빠한텐 절대 말하면 안 돼!”

“왜?”

단도직입적인 지욱다운 질문에 리나는 굳어버렸다.

"그, 그러니까……."

"형한테 말할래, 나한테 말할래?"

문제의 사안을 정통으로 꿰뚫고 있는 듯한 지욱의 빌인! 괜히 뜨끔해 리나는 바짝 타는 입술을 슥삭 핥아 올렸다. 박박, 신경 질적으로 머리통을 긁으며 리나는 침을 꿀꺽 삼켰다. 그리고 뚫어질 듯 이쪽을 바라보고 있는 지욱의 시선을 고스란히 다 받아내며 열심히 머리를 굴렸다. 지욱이 다 알게 되었을 때 벌어질, 갖가지 경우의 수를 추려내고 거기에 대비해야 했기 때문이다. 으~ 어쩌다 일이 이렇게 됐담!

"삼십 분 시간 준다. 그 시간이면 거의 집에 도착할 시간이야."

가만. 집? 어느 집?

"여차하면 집이 아닌 회사로 데려가 버릴 테니 그리 알고."

지욱이 거의 반협박을 일삼았다. 그러나 리나는 큰 눈을 더욱 크게 부라리며 물었다.

"집이라니? 어느 집? 우리…… 집? 지금 집에 가고 있어?"

"질문이 왜 그래? 당연히 우리 집이지. 형이 혼자 살고 있는, 바로 그 집."

'그 집'이란 서울 근교에 위치한 그들의 보금자리를 말하는 게 분명했다. 커다란 정원이 앞뒤로 붙은, 너무도 아름다운 그 집은 선욱과 지욱이 태어나고 자란 곳이라 했다. 물론 리나 역시 그곳에 얽힌 행복한 추억이 많았다. 선욱네와 함께 지냈던 기억들 대부분 모두 그곳에서 비롯되고 완성되어졌다. 때문에 행복했던 모든 기억들에는 그곳이 함께하고 있었다. 선욱네 부모님이 돌아가시지만 않았더라도…….

부모님이 돌아가신 아픈 기억 때문에 지욱은 수년 전, 독립해 나가 살고 있었다. 그리고 리나마저 유학을 떠나온 그 집을 지금은 선욱이 홀로 지키고 있는 중이다.

"안 돼! 난 거기로 가면 안 된다고."

"무슨 소리야?"

"난……!"

계획이 있어. 다잡아야 할 마음도 있고, 피해야 할 사람도 있다고!

그 집엔 절대 갈 수 없었다. 사랑하면 안 되는 사람을 사랑하면서, 사랑하지 않는 척하며 한집에, 그것도 단둘이 살아야 하는 고통은 절대 겪고 싶지 않았다.

"빨랑 말해라. 나 참을성 없다는 거 네가 더 잘 알 거야."

리나가 말끝을 흐리자 지욱은 위엄있는 목소리로 경고했다. 리나는 너부나 절망스러운 나머지 두 손에 얼굴을 묻고 소리쳤다.

"오빠를 좋아해!"

#2 첫 단추 장전 실패

그로부터 두 시간 뒤, 리나는 리버스의 아파트 욕실에서 샤워를 하고 있었다. 지구를 반 바퀴나 돌아오는 동안 쌓인 피로로 인해 몸과 정신은 이미 녹초가 되어 있었으나 기분만은 최상. 회색분자 지욱을 성공적으로 포섭했다는 포만감에 마음이 다 들떴다.

지욱의 반응은 정말 놀라웠다. 제정신이냐며 통박을 줄 거라 생각했던 그의 두 눈은 어쩐 일인지 호기심 가득에, 반짝반짝 모드가 되어 그녀의 계획에 관심을 보였다. 오늘의 지욱만 봐서는 리나가 선욱과 이어지길 바라는 것처럼 보이기도 했다. 물론 그럴 리는 없다. 그는 강해의 오랜 친구였다. 태어날 때부터 알고 지내온 사이라 친분 또한 감히 리나가 범접할 수 없을 정도로 두터웠다. 리나는 두 시간 전 지욱과 나누었던 대화를 꼼꼼히 되짚어보았다.

"나도 너 좋아해."

그녀가 '오빠를 좋아해'라고 소리치자 멀뚱한 얼굴로 지욱이 한 말이었다. 뭔 뜬금없는 좋아타령인지 알 길이 없다는 듯 심드렁한 표정이었다. 그녀는 시뻘게진 얼굴로 소리쳤다.

"내 말은, 선욱 오빠를 사랑한다고. 남자로 보인단 말이야."

"김선욱이 남자로 보인다고? 봉리나 눈에? 하핫! 그~래?"

"지금 웃음이 나와? 농담 아니라고. 심각해. 오래전부터 짝사랑해 왔단 말이야."

"짝사랑인지 아닌지는 두고 봐야 아는 일이지."

"그게 무슨 뜻이야?"

"이 재미있게 됐다는 뜻이셔. 그건 그렇고, 형을 좋아한다면서 갑자기 결혼은 왜 한다고 했어? 아참, 그거 위장이랬지? 뭐야? 그럼 어떻게 할 작정인데? 질투라도 유발할 셈이야?"

"미쳤어? 강해 언니가 있는데, 내가 오빠한테 사랑고백이라도 할 거라고 생각해?"

"그럼 그딴 미국 놈은 왜 끌어들인 건데?"

흥미롭다는 생각을 여과없이, 정말 뻔뻔하리만치 역력히 드러내며 지욱은 싱글벙글 웃었다. 남은 죽을 맛인데 웃음이 나오나? 심지어 그는 놀라지도 않았다. 이미 모든 걸 예상하고 있었다는 듯. 사실, 지욱은 이미 그녀의 마음을 눈치 채고 있었는지도 모른다. 몇 년을 함께 동고동락하며 친남매처럼 자라왔으니 모르고 있었다면 그게 더 이상할지도 모르겠다.

하여튼 리나는 모든 걸 설명해 주었다. 뭔가를 할 작정은 아니라고, 그저 선욱에 대한 감정을 추스를 시간과 여유가 필요할 뿐이었고 리버스를 내세워 그 시간을 벌어볼 생각이라고.

선욱은 그녀에게 있어 부모 같은 존재였다. 선욱네 부모님이 돌아가신 이후, 열일곱 살 때부터 지금까지 그녀의 인생 설계는 모두 선욱이 도맡아 처리해 왔다. 그녀는 그가 지시한 대로 착실히 따랐고 지금까지 그에 대한 마음도 잘 숨겨왔었다. 하지만 그건 모두 그들이 떨어져 있었기 때문에 가능한 일이었다. 고등학교를 졸업하고 곧장 미국으로 건너온 그녀가 선욱의 약혼 소식에도 의연할 수 있었던 것도 그래서였다. 그건, 다시 한국에 돌아왔을 땐 선욱에 대한 마음을 들킬 수도 있다는 뜻이기도 했다.

"오빠의 관심을 좀 끊어볼까 하고. 내 옆에 약혼자가 있으면 덜 사랑해 주고 덜 아껴주고 덜 챙겨줄 거 아니야. 그래야 나도 좀 살 것 같아. 오빠에 대한 마음, 이제 접을 거거든."

지욱의 질문에 대한 그녀의 답이었다. 리나가 한국에 돌아오면 책임감 많은 선욱이 또다시 그녀를 막냇동생처럼 아끼고 보호하려 들 게 뻔했고, 리나는 그게 싫었다. 이젠 선욱으로부터 독립이라는 걸 하고 그에 대한 마음을 잘라낼 생각이었다. 그것만이 자신에게 신뢰와 사랑으로 대해준 선욱과 강해를 위해 해줄 수 있는 유일한 배려라고 리나는 생각했다. 그런 그녀에게 지욱은 싱긋 웃으며 말했지. '네가 그런다고 김선욱이 관심을 끊을까?' 라고.

'끊을 거야. 끊겠지, 당연히.'

시무룩하게 속으로 중얼거리며 리나는 수납장에서 커다란 타월을 꺼내 불룩 솟은 가슴 위로 걸쳤다. 타월을 둘둘 말아 젖은 몸을 감싸고 물기가 뚝뚝 흐르는 머리를 수건으로 칭칭 감은 후 욕실에서 나오니 윙— 보일러 돌아가는 소리가 들려왔다. 샤워하기 전에 작동시켜 놓은 보일러가 돌아가면서 바닥도 따뜻하게 온기가 올라오고 있는 중이었다. 리나는 리버스가 빌려준 숙소를 휘 돌아보며 씩 미소를 지었다.

당분간은 이곳에서 머물면서 거처를 알아볼 생각이었다. 그동안 풍족한 유학 생활을 하도록 아낌없이 지원해 주었던 선욱 덕택에 모아두었던 돈이 꽤 되었다. 여러 대회에서 받은 상금과 프리랜서로 일해 벌어두었던 돈까지 합하면 조그만 오피스텔 전세 정도는 얻을 수 있지 싶었다. 일이 주 내로 리버스가 귀국할 예정이긴 한데, 그땐 돈 많은 리버스가 호텔로 들어가서 지내겠다고 했으니 이만 하면 만사형통이었다.

"혼자 사는 게 이런 거구나~"

한 사람이 살면 딱 좋을 작은 아파트 내부를 훑어보며 리나는 빙긋 미소를 지었다. 한정된 공간에 덩그러니 혼자 있다고 생각하니 기분이 꽤 좋아졌다. 억압되어 있던 뭔가가 풀려난 기분이랄까. 한국에선 오빠들의 보호 아래에서, 미국에서는 룸메이트들과 함께 방을 공유하며 지내왔던 리나인지라 그동안 이런 은밀한 자유로움을 그리워했었던 게 사실이었다. 다들 이런 맛에 독립한다고 하는 거겠지?

"그래, 독립하면 좋은 점이 더 많다고."

처량한 신세라는 걸 떠올리지 않으려는 듯 그녀는 자조적으로 중얼거렸다. 빠샤빠샤! 이제부턴 정말 힘을 내야 했다. 선욱도 잊어야 하고 독립도 해야 하고. 할 일이 많았다.

"그런 의미에서 오늘은 나도 속옷을 좀 벗고 자볼까?"

오빠들과 한 지붕 아래에서 생활할 땐 절대 못해본 일이었다. 물론 룸메이트들과 방을 나눠 쓸 때도 그건 마찬가지였다. 쉽사리 훌러덩 옷을 다 벗고 잠자는 건 꿈도 못 꿨었다. 다른 일엔 늘 털털하고 적극적이면서도 격의없는 편인데 꼭 이런 면에선 보수적이며 폐쇄적으로 바뀌게 된다. 아무래도 그건 밥상머리 교육의 산물이 아닐까 혼자 진단을 내리는 리나다. 그러고 보면 확실히 혼자 자유롭게 살아볼 필요가 있다는 생각도 들었다.

"가만, 오늘이 며칠이지?"

젖은 머리를 수건으로 문지르며 리나는 두리번두리번 달력을 찾았다.

"뭐야? 에이. 달력도 없네, 이 집은."

집 안을 구석구석 기웃거리며 리나는 머리를 슥삭슥삭 열심히 비벼 말렸다. 집 안이 훈훈해지는 게 느껴지니 몸의 긴장도 나른하게 풀리는 것 같고. 일찍 잠자리나 들어야겠다는 생각을 하며 리나는 앞가슴에 여민 타월을 풀어 내렸다. 오호~ 혼자 보기에도 민망한 알몸이 훌쩍 드러났다. 으흣, 혼자 진저리를 치며 리나는 침실을 향해 종종종 달려갔다. 풀썩, 침대에 몸을 던질 무렵이었다.

띠리리— 귀에 익숙한 멜로디가 집 안 그득 울려 퍼졌다.

'이건 뭐지? 벨소린가? 경비실 인터폰인가?'

리나는 손에 든 타월로 앞가슴을 가리며 인터폰 화면으로 얼굴을 들이밀었다. 누군가의 옷깃이 슬쩍 보이는 것 같았지만 이내 화면 밖으로 사라지고 화면에는 위층으로 향하는 계단과 앞집 현관문만 흐릿한 흑백으로 영상화되어 있었다. 누굴까? 혹시…… 강도?

"……!"

한국 들어오자마자 강도의 습격을 받는 방정맞은 상상을 하며 리나는 입술을 질끈 깨물었다. 잡상인일지도 모르는데, 하여간 자발없기는. 리나는 생각 끝에 잠시 침묵을 지켜보자는 결론을 내렸다. 가만히 있으면 사람이 없는 줄 알고 그냥 갈 거라는 계산이었지만 불행히도 방문객은 그럴 생각이 전혀 없는 듯 정확히 삼 초 후 다시 벨을 눌렀다.

"……누구세요?"

　육중한 철제 문을 사이에 두고 리나는 퉁명스럽게 물었다. 마음은 두려움으로 가득했으나 목소리는 또랑또랑하니 날을 바짝 세운 거였다. 속은 유약하고 여린 여자지만 겉모습은 목에 칼이 들어와도 눈 하나 깜짝 않는 대담성의 소유자가 바로 봉리나 아닌가. 누군가에게 겁먹는 짓 따위 절대 할 수 없었다.

　"문 열어."

　하지만 묵직하게 떨어지는 명령에는 경악하고 말았다. 허어, 이 목소리는……!

　"선욱 오빠?"

　리나는 냉큼 달려들어 쬐그만 구멍으로 밖을 내다보았다. 자신의 귀가 잘못되지 않은 이상 지금 문밖에 와 있는 사람은 김선욱이었다. 아니, 이 오빠가 여긴 어떻게 알고 왔대? 혹시 지욱이 집주소를 알려준 걸까? 리나는 눈알을 이리저리 움직이며 바깥 동향을 살폈다. 하지만 상대의 얼굴은커녕 옷자락 하나도 확인할 수 없었다. 그는 교묘히 문구멍을 피해 서 있었다.

　"알았으면 이 문 당장 열어."

　문 쪽으로 몸을 기울이고 씹어뱉듯 으르렁거리는 그의 음성은 아주 가깝게 들렸다. 그 얼음장 같은 목소리에는 분노가 적나라하게 드러나 있었다.

　흠칫 놀라 리나는 벌떡 몸을 일으켜 한 걸음 뒤로 물러섰다. 정말 그가 여기까지 왔다니 믿어지지가 않았다. 지금 시간이 대체 몇 시야? 베란다 창문 쪽으로 시선을 돌려보니 바깥은 이미 어둠에 잠겨 있었다. 아마도 대략 열한 시쯤 되지 않았을까? 아니, 뭐가 그리 급해서 이 밤중에 쫓아와?

"빨리 열지 못해?"

한층 높아진 언성으로 그가 위협했다. 리나는 얼른 가출했던 정신을 챙겨 제자리에 되돌려 넣고 두리번두리번 휙휙, 고개를 움직여 옷가지가 들어 있는 트렁크를 찾았다. 어디다 뒀더라? 뭐라도 걸쳐야 하는데. 옷, 옷! 지금 그녀는 알몸이다!

"자, 잠깐만 기다려, 오빠!"

"당장 열지 않으면 부수고 들어갈 테다."

"기다리라고, 좀!"

소파 반대편에 놓인 트렁크를 발견한 리나는 나는 듯 쌩 달려가 잽싸게 티셔츠와 팬티, 반바지를 꺼내 입었다. 물기가 다 가시지 않은 몸을 옷 안으로 끼워 넣으려니 뻑뻑한 게 잘 안 들어갔지만, 어쨌든 그녀는 최대한 빨리 입어보려고 노력의 노력을 거듭했다. 그럴 리 없다는 걸 뻔히 알면서도 자꾸만 선욱이 저 단단한 문을 부수고 들이올 수도 있을 것 같은 생각에 겁이 잔뜩 들어 있었다.

뒤를 계속 돌아 문이 아직 무사히 잘 잠겨 있음을 확인하며 셔츠와 바지를 챙겨 입었을 때였다.

쿵쿵!

이번엔 선욱이 문짝을 주먹으로 두드리기 시작했다.

"헉!"

이게 무슨 황당당황 어리둥절 시추에이션이람? 문을 왜 두드려? 누가 안 열어준댔나? 이 밤중에 대뜸 그녀를 찾아온 것 하며, 문 열라며 시끄럽게 쾅쾅 문을 두드리는 것 하며, 선욱답지 않은 과격한 행동에 리나는 적응이 안 되었다. 저런 건 지욱스러운 일이다. 참을성 없고, 즉흥적이며, 다분히 고압적인 지욱의 특허출원 행동이란 말이다. 대체 뭐가 어떻게 되어가는 거지? 김선욱은 늘 차분하고, 지적이며, 이성적인 남자가 아니냐고. 불과 몇 년 사이에 사람이 저렇게 180도로 바뀌었을 리도 없고.

"빨리 열어! 지금 당장 열라고!"

쿵쿵! 쿵쿵!

잠시 생각에 잠겨 있던 리나는 더욱 소리 높여 소리치는 그의 고함 소리에 퍼뜩 정신을 차렸다. 곧이어 그는 음산한 목소리로 읊조리듯 낮게 중얼거렸다.

"봉리나, 너 그 안에서 무슨 짓 하는 거야?"

후욱, 리나는 급하게 숨을 들이켰다. 나지막한 그의 목소리에 오돌오돌 온몸에 소름이 돋은 것이다. 그의 이런 목소리는 처음 듣는 거였다. 이거 단단히 화가 났나 본데?

'왜? 뭣 때문에?'

뭔지 모르지만 매우 불길한 예감이 리나를 엄습했다. 평소답지 않게 흥분한 선욱을 어떻게 대해야 할지 리나는 전혀 감이 안 잡혔다. 떨리고 긴장된 마음으로 휴, 숨을 내쉬며 리나는 조심스럽게 현관문 앞으로 다가갔다. 빨리 옷을 입느라 브래지어를 안 입었더니 셔츠 위로 가슴 끝이 뾰족 드러났다. 얼른 목에 두르고 있던 수건을 가슴 위로 잘 덮은 후 리나는 현관문을 열었다.

똑, 드륵, 두 개의 자물쇠가 열리고 뒤이어 현관문이 들썩이자 선욱은 재빨리 손잡이를 힘차게 잡아당겼다. 어찌나 세게 잡아당겼던지 반대편 손잡이를 잡고 있던 상대방이 함께 딸려 튀어나올 정도였다.

"아앗!"

리나는 흰 맨발 그대로 앞으로 푹 날아와 꼬꾸라졌다. 선욱이 서 있지 않았다면 아마 바닥에 곧장 메다꽂혔을 것이다. 다행히 선욱 덕분에 시멘트 바닥에 키스하는 꼴불견을 연출하지 않을 수는 있었으나……. 퍽! 그녀는 그의 품속으로 곧장 날아들었다.

"오랜만이다."

빈정거리는 듯한 목소리가 딘숨에 귀에 꽂혔다. 그리고 순시가에 후각을 마비시키는 냄새. 단 일 초 만에 리나는 기겁을 하고 말았다. 남자 냄새였다. 여성을 마비시키는 동물적이면서도 야성적인 냄새. 수컷만이 가지는, 남자 특유의, 코가 아닌 감각으로 느낄 수 있는 사내의 냄새를, 그녀는 온몸으로 자각하고 있었다.

단박에 숨결이 흔들렸다. 리나는 자기도 모르는 새에 얼굴을 붉히고 뒤로 물러났다.

"오빠!"

순간 그녀의 손목을 그가 낚아챘다.

"몇 년 만에 만났는데 반가워하는 척이라도 좀 하지 그래?"

"그게 무슨 소리야? 물론 반갑지!"

손목을 붙잡힌 채 리나는 그를 올려다봤다. 어둡고 음울한 그의 눈동자가 찌르는 듯 그녀를 내려다보고 있었다.

'어라…… 정말 무진장 화났네.'

이건 예정된 시나리오에 없던 거였다. 무슨 경우에도 이성을 잃지 않는 사람이 바로 김선욱인데 대체 이게 어찌 된 일인지 리나마저도 놀라워 정신이 하나도 없었다.

"집 안이 심플하구나. 여기가 네 새 보금자리인 거냐?"

"어? 어, 뭐……."

보금자리란 단어를 붙이긴 좀 그렇다. 여긴 리버스의 집이고 그녀는 조만간 새 집을 마련해 나갈 생각이니까. 대충 얼버무리려니 그가 재차 추궁했다.

"그래?"

뭐라 대답해야 하지? 리나는 잠시 머뭇거렸다. 그러는 사이 그가 또 물었다.

"이런 게 네가 원하는 거야? 이런 무절제하고 분별없는 행동이?"

"뭐라고?"

"네가 이렇게 나온다고 해서 내가 허락할 거라고 생각했다면 넌 날 잘못 본 거야."

소름이 다시금 쫙 돋았다. 결코 크게 소리치지도 않았고 과격한 말로 겁박한 것도 아니었건만 후덜덜덜 심장이 떨려왔다. 나지막하고 느리며 씹어뱉듯 감정 실린 그의 말투는 그 어떤 겁박보다 더한 두려움을 던져 주고 있었다. 리나는 얼떨떨한 심정으로 인상을 찌푸렸다.

"내가 뭘 어쨌다고 이래? 갑자기 찾아와서 알아들을 수 없는 소리만 해대고. 무슨 일이야? 여긴 어떻게 알고 온 거야, 대체?"

"지금 이 마당에 그게 중요해?"

이 년 만이다, 무려 이 년. 칠백 일 만에 만난 그에게 리나가 한 말은 겨우 '여긴 어떻게 알고 왔냐'였다. 선욱은 입술을 짓이기며 사랑하는 동생을 내려다봤다. 아까부터 뇌 속을 분탕질 치던 분노의 열기가 더욱 후끈 치솟았다. 갈비뼈 안쪽에서 지진이 일어난 듯 아렸다. 심장이 찢기는 듯 욱신거리고 뱃속이 울렁거렸다.

'빌어먹을.'

이런 걸 기대한 건 아니었다. 억지로 미국을 보냈었다! 하지만 보내지 않으면 동생 같은 어린애에게 또다시 더러운 음심을 품게 될까 봐, 그래서 안 가려는 애를 억지로 등 떠밀어 보냈었다! 하지만 이런 재회를 기대했던 건 절대 아니었다. 아니, 리나를 처음 미국에 보내기로 작정을 했을 때는 이렇게 되길 바랐는지도 모른다. 리나를 온전히 동생으로 인식할 수 있기를, 그녀에 대해 냉정을 되찾을 수 있기를, 그때는 너무도 바랐으니까.

리나는 다른 남자를 사랑하게 되었고 결혼을 결심했다. 선욱은 동생의 결정에 축하해 줘야 하고 여느 때처럼 그녀를 지지해 주면 되는 것이었다.

이건 그가 스물세 살 때부터 간절히 원했던 상황이었다. 하지만 그 생각이 막상 현실이 되고 보니 이건 아니라는 생각이 퍼뜩 들었다. 이건 뭔가 잘못되어도 너무나 잘못된 그림이었다. 어느새 리나의 옆구리에 날개가 생겼고, 이제 그녀는 파닥파닥, 그의 품에서 벗어나려 하고 있는데 그는 하늘이 무너져 내리는 듯 절망하고 있었다. 이런 기분이 되는 건 정말 그가 기대했던 상황이 절대, 결단코 아니었다.

"지욱 오빠한테 들었지? 휴, 내가 말하지 말랬는데."

격해지는 마음을 다스리며 선욱은 꽉 두 주먹을 쥐었다. 손가락이 하얗게 질릴 정도로 꽉 주먹을 쥐며 그는 이를 앙다물었다.

"들어올래? 뭐 마실 거나 있을지 모르겠네."

"짐 싸."

"뭐?"

리나는 선욱답지 않은 명령조에 당황해 두 눈을 댕그랗게 떴다. 평소의 선욱이라면 '집에 가는 게 낫겠다'고 돌려 말했을 테다.

"못 들었어? 당장 짐 싸라고. 집으로 갈 거니까."

"오빠, 나 여기서 지낼 거야. 지욱 오빠가 그 얘긴 안 했어?"

그때 뚝, 리나의 이마 위로 흘러내린 머리가닥에서 물기가 낡은 하늘색 셔츠 위로 떨어져 내렸다. 물기를 따라 그의 시선이 내려오자 리나의 맥박이 빨라졌다. 불룩 튀어 오른 가슴언저리에 그의 시선이 머물고 있단 생각이 들자 입 안이 바짝 타올랐다. 그녀가 보기에도 낭창낭창 느슨한 가슴 모양과 뾰족한 그 무엇(?)이 속옷을 입지 않았다는 걸 명백히 드러내 주고 있었다. 바보가 아닌 이상 선욱도 눈치를 챌 것이다. 아니나 다를까, 그의 눈매가 심히 가늘어졌다.

"네 생각을 물은 게 아니야."

엥? 이 말은 뭐야? 그러니까, 그녀가 여기에서 지낼 거라는 걸 알면서도 이렇게 짐을 싸라고 강요하고 있다는 건가? 그가? 그녀의 말이라면 무조건 OK였던 그 김선욱이? 리나는 두 눈을 끔뻑거렸다.

"나 여기서 지낼 거라니까. 당분간은 그럴 거야. 그러고 싶어."

"누구 마음대로 여기서 지내?"

"내 마음대로지."

그녀의 대답이 떨어지자마자 선욱은 분노한 듯 그녀의 손목을 으스러질 듯 세게 쥐어댔다. 아이고! 리나는 신음했다. 손이 너무 아파 눈물이 찔끔 나왔다. 자기가 얼마만큼 세게 힘을 주

고 있는 것인지조차 인식하지 못한 듯 그는 오로지 리나의 눈만
뚫어져라 응시하고 있었다. 도무지 말대꾸하는 지금의 봉리나
가 믿어지지 않는 듯했다. 손목을 파고드는 강력한 힘에 눈살을
찌푸리며 리나는 이를 악물었다.

"이 손 좀 놔봐. 왜 이래? 오빠답지 않게."

"나다운 게 뭔데?"

"오빠!"

"난 충분히 나다워. 오히려 네가 지금 하고 있는 행동이 너답
지 않은 거야. 알겠어?"

"난 달라졌어. 다 컸다고. 내 일은 내가 알아서 결정할 나이란
말이야."

"다 커서 이 짓이야?"

선욱이 잔인하게 속삭였다. 뚫어져라 그녀를 내려다보는 검
은 눈동자가 이글거렸다.

"이 짓이라니? 내가 무슨 잘못을 했다고."

"몰라서 물어?"

"내가 뭐!"

억울한 얼굴로 그녀는 울부짖었다. 갑자기 그녀를 찾아와 소
리를 지르면서 윽박지르는 사람이 김선욱이라는 게 그녀는 믿
어지지 않았다. 그동안 동생으로서 아끼던 애정마저도 사라진
건가? 그런 거야? 그래 주길 바랐던 그녀였지만 정말 선욱이 그
럴지도 모른다고 생각하자 내심 서글퍼졌다.

"읊어줘? 넌 지금 남자 혼자 사는 집에 여장을 풀었어. 몇 년씩 객지에 나갔다가 돌아와서 고작 한다는 짓이 사귀는 남자 만나러 온 거였다고. 가족은 다 필요 없어? 너, 그렇게 변한 거야? 겨우 이렇게 동거하는 걸로 시위하는 거야? 너 이것밖에 안 돼?"

엥? 도, 동거?

"무슨 소리야? 동거라니."

"이 집, 그 미국 녀석 집 아니야?"

"아니, 그건 맞는데. 동거는 아니야! 정말이야."

"허락 안 해. 이렇게까지 한다고 내가 네 결혼을 허락할 것 같아?"

헉! 그게 그렇게 되는 건가? 머리 좋은 선욱. 이거랑 그걸 요렇게 짜맞추었네. 그럭저럭 얘기는 된다. 나름 훌륭한 시나리오다. 하지만 어쩌느뇨? 리버스와 결혼은커녕 동거도 할 생각은 결단코 없는걸. 선욱은 오해하고 있었다. 리나는 순식간에 마음이 풀어져 헤헤헤 웃으며 발을 슬쩍 비틀었다.

"오빠, 그거 오해야. 동거할 생각은 없다고."

"그 옷차림을 하고도 웃음이 나오냐?"

애고, 수건으로는 부족했나 보네. 그리 큰 것도 아니건만.

"엉?"

리나는 상큼한 웃음을 띠고 두 눈썹을 휙 치켜떴다. 영문을 모르겠다는 듯 순진한 표정을 지으면서 말이다. 하지만 불행히도 그의 눈매는 더욱 가늘어졌다. 그녀의 눈웃음이 별 효력을 발휘하지 못한 거였다. 어둡고 탁한 눈동자가 번득이자 리나는 속으로 진저리를 치며 떨었다. 그동안 내성이 생기셨구려, 김선욱 씨. 예전엔 이 웃음 한 방이면 뭐든 무사통과였는데. 축, 어깨를 늘어뜨리고 리나는 가슴 위로 팔을 얹어 앞을 가렸다.

"막 샤워하고 나왔는데 오빠가 들이닥친 거라고. 그래서 옷을 다 못 챙겨 입었어."

알몸으로 잠자리에 들 생각이었다는 말은 쏙 빼고 리나는 이실직고했다.

"집에 너 말고는 아무도 없다는 거냐?"

집 안을 슥 짧게 훑어보며 그가 물었다.

"당연하지. 리버스는 아직 미국에 있어."

"사실대로 말하는 게 좋아. 거짓말하면 금방 탄로날 거니까."

선욱이 엄하게 경고한다. 리나는 선욱을 흘끔 올려다보며 고개를 숙였다.

"사실이라고. 못 믿겠으면 오빠가 직접 찾아보면 될 거 아니야."

"거짓말은 용서 못한다."

"속고만 살았어? 아니라고, 글쎄. 동거 그딴 거 아니야."

"그러게 왜 딴 데로 새? 그러니까 의심할 수밖에 없잖아."

"의심은 무슨. 날 몰라서 의심해?"

얼굴을 잔뜩 일그러뜨리고 리나는 휙휙 손목을 흔들어 선욱에게서 벗어났다. 좀 화가 풀린 건지 어쩐 건지, 그는 순순히 그녀의 팔을 놓아주었다. 리나는 손목에 난 빨간 자국을 내려다보며 인상을 더욱 팍 찌그러뜨렸다.

"어쨌거나 일단 짐부터 싸. 집으로 가자."

"난 그냥 여기서 지낼래."

"왜?"

으이구. 그거야 김선욱 씨, 당신을 '남자'로 보고 있는 이내 마음 들킬까 봐 그랬지요. 생각해 보니 봉리나 신세도 참 처량했다. 사랑하는 사람을 피해야 하는 상황이라니. 한숨만 푹푹 나왔다.

"이제 나도 독립해야지. 언제까지 오빠한테 붙어살 수 없잖아. 오빠 결혼하면 어차피 나와 살아야 하고."

"내가 결혼하면 너 나가 살아야 한다고 누가 그래?"

뭐시라? 그럼 그녀를 데리고 살기라도 하겠다는 건가? 오 마이 갓! 리나에게 죽기보다 더 싫은 일이 있다면 바로 그것일 터이다.

"당연한 거 아니야? 난 남의 신혼살림에 얹혀살 생각 추호도 없어."

"네가 왜 얹혀살아? 넌 엄연히 내 가족이야."

언제 들어도 뼈아픈 말, 가족. 리나는 그녀를 늘 진정한 가족으로 대해주었던 선욱이 싫었다. 그녀는 가족이 아니라 그에게 '여자'로 대접받고 싶었다. 그냥 여자도 아니고 어른 여자. 그렇게만 봐준다면 소원이 없을 것 같았다. 하지만 선욱은? 흥! 웃기고 자빠졌어요. 선욱에게 그녀는 언제나 아이였다. 돌보아야 할, 불쌍한 고아.

"웃기지 마! 강해 언니가 들으면 기절하겠다."

"잔소리 필요 없어. 당장 짐 싸."

"오빠, 내 생각엔……."

"당장 짐 싸라고 했다."

고압적인 그의 눈빛이 리나를 짓눌렀다. 정말 서프라이즈하구나. 젠틀맨 김선욱에게 이런 터프한 면이 있었다니. 한 번도 대해본 적 없는 모습에 당황한 리나는 벌써 그의 강렬한 포스에 밀리고 있었다. 이러다 한 대 맞는 거 아니야? 어른으로 인정받아 그의 관심에서 밀려나기는커녕 요주의 인물로 딱 찍히게 생겼네.

"진정해, 오빠. 난 오빠의 애정사에 도움을 주려고 이러는 거야. 친동생도 아닌 애를 데리고 살면 남들이 뭐라고 생각하겠어?"

"내 애정사까지 신경 써주고 있는 줄은 몰랐다."

그가 냉소적으로 미소를 지었다. 그 모습에 그녀는 온몸의 피가 싹 빠져나간 듯 꽁꽁 얼어붙었다. 이렇게 민망할 수가. 언제부터 저런 차가운 미소를 짓기 시작했지? 김선욱은 항상 따스하고 배려 넘치는 사람이었다고! 리나는 절망적인 기분으로 마지막 필살기 배시시 미소를 지어 보였다.

"고마워할 것까진 없어."

배시시~ 비록 얼어붙은 미소지만 예전엔 이런 낮은 레벨 스마일로도 선욱의 마음을 단번에 움직일 수 있었다. 그래서 늘 그의 결정을 뒤집고 싶거나 조정하고 싶어지면 그의 앞에서 요런 배시시 미소를 지었었다. 그러면 정말 직방으로 통했었는데…….

"그런 생각도 없으니까 쓸데없는 걱정하지 말고 짐이나 싸."

하지만 지금의 그는 고드름이 뚝뚝 떨어지는 목소리로 명령하고 있었다. 에계! 리나의 얼굴이 급속도로 굳어졌다. 선욱의 내성이 생각보다 강하게 형성된 모양이다. 그녀의 미소와 애교가 김선욱에게 전혀 먹혀들지 않을 날이 올 줄이야! 이렇게 되면 그의 따스한 배려와 관심에서 벗어나기 위해 애써 짠 작전이 작전 개시도 하기 전에 폐기처분되는 거 아닌가? 아니고~

"빨리!"

고압적인 그의 명령이 재차 떨어졌다. 깜짝 놀란 리나는 움찔하며 눈을 감았다. 눈물이 쏟아질 것 같은 절망적인 기분에 리나는 인상을 잔뜩 찌푸렸다. 이 상황에서 운다는 건 미친 짓이야, 사랑한다고 고백하는 정신 나간 짓을 저지를지도 모른다고. 그럴 수는 없었다. 왜냐하면 그는 이미 임자가 있는 몸이니까.

"알았어!"

리나는 아픈 손목을 문지르는 척 고개를 수그리며 휙 몸을 돌렸다. 시큰거리는 눈가에 잔뜩 힘을 주고 그녀는 트렁크 있는 쪽으로 터벅터벅 걸었다. 그리곤 거실 바닥에 철퍼덕 주저앉더니 무거운 트렁크를 붙들고 짜증을 있는 대로 부리며 소리를 쳤다.

"거기 그러고 있지만 말고 이거나 어떻게 해봐!"

어떻게 집으로 갔는지 모르겠다. 짐 가방은 어깨에 메는 가방을 포함해 도합 세 개. 덩치 큰 짐들은 죄다 선욱이 들고 차로 운반했고, 운전도 선욱이 했으며, 다시 짐을 차에서 집으로 운반하는 것도 역시 선욱이 도맡아 처리했다는 것 외엔 생각나는 게 없었다. 차 안에선 그냥 들입다 곯아떨어져 자버렸고, 집에 도착해서는 그가 짐을 운반하든 말든 거들떠도 안 보고 방 안으로 들어가 문을 걸어 잠그고 계속 잠을 잤으니까.

솔직히 화가 마구 치밀어 올라 그녀도 어쩔 수가 없었다. 선욱에게 어른으로서 인정받기 위해 계획한 독립계획의 첫 번째 미션이 완전, 철부지 동생의 해프닝 정도로 끝나 버렸으니 당연히 속이 상한 거였다. 대체 뭐가 문제길래, 그의 눈엔 그녀가 '아이'로만 보이는 걸까. 심각한 고민으로 머릿속이 깨질 것 같았다. 상심해 울적해졌고 짜증이 나서 그냥 퍼질러 자버리는 수밖에 다른 도리가 리나에겐 없었다.

아침에 일어나니 엉망이었던 기분은 조금이나마 풀렸다. 눈을 떠보니 고요한 햇살이 짜하게 흘러와 그녀의 하체를 덮고 있었다. 냠냠, 입맛을 다시며 상체를 일으키니 가지런히 정돈되어 옆으로 묶여진 커튼이 눈에 들어왔다. 누군가의 배려가 느껴졌다. 선욱이 그리 했을 거라 생각하니 빙긋 웃음이 나왔다.

그래. 이렇게 사랑받고 있는 게 어디야. 비록 동생으로서 받는 사랑이긴 하지만.

침대에서 발을 빼며 보니 바닥에 가지런히 놓인 슬리퍼가 눈에 들어온다. 그녀가 미국으로 건너가기 전에 쓰던 슬리퍼였다. 토끼 인형이 박히고 솜털이 숭숭 달린 귀여운 방울 두 개가 대롱대롱 매달린. 그녀가 매우 좋아하고 예뻐했던 이 토끼 슬리퍼를 선욱은 기억하고 있었던 거다. 리나는 또 씩 웃었다. 발을 슬리퍼 안에 끼워 넣고 일어서니 침대 맡 협탁 위에 놓여 있는 메모지가 보였다.

〈오늘은 푹 쉬어. 조금 있다가 전화할게.〉

협탁 위 탁상시계를 보니 시간은 벌써 오전 열 시 반이었다. 그는 이미 출근한 후일 데디. 출근하기 전에 들러 커튼도 거둬주고 슬리퍼도 놓아준 모양이었다. 하여튼 자상하기도 하지.

"여전하네요, 김선욱 씨."

리나는 뻔뻔스럽게 선욱의 이름을 불렀다. 평소 그의 앞에선 단 한 번도 불러보지 못한 호칭이었다. 큭큭, 웃음이 나와 어깨를 들썩이며 웃었다.

"아이고, 내가 아주 구차해서 원."

리나는 두 팔을 위로 쭈욱 뻗으며 기지개를 켰다. 자신이 생각해도 참, 왜 이다지도 선욱에게 헤어나지 못하는지 알 수가 없었다. 하지만 뭐, 사랑이 자기 마음대로 되는 건가? 그녀도 구차하고 치사빤스, 남세스러운 사랑은 절대로 하기 싫은 보통의 여자였다. 외사랑 따위 절대 하고 싶지 않단 말이다. 하지만 어떻게 해? 좋은걸.

혼자 구시렁거리며 방을 나와 계단을 툭툭 디뎌 아래층—그녀의 방은 이층에 있다—으로 내려가니 낯익은 풍경이 한눈에 쑤욱 들어왔다.

낯익은 향기, 낯익은 가구들, 낯익은 공간.

공기마저 익숙한 광경에 감동이 와락 일었다.

"아! 집에 왔구나."

리나는 숨을 마구 들이마시며 가슴을 쫙 폈다. 홈 스위트 홈. 열두 살 이래로 그녀는 이곳을 마음의 보금자리로 여기며 살아왔었다. 대부분의 시간이 행복했고, 그런 행복을 느끼게 해준 선욱네 부모님에 대해 그녀는 무한감사의 마음을 갖고 있었다. 이제 칠 년 만에 이렇게 집을 찾으니 고마운 그분들이 너무나 그리웠다. 눈을 감고 고개를 쳐들어 익숙한 공기를 흡입하니 괜히 가슴이 먹먹해지는 것 같았다. 하지만 그때 갑자기 리나의 귓전을 때리는 말이 있었으니.

'그 옷차림을 하고도 웃음이 나오냐?'

으잉? 나름 분위기에 젖어 있던 리나는 두 눈을 반짝 떴다.

쨍그랑 접시 깨지듯 분위기가 확 깼다. 저도 모르게 리나는 자신의 옷차림을 훑어보았다. 옷은 여전히 어제 그 차림 그대로. 피곤이 거의 풀린 정신으로 다시 보니 셔츠가 의외로 작았다. 어깨선이 좁고 허리선이 몸에 살짝 달라붙는 것이 맨가슴으로 입기엔 조금…….

"헉!"

지금도 가슴 끝이 뾰족하게 표가 났다. 옴마나, 이게 웬일이니. 너무 적나라하잖아. 어젯밤엔 이렇게 작지 않았던 것 같은데. 대체 어찌 된 일? 리나는 가슴을 두 팔로 감싸 안고 마구 거실을 헤집고 걸어다녔다. 응가 마려운 강아지마냥 거실에 8자를 그리며 마구 돌아다니던 그녀는 어느 순간, 딱 걸음을 멈추었다. 갑자기 불공평하다는 생각이 들었다.

"동거는 나만 하나?"

어쩐지 이가 악물어졌다. 오기가 솟구친달까. '만약 여자를 집 안에 끌어들였다는 흔적이 발견되면? 김선욱, 넌 죽었어!' 의 심정이었다. 그녀더러는 동거가 추잡스러움의 극치인 듯 마구 으박질러 놓고 정작 자신은 여자와 집에서 할 짓 다했다면 그건 문제있었다. 뭐, 그가 집에서 그런 짓을 했다면 그 상대는 당근 강해일 것이다. 김선욱이니까. 김선욱은 약혼 상대를 저버리는 짓 따위 절대 하지 않을 사람이다. 그렇지만 혼자 사는 집에 여자—아무리 약혼녀라 할지라도—와 밤을 지새운다는 건 거의 동거나 매한가지가 아닌가? 피장파장이다.

"좋아. 보자고, 봐."

리나는 자신의 행동이 말도 안 된다고 생각하면서도 쪼르르 욕실로 달려가 수납장을 확인했다. 남자 화장품, 세면도구, 면도기 등등. 물건들을 꼼꼼히 훑어봤지만 '그 짓'과 연관된 의약품은 없어 보였다. 여성용품이라든지, 여자 화장품도 없었고.

"안심하긴 일러."

혼잣말을 중얼거리며 리나는 선욱의 방으로 달려갔다. 남자의 방치곤 깔끔하게 잘 정돈되어 있는 방 안을 슥 훑어보며 그녀는 여자의 흔적을 찾았다. 머리카락, 귀걸이, 립스틱 따위의 소지품 혹은 속옷 같은 것을 찾아다녔다. 침대 밑, 장롱, 방에 딸린 욕실. 바닥을 기고 가구 틈을 기웃거리고 서랍을 뒤적거리다 보니 꼭 '남편 바람피운 증거 잡는 마누라'의 기분이었다. 하여튼 곳곳을 다 꼼꼼히 뒤져 보았지만 아쉽게 여자의 흔적은 찾을 수가 없었다.

'가만, 이게 아쉬운 일인가?'

물론 아니다. 아쉬울 리가 있나? 당연히 좋아할 일이지. 적어도 집에선 그걸 하지 않는다는 거니까. 적어도 집에선. 그 말은 다른 데선 얼마든지 할 수도 있다는 말이었다.

"피휴!"

기운이 쫙 빠져 어깨를 축 늘어뜨리며 리나는 한숨을 내쉬었다. 이 무슨 처량한 짓인지 모르겠다는 생각이 절로 들었다. 완전 떡 줄 사람은 생각도 않는데 김칫국 사발로 들이키는 짓이

아니고 뭔가. 대체 선욱이 약혼녀와 사랑을 나누든 말든, 네가
뭔 상관이야? 에잇! 스토커질 그만 하고 밥이나 먹어.

"아이구, 이 사이코야."

리나는 살래살래 고개를 내저으며 주방으로 터벅터벅 걸어갔
다. 검은 쌀과 콩이 들어간 잡곡밥을 된장국에 한 그릇 뚝딱 말
아먹고 자리에서 일어난 건, 그로부터 삼십 분 후였다.

설거지 거리를 대충 개수대 물에 담가놓고 리나는 시간을 확
인했다. 지금쯤 미국은 암흑으로 뒤덮여 있을 시간이었다. 하지
만 리버스는 일을 하고 있을 게 뻔했다. 밤샘 작업하는 게 생활
화되어 있는 녀석이니 아마도 깨어 있겠지.

리나는 어제의 일을 리버스와 의논하고 싶어 입이 근질근질
해졌다. 첫 판부터 계획이 어그러졌는데 리버스는 뭐라고 할까
궁금해 죽을 맛이었다. 생각난 김에 전화를 해서 얘길 해보자
싶어 리나는 후다닥 거실로 달려가 국제전화를 시도했다.

[헬로우.]

"전화 한번 빨리 받네. 오늘은 데이트 없어?"

[오, 리나! 도착했어?]

"당연하지. 지금이 몇 신데."

[음…… 지금쯤 하룻밤은 지냈겠군. 우리 집 어때? 지낼 만해?]

지낼 만은 했지. 리나는 기운없는 목소리로 대충 대답했다.

"좋긴 하더라. 혼자 지내기 딱 좋겠어."

[외할아버지가 가지고 있는 아파트야. 내가 한국 들어간다니

까 부랴부랴 비운 거라던데 쓸 만한가 보군.]

"할아버지 것이었어? 나중에 나한테 싸게 팔아달라고 부탁할까 했더니만."

요, 머피의 법칙~!

[그 집을 산다고? 되게 마음에 들었나 보네?]

"마음에 들었다 뿐이냐. 좋~은 추억도 만들었다."

[왜 그래? 무슨 일 있어?]

"일이 있긴 있지. 아주 크~은 일."

수화기 너머로 리버스 특유의 히죽거리는 웃음소리가 들려왔다. 리나의 이 천하태평형 어조에 신랄함과 불평불만이 동시에 들어 있다는 걸 잘 알고 있는 웃음이다. 그는 뭔가 일이 잘못되어가고 있음을 눈치 챈 듯 물었다.

[일이 뜻대로 안 되나 봐? 무슨 일인데 그래?]

"처음부터 다. 다 잘못되어 버렸어."

[썬 때문이야?]

역시나 선욱의 일이 잘못된 건가? 리버스는 들고 있던 스케치용 펜을 내려놓고 의자에 몸을 기댔다. 썬과 리나의 얘기는 언제나 그의 구미를 자극했다. 진정한 사랑, 행복한 로맨스. 지금까지 그와 전혀 상관없다고 여겼던 것들에 대한 호기심이 왕성하게 부풀어 그의 감성을 충동질시켰다. 겉은 바람둥이처럼 보이지만, 리버스 페리는 은근 로맨티스트였다.

"그래, 문제가 생겼어."

[뭔데? 썬이 널 사랑하기라도 한대?]

"장난치지 마. 난 심각해."

뽀로통한 목소리로 그녀가 말했다.

[왜? 그거라면 큰 문제지. 썬이 널 사랑한다면 작전은 개시할 필요도 없어지는 거잖아?]

"장난치지 말라니까!"

수화기 속에서 리버스가 큭큭 웃어댔다. 나쁜 자식. 베스트프렌드가 이렇게 괴로워하는데 장난이나 쳐대고. 으이구, 내가 저걸 믿고…….

"너 계속 이럴래?"

[오케이, 오케이……! 쏘리. 들어줄게. 말해봐.]

흠하고 리나는 코로 숨을 내뿜었다. 한 박자 쉬는 의미로다가. 그리고 어제부터 오늘까지 일어난 일들을 하나도 빠짐없이 줄줄 얘기하기 시작했다.

#3 대따 짱뽕나는 김선욱

또 통화 중이다. 벌써 삼십 분째 통화 중 대기 모드. 그가 처음 전화를 걸었을 시각부터 지금까지 계산한 시간만 삼십 분이니 실은 훨씬 더 되었을지도 모를 일이다. 언제부터 통화 중이었을까? 누구와 통화하는 거지? 무슨 얘길 나누는 거야? 궁금증은 계속 선욱의 머릿속에서 떠나지 않고 맴돌며 그를 괴롭히는 중이었다.

선욱은 아랫입술을 앞니로 잘근잘근 깨물며 성의없는 손짓으로 수화기를 내려놓았다. 달카닥 소리와 함께 수화기가 제자리로 돌아가자 그는 팔꿈치를 책상에 기댄 자세 그대로 두 손을 맞잡아 깍지를 끼었다. 두 개의 엄지로 턱을 괴고 깍지 낀 손을 입에 댄 채로 그는 컴퓨터 모니터를 노려보았다. 모니터에는 흰 시트 위로 작년 판매실적에 관한 연령별 통계가 그의 평가를 기다리며 떠 있었다. 그러나 그의 눈에는 흰 것은 종이요, 검은 것은 글씨라 인식될 뿐 내용은 아무것도 눈에 들어오지 않았다. 대체 누구랑 무슨 얘길 이렇게 오래 나누는 거야?

"리버스는 미국에 있어."

어제 리나가 한 말을 떠올리며 선욱은 입가를 비틀었다. 그 외국인 남자 친구의 이름이 리버스라는 건 선욱도 이미 알고 있는 사실이었다. 두 사람의 다정한 사진이 올라와 있는 리나의 미니홈피에서 그의 이름을 처음 보았고, 그에 대한 보고서에서도 다시 확인한 바 있었다. 선욱은 책상 서랍 하나를 열어 얼마 전 올려 받은 '보고서'를 꺼내 책상 위에 던지듯 내려놓았다. 서류의 맨 위쪽에는 '리버스 페리'라는 라벨이 하얗게 붙어 있었다.

리나가 결혼을 언급할 때부터 선욱은 사람을 시켜 이 요주인물의 뒷조사를 해왔었다. 뒷조사까지 할 필요가 있었을까 싶기도 했지만 그땐 그도 그럴 수밖에 없었다. 당시엔 리나가 웬 사기꾼 같은 놈의 꾐에 빠진 게 틀림없다고 생각했었으니까 말이다. 낯선 타국에서 만난 남자, 그것도 외국인. 순진한 리나가 남자의 다정한 말 몇 마디에 홀딱 넘어갔을 거라는 계산을 안 할 수가 없었다. 그는 리나의 보호자이니까.

조사된 바에 의하면 리버스 페리는 혼혈아였다. 미국인 아버지와 한국인인 어머니 사이에서 태어난 그는 리나의 같은 대학 서클 선배였고 아마추어 프로젝트 디자인팀인 '스크린'의 일원이었다. 그는 미국 내에서 굉장히 유명한 디자인 공모전에서 높은 성적으로 입상을 하였는데 입상과 더불어 그는 단번에 천재라는 별명을 얻으며 갖가지 패션아이콘을 양산해 냈다. 주로 기업광고 디자인과 스포츠용품 심벌 디자인 부분에서 두각을 나타내고 있으나 화려한 그의 경력으로 보건대 타의 추종을 불허하는 그의 디자인 감각은 뚜렷한 장르 경계가 따로 없는 것 같았다. 연간 수억 달러의 로열티 수익을 보자면 거의 걸어다니는 기업이라 해도 과언이 아니었다.

선욱은 서류철 사이에 끼워진 리버스의 사진을 들어 올렸다. 금발에 갈색 눈동자. 185㎝에 육박하는 훤칠한 키에 다부진 몸매. 그리고 깊은 눈과 삐딱한 미소가 빚어내는 환상적인 분위기는 남자인 선욱도 인정하지 않을 수 없는 묘한 카리스마의 결정체였다. 게다가 몸 전체에서 자연스럽게 배어나오는 여유로움은 선욱조차 부러울 정도로 자신감이 넘쳐흘러 보였다. 한마디로 그는 호락호락한 상대가 아니었다.

"젠장."

변호사 출신의 아버지도 부유했고, 어머니 쪽 집안도 한국에선 유지급. 능력도 뛰어나 금전적인 문제를 꼬투리 잡기는 도무지 힘들어 보였다. 그렇다고 술이나 도박, 여자를 좋아하는 타입이냐? 그것도 아니다. 석 달 넘게 뒤를 추적해 본 결과 그는 담배, 마약, 도박과는 거리가 먼 사람이었다. 그 석 달이라는 기간 동안 사귀는 여자도 없었다. 물론 그전에 사귀던 여자들과도 깨끗했다. 그는 매우 매력적인 남자였고, 그래서 인기도 많았지만 리나와 사귄 이래로는 그녀에게 충실했다. 보고서만 보면 도무지 어느 것 하나 트집 잡을 만한 구실이 없었다.

선욱은 탁, 소리가 나도록 보고서를 덮고는 머리카락을 휙휙 흔들어 헝클었다. 그리고 조심스럽게 중얼거려 보았다. 리나의 결정을 존중해 주어야 한다고. 하지만 반사적으로 불끈 일어나는 반감은 순식간에 화르륵 온몸을 불태울 듯 뜨거워졌다.

그는 두 주먹을 꽉 쥐어야 했다. 절대로 허락할 수 없었다. 허락을 해야 한다고 생각하면서도 마음으론 허락이 안 되었다. 처음 보는 외국인 녀석한테 뭘 믿고 귀하디귀한 리나를 내어준단 말인가? 리나처럼 순진하고 착한 애를, 연애 구백 단은 족히 되어 보일 늑대 놈한테, 선욱이 왜?

"됐다 그래."

미국인이다. 상대가 미국인이라는 것, 그거 하나만으로도 반대사유는 충분했다. 미국인과 결혼하면 미국에서 살아야 한다는 건데 그건 절대 안 될 말이었다. 리나를 미국으로 보냈던 건 더 넓은 곳으로 가서 더 많은 것을 공부하고 돌아오라는 거였지, 거기에서 아예 눌러 살라고 했던 게 아니었다. 리나는 한국에서 살아야 했다. 리나니까. 그의 동생이니까.

'정말 동생이라고 여기는 거냐?'

그의 내면이 사악하게 빈정거렸다.

'리나는 성인이야. 네가 나서서 결혼하라 마라 간섭할 이유도, 권리도 없어. 리나가 정말 네 동생이라면 사랑하는 사람과 결혼하도록 허락하는 게 당연하다고.'

그는 눈을 감았다. 머릿속을 맴도는 수많은 갈등들 때문에 생각이 복잡했다. 머리로는 더 이상 리나의 결혼을 반대할 명분이 없다고 생각하면서도 마음으론 그걸 수긍하기 어려웠다. 무조건 '안 된다'는 생각뿐 반대할 마땅한 명분도 대안도 없었다. 이런 평소답지 않은 자신이 선욱은 적응되지 않고 감당도 안 되었다. 게다가 어젯밤 만난 그녀는…….

리나가 남자의 집에 짐을 풀었다는 지욱의 말에 미친 듯이 차를 몰아 달려간 그곳에서 그는 똑똑히 보았다. 그녀가 자신의 동생일 수 없는 이유를. 통통했던 살집이 적당히 빠져 늘씬하게 변한 리나를. 매력적으로 굴곡진 허리와 탐스러운 가슴, 달콤해 보이는 입술과 먹음직스러운 쇄골, 한 손에 쥐고 문지르고 싶은 앙증맞은 엉덩이까지, 모두 봐버렸다.

젠장, 어떻게 더 예뻐졌을 수가 있지? 더는 예뻐질 수 없을 거라 생각했는데. 더는 유혹적일 수 없을 거라 생각했는데. 스물일곱 살의 어엿한 아가씨, 봉리나는 칠 년 전보다 그를 더 자극했다.

죄책감이 아우성을 치며 그를 몰아붙였다. 어린 동생을 탐하는 파렴치한이 된 기분, 그는 지금 딱 그런 상태였다. 교복 입은 천진한 아이, 리나에게 처음 키스하고 싶은 욕구를 느낀 이래로 줄곧 느껴왔던 바로 그 감정이었다. 그에게 모든 걸 내맡긴 무방비 상태의 어린 고아 아이를 가지고 싶은 그 미친 본능이 그는 죽도록 싫었다. 스스로 남자라는 게 저주스러울 정도였다. 그 저주받은 소유욕을 애써 외면하기 위해 그녀를 미국으로 떠나보냈고 강해와의 약혼도 서둘렀던 그였다. 그런데 칠 년이 지난 지금에도 그 감정이 사그라지지 않았다니. 이런 환장할 노릇이 또 어디 있단 말인가.

선욱은 손바닥을 펴 피곤한 얼굴을 문질렀다. 제발 좀 더 냉정해져야 한다고 스스로를 타이르며 천천히 숨을 골랐다. 자신은 강해의 약혼자이고 강해에게 속한 사람이라고 수없이 되뇌고, 강해가 없인 그가 회사에서 쌓은 경력도 수포로 돌아갈 위험이 있음을 떠올렸다.

회사의 창립자이긴 하지만 그의 아버지는 너무 일찍 세상을 떴다. 아무 준비도 없이 세 아이들만 덜렁 남겨놓고. 당연히 아버지의 라인에 서 있던 많은 중진들이 윤 화장 측으로 돌아섰고, 20%가 넘는 주식 지분을 가지고도 선욱은 아버지의 경영권을 고스란히 빼앗기고 말았다. 갓 군대를 제대한 스물셋의 나이로 그가 할 수 있는 건 아무것도 없었다.

당연히 그는 맨손으로 일어서야 했고, 아무것도 없는 상태에서 시작해야 했다. 아버지가 이룩한 회사를 이렇게 맥없이 놓아버릴 수는 없다는 생각에 그는 실로 미친 듯이 일을 했다. 그리

고 때마침 윤 회장이 강해와의 정략결혼을 제안해 왔을 때, 그
는 달리 다른 길을 생각해 볼 여유도 없이 곧 그 제안에 응했다.
아버지의 경영권을 다시 되찾을 수 있는 확실한 기회였으니까.
지욱은 선욱더러 '누가 쫓아와?' 라고 묻지만 선욱은 늘 그런 인
생을 살아왔다.

누군가에게 쫓기는 듯한 인생. 자신의 욕구는 최대한 억제하고
대의와 가족들에게 어떤 것이 최선인지를 생각하는, 그런 인생.

그리고 리나는 그의 가족이었다.

그 시각, 리나는 답답하게 말귀를 못 알아듣는 리버스를 향해
살기등등한 어조로 중얼거리고 있었다.

"내가 거짓말했다는 거야, 지금? 다들 왜 이래? 왜 자꾸 거짓
말이라면서 안 믿어주는 거야?"

[나 말고 또 누가 네 심기를 긁은 거냐?]

"누구긴 누구야. 김선욱이지."

[대충 짐작은 하고 있었어.]

"난 살면서 거짓말이라곤 해본 적이 없는 사람이야. 내 신용
엔 아~무 문제 없다고."

[진정해, 리나.]

"진정하게 생겼냐?"

[근데 솔직히 말이 안 되잖긴 하잖아. 샌님처럼 조용하고 영
국 신사처럼 다정다감하기 이를 데 없다던 오빠 씨가 너한테 소
리 지르면서 당장 짐을 싸라고 했다니. 지킬 박사야? 영화 부메

랑 같은 경우인 거야? End of the road는 나도 좋아하는 노래
지만 이건 좀…….]

"다시 말하지만 확실하거든? 정말 그랬다고. 절대 동거는 안
된다면서 나한테 소리치고 강제로 끌고 집으로 왔어."

[밤 열한 시에?]

회의적인 말투로 리버스가 물어왔다. 역시 역시, 이것 좀 보
라지. 못 믿는 거 맞잖아. 리나는 수화기를 꽉 쥐고 두 눈을 바
짝 치켜떴다.

"그렇다니까!"

[Awesome! Wow~!]

"그 반응은 뭐야? 무슨 뜻이야?"

음산하게 그녀는 물었다.

[한국 속담에 이런 말 있지? 말이 씨 된다고. 썬이 널 사랑하
는 불상사가 생긴 게 분명해. 아까도 내가 말했지?]

"아까 나도 말했을 텐데. 농담 말라고."

[내 생각은 달리. 썬은 아무래도 널 정말로 사랑하는 것 같다
와우~ 축하해!]

"너 죽을래? 내가 농담하지 말랬지."

리버스가 앞에 있는 듯 리나는 두 눈을 부라렸다. 도대체 저
런 말은 왜 한담? 아닌 줄 알면서도 자꾸 들으니 괜히 가슴이 떨
리고 뭔가를 기대하게 되잖아. 지금이야 일시적으로 행복한 기
분이 되어 좋기는 하겠지만 나중엔? 나중엔 어쩔 건데? 처절한

현실 앞에서 절망하고 더 가슴 아파해야 하는 거잖아! 하여튼 남자들이란 뇌에 구멍이 뚫렸나봐. 생각이라는 게 아예 없어.

[농담 아니야, 미스 봉.]

"내가 누누이 말했잖아. 썬은 날 여자로 보지 않는다니까. 여자로 봤으면 날 진즉에 자빠뜨렸지."

[봉리나, 왜 그렇게 자신이 없어? 네 자신을 봐. 얼마나 아름다운지.]

잉? 이 자식, 왜 이래? 아침을 잘못 먹었나? 밤을 너무 새 제정신이 아닌 거야?

[너도 꽤 매력 있어. 남자로서 객관적으로 내리는 평가야.]

"장난 그만 해라. 응?"

[장난 아니야. 맹세해. 진심이야.]

흥. 그렇다고 맹세할 것까지야. 리나는 머리를 득득 긁으며 수화기를 샥 내려다봤다. 짜식, 몇 년 데리고 있으면서 단단히 교육시켜 놨더니 여자 보는 눈이 좀 고급스러워졌군. 겉모습만 보고 예쁘네, 섹시하네, 끝내주네, 해대더니 이젠 내면의 아름다움도 볼 줄 알고. 그래, 이 봉리나. 내적인 미모로는 미스코리아 뺨치지. 아니, 차고도 남는다.

"좋아. 그래, 그렇다 치고. 그래서? 썬이 날 좋아하면서 왜 아닌 척하고 있는 건데? 이유가 뭐야?"

[그야 나도 모르지.]

"모른다고?"

리나는 입술을 한껏 비틀어 웃으며 턱, 소파에 등을 뉘었다. 이 대책없는 자식을 확 그냥!

"아니, 왜? 왜 모르셔? 척척박사님, 안다박사님 아니셨나? 세상의 이치를 모두 다 꿰뚫고 계시는 무릎팍 씨 아니시냐고."

[척척박사, 안다박사까지는 알아들었다.]

"다 안다며. 다 아는 척했잖아. 왜 갑자기 모른다고 발뺌이야? 말해봐. 왜 썬이 날 좋아하면서도 아닌 척하는 거야?"

리나가 버럭버럭 고함을 질러댔다. 그것은 이 화상의 말을 믿으면 안 된다는 걸 알면서도 자꾸만 믿고 싶어하는 자신을 향한 고함이었다. 선욱처럼 깨끗하고 깔끔한 성격의 남자가 동생 같은 리나에게 흑심을 품을 리는 절대로 없었다. 어제도 봐라. 그녀가 가슴 굴곡이 훤히 다 드러난 옷을 입었는데도 동요하는 기색 하나 없질 않더냐. 그녀를 전혀 여자로 보지 않는 문제 때문에 이렇게 한국까지 와서 삽질을 하고 있는데, 리버스 이 자식은 웬 망발이냐고!

[그건 썬에게 물어봐야지. 나한테 물을 게 아니라.]

"뭐?"

이놈이! 입이 터졌다고 말을 하네!

[헤이, 내 말 잘 들어봐.]

"듣긴 개뿔이 들어? 안 그래도 속 터져 죽겠는데 웬 염장질이야, 염장질은. 됐어! 다 필요 없어. 독립이고 뭐고, 아무것도 안 할래. 해봤자 불량 청소년 취급이나 받을 게 뻔하고 결혼한다는 소리에는 눈 하나 깜짝 안 할 거야. 너도 한국 와서 내 일 도와줄 필요 없어. 약혼 일도 없었던 걸로 할래."

[워, 워~ 진정하라고, 좀. 왜 그렇게 성미가 급하냐?]

"안 될 일은 처음부터 시도를 안 하는 건, 성미가 급한 게 아니라 현명하다고 말하는 거다. 알겠냐, 버스?"

[너를 사랑하지만 말을 못하는 것일 수도 있어. 약혼한 몸이니까.]

맞다. 선욱과 리나의 사이엔 강해라는 넓고 넓은 강과 바다가 있었다. 건널 수 없는.

"상기시켜 줘서 고맙다. 그러고 보니 그 언니 생각은 못하고 있었네. 하지만 네 추리는 꽝이야. 미안한데, 오빠는 누군가를 사랑하면서 다른 여자와 약혼할 사람이 못 돼. 그럴 사람이 절대 아니야."

[나중에 깨달았을 수도 있지. 이미 약혼한 후에 너에 대한 마음을 뒤늦게 깨달았다면, 충분히 그럴 수 있지 않겠냐? 그렇다면 모든 게 설명되잖아. 너를 사랑하고 있는 썬은 네가 다른 남자랑 동거한다는 사실에 열받아 지킬이 하이드로 돌변하듯 그렇게 확……!]

"바람 좀 넣지 마. 난 더 이상 실망하긴 싫다고. 간신히 마음잡고 잊어보려고 하는데, 친구라는 놈이 하는 소리 하고는. 그런 희망적인 말들이 나중엔 불행을 초래한다고. 알겠어?"

[Oh, my~ 너 언제부터 그렇게 페시미스트(pessimist: 염세주

의자)가 된 거야? 긍정적으로 생각해. 긍정적으로.]

"흥! 사랑 앞에서 긍정적이 될 수 있다면, 그건 그만큼 절실한 사랑이 아니라서 그래."

[그럼 어쩔 건데? 계속 썬과 대립할 거야?]

대립. 한국인 버금가는 수준 높은 한국어를 구사하는 리버스의 말을 들으며 리나는 한숨을 푹 내쉬었다. 어쩌다 사랑하는 김선욱과 대립을 해야 하는 상황이 된 건지. 기막히고 암담했다.

하지만 어쩌랴. 그에게도 말했다시피, 그의 결혼에 방해되고 싶지도 서글픈 마음으로 구경하고 싶지도 않았다. 이젠 정말 리나도 선욱의 품에서 벗어나 독립된 삶을 살고 싶었다. 그리고 그러려면 그에게 리나가 스스로의 인생을 책임질 수 있는 어른이라는 걸 똑똑히 보여줘야 하는 것이고.

"그래야 하면 그래야지."

[아깐 아무것도 안 할 거라면서.]

"그땐 욱해서 그랬던 거지. 너, 나 몰라?"

[알지, 알고말고.]

쿡쿡, 수화기 속의 리버스가 웃기 시작했다. 열 한 번 제대로 받으면 앞뒤 잴 거 없이 무조건 확~ 질러 버리고 마는 그녀의 화끈하고 터프함이야말로 미국 친구들도 알아주는 냄비성미의 결정체였다. 처음 겪는 이들은 그녀를 호전적이라 여기며 두려워하지만 사실 그녀의 신경질은 뒤끝이 맹하니 전혀 매가리가 없어서 두어 번만 겪으면 면역이 생긴다. 지금의 리버스처럼.

[근데 그딴 독립선언, 꼭 해야 하는 거냐? 촌스럽게.]

"촌스럽긴 뭐가."

[대한독립 만세도 아니고, 그렇잖아. 독립을 하고 싶으면 독립하면 되지.]

"한국 사회에서 여자들은 원래 결혼을 해야 독립을 인정해 줘, 대부분은. 그래서 네가 이 작전에 꼭 필요한 거라고."

[글쎄, 그래서 웃긴다는 거야. 너처럼 비참한 성인은 아마 없을 거다. 스물일곱 살이나 먹은 애가 하룻밤 밖에서 잔다고 야단이나 맞고 질질 끌려오다니. 기다려. 내가 조만간 들어가서 널 구해주마.]

"그래……."

기운이 절로 빠지는 말이었다. 다 자각하고 있는 현실인데, 남의 입을 통해 들으니 더 처참했다. 리나는 시무룩한 기분으로 전화를 끊었다. 무정한 녀석. 한껏 낭만적인 기분을 고취시켜 놓고, 곧장 차가운 현실을 주지시켜 주다니. 끊긴 전화 수화기를 빤히 내려다보며 리나는 죄 없는 리버스를 향해 입술을 삐죽거렸다. 달그락, 전화기를 내려놓으며 리나는 한숨을 내쉬었다.

리버스가 얄미운 건 그가 진실을 말하고 있기 때문이었다. 그의 입에서 나온 마지막 말들은 그녀에게 냉엄한 현실을 일깨워 줬다. 남자 김선욱이 봉리나를 어떻게 생각하고 있는지, 그녀의 독립선언을 철딱서니 없는 막냇동생의 반항쯤으로 여기고 있음을. 그가 리나에게 가지는 관심이란 그저 큰오빠의 '얌전히 있다가

시집이나 가' 이외엔 아무것도 아니었다. 그에게 봉리나는 여자
도, 성인도 아니었다. 여전히 열두 살짜리 아이일 뿐. 상황이 이런
데도 그놈의 독립선언이라는 걸 해야 하는 건지 리나는 답답했다.
하지만 그렇다고 가만히 동생 노릇이나 하고 있을 수도 없었다.

'까짓것. 모 아니면 도지.'

설마 여기서 더 나빠지기야 하겠나? 사랑하는 사람과 오빠동
생 사이로 지내야 하는 고통스러운 상황보다 더 나빠질 건 없었
다. 이대로도 막장인데 끝이 두려워서 뭔가를 포기한다는 건 말
이 안 되었다. 리나는 평소의 파이팅 모드로 돌아와 벌떡 자리에
서 일어났다. 두 주먹을 불끈 쥐고 스스로에게 '힘내라, 힘!'을
외치곤 힘차게 부엌으로 들어갔다. 설거지를 마저 하고 좀 쉬었
다가 친구들에게 전화를 걸어봐야겠다는 생각을 하고 있었다.

전화가 걸려온 건 바로 그때였다. 그녀가 막 주방으로 들어와
고무장갑을 끼려고 할 때쯤 따르릉 전화벨이 요란하게 울렸다.

"누구지?"

혼잣말을 중얼거리며 소파를 돌아온 리나는 수화기를 철커덕
들었다.

"여보세요."

[일어났구나.]

선욱이었다. 리나는 순간, 밸도 없이 기쁨을 주체하지 못하고
활짝 웃고 말았다. 전화한다더니 정말 전화했네!

"어! 좀 전에 일어났어. 지금 밥 먹고 치우려고."

애써 기쁜 마음을 숨기며 리나는 대수롭지 않은 듯 조용히 대꾸했다. 하지만 속마음은 날아가고 있었다. 넌 자존심도 없냐고 욕해도 할 말이 없었다. 리나는 선욱을 많이, 아주 많이 좋아하고 있으니까. 아! 이래서 같이 살면 안 되는 건데…….

[잠자리는 불편하지 않았나 모르겠다.]

기분 탓일까? 선욱의 목소리가 평소답지 않게 영 딱딱했다.

"불편할 게 뭐 있어, 원래부터 내 방이었는데. 푹 잘 잤어."

[다행이다. 그래…… 오늘은 뭐 하면서 지낼 거냐?]

"친구들이랑 수다나 떨지 뭐. 다 연락이 될지 모르겠다. 연락이 끊긴 애들도 몇 있어서. 당분간은 친구들 찾아다니면서 못다 나눈 얘기나 나누려고. 조만간 취직도 하고 일도 하게 될 것 같은데, 그럼 또 바빠서 애들 못 만나잖아."

[오자마자 너무 무리하지 마.]

"에이! 친구들 만나는데 무슨 무리야. 걱정 마. 무리 안 해. 할 것도 없고."

리나는 씩씩한 어조로 대답했다. 조그만 것까지 세심히 챙기고 배려하는 건 원래 선욱의 스타일이었다. 그 점만은 변하지 않고 여전한 것 같아 리나는 기분이 썩 좋아졌다.

[아까 전화했는데 통화 중이더라?]

"응?"

여전히 웃는 얼굴로 리나는 되물었다.

[벌써 친구들과 통화가 된 거냐?]

"어? 아니, 걔는 리버……."

앗! 걔라고 하면 안 되는 건가? 애인이니까 달링, 뭐 그런 호칭을 써야 하는 거야?

"남자 친구. 그 사람이 미국에서 전화를 걸어왔더라고."

그 사람. 으윽! 뼈 속까지 느끼해지는 단어다. 제가 말해놓고도 토 나올 것 같아, 리나는 혼자 혓바닥을 쭉 내밀며 구역질하는 시늉을 했다. 화상통화도 아니니 선욱이 볼 일은 당근 없었다.

[왜? 그새 네가 보고 싶어졌다던?]

그녀의 닭살멘트에 선욱이 비아냥거렸다. 그러나 리나는 선욱의 기분이 저조해졌음을 전혀 눈치 채지 못하고 더욱 푼수를 떨었다.

"미국에선 매일 보고 살았거든. 나랑 한 사무실에서 작업했어. 팀 공동작품 들어가면 밤도 며칠씩 새고 그랬지 뭐. 사무실에 침대랑 욕실도 있어서 생활이 가능했거든."

사실 필요 이상으로 자세히 설명한다는 건 뭔가 확실히 켕기는 게 있다는 것이었다. 거짓말을 하려니 자꾸 이것저것 쓸데없는 소릴 자세히 덧붙이게 되는 것이니 말이다. 리나는 선욱이 리버스와의 관계를 눈치 채게 될까 봐 전전긍긍한 나머지 다다다다, 과장된 어조로 조잘댔다.

"그러다 보니 자연스럽게 친해지더라. 못할 얘기가 없는 사이가 됐지. 서로 진로문제, 이성문제, 죄다 터놓고 얘기하게 되더라고."

[이성문제?]

어머나! 이런. 봉리나, 정신 차려. 이건 아니지! 이성문제를 남자 친구랑 의논한다는 건 말도 안 되는 거잖아! 리나는 기겁한 얼굴로 서둘러 수습에 들어갔다.

"그랬었다고, 처음엔. 그러다가 연인 사이로 발전하게 된 거고."

꿀꺽. 그럴싸하게 포장해 놓고 리나는 침을 삼켰다. 그의 반응을 살피며.

[그 문제는 다시 얘기하자.]

대답하는 그의 목소리에 찬바람이 쌩 불었다. 어찌나 차갑던지 듣고 있는 리나가 다 꽁꽁 얼어붙을 것 같았다. 그래도 다행히 의심하는 것 같지는 않아 리나는 내심 안도했다.

[오늘 지욱이네 집에서 다들 모이기로 했어. 네 환영회 한다는 것 같더라.]

"환영회?"

솔깃한 소리에 리나의 귀가 쫑긋 세워졌다.

"오빠도 와? 안 바빠?"

[네 환영횐데 빠질 수 없지. 바쁘더라도 갈 거다.]

차가운 기운이 약간 누그러진 목소리로 그가 말했다. 바쁘더라도 참석하겠다는 말에 리나는 마음이 뿌듯해졌다. 어제 공항에 마중 나오지 않은 서운함도 홀랑 다 잊고 좋아 죽을 것 같은 마음이 되었다. 기쁨을 숨기기 힘들어 리나는 온 얼굴을 구기며 소리 없이 환호성을 내질렀다. 선욱이 그녀를 위해 일도 내팽개치고 시간을 낸다고 생각하니 하늘 위까지 펄쩍 뛰어오르며 소리치고 싶을 지경이었다.

'얏호!'

하지만 막 가슴이 기대감으로 부풀어 올라 둥실둥실 떠오르기 시작하던 리나의 기분은 빵 터진 풍선 신세가 되어 바닥으로 곧장 곤두박질쳐야 했다.

[강해도 올 거다. 지욱이 여자 친구 분도 참석할 예정이고.]

"가, 강해 언니?"

엔도르핀 수치 급락. 피가 싸늘하게 식는 걸 리나는 느꼈다. 그의 입술을 뚫고 흘러나오는 '강해'라는 단어가 너무나도 다정하게 들렸다. 선욱은 강해를 부르는 데 매우 익숙한 것 같았다. 헛참. 이게 무슨 바보 같은 소리람. 당연히 약혼녀의 이름이니 다정하고 익숙하겠지. 안다. 리나도 아는데 억장이 무너졌다.

[강해, 평소에 너 많이 보고 싶어했어. 너 귀국한다고 할 때 제일 많이 좋아한 사람도 강해고.]

리나는 급자기 침울해졌다. 어깨를 쭉 내려뜨리고 리나는 입술을 꾹 다물었다. 눈에 보이지 않는 강과 바다, 선욱과 그녀 사이에 유유히 흐르는 강해라는 존재가 다시금 그녀를 위협하는 듯했다. 그의 약혼녀. 선욱에 대해 자신의 소유권을 주장할 수 있는 유일한 여자. 그런 강해를 어떻게 잊어버릴 수 있을까? 정말 스스로가 너무나 한심해서 기절할 것만 같았다.

"그랬구나. 역시 강해 언니는 착해."

시무룩하게 리나는 중얼거렸다. 모든 게 암담해서 의욕이 싹 사라지는 것만 같았다. 이런 양심없는 봉리나야. 강해가 너한테 얼마나 잘해줬는데 그녀의 약혼자에게 흑심을 품니? 목숨 구해 줬더니 보따리 내놓으란다더니, 네가 딱 그 짝이다. 천애고아가 된 아이 데려다 키워줬음 됐지 사랑까지 해달라는 건 도대체 무슨 경우니? 신음이 절로 나왔다. 리나는 너무나 괴로운 나머지 머리통을 쥐어뜯으며 두 눈을 질끈 감았다.

[저녁 먹을 거니까 준비하고 있어.]

"몇 시까지 갈까? 지욱 오빠, 아직 그때 그 오피스텔에서 살지?"

실컷 자신을 향해 비난을 퍼부은 리나는 속마음과는 전혀 반대로 말짱한 목소리로 쾌활하게 물었다.

[그냥 기다려. 내가 사람을 보낼게.]

"아니야, 그럴 거 없어. 내가 갈게."

[말 들어. 그 시간이면 차도 많이 막힐 거야.]

"시간도 많은데 일찍 출발하지 뭐."

[내가 걱정돼서 그래. 그냥 잠자코 기다려. 사람 보낼 테니까.]

"내가 앤가, 뭐? 알아서 갈게. 오빠 신경 꺼."

심경이 복잡하니 목소리도 퉁명스러워졌다. 리나는 입술을 찍 옆으로 늘이고 이마를 벅벅 긁고 있었다.

[…….]

“오빠, 듣고 있어?”

대답이 없자 그녀는 두 눈을 번쩍 떴다.

[너, 애 맞아.]

“뭐?”

대뜸 던져 오는 선욱의 말에 리나는 잠시 벙쪄 있었다. 불붙은 폭탄을 막 넘겨받은 신병처럼 어리바리하기만 한 얼굴은 점점 엉망으로 일그러졌다. 방금 자신이 들은 말의 속뜻이 무엇인지 서서히 깨닫고 있는 거였다.

“오빠, 내 나이 몇인지 몰라?”

[나이와는 상관없어. 나한텐 언제까지나 애야, 넌.]

순간, 리나의 속에서 천불이 올라왔다. 아니, 어떻게 저렇게 그녀가 제일로 싫어하는 말만 골라서 해댈 수 있는지 신기할 따름이었다. 언제까지나 애라니. 저건 선을 긋는 말 아닌가? 내게 절대 다가오지 말라는 경고성 선 말이다. 범죄 현장에 경찰들이나 치는 폴리스라인을 선욱이 지금 둘러치고 있었다. 아니, 누가 다가간대? 잡아먹기라도 하냐고! 리나는 쥐고 있던 머리칼을 훌러덩 이마 뒤로 넘기며 윗니로 아랫입술을 마구마구 쥐어뜯었다. 이미 봉리나표 냄비성미가 부글부글 끓고 있었다.

“오빠, 지금 보니까 무진장 순진하다. 오빠 눈엔 내가 ‘아가’로 보였어? 세상물정 다 아는 나 같은 애를? 내 친구들이 들으면 웃겠다~앙.”

자존심은 있어서. 이를 북북 갈면서도 리나는 살근살근 웃으며 선욱의 약을 바짝 올렸다.

"내가 보기엔 오빠가 더 순진해. 여자랑 자본 적은 있어? 키스는? 없지?"

[······.]

싸한 침묵이 수화기 너머로 내려앉았다. 숨소리조차 들려오지 않는 정적이 흐르자 리나는 신들린 듯 조잘대기 시작했다.

"내가 외국에서 생활하다 보니까 남자 보는 눈이 조금 달라졌거든? 솔직히 말하면 오빠 같은 남자, 여자 입장에선 좀 그래. 재미가 없잖아. 만날 일만 들입다 하고. 여자 쪽이 어떤 불만을 가지고 있는지 생각해 본 적은 있어? 없지? 없을 거야. 오빠가 그렇지 뭐. 강해 언니는 무슨 재미로 오빠 같은 목석을 만나는지 모르겠어. 여자 마음 하나 헤아리지도 못하는 남자한테 목매서, 에구에구. 불쌍하기도 하지. 그러고 보면, 우리 리버스는 완전 양반이다. 일도 열심히 하지만 여자를 어찌~나 잘 챙겨주는지, 백 점 만점에 이백 점 남자라니까. 바쁘다면서도 할 건 다 하잖아. 데이트도 하고, 잠도 자고······."

헉! 이기이기, 미쳤나. 잠 애긴 오버잖아!

리나는 두 눈을 휘둥그레 뜨고 온몸을 굳혔다. 자신이 꺼내놓고도 너무나 충격적이고 노골적인 단어인지라 놀라고 또 놀라는 중이었다. 자존심이 밥 먹여주냐! 왜 거짓말을 하고 난리야? 하지만 때는 이미 늦었고. 음산하고 낮은 선욱의 목소리가 수화기를 타고 천천히 그녀의 귓속으로 스며들어 왔다.

[그 문제도 나중에 얘기할 기회가 있을 거라고 본다.]

"어, 뭐, 기분 나빴다면 사과할게. 오빨 흉볼 생각은 없었어."

윽. 이건 제대로 약 올리는 멘트잖아. 간덩이가 부었구나, 봉. 이러면 안 되지!

[없었겠지.]

아니나 다를까, 수화기 안에서 선욱은 싸늘하게 비아냥거렸다. 목소리로 판단컨대 결코 그는 웃고 있지 않았다. 저런 냉랭한 음성은 결단코 미소를 동반할 수 없었다.

'무, 무섭다…….'

으, 리나는 속으로 신음했다. 소름이 오돌오돌 돋아 오금이 다 저려왔다. 삐질 땀이 흐르는 것 같아 리나는 반사적으로 손등을 들어 쓱싹 이마를 훔쳤다. 그리곤 어색한 웃음을 입에 가득 달고 말까지 더듬으며 마지막 인사를 건넸다.

"수, 수다를 너무 떤 것 같네. 뭐, 정 오빠가 마음에 안 내킨다면 뭐. 그래, 알아서 해. 사람 보내. 내가 애는 아니지만 오빠를 위해서 오빠한테는 영원히 애로 남지 뭐, 까짓것. 딸랑딸랑 딸랑~"

농담이랍시고 푼수를 떨었지만 선욱은 여전히 쌀쌀했다. 쌀쌀할 만도 했다. 보통 심한 말을 했나. 리나는 제 입을 주먹을 꿍꿍 찧고 싶은 심정이었다. 아무리 욱해도 그렇지. 좀만 더 참았어야지. 왜 그랬어, 왜!

"그, 그럼……."

[······.]

"오빠?"

선욱이 아무 대답도 않자 리나는 초조해져 손톱을 물어뜯기 시작했다.

"너무 상심 마. 리버스는 침대 체질이야. 침대 위에선 아주 물 만난 고기처럼 굴지만 다른 데선 형편없거든."

물론 근거없는 소리다. 리버스랑 해봤어야 알지 않겠나? 그런데도 방정맞은 입이 제 마음대로 움직여 거짓말 개뻥을 지껄이고 있었다. 오호 통재라. 봉, 제발 정신 차려! 선욱한테서 '애'라는 소리를 들었다고 이렇게나 맛이 가버린 거냐. 충격을 심했구나, 봉.

리나는 서둘러 제 입술을 손가락으로 꽉 집어 봉했다. 가만 놔두면 무슨 말을 더 어떻게 할지 알 수 없는 입은 아예 닫아버리는 게 상책이었다. '애'라는 선욱의 말에 화딱지나서 마구 아무렇게나 지껄이긴 했으나 상황을 감당할 용기도 대책도 리나에겐 없었다. 제발 선욱이 아무 소리도 하지 말아야 할 텐데······. 리나는 수화기 너머의 선욱을 향해 모든 촉각을 곤두세웠다.

[미국 생활이 꽤 화려했던 모양이구나.]

"······."

[저녁에 보자.]

응? 저녁에 보자고? 하던 말은 어쩌고.

"오빠?"

툭. 뚜뚜뚜뚜뚜……. 일방적으로 전화가 끊겼다.

"선욱 오빠! 오빠!"

부르면 뭐 하나. 전화는 이미 끊겼는 걸.

"김선욱! 야!!"

괜히 수화기에 화풀이를 해댔지만 선욱은 이미 전화를 끊은 후였다. 괜히 짜증이 솟구치고 화딱지가 나 리나는 수화기를 있는 힘껏 전화기 위로 내던졌다.

"어우! 내가 진짜 더러워서 원."

누군가를 좋아하면 억울해지고 분해지고 모든 일에 불공평해진다는 걸 너무도 잘 알고 있지만 그래도 화가 나는 건 어쩔 수 없었다. 리나는 선욱에겐 늘 이렇게 지는 기분이었다. 그게 가끔 억울하기도 하지만 사실 딱히 싫지만도 않았다. 좋아하는 사람 앞에서 망가지는 것도 나쁘지 않다고 생각했으니까. 좋아하는 사람에게 지는 거, 그것도 나름 행복이다. 그래서 일부러 망가졌고 일부러 져주기도 했었다. 선욱 앞에서는 약한 여자가 돼도 행복하고 기분 좋았으니까 말이다. 하지만 이건 아니다. 이건 지는 것도 아니요, 망가진 것도 아니었다.

이건…… 완전히 무시당한 거였다.

'아! 빌어먹을……. 난 대체 언제나 김선욱 씨에게 여자가 되는 건가요?! 여자가 되게 해주세요. 여자로 보이게 해주세요!'

썩을. 남들이 들으면 트랜스젠더인 줄 알겠네.

#4 격돌! 봉과 썬

그로부터 세 시간 후. 선욱은 확실히 사람을 보냈다. 정말 그녀를 애로 여기는 건지, 그녀를 지욱의 오피스텔로 무사히 데리고 갈 사람을 무려 두 명이나 파견(?)해 보내왔다. 한 사람은 스무 살 초반쯤으로 보이는 앳된 아가씨였고, 다른 한 사람은 오십대 중반쯤 된 아주머니였다. 젊은 아가씨는 리나를 처음 보자마자 환한 미소를 지으며 손을 내밀었다. 자신을 이의령이라 소개한 그녀는 다름 아닌 지욱의 여자 친구였다.

"어머! 의령 씨구나!"

"반가워요, 리나 씨."

미니홈피, 메신저 등, 인터넷으로만 만나 이야기를 주고받던 사람을 실제로 만나게 된 두 사람은 마구 흥분하며 두 손을 맞잡고 팔짝팔짝 뛰었다. 인터넷상으로 봤을 때도 의령이 꽤 마음에 들었지만 실제로 보니 더 확 마음이 기울게 되는 리나다. 아기자기한 얼굴하며 순박하기까지 한 미소, 요런 화장기 없이 앳되기만 한 모습으로 지욱의 마음을 사로잡았다는 것만으로도 의령은 존경받아 마땅했다.

"아우! 사진보다 훨씬 아기 같다. 완전 동안이네요?"

"리나 씨도 사진보다 훨씬 날씬하신데요?"

"에이, 무슨 소리예요. 내가 얼마나 뚱땡이인데. 셔츠로 가려서 그래요."

너스레를 떨며 리나는 헤벌쭉 웃었다.

"근데 여긴 어쩐 일이에요? 지욱 오빠가 보내서 왔어요? 안으로 들어와요."

"제가 자진해서 오겠다고 했죠. 선욱 씨 부탁도 있고 해서."

의령을 들어오라 손짓하던 리나는 그 자리에서 얼어붙은 듯 멈춰 섰다. 선욱이 무슨 부탁을?

"서…… 선욱 오빠 부탁이라고요?"

"네. 여기 이분, 모셔오라고 해서요."

"이분? 어느 분……?"

그제야 의령의 뒤에 서 있던 중년 아주머니가 리나의 눈에 들어왔다. 후덕한 외모의 아주머니가 재미있는 구경이라도 하는 것마냥 두 눈을 빛내며 리나를 지켜보고 있었다. 마치 '너도 내과(科)구나’ 하는 듯 그 눈빛에 광채가 서려 있었다.

“누구?”

영문을 모르는 리나는 의령과 낯선 아주머니를 번갈아 바라보며 얼버무리듯 물었다.

“윤미자라 그래요.”

“예? 아, 예, 예…….”

불쑥 손을 내미는 아주머니의 손을 리나는 얼떨결에 마주 잡고 악수를 나눴다. 한쪽 눈으로는 옆에 서 있는 의령의 표정을 살피며. 봉리나, 이러다가 사시 되겠다. 대체 뭐야? 이 아주머니는 누구지?

“인자(이제) 앞으로는 기양(그냥) 윤 언니라고 부르쇼. 피차 그것이 편한께.”

“아, 앞으로요?”

허리까지 숙이며 아주머니와 인사를 주고받는 리나에게 의령이 말했다.

“오늘부터 이분께서 살림을 맡아 해주실 거예요, 리나 씨.”

뭐시라? 살림? 리나는 한쪽 눈썹을 휙 치떴다.

“선욱 씨가 집 안 구석구석 먼지 쌓이는 걸 못 견디시는 스타일이더라고요. 혼자 사시면서도 일주일에 한 번씩은 꼭 사람을 고용해서 청소를 하셨대요.”

“그렇긴 해요, 오빠가.”

“이제부턴 리나 씨도 함께 살게 됐으니까, 살림을 고정적으로

맡아 해주실 분이 필요하다고 생각하셨나 봐요. 제게 솜씨 깔끔하신 분 소개해 달라고 하셨어요."

"언제 오빠가 그런 말을 했어요?"

"아까 오전에요."

"오전에요? 그런데 이렇게 빨리……?"

리나는 의령과 아주머니를 번갈아보며 두 눈을 끔벅거렸다.

"저랑 잘 아는 분이시거든요. 어제까지 저희 집 일 도와주시고 계셨어요. 제 어머니도 몸이 안 좋으셔서 지금 운신을 잘 못하시거든요."

"아…… 근데 저희 집으로 모셔와도 되나요? 이분…… 윤 언니…… 씨."

"많이 나아지셨어요. 저도 있고 하니까 저희 집은 괜찮아요. 졸지에 말동무를 잃어서 어머니가 조금 서운하시긴 하겠지만."

의령이 빙긋 웃자 윤 언니라는 아주머니가 걸쭉하니 사투리를 늘어놓는다.

"시간 나믄 자주 갈 텐게 걱정허들 말고 있으락혀. 어양시럽게 사삭 떨지 말고(유난스럽게 호들갑 떨지 말고)."

"아하하하……. 저, 전라도 분이신가 봐요?"

리나는 어색하게 웃으며 말했다. 아주머니는 신발을 벗고 집 안으로 들어서서 휙, 집 안을 훑어보는 중이었다. 의령도 따라 들어오는 걸 보며 리나는 아주머니의 뒤를 졸졸 따랐다.

"사투리가 째끔 심허죠잉? 이쌍하게 안 고쳐져 블드라고. 서

울말 해볼라 그믄 더 얼척도 없어(가관이야)! 긍께 인자는 아예 헐라고 생각도 안 한당께."

"어, 얼척이요?"

무슨 소리람? 월척이라고? 월척이 없어? 큰일을 못한다는 소린감?

"조금 지나면 익숙해질 거예요."

의령이 킥킥거리며 귀띔해 준다. 아직 얼떨떨한 상태인 리나는 의령을 마주 보며 헤— 멍하게 웃었다. 당황하고 있다는 걸 들키지 않으려고 억지로 웃는 거였다. 참, 묘한 기분이 드는 리나다. 왠지 선욱의 계산된 행동이라는 생각이 자꾸만 들었다. 그럴 리 없겠지만 일부러 리나와의 사이에 거리를 두기 위해 벌인 일 같았다. 단둘이 있기 싫어서 동거인을 하나 더 고용한 것이라는 생각은 너무 오버인가. 선욱이 출입금지 노란 테이프를 둘러친 것도 모자라 접근금지 표지판까지 세워둔 거라는 생각이 자꾸만 들었다.

"아래층 끝 방이 워디대요? 거가 내 방이라든디. 못 찾것네. 집이 하도 커서."

직업 정신을 발휘해 여기저기 돌아다니며 집 구경을 하고 있던 윤 언니, 적절한 타이밍에 잘도 물어보신다. 리나는 '역시나' 하는 심경으로 입을 쩍 벌렸다. 역시나 아주머니는 선욱과 리나 사이를 가로막아 줄 방패였던 것이다. 출퇴근이 가능한 도우미가 아니라 아예 입주해서 일하는 도우미라는 게 바로 그 증

거였다.

하! 기가 막혀서. 따로 살겠다는 사람, 윽박질러 데려다 놓고 이게 무슨 지랄이야? 아니, 누가 접근한다고 했냐고요. 누가 한밤중에 덮치기라도 할까 봐 입주 도우미를 고용했냐고요! 승질나네. 정말 김선욱, 사람 비참하게 만드는 데엔 뭐 있다.

"이쪽으로 따라오세요. 아래층 끝 방이면 여기예요."

리나는 속마음을 숨기고 어색하게 샐샐거렸다. 반갑지 않은 상황이지만 나름 아주머니의 인상은 나쁘지 않았다. 빠글빠글 촌스런 파마머리도 정겹고 구수한 사투리도 재미있고. 뭐니 뭐니 해도 의령과 친분이 있다고 하니 마음이 놓였다. 솔직히 까놓고 말해 아주머니가 무슨 잘못인가. 일자리 있다고 해서 찾아온 것밖에 더 있나. 문제는 선욱이지. 사이코패스 테스트 받으면 만점을 받을 바로 그 김선욱. 아니, 왜 이럴 거면서 집에 데려다 놨냐고요. 왜!

"저…… 여기 봉리나 씨 계십니까?"

막 리나가 계단 밑쪽으로 돌아가려는 찰나다. 웬 총각 목소리가 들려왔다.

"누구세요?"

고개를 뒤틀어, 누가 왔나 보려고 하니 의령이 먼저 총각을 만나 얘기를 한다. 리나는 아주머니에게 양해를 구하고 다시 현관 쪽으로 걸어나왔다. 그사이 머리에 무스를 잔뜩 바른 총각이 한 손에는 헬멧을 들고, 다른 한 손에는 웬 쇼핑백을 들고 서서

의령의 질문에 답하고 있었다.

"퀵 서비스입니다. 봉리나 씨한테 직접 가져다주라고 했는데. 봉리나 씨 되십니까?"

"아, 전 아니고……. 리나 씨!"

기다렸다는 듯 리나는 뽀로로 달려갔다. 아니, 누가 퀵 서비스로 물건을? 그녀에게 뭔가를 택배까지 시켜서 보낼 만한 사람이 딱히 없었다. 어제 막 귀국한 그녀에게 누가 그리 했겠는가.

"제가 봉리나인데요. 누가 보냈어요? 뭐예요?"

"핸드폰인 것 같습니다만. 보낸 분은 여기, 이분이고요."

사인을 부탁하는 듯 뭔가를 내밀며 총각은 보낸 사람 이름 쪽을 손가락으로 콕 짚어주었다.

〈김선욱.〉

"어머! 선욱 씨네."

의령이 생글생글 웃으며 놀라워한다. 리나는 대충 휘리릭 사인을 해주고는 쇼핑백을 받아 들었다. 총각은 서글서글한 눈꼬리를 아래로 휘며 인사를 꾸벅하고는 왔던 것만큼이나 급하게 횡, 서둘러 자리를 떴다. 퀵 서비스맨이라 퇴장도 남다르구만.

"뭐지?"

"어? 쇼핑백이 SKF네. 진짜 휴대폰인가 보다."

휴대폰? 리나는 그제야 아까의 통화를 떠올렸다. 집으로 전화를 걸었는데 통화 중이었다는 말을, 그가 했었던 것 같기도 하고. 그때 애를 좀 태우셨나? 그래서 휴대폰을? 리나는 입술을 삐죽거리며 심드렁하게 중얼거렸다.

"이 오빠, 오늘 좀 바쁘셨네."

일하는 사람 수배하랴, 핸드폰 구입하랴.

"귀국 선물인가 봐요."

"그러게요."

괜히 뚱해져 리나는 쇼핑백을 멀뚱하니 내려다보았다.

"뭐…… 해요? 어서 풀어봐요."

"풀어보나마나. 휴대폰이 휴대폰이죠 뭐."

"네?"

그녀의 마음을 이해하지 못한 듯 의령이 물었다. 얼굴엔 의아한 표정이 파다하게 번져 있었다. 그래, 어느 누가 그녀의 이 속 터지는 마음을 헤아리겠느뇨. 모르지. 암, 며느리도 모르지. 아무도 모르지.

"아니에요. 김선욱 취향 뻔하다, 뭐 그 말이죠. 헤헤……."

실없이 웃어대며 리나는 머리를 긁적거렸다. 쇼핑백을 열어보니 역시나 박스 처리된 물건이 들어 있었다. 박스를 열어보니 예상대로 휴대폰이 들어 있었다. 의령은 요즘 모 인기드라마 주인공이 쓰고 있는 유행 모델이라면서 박수까지 치며 좋아라했다. 리나는 떨떠름한 감정을 애써 감추며 같이 웃어줄 수밖에 없었다. 머릿속으론 흘러간 가요가 BGM으로 쫘악— 깔렸다.

난 차라리 웃고 있는 삐에로가 좋아. 예, 예, 예예~

　지욱의 집은 엄밀히 따져 지욱의 집이 아니었다. 자기네 물건이 어디에 있는지도 모르고, 자기가 직접 둔 곳도 기억 못하고, 심지어 손님이 왔는데도 꿈쩍도 안 하니, 이건 뭐, 집주인도 아니고 뭣도 아니고. 그런 의미에서 지욱의 집주인은 지욱이 아니라 의령이었다. 혼자 손님 대접 다 하는 게, 안방마님의 모습 그대로였다. 하긴, 데이트한 지 육 개월에, 집도 바로 옆집이야, 집 안 살림이며, 청소며, 의령이 다 도맡아 하니 안방마님은 안방마님이지. 결혼만 안 했지 하는 짓들도 완전 초닭살인 것이, 신혼살림 차렸다고 해도 믿을 지경이었다. 게다가 김선욱과 윤강해…….

　'휴우──'

　이름만 읊어도 한숨이 절로 나오는 이들. 그들은 지욱의 집에 나란히 도착해 약혼 커플임을 과시했다. 회사도 같아, 둘 다 빵빵한 집안에 사회적 능력도 뛰어나, 외모도 돼. 정말 천생연분이 따로 없었다. 인정하기 싫지만 두 눈으로 빤히 보이는 진실을 외면할 정도로 리나는 바보가 아니었다. 부러운 마음과 질투심 사이에서 리나는 암담했다. 심술이 불끈불끈 일어서고 기분은 급속도로 울적해졌지만 울진 않았다. 대신 일부러 큰 소리를 지르며 웃고 떠들었다. 그게 리나만의 우울증 치료법.

　"당연히 선물을 사야지. 미국 생활 칠 년 만에 귀국하는 건데.

나름 챙기느라고 챙겼으니까 어서 다들 뜯어나 보셔."

리나는 두 손을 마구 비벼대며 조금은 과장하여 두 눈을 회동 그라지게 떴다. 난 외롭지 않아. 난 질투 따위 절대 안 해. 처량하기는커녕 씩씩하기만 하다고. 멀쩡해! 입 밖으로 표현은 안 하지만 그녀의 행동에는 그런 자기보호 방어막이 녹아들어 있었다.

"어머! 이거 비싼 명품이잖아요."

제일 먼저 선물을 풀어본 의령이 핸드백을 들어 올리며 수줍게 말했다.

"별로 안 비싸요. 우리나라에서나 비싸지 미국에선 반값도 안 된다니까요. 그래도 정품인 건 확실해요. 품질보증서도 있어요."

"이건 뭐냐? 웬 빤스야?"

지욱이 인상을 찌그리며 속옷 세트 박스를 들어 올렸다. 대체 이딴 걸 왜 사 왔냐, 뭐 그런 표정이었다. 리나는 입술을 삐죽 내밀며 두 눈을 치뜨고 고개를 인도 여자처럼 삐걱삐걱 흔들었다.

"오빠, 혼자 나와 살면서 만날 속옷 빨지도 않고 사서 입잖아. 하루에 한 장씩. 돈도 많지. 내가 그래서 한 박스 사 왔다."

"야! 내가 무슨 빨지를 않아! 다 빨아서 입거든?"

"라고 말하지만. 표정 보면 다 안다고요. 안 그렇지?"

"야, 봉이. 너 자꾸 이상한 소문 퍼뜨릴래?"

　지욱의 얼굴이 붉게 상기되기 시작했다. 두 눈동자를 이리저리 굴리며 사람들 눈치를 살피는 게 어지간히 창피한가 보다. 리나는 킥킥 웃으며 어깨를 으쓱했다.

　"나름 좋은 브랜드야. 거기 모델이 브래드 피트 닮았다고. 삼각팬티 입었을 때 그 엉덩이 라인 봐봐. 죽이지? 그거 보면서 내가, 우리 지욱 오빠도 이 정도는 되는데…… 하고 생각했었어."

　소파에 몸을 기대고 너스레를 떨자 의령이 깔깔거리며 웃었다. 그녀의 손엔 벌써 브래드 피트 짝퉁이 박힌 상자 뚜껑이 들려 있었다.

　"어머나, 세상에! 정말 브래드 피트 닮았다! 입술이랑 코 쪽이 진짜 많이 닮았는데? 어디서 이런 걸 구했어요?"

　"야! 됐어. 이리 내. 이딴 자식 사진은 왜 봐? 눈 버려. 보지 마. 양키 녀석들, 보기만 좋지 실제로 보면 구린내 나고 추잡하대."

　지욱은 냉큼 의령의 손에서 피트짝퉁 씨의 사진을 빼앗아갔다. 질투가 어찌나 심하신지. 지욱을 보면 정말 빨리 나 좋다는 남자 만나 훌쩍 시집이나 갔으면 좋겠다는 생각이 든다. 의령에게 아주 끔찍이도 잘했다, 그는. 리나가 아는 지욱이 아니라는 생각이 들 정도다. 아, 부럽다, 부러워~ 솔로의 외로움에 진저리를 치며 리나는 선욱을 올려다봤다. 우연찮게도 선욱은 리나를 보고 있었다.

　'으홋…….'

두 눈이 마주치자 리나는 흠칫 몸을 떨었다. 전율이 짜하게 퍼져 온몸을 휘감았다. 깊고 그윽한 눈동자. 선욱은 언제든 리나를 흥분시키는 재주를 가지고 있었다. 언제든 저 깊은 눈빛 한 방이면 리나는 스르르 우유 먹은 카스텔라 빵처럼 녹아내려 버린다. 지금도…….

"내 건 무겁네?"

강해의 목소리가 들리자 리나는 번쩍 정신을 차렸다. 으이구! 임자가 버젓이 저렇게 두 눈 시퍼렇게 뜨고 앉아 있는데 딴생각이라니. 구제불능이구나, 봉리나. 에비에비! 리나는 흐흐흐, 입가를 옆으로 늘이며 바보 같은 억지웃음을 지었다.

"응, 언니. 화장품이야. 언니 피부 타입 건성이지?"

"어. 어떻게 알았어?"

"예전에 그런 말한 적 있는 것 같아서. 기억하고 있었지."

"고맙다. 잘 쓸게."

"나도요."

강해가 인사를 하자 의령도 옆에서 백을 들어 올리며 웃는다. 그리곤 옆에 뚱한 얼굴로 앉아 있는 지욱의 옆구리를 쿡 찔렀다.

"뭐? 왜?"

투덜이답게 또 투덜대며 지욱이 의령을 돌아보자 의령은 눈에 바짝 힘을 주고 깜빡, 눈을 감았다 떴다. 빤히 보이는 신호에 지욱은 짜증을 있는 대로 내며 투덜거리더니 툭 한마디 쏘신다.

"에잇~ 알았어! 야! 고맙다."

하여튼 못 말리는 지욱이다. 리나는 두 눈을 질끈 감고 배꼽을 잡았다.

"완전 오빠, 의령 씨한테 꽉 잡혔구나?"

"잡히긴 내가 뭘 잡혀? 내가 그냥 잡혀주는 거지."

떨떠름한 얼굴로 입맛을 다시는 지욱의 눈가는 그러나, 아래로 잔뜩 휘어 있었다. 그도 의령의 간섭과 바가지가 기분 나쁘지 않는 것 같았다. 행복하겠구나. 부럽다. 정말 느므느므 부럽다. 의령은 착잡한 마음으로 북북 이마를 긁으며 선욱을 돌아봤다.

"오빤 안 뜯어봐?"

"집에 가서 보지 뭐."

"에이! 그러는 게 어디 있어. 선물 준 사람 서운하게. 지금 뜯어봐."

또 밸 없는 웃음을 해시시 웃으며 리나는 장난스럽게 말했다.

"됐어, 난……."

"뜯어봐, 오빠."

선욱의 옆에 조신하게 앉아 있던 강해가 선욱의 팔을 슬쩍 건들며 말했다. 살랑살랑 미소를 짓는 얼굴이 천사가 따로 없었다. 목소리는 또 어찌나 말랑말랑 크림처럼 달콤한지 남자를 아주 흐물흐물 녹여 버리는 것 같았다. 우렁찬 리나의 목소리와는 비교 자체가 안 되었다. 한마디로 '봉리나 좌절시키기 삼단콤

보’ 되시겠다. 얼굴 돼, 성격 돼, 돈 돼.

“그래. 그럼.”

역시. 그럼 그렇지. 살랑거리는 강해의 설득에 강하신 선욱도 어쩔 수 없는지, 그는 손에 든 걸 뜯어보기 시작했다. 예쁜 애들은 뭘 해도 되는구나. 그 대쪽 같은 고집쟁이 선욱도 강해의 말이라면 홀랑 넘어가니 원. 리나는 줏대없이 이랬다 저랬다 하는 선욱을 찢어 죽이고 싶은 심정으로 노려보았다.

자알 한다. 아주 좋아 죽네, 죽어. 입 찢어지겠다.

“이건……”

네모난 비닐포장을 다 벗겨내 선물의 형체를 확인한 선욱은 다음 말을 잇지 못했다. 표정 없고 무뚝뚝하기로 소문난 선욱의 놀라는 모습에 다들 신기한 듯 주목하는 모습이었다. 왠지 모를 뿌듯함에 리나는 씨익— 미소를 지어 올렸다.

“마음에 들어?”

“뭔데? CD 아니야?”

지욱이 선욱의 감동받은 얼굴을 살피며 물었다.

“이레이저 밴드? 이 사람들 오빠가 좋아하는 재즈뮤지션 아니야?”

강해가 아는 체를 한다. 리나는 고개를 끄덕이며 쾌활하게 대답해 주었다.

“맞아. 전설의 밴드지. 달랑 두 장의 앨범을 내고 사라졌거든.”

"귀한 건가? 우리나라에선 안 팔아?"

지욱이 눈살을 찌푸리며 물었다.

"팔긴 팔아. 시중에서 구하긴 힘들지만 인터넷도 있고, 직수입해서 나눠 파는 음반사도 있고 하니까. 그런데 이건 아니야. 이건 미국에서도 쉽게 구할 수 없는 거야. 초판이거든. 당시 삼천 장밖에 발매가 안 된 거라 구하기가 되게 힘들어."

"오호라, 그럼 정말 엄청 귀하긴 하겠군. 그런데 넌 이런 걸 어떻게 구했어?"

"친구 아버지께서 이 밴드의 팬이셨거든. 여러 장 가지고 있다고 해서 내가 한 장만 달라고 꼬드겼지."

"뭘 어떻게 꼬드겼길래 이런 걸 거저 줘?"

의심스럽다는 듯 지욱이 눈매를 가늘게 좁혀 떴다. 리나는 리버스의 아버지를 떠올리며 씩 웃었다.

"그분께선 한국 여자에게 대따 약하시거든. 며느리 돼주겠다고 약속하니까 선뜻 내주던데?"

"며느리?"

"어머나, 리나 씨. 그런 약속을 함부로 막 해도 돼요?"

의령이 순진한 눈을 동그랗게 뜨고 묻는다. 리나는 고개를 살살 내저으며 넉살을 떨었다.

"걱정 마요. 설마 자기 아들이 싫다는데 그 약속 때문에 억지로 결혼하라고 하겠어요? 약속한 걸 공증 받아놓은 것도 아니고. 내가 오리발 내밀면 그쪽에서도 대책없을 거예요."

"그런 식으로 사기 쳐먹는 거 양심에 안 찔리나?"

리나의 대책없음에 지욱은 헛웃음을 쳤다.

"사기는 무슨 사기! 내가 싫다는 게 아니라 자기 아들이 날 싫다고 한다니까."

리나는 어깨를 으쓱하며 두 손바닥을 펴 보이며 '나는 죄 없어'표 제스처를 해 보였다. 실제로 리버스는 리나를 전혀 여자로 보지 않기 때문에 그런 쪽의 걱정은 미리 사서 할 필요가 없었다. 리버스도 당시, 리나와 아버지의 거래 조건에 대해 듣고 쯧쯧쯧, 하며 고개를 내저었었다. '불쌍한 아버지. 리나에게 속으셨군' 이라면서.

선욱이 입을 연 건 그때였다.

"그 사람 아들이 좋다고 하면. 그럼 결혼이라도 하겠다는 거냐?"

리나는 다른 사람들과 이야기를 하느라 선욱을 외면했던 고개를 틀어 다시 그를 올려다봤다. 그의 눈빛은 짙고 어두웠으며 살벌했다. 그의 분노가 고스란히 느껴져 리나는 내심 화들짝 놀랐다.

"어, 난 그럴 염려가 전혀 없을 거라고 생각……."

"그건 네 생각이야. 사람 일을 어떻게 알아?"

"걔랑은 그런 사이가 절대 될 수 없어. 우린 동성 친구 같은 사이라고."

"그래서 잘했다는 거냐? CD 한 장에 네 인생을 건 게?"

"내가 무슨 인생을 걸었다고 그래?"

"CD를 주면 결혼하겠다고 했다며. 그게 인생을 건 거 아니야? 결혼이 장난이냐?"

선욱이 굳은 얼굴로 냉정하게 다그쳤다. 리나는 일순 말문이 막혀 멈칫하고 말았다. 입만 벙싯거리며 열었다 닫았다를 반복하던 그녀는 선욱의 냉랭한 추궁에 당황하고 있었다. 그래도 그를 생각하고 얻어온 건데 이건 너무 심한 반응이다 싶었다. 거짓말을 하면서까지 그 CD를 얻어오려고 했던 건, 다 선욱을 위해서였다. 그가 좋아할 걸 생각하니 CD를 어떻게든 손에 넣고 싶었다. 그래서 겨우 얻어낸 건데, 그랬는데 지금 뭐라는 거야? 그녀가 잘못했다고 추궁하는 거야? 그래?

정말 너무한 거 아니야? 리나가 원한 건 아무것도 없었다. 그저 그가 선물을 받고 기뻐하기만 하면 그걸로 충분하다고 생각했었다. 누가 결혼을 해달래? 강해랑 헤어져 달래? 그냥 마음으로 준비한 선물, 받고 기뻐해 주기만 하면 되는데 그게 그렇게도 힘든 건가? 정말 아니꼽고 치사해서 원.

분한 기분으로 리나는 입술을 앙다물었다. 이를 꽉 다물고 숨을 격하게 쉬니 콧바람이 숭숭 뿜어져 나왔다. 그녀는 시큰거리는 눈가에 힘을 주고 선욱을 노려봤다.

"오빠가 결혼 결심 쉽게 못한다고 남들까지 그럴 거라고 생각 마. 결혼 그까짓 것, 솔직히 사랑하는 사람 만나면 하는 거 아니야?"

흡읍! 급하게 숨을 들이쉬는 소리가 귓가에 들려왔다. 강해가 순간 놀라 기겁하고 있는 중이었다. 선욱도 예상치 못한 리나의 공격에 급속도로 얼어붙어 갔고, 지욱과 의령 역시 리나의 갑작스런 폭탄 발언에 놀라 모든 행동을 멈추고 리나를 쳐다보았다. 다들 속으로 생각만 하고 있던 것들을 그녀가 입 밖으로 꺼내니 당근 기절초풍할 노릇일 게다. 흥, 리나는 속으로 콧방귀를 뀌었다. 죄다 용기없고 비겁한 사람들 같으니라고.

"지욱 오빠한테도 물어봐. 의령 씨랑 당장 결혼하고 싶은지, 아니면 결혼해도 될까 말까 오 년 동안 더 생각해 보고 결정하고 싶은지."

물어보나마나. 당연히 지욱은 지금 당장 결혼하고 싶다고 말할 거다. 지금 그들이 결혼하지 않는 이유는 오로지 하나, 의령이 학교를 졸업하고 사회생활을 조금 한 후 결혼하고 싶다고 버티고 있기 때문이었다. 지욱은 의령의 말이라면 껌뻑 죽는지라 그녀의 뜻을 억지로 꺾지 못하고 있었다. 그 모든 정황을 선욱이 모를 리 없었다. 리나는 빈정거리듯 한쪽 입술 꼬리를 위로 치켜올리며 흥, 콧방귀를 뀌었다.

"오빠가 비정상이야. 다들 그렇게 쉽게들 결정해. 사랑인지 아닌지, 자기감정 깨닫는 게 어렵지. 사랑이라는 확신이 있는데 왜 결혼 결정을 못해?"

"그만 해."

선욱이 낮은 목소리로 협박했다. 표정이 완전히 굳어 있어 그가 무슨 생각을 하고 있는지 전혀 드러나지 않는 얼굴이었다. 하지만 그가 화가 났다는 걸 리나는 충분히 느낄 수 있었다. 레이저빔이 쏟아질 것 같은 무시무시한 눈빛으로 이글이글, 리나를 노려보고 있는데 그녀가 어찌 모를 수 있겠는가. 하지만 리나도 이대로는 못 물러난다. '영원히 넌 애'라는 발언도 그렇고 윤 언니 일도 그렇고. 리나는 선욱이 사사건건 마음에 안 들었다. 마치 길가의 개똥이 된 기분이랄까. 비록 그녀가 원한 게 선욱의 무관심이긴 하지만 이런 식은 아니었다. 이건 무관심이 아니라 무시 아니냐고.

게다가 별것도 아닌 이야기로 그녀를 이렇게 윽박지르는 건 또 뭐? 사람들 앞에서 개쪽을 줘도 유분수지. 결혼을 장난으로 아는, 무뇌아 골빈당에 초딩 취급이 웬 말이냐고.

"왜? 정곡을 찌르니까 뜨끔해?"

"봉리나."

"내 말은, 오빠의 경우를 일반화시켜서 말하지 말란 말이야. 내 경우랑 오빠랑은 엄연히 다르잖아. 난 리버스를 어마무지 사랑해. 결혼도 그래서 쉽게 결정한 거야."

에라이! 모르겠다. 이왕 이렇게 된 거. 그래, 리버스를 이용하지 뭐. 선욱의 머릿속에 똬리를 틀고 있는 '봉리나=애'라는 공식을 무너뜨릴 수만 있다면 지금 당장은 그 어떤 것도 이용할 수 있었다. 부글부글 봉리나표 냄비가 또 끓기 시작했다.

"내 눈엔 네 그 결정이라는 것, 충동으로밖에 안 보인다만."

선욱의 눈이 가늘게 좁혀졌다. 나직한 목소리가 섬뜩하게 들리자 리나는 단전에 힘을 빡 주고는 그의 초특급울트라 캡숑짱 무서운 눈빛에 당당히 맞섰다.

"오빠 의견 같은 거 난 필요 없어. 오빠가 반대해도 난 이 결혼 할 거니까."

"넌 못해. 내가 시키지 않을 거니까."

선욱은 주먹을 틀어쥐고 무모하기 짝이 없는 리나를 윽박질렀다. 사랑이 뭔지, 결혼이 뭔지 아무것도 모르는 주제에 결혼하겠다고 날뛰는 리나가 그를 미치게 하고 있었다. 누구든 결혼이란 건 함부로 결정하면 안 된다. 리나 역시 마찬가지이고. 내국인과의 평범한 결혼도 수십 번 생각하고 또 생각해서 결정해야 할 인생의 중대사를 어떻게 리나는 이렇게 확신할 수 있는지 선욱은 이해할 수가 없었다. 이렇게 확신할 수 있다는 것 자체가 멋모르고 충동적으로 결혼을 결심했다는 증거라는 생각이 들 뿐이었다.

"내 결혼인데 왜? 오빠가 왜 간섭해? 난 법적으로 성인이라고."

"결혼은 현실이야. 그것도 모르는 주제에 성인이라는 거냐?"

"현실이 뭐 어때서? 리버스는 나한테 영감을 주는 남자야. 일할 때 얼마나 도움이 되는 줄 알아? 같은 일에 종사하니까 고민도 털어놓을 수 있고 나보다 훨씬 재능도 많아서 내 디자인을 보고 장단점을 평가해 주기도 해. 게다가 돈도 많아. 업계에서 인정받아서 리버스 페리란 이름을 모르는 사람도 없어. 더 이상 뭐? 뭘 더 현실적이길 바라?"

"아주 낭만적이구나."

선욱이 조롱했다.

"결혼은 현실이라고 말한 건 오빠야. 난 그걸 잘 이해하고 있다고 말하는 거고."

"일 분 전엔, 사랑하니까 결혼한다고 했던 것 같은데."

"그건 당연한 거고. 돈 얘긴 오빠가 현실이 어떻고 하니까 하는 소리 아니야."

"현실적이란 말뜻을 알기는 아는 거냐?"

선욱이 또다시 리나를 조롱했다. 리나의 얼굴이 붉게 타오르기 시작했다. 지욱은 두 사람의 공방전을 좀 더 느긋이 지켜보기 위해 소파에 몸을 기대고 팔짱을 끼었다. 좀 말려보라며 의령이 그의 옆구리를 쿡쿡 찔러 신호를 보냈지만 지욱은 쿡쿡 웃기만 할 뿐이었다. 리나의 속마음에 대해 이미 알고 있는 그로선 두 사람 하는 짓이 아주 우습기만 했다. 그가 보기엔 리나의 낚시질에 선욱이 걸려들고 있는 꼴이었다. 파닥파닥~ 낚였군. 제대로 낚였어, 김선욱.

"내가 왜 몰라?"

"내가 말하는 현실적인 문제라는 게, 그럼 금전 문제가 아니라는 것도 알겠구나?"

"오빠가 순진한 거 아니야? 돈이 왜 문제가 안 돼?"

“그럼 넌 이익이나 따지려고 결혼한다는 거야?”

“왜곡하지 마. 내가 언제 이익 때문에 결혼한댔어?”

“그럼 내 귀가 잘못됐다는 거냐?”

“다시 말하지만 오빠 문제를 일반화시키지 마. 오빠가 손익 따지면서 결혼을 미루니까 다른 사람들도 다 그런 줄 아는 모양인데……!”

벌떡. 선욱이 더 이상 참지 못하고 자리에서 일어났다. 표정이 엄청 굳어 있었지만 화가 머리끝까지 나 있다는 걸 지욱은 알 수 있었다. 화가 나면 선욱은 저렇게 얼굴을 굳히고 두 눈에 힘을 준 채 두 손을 허리에 올리고 상대를 굽어보곤 하니 말이다. 지욱은 흥미진진한 눈으로 선욱과 리나를 번갈아 보았다. 강해는 허리를 꼿꼿이 세우고 침묵을 지키고 있었고, 의령은 안절부절못하고 지욱의 어깨를 흔들어댔다.

“어떻게 좀 해봐요. 큰일나겠어요.”

속삭이는 의령을 힐끗 보며 지욱은 씩— 미소를 지었다. 그리고 얼굴을 의령의 귀에 푹 묻고 그녀에게만 들리도록 속삭였다.

“조용, 일용이. 구경 중에 제일 재미있는 게 싸움 구경이라고. 느긋하게 구경해 보자고. 누가 알아? 잘돼서 형 인생도 활짝 펴게 될지?”

“선욱 씨 인생이, 뭐요? 무슨 소리예요?”

“그런 게 있어.”

무슨 소린지 알 길이 없는 의령이 두 눈을 깜빡였다. 지욱은 귀여운 의령의 콧잔등에 입술을 찍으며 후후후, 소리 내 웃었다. 그러는 사이 선욱은 리나의 팔을 잡아끌었고, 두 사람은 본격적인 싸움을 위해 지욱의 침실로 들어갔다.

"아이, 왜 하필 내 방이야?"

쿡, 의령이 또다시 그의 옆구리를 찔러왔다. 투덜거리던 지욱은 문득 강해를 보았다. 곧 울어버릴 것 같은 표정으로 강해는 그 자리를 꿋꿋이 지키고 있었다. 마음 같아선 당장 자리에서 일어나 도망치고 싶을 텐데 그녀는 의연히 잘 버텨내고 있는 중이다. 대견할 정도로.

지욱은 후— 한숨을 내쉬었다. 정말 이편도 저편도 들 수 없는, 애매한 입장에 서 있는 지욱이었다. 평소 선욱과 리나의 감정을 읽고 있던 지욱으로선 두 사람이 잘되어야 마땅하다고 생각하고 있지만 강해의 우울한 표정을 보고 있자니 마음이 아팠다.

그러게 왜 짝사랑을 해, 인마? 자길 사랑하지도 않는 사람한테 왜 마음을 줘? 선욱은 네 마음을 받을 자격도 없는 놈이잖아. 그의 마음속엔 온통 다른 아이뿐이잖아. 그거 알면서 왜 미련퉁이처럼 그렇게 한 사람만 바라보니?

지욱은 안 좋은 마음으로 자신의 방 쪽을 돌아보았다. 방은 쾅 소리를 내며 닫혔고, 곧 두 사람의 언쟁이 벽과 공기를 타고 거실로 옮겨졌다.

"네 결혼 문제를 얘기하는 거야, 우린! 왜 자꾸 내 문제로 말을 돌리는 거야?"

"오빠한테도 문제가 있으니까 그렇지. 오빠 앞가림도 제대로 못하면서 왜 나한텐 이래라저래라 하는 건데?"

"나와 네 경우는 엄연히 달라!"

"다르긴 뭐가 달라? 똑같은 결혼인데. 오히려 오빠와 강해 언니 경우가 더 이해타산적인 것 아니야? 회사 지분이 어떻고, 경영권이 어떻고."

"까불지 마. 네가 뭘 안다고 함부로 말하는 거야?"

"소도둑이 바늘도둑 나무라는 꼴이니 그렇지. 나랑 리버스의 결혼 왈가왈부하기 전에 강해 언니나 좀 어떻게 해보시지?"

"봉리나!"

강해의 눈이 감겼다. 차마 계속 듣고 있을 수 없다는 듯. 리나의 말 하나하나가 비수가 되어 강해의 가슴을 짓이기고 있었다.

"오빠가 뭐래도 난 결혼할 거야. 내가 잘못 생각하는 게 아니라는 걸 보여주기 위해서라도 꼭 하고 말 거라고. 그리고 도우미 아주머니 말인데. 아주머니 들일 필요까지는 없었어. 함께 사는 게 불편하면 내가 나가서 살게. 오빠가 그동안 날 워낙 풍족하게 살게 해줘서 모아놓은 돈이 꽤 돼. 방 하나 얻어서 나갈 테니까 그렇게 알아."

"안 돼. 따로 나가서 사는 건 절대 안 된다고 했잖아."

"왜 뭐든 안 된다는 거야? 결혼도 안 된다, 따로 나가서 사는 것도 안 된다. 그럼 되는 건 뭔데?"

"너 이러는 거 내 눈엔 반항하는 것으로밖에 안 보여."

"반항? 그렇다고 해두지 뭐. 그렇지만 뭐라고 이름 붙이든 난 상관 안 해. 난 내가 하고 싶은 일은 다 할 권리가 있어. 결혼도 할 수 있고, 집도 살 수 있고, 취직도 할 수 있어. 오빠 허락 없이."

"취직이라니? 너 취직했어?"

"왜? 난 평생 오빠가 던져 주는 돈이나 받아먹으며 사는 기생충인 줄 알았어?"

"말조심해. 난 널 기생충이라고 생각해 본 적 단 한 번도 없어."

"다음 주에 필러스그룹 면접이 있어. 말이 면접이지 거의 형식적인 거야."

필러스? 강해는 질끈 감았던 두 눈을 번쩍 떴다. 필러스라면 스포츠 레저부문 국내 점유율에서 몇 년째 1위를 고수하고 있는 바로 그 그룹이 아닌가. 회사의 실무를 총괄하고 있다는 임석인 사장의 얼굴이 퍼뜩 떠올랐다. 몇 달 전, 아버지인 윤 회장으로부터 처음 건네받은 사진 속 그는 부드럽고 세련된 미소를 입가에 단 매력적인 사람이었다.

"선욱이 놈은 결혼에 생각이 없는 게 틀림없다. 일찌감치 선욱인 포기하는 게 나아. 뭐 지금도 빠른 건 아니다만. 너도 얼른 새 사람 만나서 일가를 이뤄야지. 언제까지 선욱이 놈만 바라보며 청춘 다 흘려보낼 거냐? 임 군, 일도 잘하고 집안도 좋고 생긴 것도 이만하면 준수하다. 너만 마음 정하면 두 사람 결혼은 내가 한번 추진해 보마.”

하지만 임석인은 난봉꾼 같은 이미지로 매번 탤런트나 모델들을 사귀면서 매스컴의 표적이 되는 바람둥이였다. 깔끔하기로 소문난 선욱과는 정반대의 인물인 것이다. 선욱이 강해의 우상이자 이상형이라는 걸 감안한다면 그와 정반대인 임석인은 절대 강해의 타입이 될 수 없는 사람이었다. 그런 사람과는 상종도 하기 싫건만 결혼이라고? 선욱과 어떻게 해서 한 약혼인데 그걸 파기하고 임석인과 같은 난봉꾼, 천하의 바람둥이와 결혼을 하란 말인지 강해는 아버지의 처사가 이해되지 않았다. 물론 싫다며 버티고 있는 중이었지만, 이런 상황에서 ‘필러스’ 얘길 들으니 심기가 편할 수만은 없었다.

한편, 방 안에선 선욱이 믿어지지 않는 듯 리나를 뚫어져라 내려나보고 있었다. 그는 기겁에 기겁을 거듭하는 중이었다. 리나의 반란을 그는 도저히 받아들일 수가 없었다. 한 번도 이런 식으로 대든 적이 없는 리나가 말대꾸에 언쟁에, 게다가 취직이라니. 중요한 진로 문제는 늘 그와 제일 먼저 상의했던 리나가 대체 왜 이렇게 변해 버린 거지? 상실감이 너무나 커 숨도 쉬어지지 않았다.

“나한테 물어보지도 않고 취직을 결정했단 말이야? 네가?”

"물어볼 필요가 없었어. 고민하지도 않았으니까. 필러스는 내가 일할 수 있는 최적의 조건을 다 갖춘 회사야."

"네가 왜 필러스에서 일해?"

"나라고 그런 좋은 회사에서 일 못할 게 뭐야? 오빠나 강해 언니만 능력이 되는 줄 아나 본데. 나도 디자인 계통에선 꽤 알아주거든? 미국 공모전 입상 경력도 많아. 공모전에서 눈여겨본 필러스 측이 스카우트를 제의한 거야."

리나는 고개를 바짝 치켜들고 매섭게 쏘아붙였다. 어깨를 붙잡은 그의 손아귀가 점점 더 아프게 죄어들어 왔지만 개의치 않았다. 하고 싶은 말 다 쏟아내야 속이 시원할 것 같았다. 그동안 그녀는 너무 마음에 묻어두고만 살아왔었다. 좋아하는 마음, 속상한 마음, 모두 다. 원래 밸 없이 히히거리던 사람이 한 번 화나면 무서운 법인 거다.

"넌 필러스가 아니라 LS에서 근무하게 될 거야. 그런 줄 알고 다음 주까진 얌전히 집에서 쉬고 있어. 내 허락 없이 뭐든 할 수 있다는 걸 증명하기 위해 결혼까지 하겠다는, 그런 해괴한 소리 말고."

선욱도 지지 않고 윽박질렀다. 무서운 표정으로 두 눈을 부라리는 선욱은 정말로 낯설었다. 항상 부드러운 미소로 그녀에게 모범답안을 제시해 주고 노파심 많은 그녀를 격려해 주었던 그가 지금은 그 누구보다도 권위적이고 야만적으로 돌변해 그녀를 짓누르고 있었다. 리나는 너무 서글퍼 눈물이 다 나오려고 했다.

'어떻게 나한테 이럴 수가 있어? 어떻게 사람들 앞에서 내게 이렇게 소리치고 내 자존심을 깔아뭉갤 수가 있냐고.'

강해 앞이라 더 자존심이 상한 리나였다. 강해가 한 말은 다 들어주면서 리나가 한 말에는 한 번도 좋게 받아주지 않는 게 속상하고 마음 아팠다. 아! 봉리나. 욕심을 버려. 그는 윤강해의 남자잖아. 그러니 당연한 거잖아. 왜 속상해하니? 네 남자도 아니잖니. 속으로 아무리 다독여 봐도 한 번 상한 마음은 쉽게 가라앉질 않았다. 부글부글, 끓는 마음에 분통을 터뜨리며 리나는 냅다 고함을 질러 버렸다.

"나한테 이래라저래라 하지 마! 언제부터 날 신경 썼다고 그래?"

"봉리나……!"

그는 경악하고 있었다. 앞에 있는 이 뿔난 망아지가 정말 리나인지 두 눈을 비비고 싶은 충동과 함께 놀라고 또 놀라고 있었다. 모두 그에게서 벗어나기 위해, 한 남자를 향한 사랑의 감정 때문이라는 사실이 더욱 절망적으로 다가오고 있었다. 언제고 한 번쯤은 겪어야 할 일이라고 생각했지만, 너무나 갑작스러웠다. 상실감이 너무나 커 분노마저 일고 있었다.

"나 미국 가서 공부하는 칠 년 동안, 오빠가 단 한 번이라도 찾아온 적 있어? 공모전에서 상 받았다고 단 한 번이라도 축하해 준 적 있냐고. 잘했다, 장하다. 그런 말해준 적 있냔 말이야.

내가 뭘 하든, 무슨 공부를 어떻게 하든 관심도 없었으면서. 칠
년 동안 그렇게나 무관심했으면서. 왜 지금 와서 이러는 건데?
내가 어디서 무슨 일을 하든 뭔 상관인데?"

"너 정말……!"

시종일관 이성적이고 냉정하고 권위적이었던 김선욱의 태도
는 이제 균열하고 있었다. 리나는 뛸 듯이 신나고 기고만장해졌
다. 그의 이성을 흔들었다는 사실에 온몸이 쾌감으로 터질 것
같았다. 리나는 더욱 신랄하게 대거리했다.

"나, 오빠가 신경 써주지 않았다고 이러는 거 아니야. 앞으로
관심 가져 주길 바라서 이러는 건 더더욱 아니고. 그냥 예전처
럼 내 일에 간섭 말아줘. 취직 문제도, 결혼 문제도 내 결정을
좀 존중해 줬으면 좋겠어."

"너 왜 이렇게 많이 변한 거냐? 내가 아는 봉리나 맞아?"

"변한 거 아니야. 좀 더 컸을 뿐이지. 비록 오빤 그걸 인정 못
하는 것 같지만."

얼씨구! 잘한다. 잘한다, 봉! 리나는 스스로가 대견해 신이 났
다. 그런 그녀에게 선욱이 무겁게 뇌까렸다.

"네가 필러스에서 일하게 할 순 없어. 넌 이 김선욱의 동생이
야."

어쭈구리. 또 저 동생 타령. 이렇게 다 컸다고 열변을 토하고
있는데 선욱은 귀가 썩은 걸까? 왜 못 알아듣는 거야? 일부러
못 알아들은 척하는 건가? 리나는 어처구니가 없을 따름이었다.

'젠장.'

속으로 욕설을 중얼거리며 리나는 두 눈을 치켜뜨며 고개를 쭉 빼냈다. 184㎝의 선욱과는 덩치 차이뿐 아니라 키 차이도 심해 고개를 뺀다고 해서 그와 맞설 수는 없었다. 그렇지만 발꿈치를 한껏 세우고 고개까지 있는 대로 쳐드니 머리가 얼추 그의 턱까지는 닿았다. 그녀는 선욱을 잔뜩 꼬나보며 훅, 이마 위로 흘러내린 머리카락을 입바람으로 쓸어 올렸다. 그리고 아주 야무진 어조로 또박또박 읊었다.

"난 오빠의 이름 뒤에 숨고 싶지 않아. 내 능력 알아주는 곳이 있는데 왜 내가 오빠 밑에서 일해야 돼? 나도 내 능력 마음껏 펼치면서 빵빵하게 살아볼 거야. 어차피 오빠 친동생도 아니잖아."

"너 지금!"

선욱은 끓는 화를 참아내기 위해 기를 썼다. 리나의 어깨를 움켜쥐고 그녀의 반항적인 눈빛을 치열하게 내려다보며, 그는 그녀를 벌주고 싶은 마음을 이렇게든 잠재우기 위해 안간힘을 써야 했다. 덕분에 숨은 거칠어졌고, 손에는 저절로 힘이 들어갔다. 아무것도 모르는 주제에, 세상이 얼마나 험하고 얼마나 추잡한 곳인지 하나도 모르는 온실 속 화초 주제에, 왜 자꾸 그의 곁을 떠나려는 건지…….

아무리 생각해 봐도 용납이 안 되었다. 결혼도 취직도, 아무것도 용납해 줄 수 없었다. 그녀는 영원한 그의 동생이고 언제나 그의 보호하에 있어야 했다. 결혼도 그가 용납할 수 있는 사람과 용납할 수 있는 조건에서 해야 마땅했다. 하지만 이건 아무리 봐도 무모한 결단이었다. 선욱은 최대한 화기를 눌러 참으며 조용히 뇌까렸다.

"난 널 독립시키려고 했던 게 아니었어."

"하지만 난 하고 싶어!"

물러서지 않고 그녀가 소리쳤다. 선욱은 끓어오르는 화를 참아내기 위해 그녀의 어깨를 더욱 꽉 쥐었다. 그리고 코앞까지 밀고 올라온 그녀의 얼굴을 치열하게 노려보았다. 앙팡진 입술은 조가비마냥 꽉 다물려 있었고 번뜩이는 두 눈은 심술궂은 빛을 띤 채 큼지막하게 열려 있었다. 쌕쌕, 흥분한 게 역력하게 드러난 숨소리였다. 그녀의 따뜻한 숨결이 턱밑으로 부딪쳐 왔다. 야릇한 뭔가가 스멀스멀 턱과 목을 타고 기어 올라왔다. 그 열기는 목줄기를 타고 돌아 척추로, 척추를 타고 온몸으로 퍼져 나갔다. 분노가 도를 넘어 뇌 속에서 폭발하고 있는 순간, 정체 모를 열기가 더해지자 마지막 남은 이성이 멀리 달아나 버렸다.

"입 다물어. 건방지게 오빠한테 대드는 건 용서 못해."

최후의 경고였다. 그러나 리나는 사태의 심각성을 전혀 눈치채지 못한 듯 태연한 얼굴이었다. 오히려 비웃듯 싱긋거리더니 야무지게 대들었다.

"못 다물어."

"너……!"

그 순간, 문이 열렸다. 누군가의 인기척이 느껴졌지만 그녀를 향한 시선은 떼어지지 않았다. 여전히 넘실거리는 분노에 조종당하듯 그는 자신을 이성의 벼랑 끝으로 내몰고 있는 봉리나를 물어뜯듯 찔러보고 있었다.

"어지간히들 좀 하시지. 우리끼리 있는 것도 아닌데. 내가 다 민망해지잖아."

지욱이었다. 리나가 고개를 돌려 지욱을 보았다. 벽 쪽에 기댄 지욱은 팔짱을 끼고 서서 이쪽을 바라보고 있었다. 알 수 없는 표정이 떠올라 있는 그에게 리나가 물었다. 지욱의 지지라도 받고 싶은 듯 호소하는 목소리였다.

"내 말이 틀렸어? 다 맞잖아."

"맞고 틀리고를 떠나서 지금은 때가 아니잖아. 의령이도 있고 강해도 있는데."

반박할 수 없는 지욱의 지적에 리나는 훅, 숨을 내쉬더니 선욱의 팔을 뿌리치며 짧게 인정했다.

"미안."

그사이, 급격히 끓어올라 주체할 수 없을 정도가 되어버렸던 선욱의 분노는 어느새 반환점을 돌아 내려오는 중이었다. 제대로 생각할 수도 없었던 위험한 순간은 다행히 별탈없이 무사히 넘긴 후였다. 지욱이 들어오지 않았으면 무슨 일이 벌어졌을지를 생각하니 정신이 아찔해졌다. 선욱은 깊은 숨을 두어 번 내쉬며 두 눈을 감았다. 그때 지욱이 무겁게 입술을 뗐다.

"강해, 방금 나갔어. 충격받은 눈치더라."

"젠장……."

선욱은 저도 모르게 중얼거렸다. 어떻게 지금까지 강해에 대해선 까마득히 잊고 있었을까. 리나는 지금껏 내내 강해와 선욱에 대해 얘기했었다. 약혼을 오 년 동안이나 질질 끌면서 강해를 얼마나 힘들게 하고 있는지 똑똑히 꼬집어 얘기했다. 그런데도 선욱은 강해의 마음을 헤아려 줄 생각을 전혀 하지 못했다. 죄책감에 속이 쓰렸다.

"언제 나갔어?"

"방금. 따라가면 붙잡을 수 있을 거야."

"……."

"데려와. 밥은 먹여 보내야지."

지욱은 못마땅한 표정으로 선욱을 찔러보았다. 선욱은 혼란스러운 듯 거칠게 머리카락을 쓸어 올리고 넥타이를 좌우로 움직이며 아래로 잡아당겼다. 터질 듯 분노로 꽉 차 있던 심장이 어느새 서서히 제 속도를 찾아가고 있었다. 조금씩 천천히 숨을 고르며 그는 쓱, 리나를 깔아보았다.

"봉리나."

"왜."

대답하는 리나의 목소리엔 가시가 돋쳐 있었다. 그녀는 골이 잔뜩 난 듯 가슴 근처에 팔짱을 끼고 선욱을 맞서 노려보았다. 한쪽 턱을 치뜨고 고개를 기울인 그녀는 여전히 불평불만이 가득 차 보였다. 뭐가 문제인가. 대체 뭣 때문에 내 곁에서 멀어지려고 하지? 선욱은 갈비뼈 근처가 아릿하게 욱신거리는 걸 느꼈다. 강해를 그렇게 나가게 했다는 죄책감과 함께 리나에 대한 안타까움이 밀려들었다. 그녀는 더 이상 선욱이 필요없는 것 같았다. 그의 품을, 그의 울타리를 박차고 나가려는 리나의 모습은 그를 허전한 상실감 속으로 몰아넣고 있었다.

"리버스라는 미국 청년, 한국에 한번 들어오라고 해."

"뭐?"

이건 또 무슨 소리? 리나는 얼굴을 일그러뜨리며 두 눈에 힘을 주었다. 이 아저씨, 갑자기 왜 이래?

"일단 만나보자."

"……!"

만나보자고? 이 말은 그러니까, 리버스와의 교제를 허락한다는 뜻? 리버스와의 결혼을 심각하게 고려해 보겠다는 의미였다. 리나는 너무 놀라 할 말을 잃어버렸다. 지욱도 선욱의 말에 놀라 두 눈을 휘둥그레 뜨고 입술을 삐죽거렸다. 이게 웬 반전?

"만나봤다가 영 아니면 다시 반대할 거다. 그땐 절대 허락 못해. 알겠어?"

그는 그녀의 대답을 듣지도 않고 휘잉— 바람을 일으키며 빠르게 그녀와 지욱을 스쳐 지나갔다. 리나는 얼이 단단히 빠진 얼굴로 선욱의 뒷모습을 멍하게 쳐다보았다. 원래의 계획대로 착착 진행되고 있는데도 불구하고 머릿속이 띵해졌다. 예상했던 일이지만, 정말로 선욱이 그녀를 놓아주려 한다고 생각하니 말도 제대로 안 나왔다. 리나는 강해를 붙잡기 위해 선욱이 나가는 걸 멍하게 지켜보았다.

이런 멍멍이 같은. 왜 이런 기분이 되는 거야? 좋다고, 신난다고 춤이라도 춰야 하는 거잖아. 지금은 그래야 하는 타이밍이잖아. 그런데 이렇게 충격받고, 허탈해하고, 슬퍼하면 어떻게 하니?

아! 하지만 마음이 아프다. 가슴이 찢어지는 것 같다. 이러다 정말 리버스와 결혼하게 될지도 모른다는 생각보다 강해의 뒤를 따라가는 선욱이 야속하다는 생각에 슬퍼졌다. 눈가에 눈물이 핑 돌고 코끝이 시큰해지자 리나는 어색하게 손을 들어 눈을 비볐다. 아무렇지도 않은 듯 자연스럽게 행동하려고 애를 썼지만 지욱의 예리한 눈을 벗어나기는 쉽지 않았다.

결국 그녀는 자리에 주저앉아 엉엉 울고 말았다.

"강 해야!"

큰길가에서 택시를 잡기 위해 서 있던 강해는 갑자기 자신의 이름이 호명되자 퍼뜩 놀랐다. 뒤돌아보지 않아도 자신을 부르는 사람이 누구인지 강해는 알 수 있었다. 저렇게 깊고 매력적인 목소리를 가진 사람은 딱 한 사람. 그녀의 이름을 저렇게 밍밍하고 감정없이 부르는 사람도 딱 한 사람이었다.

"오빠……."

뒤돌아보니 선욱이 가쁜 숨을 고르며 서 있었다. 저만치. 강해와 선욱의 사이만큼이나 멀찌감치 그렇게 서 있었다. 의무감에 그녀를 따라온 듯 그의 얼굴에는 근심이 가득 서려 있었다.

저 근심의 대상이 리나라고 생각하니 강해의 마음이 욱신욱신
아파왔다.

"그냥 이렇게 가면 어떻게 해?"

그가 천천히 이쪽으로 걸어오며 묻는다. 강해는 애써 아무렇
지도 않은 듯 미소 지으며 어깨를 으쓱했다.

"내가 낄 데가 아닌 것 같아서."

"미안하다."

특유의 무덤덤한 억양으로 그가 말했다. 뭐가 미안하다는 걸
까. 그녀가 낄 자리가 아닌 게 미안하다는 건가. 아니라고, 넌
당연히 낄 자격이 있다고 말해주길 내심 바랐던 강해는 순간,
심한 좌절감을 맛보았다. 미안하다는 말은 단 한 마디였지만 그
안에는 너무나 많은 암시들이 담겨 있었다. 강해는 꿀꺽 침을
삼키며 머리를 튕겨 앞으로 흘러내린 머리카락을 뒤로 넘겼다.
그의 주위를 분산시키기 위해 아무 의미 없이 하는 행동들이었
다. 그녀가 상처받았음을 그에게 들키고 싶지 않았다. 그의 앞
에서 이 이상 초라해지는 건 정말 참을 수가 없었다.

"난 괜찮아. 가서 리나나 잘 다독여 줘. 많이 화난 것 같던
데."

"괜한 고집을 부리는 거지."

강해가 보기엔 괜한 고집, 그거 선욱이 부리고 있었다. 그냥
리나가 결혼하게 놔두면 되지 않나? 필러스에서 일하고 싶다면
그렇게 하라고 하면 된다. 왜 못하게 하는 건지 강해는 이해가

안 되었다. 그가 리나에게 다른 감정이 있는 게 아니면 그걸 허락 못할 이유가 전혀 없다고 강해는 생각했다.

"결혼 문제, 그거……."

"일부러 꺼낸 건 아닐 거다. 리나 대신에 내가 사과할게."

선욱이 강해의 말을 가로막았다. 그 얘긴 더 이상 왈가왈부하고 싶지 않다는 뜻이었다. 강해는 바들거리는 입술을 깨물며 애써 미소를 지었다.

"리나가 원하는 대로 해주는 게 낫지 않을까 싶어. 아무것도 아닌 일로 다툴 필요 없잖아."

"갠 아직 제가 뭘 원하는지도 모르고 있어."

"충분히 어른이잖아. 중요한 문제들을 대충 결정할 만큼 생각 없는 애도 아니고."

"아까 말하는 거 들었잖아. 아직도 리나는 무모한 십대 같아."

"결혼 문제는 그렇다 치고 취직 문제는 허락해 줘야 하지 않아?"

슌간, 필러스의 사장 임석인의 얼굴이 다시 떠올랐다. 강해는 잠시 망설였다. 필러스에 대해 얘기해야 하나? 말아야 하나? 고민이 됐다. 당연한 얘기지만 필러스그룹과 혼담이 오간다는 걸 그는 전혀 모르고 있었다. 그녀는 차마 윤 회장이 자신들의 약혼을 파기하라 종용하고 있다는 말은 꺼낼 수 없었다. 그 얘길 듣고 선욱이 보일 반응이 강해는 무서웠다.

불안했다. 그가 화를 낼까 봐 무섭고 불안한 게 아니라, 그 반대의 이유로 불안했다. 선욱은 그녀를 잡지도 않을 것이다. 그녀가 파혼을 원한다고 말하면 언제든지 미련없이 그녀를 놓아줄 사람이 바로 선욱이었다. 그래서 더 무서운 거였다. 잡지 않을까 봐. 가라고 밀어낼까 봐. 그럴 줄 뻔히 알고 있기 때문에 이렇듯 전전긍긍, 불안에 떠는 거였다. 그런 그녀에게 지욱은 남자가 선욱 하나뿐이냐며 차라리 다른 남자들을 만나라고 말하지만 그녀에게 남자는 정말로 평생 선욱뿐이었다. 선욱만을 바라보고 선욱만을 꿈꿔왔었다. 이제 와서 선욱을 빼라고 한다면 그녀의 인생은 쭉정이가 될 것이었다.

"하고 싶은 일 해야지. 막는다고 안 할 리나가 아니잖아."

결국 필러스에 관한 얘긴 묻어두기로 마음먹고 강해는 조심스럽게 설득했다. 그러나 되돌아온 대답은…….

"그 문제는 내가 알아서 해."

더 이상의 간섭은 말라는 투였다. 늘 이런 식이었지만 오늘은 한숨이 쏟아졌다. 아무리 집안 문제라 해도 그녀는 명색이 약혼녀였다. 어떻게 보면 선욱이 가장 먼저 붙잡고 의논해 달라고 청해야 할 상대라는 거다. 이렇게 네 문제, 내 문제 구별 짓고 관심 끊으라 할 게 아니라. 섭섭하고 비참한 마음이 울컥 가슴을 치고 올라왔다. 강해는 서글픈 생각을 꾹 눌러 참으며 도로 쪽으로 시선을 되돌렸다. 씽— 제법 속도를 내며 달리는 차들을 바라보는 그녀의 눈빛은 흐렸다.

“가자.”

그가 말했다.

“내가 태워다 줄게.”

“응? 아, 아니야. 됐어. 나 혼자 갈 수 있어. 오빠 그냥 들어가 봐.”

애써 아무렇지도 않은 척하며 강해는 그에게 돌아가라는 손짓을 날렸다. 택시를 잡기 위해 도로를 이쪽저쪽 둘러보자니 자신이 너무나 초라해지는 기분이었다.

“태워다 준다니까.”

“괜찮다고 글쎄, 택시 타면 금방이야.”

“내가 태워다 주면 되는데 택시를 왜 타?”

“택시 안 잡히면 정 기사 아저씨 부르면 돼. 내 걱정은 말고 리나한테나 가봐. 아까 오빠, 좀 심하게 구는 것 같더라. 기분이 많이 상했을 거야.”

그때, 그가 그녀의 손목을 잡았다. 흔들리던 그녀의 손목이 허공에서 붙들렸다. 그녀의 숨도 함께 멈췄다.

“나, 네 약혼자야.”

“…….”

“가자.”

심장이 다시 뛰기 시작했다. 세상을 모두 얻은 것처럼 기쁨이 밀려오면서 가슴이 벅차왔다. 그렇다. 그는 그녀의 약혼자다. 그는 단순한 사실 한마디를 읊조렸을 뿐이었지만 강해에겐 어마어마한 의미를 지닌 말이었다. 그가 스스로 포기하지 않는 한, 그녀 역시 포기할 수 없었다. 아직도 희망은 있었다.

선욱과 리나 사이엔 칠 년이라는 결코 짧지 않은 세월이 존재한다. 그 세월 안에서 강해는 선욱과 함께였고, 영원을 함께하기로 약속했다. 약혼했다는 사실은 어느 모로 보나 중요한 사건이었다. 선욱처럼 처신이 올바른 남자에겐 더더욱 그렇다. 게다가 어쩌면, 정말 어쩌면 선욱과 리나가 서로를 남달리 여기고 있을 거라는 생각은 기우일지도 몰랐다. 자랄 때 유난히 사이가 좋았다는 것뿐 달리 특별한 정황 증거도 없으니까 말이다. 친남매가 아니라는 이유로 순수한 그들을 색안경 끼고 보게 되는 걸 수도 있었다.

그래, 그럴 수도 있었다. 여동생으로서 아끼고 걱정이 되면 아까처럼 이성을 잃고 평소와 다른 모습을 보일 수도 있다. 굳이 그가 리나를 사랑한다는 전제가 아니더라도 충분히 일어날 가능성이 있는 일이었다. 어찌 됐든 리나는 흔치 않은 국제결혼을 선택했으니…….

"정말 나랑 안 갈 거야?"

선욱이 강해의 기분을 풀어주려는 듯 희미하게 웃으며 물었다. 함께 안 가주면 서운하다는 듯. 거절당하면 마음이 아플 것 같단 것처럼. 강해는 선욱만이 할 수 있는 썰렁한 유머에 웃을 수밖에 없었다. 강해만이 지을 수 있는 인형처럼 규격화된 미소였다.

"알았어."

강해는 선욱과 주차장으로 향했다. 오누이처럼 다정한 모습이었지만 실은 강해도 선욱도 속마음을 감추고 있었다. 이들의 결합이 과연 행복한 결말을 맺을 수 있을지는 그들 두 사람 모두 알 수 없었다. 안개에 쌓인 듯 모든 게 불확실한 미래로 두 사람 모두 속절없이 이끌려가고 있을 뿐이었다.

그들에겐 마주 보며 환히, 진정으로 웃을 수 있는 파트너가 절실해 보였다.

지욱의 오피스텔에서 대판 싸운 후, 일주일이 지났다.

선욱과 리나는 줄곧 최대한 서로를 외면하며 아슬아슬 외줄 타는 광대의 심정으로 지내왔다. 선욱이 밤늦게 퇴근해서 아침 일찍 출근하는 '무시의 진수'를 보였고, 그것이 분했던 리나도 역시 똑같은 방법으로 응수했다. 일찍 잠자리에 들어 그와 마주치는 횟수를 제로로 만들어 버린 것이다. 덕분에 두 사람은 일주일이 지나도록 말 한마디 섞지 않게 되어버렸다.

이렇게 썰렁썰렁 이글루가 되어버린 집안 분위기에 입장이 곤란해진 사람은 당연히 윤씨 아주머니였다. 다행히 눈치가 빠른 그녀는 이 은밀한 기싸움에서 철저히 제삼자의 입장을 고수하는 센스를 발휘했다. 선욱 앞에선 절대 리나의 애길 안 꺼냈고, 리나의 앞에선 절대 선욱의 말을 꺼내지 않는. 덕분에 선욱도 리나도 서로의 마음이 궁금해 안달해 마지않게 되었다. 어떻게 하면 이 냉전을 끝낼 수 있을지 고민하게 되는 건 말할 것도 없었다. 하지만 이미 며칠이 지난 시점에서 먼저 말을 건네기란 결코 쉬운 일이 아니었다. 결국 온 집 안은 무거운 침묵으로 침몰 직전의 위기에 빠져 버렸다.

그렇게 며칠이 더 지나간 어느 날이었다. 막 출근해 컴퓨터를 컨 선욱은 막 도착한 리나의 메일을 발견했다. 수많은 스팸메일들 속에서 리나의 이름은 쉽게 눈에 확 띄었다. 온몸의 말초신경들이 일제히 곤두서는 걸 느끼며 선욱은 서둘러 마우스를 움직였다. 클릭.

〈오빠, 어제 리버스가 왔대. 만나고 싶다고 했지? 언제 볼까?〉

메일의 내용은 요점정리 해놓은 듯 간략했다. 불필요한 인사말 없이 본론만 간단명료하게 적힌 메일은 딱 그의 스타일이었다. 겉치레 생략, 용건만 간단히. 하지만 메일을 확인하자마자 선욱이 느낀 감정은……

공허함이 몸 안 구석구석을 꽉 채웠다. 모든 피가 싸늘히 식어버렸고, 급격한 혼란이 그의 뇌간을 장악했다. 시험에 빠진 사람처럼 요 며칠을 내내 리나의 생각을 하지 않으려고 노력하며 보냈건만, 모든 건 한순간에 부질없어졌다. 어릴 때부터 봐왔던 아이. 이제 어른이 됐다고, 그러니 놓아달라고 두 눈 똑바로 뜨고 대들던 그 아이가 머릿속을 헤엄치며 마음껏 돌아다녔다.

‘이건 옳지 않아. 걘 네 동생이잖아.’

언제나 그는 옳지 않았다. 십 년 전, 그녀를 여자로 인식한 이후 지금껏 그는 언제나 옳지 않은 생각으로 부모님의 신념과 자신의 양심을 더럽혔다. 리나는 그에게 여자가 되면 안 되는 존재였다. 여자가 아니라, 동생이어야 했다. 선욱은 질끈 눈을 감고 잘 다듬어진 머리카락을 쥐어짰다. 고통이 그의 마음을, 그의 심장을 야금야금 집어삼키고 있었다.

한참 후, 선욱은 수화기를 들고 있었다. 십 년 동안 꾹 마음 안에 담아놓았던 충동을, 또다시 잘 담아놓고 그는 그녀에게 전화를 했다.

모든 걸 해치워야 했다, 그녀를 향한 그 알 수 없는 욕구가 다시금 튀어나오기 전에. 십 년 동안이나 그런 추잡한 마음을 품고 있었다는 걸 모두가 눈치 채기 전에 리나를 놓아줘야 했다.

[여보세요.]

조심스러운 그녀의 목소리가 들려왔다. 선욱은 깊게 숨을 들이마시고 조용히 말했다.

“나야. 퇴근 시간 맞춰서 회사로 나와. 같이.”

[오, 오늘?]

“그게 네가 원하는 거 아니야? 한시라도 빨리 내 밑에서 벗어나고 싶은 거.”

[그렇게 비꼬지 마. 다른 사람 같아.]

나란 놈, 원래 네가 아는 그런 사람 아니야, 봉리나.

"비꼬는 거 아니야."

[물어볼게. 시간 되는지.]

"시간 된다고 하면, 회사 건물에 있는 카페로 와."

[……알았어.]

왠지 그녀의 목소리가 시무룩하게 들렸다. 선욱은 한숨을 내쉬었다. 안타까운 내 동생, 내 리나……. 그는 저도 모르게 속삭이고 있었다.

"미안하다. 그날 그렇게 화내서."

[휴! 아니야. 내가 더 심했지 뭐. 내가 더 미안해. 근데 왜 그랬어? 왜 그렇게 화를 냈어? 오빠, 원래 화내는 사람 아니었잖아.]

왜냐고 그녀가 물었다. 왜 그렇게 화를 냈냐고. 잔뜩 원망 섞인 목소리였다. 선욱은 손바닥으로 얼굴을 쓸며 초조하고 가쁜 숨을 몰아쉬었다. 인정할 수 없지만, 인정하고 싶지 않았지만 머릿속에서 내놓는 대답은 그를 인정할 수밖에 없는 상태로 몰고 가고 있었다.

"그건……."

리나를 다른 남자에게 보내고 싶지 않기 때문이었다. 다른 사람의 아내가 되어, 다른 사람의 아이를 낳고 살아가는 리나를 보고 싶지 않았다. 그건 단순한 욕망과는 차원이 달랐다. 리나를 여자로 인식했고, 그래서 두려웠고, 그래서 강해와의 약혼을 서둘렀고, 그랬지만 리나를 향한 남자로서의 욕구는 여전히 남아 있을 뿐이라고 치부해 왔던 지난 십 년의 과거가 지금 이 순간 모조리 다 뒤집히고 있는 거였다. 그는……

리나를 사랑하고 있었던 것이다.

지금까지 내내, 여자로 인식했을 뿐만 아니라 사랑까지 마음에 품고 있었던 것이다. 강해와의 결혼을 쉽게 결정내리지 못한 것도 모두 그래서였다. 그리고 멍청하게도 선욱은 이제야 그걸 깨달았다. 약혼녀를 책임져야 하는 몸으로. 정작 리나는 사랑하는 사람과 결혼하겠다고 하는데 겨우 이제.

그는 절망적으로 고개를 떨어뜨렸다. 그리고 꽉 잠긴 목소리로 그는 중얼거렸다.

"있다가 보자."

"와우! 굉장한대? 생각보다 크다, 썬의 회사."

LS그룹 본사건물 안으로 들어선 리버스는 휘파람을 휘유 불며 고개를 마구 휘돌아 건물 내부를 훑어보았다. 흡사 서울 구경 나선 시골 쥐처럼 그의 눈에는 경이로움과 놀라움으로 가득 차 있었다. 물론 LS그룹 건물이 꽤나 멋진 건 맞지만, 창피하지도 않은지 원. 지나가는 사람들이 죄다 쳐다보는데 이 무슨 컨츄리스러운 짓이람. 리나는 괜히 자기 얼굴이 다 화화해지는 것 같은 느낌에 한 손을 휙 모로 세워 얼굴을 가렸다. 에잇, 창피해.

"좀 조용히 말할 수 없냐?"

리나는 곁눈질로 리버스의 위아래를 훑어보며 톡 쏘아 말했
다.

「왜? 창피해? 영어로 말할까?」

이미 영어로 말하면서 영어로 말할까, 라니. 리나는 리버스를
째려보며 이를 갈듯 중얼거렸다. 물론 영어로. 혹여나 옆 사람
들이 알아들을까 싶어 엄청 빠른 입질로.

「입 좀 다물어. 사람들이 다 너만 쳐다보잖아.」

「뭐, 내가 좀 매력적이긴 하잖아. 당연한 현상이야.」

하나도 안 창피한 듯 녀석은 씩 웃으며 리나의 말을 장난스럽
게 받아넘겼다. 물론 건물 내부를 휘휘 구경하는 여유도 발휘하
고 있었다. 정말 대단한 용기다. 저런 낯바닥은 대체 무엇으로
구성되어 있는 것일까? 강철 철판 한 큰술, 뻔뻔함 두 큰술, 왕
자기질 세 큰술?

「밥맛없다. 응?」

리나는 두 눈을 부라리며 리버스를 윽박질렀다. 그러자 리버
스는 씩, 매혹적인 미소를 흩뿌리며 고갯짓으로 리나의 옆쪽을
가리켰다.

「저 숙녀 분을 봐. 몸 둘 바를 모르잖아.」

고개를 돌아보니 멀지 않은 곳에 안내데스크가 있었다. 거기
엔 회사 유니폼을 입은 여직원이 힐끗힐끗 리버스를 훔쳐보고
있었다. 쯧쯧! 또 불쌍한 중생 하나가 리버스의 마수(?)에 걸려
들었군. 여자들 열이면 열, 한 번만 봐도 홀딱 반해 버리는 남자

가 리버스이니 당연한 일이겠지만, 그래도 그렇지. 밸도 없는 감. 왜 외국인을 보고 침을 질질 흘려? 한국 남자들도 잘난 남자 많은데. 리나는 입술을 삐죽거리며 여직원을 찔러봤다. 그리곤 영어로 중얼거렸다.

「머리발인 걸 모르는 거지. 네 머리색깔이 염색한 거란 걸 알면 다들 실망할걸?」

「머리 색깔이 내 섹시함과 무슨 관계가 있다고?」

「섹시가 아니라 색시겠지.」

리나는 심술궂게 말하고 한쪽 입술을 휙 비틀었다.

「오, 이런! 내가 이러니까 한국어를 사랑할 수밖에 없어. 난 이렇게 한국어와 영어를 섞어가면서 농담 따먹기 하는 게 제일 재밌더라고.」

「'색시' 하다는 걸 인정하는 거냐?」

「멀쩡한 남자를 여자로 둔갑시키면 기분이 좋냐, 넌?」

「멀쩡하긴 한 거냐?」

지지 않고 응수하며 리나는 눈썹을 휙 치켜떴다. 그는 넉살 좋게 만면에 웃음을 띠고 턱, 리나의 어깨에 자신의 기다랗고 육중한 팔을 걸쳤다.

「이거 왜 이래. 너무 멀쩡해서 죽겠구만.」

「징그럽다. 웃지 마라.」

그의 매력 앞에서도 끄떡없는 리나, 팔짱을 끼고 못마땅한 듯 리버스를 째려봤다. 그는 여전히 아름다운 건물을 훑어보며 놀라워하고 있었다. 그걸 잠자코 보고 있자니 리나의 마음에 슬그머니 걱정이 생기기 시작했다. 은근히 그들을 주시하는 눈길들이 기하급수적으로 늘어가고 있다는 느낌이 들었던 것이다. 보니 퇴근 시간이 임박해 지나다니는 사람들도 많았고, 그들은 그 많은 사람들이 지나다니는 로비 한가운데에 서 있기도 했다. 빨리 이 자리를 벗어나야겠다는 생각이 퍼뜩 들었다.

「그나저나 굉장히 부자인가 보다, 너의 썬? 건물이 상당한 수준인데?」

「말했잖아. 우리나라 십대기업 중 하나라고. 야, 이리 와.」

리나는 리버스의 옷자락을 잡고 반대쪽, 유리로 된 회전문 쪽으로 그를 끌어당겼다. 회전문을 통과하면 곧바로 약속 장소인 카페였다. 퇴근 시간이 다 되었으니 선욱도 이제 곧 나올 거고 그럼 이 자리에서 이대로 맞닥뜨릴 수도 있을 터였다. 로비 한가운데에 서 있는 걸 들켜봤자 좋을 거 하나도 없었다. 차라리 자리를 잡고 차분히 앉아 있는 상태에서 그를 대하는 게 더 나았다.

「흠. 은근히 자존심이 상하는데?」

「네가 왜?」

「같은 남자로서 좀 티껍다고나 할까. 썬처럼 이렇게 크게 성공한 사람과 남자 대 남자로 만나니까 괜한 경쟁심이 생기는 기분이야.」

리나가 잡아끄는 대로 순순히 따라가며 리버스가 말한다.

「왜 썬한테 경쟁 의식을 느껴? 너, 나 좋아해?」

「뭐어?! 미쳤냐?」

리버스가 유별나게 펄쩍 뛰었다. 허허, 이거야 원. 미쳤냐, 라니. 이 반응은 대체 뭐? 은근히 기분 나쁘게 한다니까, 이 자식. 리나는 선머슴을 연상케 하는 걸쭉한 목소리로 말하며 한쪽 눈을 찌푸렸다.

「야, 이 짜샤! 내가 어디가 어때서 그래. 내가 그렇게 끔찍해?」

「오, 하나님!」

깡패 분위기 풀풀 풍기는 리나의 말투에 리버스가 두 눈을 천장 쪽으로 굴리며 흠칫 떠는 시늉을 했다. 나름 그녀의 질문에 대답은 한 셈. 리나는 입술 한쪽을 뒤틀며 녀석을 째려봤다.

「아~주 고마운 대답이다. 응?」

「천만에.」

리버스는 장난스러운 미소와 함께 씰룩씰룩 눈썹을 꿈틀거렸다. 리나의 웃음을 유발하기 위한 것이지만 그녀는 긴장된 한숨을 연달아 내쉬고 있었다. 어지산히도 떨리는 모양이었다. 친히의 봉리나가 이렇게 덜덜덜 떨고 있다는 걸 친구들이 알면 얼마나 놀랄까. 미국 친구들 사이에서 리나는 내숭 못 떨기로 소문난 애였다. 오죽하면 같은 디자인팀의 마이클은 '리나는 여자가 아닌 것 같아. 확인해 봐야 하는 거 아니야?'라고 말하기도 했다. 문득 리버스는 당장 마이클에게 전화해 리나의 행태를 고발하고 싶은 충동이 일었다.

"그나저나 한국 들어와서 며칠 동안 뭐 하고 지냈어? 연락도 없이."

카페에 들어오자마자 빈자리를 찾아 풀썩, 몸을 내던진 리나는 맞은편에 자리를 잡는 리버스를 올려다보며 물었다.

"할아버지 댁에 갔었어. 알잖아. 우리 어머니 식구들 극성. 이모, 이모부, 조카들, 할아버지, 할머니, 기타 등등."

리버스는 어깨를 으쓱하며 느긋한 동작으로 자리에 앉았다. 어느새 다가오는 종업원을 향해 그는 빙긋 웃으며 영어로 쌀라쌀라 뭐라 지껄였다. 평소 말하는 속도의 거의 두 배속이었다. 그의 속셈이 뭔지 대략 눈치 챈 리나는 태연하게 고개를 돌려 종업원을 바라봤다. 어깨까지 닿는 생머리를 뒤로 잘 묶어 꽤 단정하고 예쁘장해 보이는 여종업원은 외국인 손님이 거침없이 쏟아내는 꼬부랑 말에 완전 당황해 얼어붙어 버린 듯했다. 뭐, 딱 리버스가 원하는 상황인 셈이었다. 리나는 리버스의 기만스러운 행태에 소리 없이 호응해 주었다.

"손님이 한 분 더 오실 거래요. 조금 있다가 시키신다는데요?"

리나는 한국말 모르는 외국인 시늉을 하는 리버스의 말을 통역해 주고 생긋 웃었다. 그러자 낭패감에 절어 있던 여종업원의 얼굴이 방긋 웃으며 반갑게 고개를 끄덕였다. 통역해 준 리나가 엄청스레 고마운 표정이다. 대충 얼버무리며 자리를 뜨는 종업원의 뒤를 흘낏 보며 리나는 거만하게 물었다.

"너 여자들이 접근할까 봐 일부러 이러는 거지?"

"무슨 소리야? 나 여자 좋아해."

"그럼 뭐야? 왜 이런 짓을 해?"

"노멀한 삶을 살고 싶어서랄까."

"What?"

무슨 소리야? 노멀한 삶이라니. 리나는 리버스의 잘생긴 얼굴을 바라보며 끔뻑끔뻑, 두 눈을 감았다 떴다를 멍하게 반복했다. 그런 그녀에게 피식 살인미소를 날리더니 팔짱을 끼고 소파에 풀썩 몸을 기댔다. 그리곤 입술 언저리를 밑으로 끌어내리며 고개를 끄덕였다.

"Well, you know, actually I, uh(음, 너도 알다시피 사실 난, 어)……."

뭔가 설명하려는데 설명이 잘되지 않는 듯, 그는 결론을 미루고 있었다. 리나는 퉁명하게 그의 입에서 나오는 의미없는 단어들을 끊었다.

"간단하게 말해. 에, 또, 어쩌고 하지 말고."

"외국인이라고, 난."

"누가 뭐래?"

"외국인이면 외국인다워야지. 외국인답지 않게 한국말을 너무 잘해 버리면 사람들이 날 외계인 취급할 거 아니야."

아니, 그렇게 깊은 뜻이?

"아이고, 불쌍한 우리 버스! 그랬쪄?"

"언젠가, 날 외계인 취급하지 않는 여자가 나타나게 될지도 모르지.”

“나 있잖아. 난 네가 외계인으로 안 보이는데.”

“너도 여자냐?”

“뭐라고?”

리버스는 발끈하는 리나를 바라보며 껄껄 웃었다. 하여튼 놀려먹기 딱 좋은 애다. 어찌나 매번 잘도 속아주시는지. 주먹을 휘두르며 당장이라도 덤벼들 기세인 리나를 향해 그는 씩 웃었다.

“진정하시고, 내 말 들어봐. 너 스카우트했다는 회사, 필러스 그룹이라고 했지? 필러스가 엊그제 나한테도 전화를 했더라.”

“뭐어?”

리나는 매우 놀란 듯 두 눈을 동그랗게 떴다. 고개를 쏙 빼고 입까지 벌린 그 모습은 상당히 코믹했다. 웃음유발 표정에 쿡쿡거리며 그는 한쪽 팔을 꺾어 소파 뒤쪽에 얹고, 이마 위를 덮고 있는 숱 많은 머리카락을 뒤로 쓸어 넘겼다.

“너랑은 미팅도 했다며.”

“필러스 사장이 그런 소리도 해?”

뜨악한 표정으로 리나가 물었다. 물론, 필러스 사장이 그런 소리도 했다. 그는 리버스와 리나 모두를 원했다. 두 사람이 팀워크를 이루면 최강의 디자인팀이 꾸려질 거라 확신하는 듯했다. 그건 당연한 예상이다. 리버스는 그래픽 상업디자인 분야의 최고였고 리나는 패션디자인 분야의 최고였다. 최고와 최고가 만나면 당연 최고가 될 것이고, 서로의 장점과 단점을 잘 파악하면서도 친분 또한 두터우니 최강의 파트너십을 발휘하게 될 게 분명했다. 두 월척을 낚기 위해 임석인은 제일 먼저 리나에게 접근했다. 리나는 한국인이고 어차피 한국에 들어올 사람이었으니 리버스보다는 훨씬 접근이 용이했을 것이다. 그리고 그녀가 자기 수중에 반쯤 넘어왔다 싶으니, 이제 다음 목표인 리버스에게 접근해 온 거였다.

"네가 생각할 시간을 좀 달라고 했다더란 말도 하던데."

"미, 미친 거 아니야? 무슨 사장이란 사람이 그리 입이 싸?"

삼 일 전, 필러스그룹 사장실에서 단둘이 앉아 나눴던 면담을 떠올리며 리나는 얼굴을 찡그렸다. 선욱은 잠자코 조용히 있으라고 명령했지만 리나가 어디 그 말을 들을 사람인가? 날마다 친구들 만나러 싸다니는 것도 모자라 필러스 측에서 만나자는 제의를 해오자마자 냉큼 달려나갔었다.

필러스의 임석인 사장은 소문대로 젊고 유능해 보였다. 눈빛도 날카로웠고 태도도 분명한 것이 사업에 대한 감각이 본능적이면서도 감각적이라는 느낌을 받았었다. 그래서 더 필러스에서 일하고 싶은 마음이 들었던 거고. 디자인이라는 게 사실 본능적인 감각에 의존하는 율이 매우 높은 일 중 하나이니 왠지 자신과 같은 부류라는 느낌이 들었던 거다. 그런데 그 사람이 리버스에게도 입사 제의를 했다니, 이게 대체 어떻게 된 일인지 모를 일이었다. 무슨 속셈인 거지?

"진정해. 우리가 친하다는 걸 그 사람도 알고 있었으니까. 내게 한 말이 네 귀에 들어갈 거란 것도 알고 있었을 거야."

"알면서도 그런 말을 하는 건, 뭐야?"

"제시하는 거지. 조건을."

"조건? 무슨 조건? 좀 자세하게 얘기해 봐."

리나는 눈살을 팍 찌그러뜨리며 퉁명하게 물었다.

"필러스에서 정식으로 우리에게 제의하는 거다. 한 팀을 이뤄 일해보는 게 어떻겠냐고."

"뭐? 팀?"

"예스. 너와 나."

"……!"

리버스와 한 팀을 이뤄 일을 할 수 있다는 게 조건이라면 당연히 결정은 오케이 쪽이다. 리버스는 실력이나 인지도 면에서 세계 최고의 레벨을 가지고 있다. 일등급을 넘어서 특등급 디자이너란 말이다. 이런 사람을 동료로 둘 수 있다면 디자이너로서는 꿈같은 일이었다. 남진과 나훈아가, 브리트니 스피어스와 크리스티나 아길레라가, 비틀즈와 롤링스톤즈가 한 무대에서 노래한다고 생각해 봐라. 얼마나 굉장하겠는가! Yo~ check this out!

"넌 어쩔 건데?"

격양된 표정으로 리나는 아랫입술을 핥았다. 그녀야 애초부터 필러스와 일하고 싶어했으니, 중요한 건 리버스의 의견이었다. 그는 미국인이고 몇 달 뒤엔 미국으로 돌아갈 사람이었다. 필러스에도 미국지사가 있다 하지만 지사근무와 본사근무는 전적으로 다른 차원의 문제였다. 게다가 리버스 정도라면 세계 어디든 최고의 대우를 받을 수 있는 사람인데 굳이 한국이라는 조그만 무대에 매일 이유가 전혀 없었다.

"그 기대에 찬 눈빛은 뭐야?"

리버스가 거만하게 물었다. 양 눈을 게슴츠레하게 뜨고. 리나는 배시시 웃었다.

"아니, 뭐 다른 뜻은 없어. 네 생각이 중요하니까. 네가 싫다고 해도 서운하진 않을 거야."

"서운하다는 말보다 더 무서운데?"

"아휴! 무섭긴. 뭐가 무섭다고 그래. 내가 널 얼마나 사랑하는데."

토닥토닥토닥, 리나는 리버스의 손등을 한 손으로 어루만지며 팔랑팔랑 눈꺼풀을 나풀거렸다. 심히 약한 모습이로고, 봉리나. 하지만 리버스를 갖기 위해선—동료로서다, 물론—이런 일쯤 문제도 아니다. 이런 구차한 짓? 백번, 천번도 한다. 흐흐……. 리나는 음흉한 웃음을 실실 흘리며 상체를 더욱 앞으로 숙였다.

"그래서? 뭐라고 대답했어? 어떻게 할 거야? 응?"

"갑자기 너 왜 그래?"

"에이~ 알면서."

생긋 웃는 리나의 목소리는 꿀을 잔뜩 바른 듯 매끄럽고 달콤했다. 리버스는 한쪽 눈썹을 휙 끌어올리더니 흠칫, 뒤로 몸을 내뺐다. 갑자기 덤벼들며 다가오는 리나가 무섭다는 듯.

“여자처럼 그러지 마라. 적응 안 되니까.”

“왜 이래~앵. 나도 여자라구~웅.”

“웩. 비위 돈다. 저리 가.”

“어떻게 할 건데? 대답했어? 뭐라고 했어?”

애교가 잔뜩 묻은 목소리로 묻는 리나. 웬 애교? 리나에 애교가 어울리기나 한가, 어디? 리버스는 신들린 퍼포먼스를 펼치고 있는 리나가 어이없어 너털너털 웃고 말았다.

“자꾸 이러면, 너 이러는 거, 동영상으로 찍어서 유튜브에 올려 버린다.”

“올려. 올리고 나랑 같이 하자.”

일하자는 뜻이었다. 정확히, ‘동영상 따위 올려도 좋으니 나와 함께 일하는 게 어때?’라는 의미였다. 하지만 듣는 사람에 따라서는 상당히 곡해할 요소가 많은 문장이다. 특히나 앞뒤 사정 전혀 모르고 딱 ‘나랑 같이 하자’는 문장만 겨우 들었을 시엔 그 문제가 아주 심각해진다.

리나는 평소에 볼 수 없는 샤방스타일의 미소에, 애교 그득한 느끼 버전 목소리로 리버스를 유혹(?)하고 있었기 때문이다. 막 카페에 들어와 마지막 그녀의 말만 들은 사람은 그녀의 유혹을 전혀 사무적으로 느끼지 않을 것이다. ‘비즈니스’적이기는커녕 매우 ‘피지컬’로 들렸을 터.

카페에 막 들어선 선욱은 그 자리에 석고상처럼 굳어버렸다.

"**어?** 어……."

이쪽으로 쏟아지는 한 남자의 시선을 느낀 리버스는 모든 동작을 멈추었다. 185㎝쯤 되는 키에 조각처럼 반듯하고 잘 빚어진 이목구비, 은은히 풍기는 품위. 흡사 양복정장 모델처럼 매끈하면서도 신사적인 분위기에 그러면서도 온몸에선 섹시한 매력이 조용히 묻어나오는 은밀함을 가신 남자. 리버스는 방금 카페 안으로 들어온 이 남자가 문제의 그 '썬' 이라는 걸 단박에 알아차렸다.

몇 년 동안 리나의 컴퓨터 배경화면이었으며 디자인의 가상 모델이기도 했던 사람이니 리버스가 몰라볼 리는 당연히 없었지만, 사실 리버스는 깜짝 놀라고 있었다. 리나로부터 수년 동안 들어왔던 김선욱, 리나의 오매불망 단 하나뿐인 태양(썬)은 듣던 바와는 그 느낌이 사뭇 달랐기 때문이다. 리버스가 생각하는 김선욱은 모범생이었다. 리나의 말에 의하면 그는 언제나 부모님의 기대주였고, 동생들의 모범이 되었다. 공부도 굉장히 잘했었고 사회에선 늘 리더의 위치에 있었으며 부모님이 돌아가신 후에는 동생들을 건사하며 아버지의 회사까지 지켜냈다고 했다. 그런 사람이라면 규범에 얽매이고 타인의 이목에 신경 쓰며 남들 기대에 어긋나는 행동은 절대로 하지 않는, 아주 판에 박힌 사람일 거라고 리버스는 생각해 왔다.

하지만 실제로 모습을 드러낸 김선욱은 그 느낌이 달랐다. 범생은 범생인데 범상치 않은 범생이랄까. 판에 박혔다는 표현과는 이질적으로까지 느껴졌다. 언뜻 평범해 보였지만 결코 그의 내면은 평범하지 않는 것 같았다. 리버스의 예리한 눈에는 김선욱이 매우 데인저러스하게 보였다. 속내 음흉한 남자임이 틀림없었다, 그는.

"샌님처럼 조용하고 영국 신사처럼 다정다감하기 이를 데 없다던 오빠 씨가 너한테 소리 지르면서 당장 짐을 싸라고 했다니. 지킬 박사야?"

리버스는 며칠 전 자신이 리나에게 했던 말을 떠올리며 씩 미소를 지었다. 그땐 이해하지 못했던 몇몇 의문점들이 대강 납득 되는 것 같았다. 저런 모습의 김선욱이라면 충분히 지킬에서 하이드로 변신할 수 있었다.

'이것 참, 점점 흥미진진해지는데?'

리버스는 웃음 띤 얼굴로 슥슥 두 눈동자를 굴리며 리나에게 말 없는 힌트를 주었다. '너의 미스터 태양(썬)께서 납신 것 같은데. 이제 좀 그만 하지? 뒤를 돌아보든지'의 의미로다가. 하지만 눈치 없는 리나는 리버스의 눈동자가 왜 이리저리 움직이는지 전혀 모르는 듯했다. 꿀물 뚝뚝 떨어지는 목소리로 리버스를 유혹해 대느라 정신이 없는 그녀는 제 뒤에 우뚝 서서 살벌한 눈길을 쏟아 붓고 있는 선욱의 존재를 전혀 눈치 채지 못하고 있었다.

"하자. 응? 우리가 그쪽으론 환상의 콤비잖아."

콤비? 무슨 콤비?

"너도 인정하지? 나랑 같이 하면 삘 받는다며. 밤을 새도 피곤한 줄도 모른다며."

오, 이런. 듣고 보니 뉘앙스 이상하네. 리버스는 이마를 치며 '테러블'을 외치고 싶었다.

"그런 파트너 만나기 어디 흔한 줄 아니? 게다가 내 능력도 인정하잖아, 너. 자기도 잘하면서 상대까지 잘하게 만드는 파트너랬잖아. 나 같은 파트너 만나는 것도 쉽지 않다는 거, 너도 알지?"

일부러 이렇게 말하기도 참 쉽지 않을 텐데. 어처구니없게도 리나는 그런 쪽으로 오해할 만한 단어들만 골라서 얘길 하고 있었다. 우습기도 하고 호기심도 일어 리버스는 느긋이 선욱과 리나를 관찰하기로 했다. 어차피 이렇게 된 거, 리나나 확실히 도와주지 뭐. 리버스도 은근히 이 남자가 어떻게 나오는지 매우, 굉장히, 와방, 궁금했다.

「무슨 소리야? 네가 하는 말 하나도 못 알아듣겠다, 난.」

일부러 리버스는 영어로 대답했다. 마치 한국말은 전혀 모르는 것처럼. 그러니 리나는 얼굴을 확 찌푸리더니 빠르게 입술을 놀렸다. 물론 영어였다.

「너 지금 튕기는 거야? 인기있다고 내 앞에서 유세 부리는 거?」

「글쎄. 내가 인기가 있긴 있었나?」

「장난치지 마. 난 심각해. 내 미래가 달려 있는 문제라고.」

이쪽을 지켜보고 있는 선욱의 이맛살이 험악하게 구겨졌다. 잘하다가는 한 대 맞겠다 싶으니 짐짓 부르르 몸이 떨리는 것 같아 리버스는 쿡쿡 웃어버렸다. 이거로군, 썬. 오빠의 눈빛이라고 하기엔 상당히 애매합니다만. 리버스는 두 눈을 내리깔며 리나의 말을 심각하게 생각하는 척했다.

「어, 혹시……..」

리나가 두 눈을 활짝 개방하고 정신없이 깜빡거렸다. 리버스의 입술에 시선 집중한 건 물론이고. 리버스는 훌쩍 시선을 들며 물었다.

「당신이 김선욱 씨 되십니까?」

리나의 뒤쪽에 서 있던 선욱과 리버스의 시선이 허공에서 쨍!
하고 부딪쳤다. 파득파득, 불꽃이 튀며 서로 뒤엉키는 시선들
사이로 휙, 리나의 고개가 급하게 뒤로 꺾였다. 리나는 거의 경
악에 가까운 반응을 보이며 그 조그만 입을 쩌억— 벌려댔다.
숨이 턱 막힌 듯 그녀는 입술을 연신 벌리고 또 벌리며 정신없
이 숨을 들이켰다. 놀랄 만도 하다. 그녀도 머리가 있으니 생각
해 보면 알 수 있으리라. 방금 자신이 한 말이 선욱의 귀에 어떤
식으로 곡해되어질 수 있는지.

"오빠! 어, 언제 왔어?"

바람피우다 들킨 것도 아닌데 리나는 엄청 놀란다. 완전히 입
이 얼어붙은 듯 말까지 더듬었다. 이러면 더욱 오해하게 될 게
다. 좋지 않아, 봉리나. 리버스는 속으로 혀를 쯧쯧 찼다. 다른
일엔 프로페셔널하고 라이블리하게 굴면서 왜 선욱 앞에선 쩔
쩔맨담?

"방금. 앉아도 될까?"

딱딱한 어조로 선욱이 말한다. 리나는 그의 말이 떨어지자마
자 빨딱 일어나더니 고개를 끄덕이며 자리를 내주었다. 리버스
는 심히 귀찮다는 듯 느릿한 동작으로 자리에서 일어나며 리나
의 팔을 잡아당겼다.

"아야, 왜 그래?"

갑자기 이상하게 구는 리버스를 리나는 눈살을 찌푸리며 돌아보았다. 그는 리나의 팔목을 쥐고 샤르르, 당장 그녀를 녹여 버릴 듯한 달콤한 미소를 지었다.

「내 옆에 앉아야지, 베이비.」

"베…… 뭐?"

「당연하잖아, 스위트 하트.」

리버스가 한쪽 눈을 힐끗 치떴다.

'쿠헉!'

느끼한 그의 말에 리나는 속이 뒤집히는 걸 느꼈다. 젠장할, 이놈 미친 거 아니야? 누가 이런 짓을 하라고 했어? 하지만 여전히 그녀의 한쪽 팔목을 쥐고 있던 리버스는 느끼―적어도 리나의 눈엔 그랬다―한 시선을 그녀에게 두며 씨익, 역시나 아주 느끼한 미소를 지었다. 뭔가 은밀한, 야릇하고 색스러운, 비밀이 담긴 듯한 미소였다. 리나는 신음이 흘러나올 것 같아 입술을 꽉 깨물었다. 물론 여기서 신음이란 구타 충동을 자제하기 어려워 흐르는 경우의 것이다. 리나는 리버스를 확 쥐어 패주고 싶은 충동과 싸우고 있었다. 리나는 리버스를 마주 보며 배시시 웃어주었다.

"어, 나도 그러려고 했어, 사실은. 난 그냥…… 일어선 김에 인사나 나누려고."

너 죽어볼래? 왜 이래? 리나는 리버스를 향해 두 눈을 부릅떴다. 머리를 긁적이는 척하며 선욱의 시야를 가리며 말이다. 리버스는 태연하게 어깨를 으쓱했다. 내가 뭘?

'뭐긴 뭐야. 이런 짓 계속하면 헤드락 걸어버리겠다는 말이지.'

리나는 협박 담긴 눈총을 마구 쏘아주었지만 강철갑옷으로 무장한 리버스의 간덩이는 무럭무럭 커졌다. 그는 예의 그 미친(?) 미소를 만면에 흘리며 그녀에게 몸을 기울이며 속삭였다.

「허니, 당신 오빠가 기다리고 있어.」

계속 그놈의 버터멘트를 흘려주겠다는 뜻이렷다. 리나는 분노게이지 급상승한 얼굴을 애써 숨기며 어색하게 웃었다. 내 이놈을 그냥!

"오빠! 여긴 내 남자 친구, 리버스 페리."

리나는 허허허, 가식적인 웃음소리를 내며 경직된 몸을 리버스에게 붙였다. 어퍼컷을 날려주고 싶은 놈이지만 일단 상황은 모면해야 했기에. 선욱에게 리버스는 그녀의 약혼자, 사랑하는 남자로 보여야 했다. 리나는 리버스의 어깨에 팔짱을 두르기까지 했다.

"그리고 자기야, 여긴 우리 오빠. 김선욱 씨."

「반갑습니다. 김선욱입니다.」

선욱이 먼저 한 손을 내밀며 영어로 인사를 건넸다. 리버스의 입술 한쪽이 슬쩍 올라갔다. 녀석 특유의 웃음으로써 상대방으로 하여금 영 찜찜한 기분이 들게 만드는 그런 미소였다. 깔보고 있다는 느낌이 든다고나 할까. 하여튼 그런 미소를 지으며 녀석은 한 손을 내밀어 선욱의 손을 맞잡았다.

"리버스 페리입니다. 반갑습니다."

리버스는 자연스러운 한국어 솜씨를 마음껏 뽐냈다. 영어로 말을 꺼낸 선욱이 무색하리만치 완벽한 발음이었다. 리나는 식겁한 기분으로 리버스를 흘낏 돌아봤다. 내내 영어로 말하더니만 왜 갑자기 한국어? 외국인은 외국인다워야 한다며! 선욱에게 물 먹이려고 일부러 이러는 거 아닌가 의심스러워지는 리나였다.

"한국말을 잘하시는군요."

"리나의 도움이 컸죠."

"그래요?"

두 남자가 악수하는 모습을 가운데에 서서 보는 리나의 기분은 이상했다. 서로의 눈을 뚫어져라 바라보며 희미한 미소를 띠고 있는 두 사람 사이에는 기싸움을 하듯 치열한 분위기가 흘렀다. 키도 엇비슷해 시선의 방향이 완전 직선이어서 긴장감은 더욱 고조되는 기분이었다. 게다가 이 손들을 보라지. 악수하는 손들에 웬 핏대가 이렇게 빡 섰담? 힘겨루기 하는 거야 뭐야? 리나는 점점 안절부절못하며 애를 태웠다.

"아, 앉아요. 앉아요들. 서서 이러지 말고."

"앉죠."

선욱이 먼저 사나운 눈길을 거두어들였다. 리버스는 기분 나쁜 미소를 씩 지어 보이고는 어정쩡하게 서 있는 리나의 손목을 잡아 끌어당겼다.

"당신도 이리 와서 앉아, 스위티."

"어? 어, 그래. 하하하하……."

웃었지만 웃음소리는 점점 사그라졌다. 리나는 어색한 얼굴로 리버스의 옆자리에 털썩 주저앉았다. 창피하고 민망스러워 얼굴이 벌겋게 달아올랐다. 왜 이런 기분이 드는 걸까 생각해 보자니, 이제껏 선욱 앞에서 이런 모습을 보인 적이 없어서라는 걸 깨달았다. 평소 여성스러운 느낌, 여자들만이 가지는 분위기, 이딴 것과는 거의 거리가 먼 리나였으니 당연한 거겠지만. 하여튼 쏟아지는 그의 시선을 다 받아내고 있는 이 머리통이 정말 홧홧해 죽을 맛이었다. 으, 괴로움에 신음하고 있는데 이번엔 리버스의 커다란 손이 부드럽고 날렵하게 리나의 허리를 접수했다.

'흡! 이 자식!'

경악한 눈동자를 숙인 고개 안으로 숨기고 리나는 리버스를 째려보았다. 그러나 리버스는 자신의 책무를 다하기 위해선 뭐든 수단과 방법을 가리지 않을 듯, 그녀의 허리를 더욱 바짝 자기 쪽으로 끌어당겼다. 졸지에 리나는 리버스의 옆구리에 바짝 붙어 닭살 포즈를 취하게 되어버렸다. 설상가상으로 리버스는 리나의 허리를 긴 팔로 휘어 감더니 그녀의 정수리에 꾹 입술을 눌렀다. 선욱의 까만 눈에 정체 모를 감정이 떠올랐다 사라졌다.

"페리 씨 얘기는 리나에게서 많이 들었습니다."

"말씀 편하게 하세요. 어차피 가족이 되면 제가 손아래 사람이잖아요."

선욱의 딱딱하고 정중한 말에 리버스는 쾌활하게 대응했다.

"난 이게 편합니다만."

"그러세요?"

애매한 미소를 지으며 리버스는 선욱을 빤히 바라봤다. 그 시선을 피하지 않으며 선욱도 리버스를 뚫어져라 바라봤다. 그리고 조용하면서도 단호한 억양으로 느릿느릿 중얼거렸다.

"가족이, 아니니까요. 아직은."

침묵. 묘한 기분에 휩싸여 리나는 리버스와 선욱을 번갈아 차례로 돌아봤다. 예민하게 곤두서 있는 듯한 선욱은 느긋하기만 한 리버스의 태도가 못마땅한 게 틀림없었다. 평소 얼굴에 기분이나 심경을 드러내는 법이 없는 선욱이었고 지금 역시 무표정으로 일관하고 있었지만, 리나는 알 수 있었다. 선욱을 겪은 게 하루이틀인가, 어디? 딱 보니 감이 온다. 지금은 '기분 완전 더럽다'의 표정이었다. 리버스가 엄청 마음에 안 드는 거다.

"자, 자! 우리 차라도 마시면서 얘기해. 어때?"

작은 침묵을 깨고 리나가 푼수처럼 말을 꺼냈다. 리버스에게 향하고 있던 선욱의 시선이 뚝 그녀의 얼굴로 떨어졌다. 리나는 순간, 흐음— 소리 없이 숨을 들이켰다. 선욱의 새까만 시선은 리나를 생전 처음 보는 것처럼 아득하게 닫혀 있었다. 낯선 시선에 리나는 당혹감을 느꼈다.

"자리를 옮겨 아예 식사를 하는 건 어때?"

"난 아직 배 안 고픈데. 오빠는 고파?"

"그런 건 아니지만 저녁시간이잖아. 페리 씨는 어떠십니까?"

정중하게 그가 물어왔다. 하지만 리버스는 속지 않았다.

"전 허니가 있으면 항상 배부른 사람입니다."

"리버스. 오, 오빠 앞에서 왜 그래."

쿡, 리나는 리버스의 옆구리를 찌르며 말했다. 슬쩍 건드리는 정도의 강도였지만 실은 많은 의미를 내포하고 있었다. '너 계속 이렇게 오버하면 죽어' 쯤 되려나. 진땀을 잔뜩 흘리는 리나를 빤히 내려다보던 선욱은 대뜸 리버스를 향해 시선을 돌리며 빠르게 말했다.

"잠깐 실례해야겠습니다. 연락해야 할 곳이 있어서."

"괜찮습니다. 바쁘신 분이니 저희가 이해를 해드려야죠."

비꼬는 듯한 리버스의 말투에 선욱은 잠시 입을 꾹 다물고 앉아 있었다. 리나는 꿀꺽, 다시 긴장된 침을 삼키며 수다스럽게 재잘거렸다.

"얼른 갔다 와. 내가 차 주문해 놓고 있을게. 오빤 아직도 홍차? 커피는 되게 싫어하지, 원래? 홍차 시켜놓을까? 이 카페 홍차 괜찮은지 모르겠네. 안 좋은 거 먹느니 차라리 녹차를 마시는 오빤데. 내가 일단 물어보고 알아서 시켜놓을게. 걱정 말고 갔다 와."

“커피가 좋겠다.”

그녀의 수다를 끈기있게 다 듣더니 선욱이 뚜벅 꺼낸 말이었다. 커피가 좋겠다고? 언제부터 홍차에서 커피로 바뀐 거지? 리나는 눈살을 찌푸리며 멀뚱하게 앉아 있었다. 가슴 한쪽에서 뭔가가 쓸려나가는 듯한 기분을 그녀는 느껴야 했다. 야릇한 상실감에 그녀는 할 말을 잃어버렸다. 그런 그녀를 두고 그는 자리에서 일어났다. 주머니에서 전화기를 꺼내며 카페를 나가는 그의 뒷모습을 멍하게 바라보며 리나는 허허, 헛웃음을 연방 뿜어 댔다.

“들었어? 커피를 마신대. 우리 오빠는 원래 커피 대따 싫어한다고.”

멍하게 중얼거리는 리나를 보며 리버스는 냉소했다.

“그사이 변했나 보지. 칠 년이라는 세월 짧지 않잖아.”

“믿을 수 없어.”

“믿을 수 없는 게 뭐야? 썬이 커피를 마신다는 거야, 아니면 썬이 변했다는 사실이야?”

“둘 다.”

“충격이 심한 모양이네.”

“커피 말고도 변한 게 더 있겠지?”

허깨비라도 본 듯 리나는 몽롱한 얼굴이었다. 사실, 그가 달라졌다는 건 그전부터 느끼고 있었던 리나다. 리버스의 아파트로 느닷없이 들이닥치던 때도 그렇고, 지욱네 집에서 마구 화를 내던 때도 그렇고. 확실히 선욱은 달라졌다. 부드럽고 배려심 많은 선욱에게 익숙한 리나는 그의 그런 모습이 너무나 낯설었다.

"긍정적으로 생각해. 그동안 차 마시는 기호뿐 아니라 여성관도 바뀌었을지 누가 알아?"

"여성관이라니?"

"그사이 너를 좋아하게 되었을 수도 있다, 이 말이지."

"너 또?"

찌릿, 리나의 눈동자가 리버스를 찌른다.

"내가 헛방 날리지 말랬지. 너 때문에 괜히 이상한 상상만 하게 된단 말이야."

"아, 왜? 그럴 가능성은 있잖아. 아까 그 눈을 봐라."

"그럴 리 없어. 나를 좋아하게 됐으면 이렇게 그냥 있겠냐?"

"그냥 있진 않았지, 솔직히. 날 아주 죽이려고 들었잖아."

"그거야 내 결혼을 반대하니까 그런 거고."

"반대하는 이유가 뭔데? 그 이유가 널 좋아하기 때문일 수도 있잖아."

바보 같은 리버스. 좀비의 눈으로 리버스를 쌔려보아 두며 리나는 음산하게 중얼거렸다.

"내가 애로 보인단다."

"그렇게 말하던?"

큭, 억눌린 웃음을 흘리며 리버스는 느슨하게 턱을 괴었다.

저 양반이 리나를 애로 여기지 않는다에, 그는 자신의 전 재산을 걸 수도 있었다. 아이를 바라보는 눈빛은 절대 그렇게 위험할 수 없었다.

"그나저나 너 진짜 너무 오버하는 거 아니냐? 그렇게 느끼하게 안 해도 되니까 좀 작작해."

"헤이, 우린 지금 결혼까지 생각하고 있는 커플이야. 그 정도의 애정은 보여줘야지. 안 그러면 더 의심받아. 오케이?"

"의심이고 뭐고. 내 속이 다 뒤집혀, 인마."

"참아. 썬이 널 질투하잖아."

"또 그 소리! 질투는 무슨."

"질투야, 질투. 내 보기엔 썬은 널 확실히 좋아해. 여자로서."

"시끄럽다."

"내 말 믿어. 남자 마음은 남자가 더 잘 아는 법이라고."

"네 말 듣고 있으면 진짜 오빠가 날 좋아하는 것 같아! 그만 좀 해."

"정 못 믿겠다면 실험을 해보든지."

리버스는 장난스레 눈썹을 씰룩거리며 리나의 염장을 질러댔다. 그리곤 제 몸을 의자 등받이에 기대어 길쭉하게 뉘더니 두 팔을 쭈욱~ 위로 뻗었다. 길고 거대한 덩치를 나른하게 펼치고 기지개를 펴는 리버스는 사람들의 관심을 단숨에 끌었다. 리나는 도끼눈을 뜨고 입술을 깨물며 쿡, 놈의 옆구리를 한 번 더 찔러주었다.

"제발 좀 얌전히 있어. 사람들 관심을 그리도 끌고 싶냐?"

"자연히 끌려 들어오는데 난들 어쩌라고."

"말이나 못하면. 으이구!"

손을 들어 종업원을 부르고 차를 주문하고 나니 리버스가 그녀의 발뿌리에 발길질을 했다. 발로 발을 부드럽게 건드는 제스처였는데 친구로서의 걱정과 애정이 담겨 있었다. 리나는 찌뿌듯한 얼굴로 리버스를 돌아봤다.

"뭐?"

"실험해 보라고."

"아, 뭐얼!"

버럭 리나는 소리를 질렀다. 리버스가 무슨 잘못이 있겠냐만 상황이 상황이니만큼 짜증이 잔뜩 나 있었다. 사람 미치는 거 한순간이군. 이러다가 신경쇠약증 걸리겠네.

"썬이 널 사랑하는지, 안 하는지 실험을 해보라니까."

"아! 정말. 너 헛소리 좀 작작해라, 응?"

"아주 간단하다니까. 쉬워. 한번 해보는 것도 나쁘지 않잖아."

"뭘 어떻게 해보라는 건데? 어디, 얘기나 들어보자."

"키스."

"뭐어어!"

너무나 놀라 리나는 상체를 벌떡 일으켰다. 아주 가까운 곳에서 리버스의 눈빛이 흥미롭게 반짝였다. 키스라니, 이게 미쳤나?

"너랑 내가 어떻게 키스를 하니? 됐거든!"

리버스는 경악하는 리나를 앞에 두고 킥킥 웃었다. 봉리나, 이럴 때 보면 은근히 귀엽다니까. 선머슴처럼 제 마음대로 구는 모습을 보고는 절대로 여자라는 느낌 안 들지만, 이렇게 사차원적인 상상을 할 땐 나름의 매력이 있다는 생각이 들었다. 이런 덤벙대는 모습에 매료된 건가, 김선욱?

"봉리나. 키스는 썬이랑 해야지. 내가 아니라."

"엉?"

한 순간 놀라는 것 같더니 리나의 얼굴은 점점 더 일그러졌다. 선욱과 키스를 한다는 생각만으로도 끔찍하다는 듯한 표정에 리버스는 폭소가 터질 것 같았다. 아니, 좋아하는 남자랑 키스하는 게 그리도 끔찍한가? 반응이 왜 이래?

"그러다 거절당하면 어쩌라고. 난 못해."

차라리 리버스랑 키스하고 말지. 리나는 절대 선욱과 키스할 수 없었다. 못한다. 절대 못한다. 분명 그녀가 키스하려고 덤벼들면 선욱은 냉정하게 그녀를 쳐낼 것이다. 그리곤 이렇게 말하겠지.

'애가 점점 왜 이러니? 미국에서 이런 것만 배워온 거니?'

윽! 생각만 해도 아찔하다. 그가 하는 애 취급은 이제 지겨웠다. 그의 무시에 상처받는 건 한두 번이지. 더 이상의 묵사발은 사양하고 싶었다. 하지만 머릿속에 이미 그의 입술에 키스하는 장면을 떠올리고 있는 건 또 무슨 심리람.

"시도를 할지 말지 네가 알아서 해. 네 마음이니까."

리버스는 생긋 미소를 지으며 빤히 리나를 바라봤다. 그리곤 결심했다는 듯 쿡, 그녀의 볼에 입술을 댔다. 선욱과의 키스 생각에 집중해 있던 리나는 펄쩍 뛰며 손바닥으로 볼을 닦았다.

"으, 드러. 뭐 하는 짓이야, 너!"

"썬이 보고 있어. 좋아하는 척이라도 좀 해라."

그를 밀어내려던 리나는 순간, 숨을 멈췄다. 그리고 얼어붙은 듯 꼼짝 않고 리버스의 입술을 받았다. 겉으론 절대 아니다, 있을 수 없는 일이다, 펄쩍 뛰었지만 막상 선욱의 앞이라고 생각하니 정말로 그의 마음을 알아내고 싶어진 거였다. 리버스의 말대로 선욱은 리나를 사랑하고 있는 걸까? 사랑하면서도 아닌 척 마음을 숨기고 있는 걸까?

저절로 긴장이 돼 리나는 두 눈에 빡 힘을 주고 꼿꼿이 뒤통수를 세웠다. 뚜벅뚜벅, 무거운 그의 구두 발자국 소리가 들려왔다. 리나는 입술을 질끈 씹으며 미간을 가운데로 모았다. 찌릿찌릿, 선욱의 시선이 느껴졌다. 그가 이곳을, 리나와 리버스를 뚫어져라 바라보고 있음이었다.

"이런 때에 이런 말하긴 뭐하지만……."

테이블 바로 앞까지 다가온 선욱이 우뚝 걸음을 멈춰 서는 게 느껴졌다.

"그만 하시죠. 여긴 한국이에요."

차를 어떻게 마셨는지, 얘기는 어떻게 나눴는지, 어떻게 헤어졌는지, 리나는 하나도 기억이 안 났다. 정신이 하도 혼미해서 그딴 것들에 신경 쓸 겨를이 전혀 없었던 것이다. 기억나는 유일한 것은 선욱의 부드러운 미소뿐이었다. 저녁시간 내내 예전처럼 따사로운 미소와 포근한 태도로 그는 일관했다. 너무나 간만에 보는 그의 따뜻한 모습에 리나는 순식간에 헤벌레~ 넋을 잃어버렸다. 침까지 뚝뚝 흘리며 그의 샤방샤방 '알흠다운' 미소를 보고 있자니, 한순간 예전으로 되돌아간 듯한 착각에 빠져들었다.

열두 살 나이에 만난 고등학생 선욱은 어린 리나의 눈에 완벽한 남자, 그 자체였다. 열일곱 살이었던 그는 그 나이에 벌써 180cm가 넘는 훤칠한 키에 변성기도 지났었고, 거뭇거뭇 수염도 나, 소년의 티를 완전히 벗어버린 후였던 것이다. 리나는 캔디가 앨버트를 흠모하듯, 주디가 키다리 아저씨를 열망하듯 자연스레 선욱을 흠모하고 열망하게 되어버렸다.

하지만 옛 추억을 떠올린 것도 잠시, 리나는 곧 깨달았다. 선욱이 그녀를 외면하고 있음을. 그는 차를 마시고 이야기를 나누는 내내 그녀를 돌아보지 않았다. 일부러 그녀가 대화에 끼어들라치면 리액션 하나 없이 썰렁 무반응으로 일관해 무안해지기 일쑤였다. 물론 직접적으로 질문을 던져 보기도 했지만 선욱의 반응은 절대 한 번도 날아오지 않았다. 두어 번의 시도 끝에 선욱과의 대화를 포기한 그녀는 그 이후로는 잠자코 가만히 앉아 있었다.

집으로 돌아오는 차 안에서도 그의 외면은 이어졌다. 둘 사이는 침묵만이 감돌았다. 그가 운전하고 있었고 그녀는 그의 옆자리, 조수석에 앉아 있었으나 그는 그녀 쪽으론 눈길조차 주지 않았다. 어찌나 앞만 보고 가는지, 리나는 스스로 유령이 되어버린 게 아닌지 더듬더듬 제 몸을 더듬어보기까지 했다.

누구나 이렇게 무시당하면 화가 나게 되어 있었다. 리나도 마찬가지였다. 싫으면 싫다고 말을 하든지, 차 마시고 얘기하는 내내 웃었으면서 아무 말도 안 하고 있다가 왜 갑자기 냉대야? 왜?! 리버스의 말대로 질투 때문에 그럴 리는 없고, 분명 이유가 있을 텐데. 말을 안 하니 알 수가 있나. 뿔따구 불끈불끈 솟는 성미를 참고, 또 참으며 리나는 뚫어져라 앞을 노려봤다.

차는 어느새 집 앞까지 미끄러져 들어와 서서히 정차하고 있었다. 툴툴툴, 푸들푸들거리던 시동이 푸르르 꺼지고 선욱의 길고 새하얀 손이 운전내 옆구리에서 치 키를 회수했다. 리나는 충동적으로 그의 손을 덥석 붙들었다.

"잠깐 얘기 좀 해, 오빠."

그의 차가운 시선이 뚝, 아래로 떨어졌다. 자신의 손등을 덥고 있는 리나의 손이 못마땅한 듯 딱딱한 표정이었다. 리나는 특유의 오기가 발동하는 걸 느끼며 이를 바짝 깨물었다. 좋다고, 김선욱 씨. 해보자고. 그깟 냉기에 얼어버릴 봉리나가 아니란 걸 똑바로 보여드리고 말겠으니.

"그 사람 만나보니까 어때?"

"들어가서 얘기하자."

휙, 귀찮다는 듯 그녀의 손을 떨어뜨리며 선욱이 말했다. 매가리없이 나가떨어진 제 손을 멀줭게 내려다보며 리나는 콧잔등을 찡그렸다. 에잇, 씨! 이게 뭐냐, 봉. 본때를 보여준다며!

"여기서 하고 들어가."

괜히 심술이 난 리나는 차에서 나가려는 선욱의 옷자락을 붙들었다.

"그렇게 급한 거냐?"

슬쩍 고개를 돌린 그가 물었다. 냉기 서린 목소리에 흠칫 몸이 떨려왔다. 그러나 리나는 단전에 힘을 주고 두 눈에 힘을 바짝 줬다.

"인생이 달린 문젠데 그럼. 급하지 안 급해?"

그의 고개가 더욱 뒤로 꺾었다. 그리고 그의 새까만 눈동자는 리나의 분기 찬 시선에 정면으로 노출되었다. 그 끝을 알 수 없는 까마득한 눈동자가 리나를 뚫어져라 쏘아봤다. 바짝바짝 입이 타 들어가는 걸 느끼며 리나는 꿀꺽, 마른침을 삼켰다.

지면 안 되는데. 이대로 물러서면 지는 건데!

말도 안 되게, 리나는 선욱에게 기죽기 싫어 죽어라고 째려보았다. 일 초, 이 초…….

"휴!"

몇 초가 지났을까. 그가 작은 한숨을 내쉬었다. 졌다는 듯 그는 시선을 눈꺼풀에 가두고 틀었던 허리를 바로했다. 그리고 드디어 그가 입을 열었다.

"결혼시켜 줄 수도 있다는 입장이다, 난. 네가 그토록 사랑하는 사람이라면 허락해 줘야지."

"……!"

리나는 놀란 티를 내지 않기 위해 숨을 멈추어야 했다. 비명이 나올 것만 같아 입술 안쪽을 질끈 깨물어야 했으며 하도 크게 떠 두 눈이 튀어나올지도 모른다는 공포감에 사로잡혀 있어야 했다. 그는 지금 그녀의 결혼에 대해 얘기하는데 왜 그녀의 눈앞으로는 그의 결혼식이 떠오르는 걸까? 기묘한 일이었다.

"네 말대로 난 내 앞가림조차 못하는 주제니 반대할 입장도 못 된다. 네 나이가 벌써 스물일곱 살인데 내가 이래라저래라 하는 것도 우습기도 하고."

"오, 오빠……."

입술이 얼어붙어 말이 안 나왔다. 신이 나서 얏호를 외쳐야 함에도 리나는 절망의 구렁텅이로 점점 빠져들고 있었다. 역시나, 아니었어. 질투하고 있었던 게 아니었어. 알고 있었으면서도 쐐기를 박는 그의 말에는 넋이 나갈 것 같았다. 그녀의 충격에도 아랑곳 않고 맵시 좋게 잘 다듬어진 선욱의 입술은 차근차근 다음 말을 이어갔다.

"하지만 그래도 난 네 오빠야. 네 미래를 누구보다도 더 걱정하고 있어. 리버스 페리라는 그 청년은 내가 보기엔……. 글쎄 모르겠다. 내 눈엔 네 짝이 아닌 것 같다는 말밖엔.”

“내 짝이 아닌 것 같다고?”

성대를 쥐어짜니 겨우 한마디 나왔다.

“일단 좀 두고 보자. 결혼을 하면 어디서 살 것인지, 한국에 정착을 할 것인지, 미국에 둥지를 틀 것인지, 그런 세부적인 문제들부터 생각을 해봐야 하니까. 내가 보기엔 너나 그 사람이나 둘 다 그런 것들은 제쳐 두고 있는 것 같은데, 그렇게 해서 한 결혼은 오래 못 가. 넌 충고 따위 필요 없다고 말할 테지만.”

“그게 오빠가 내린 결론이구나.”

리나는 혹이 쑥 빠진 얼굴로 중얼거렸다. 이로써 김선욱의 ‘어른’ 동생이 되고자 했던 그녀의 바람은 퍼펙트 클리어되었다. 그는 이제 공식적으로 그녀를 한 남자의 연인으로서 인정한 거였다. 이제 더 이상 이것저것 그녀의 일에 간섭하는 김선욱은 없을 것이다. 그녀는 혼자 마음껏 세상을 향해 날아가기만 하면 되는 것이다.

집을 새로 장만하고, 취직도 해서 돈도 벌고, 하고 싶은 일 마음껏 하면서 새로운 인생을 살 것이다. 좋은 사람 만나서 사랑도 하고 결혼도 하고, 선욱과 강해가 결혼하면 박수 치면서 축하도 하고, 그렇게 웃으면서 행복해질 것이다. 그녀는 그럴 수 있었다. 그럴 자격도 있었고 그럴 능력도 있었다. 충분히, 그럴 수 있었다.

'아아……!'

하지만 억장이 무너졌다. 지금 이 순간만큼은 하늘이 무너져 내린 듯 절망스러웠다. 이미 모든 걸 감안하고 각오했던 것임에도 죽고 싶었다. 결국, 그에게 리나는 아무것도 아닌 존재였다. 그저 돌보아야 할 아이, 착한 동생에 불과했었던 것이다. 온몸이 갈가리 찢어지는 것 같은 슬픔 속에서 리나는 두 눈을 감았다.

"고마워."

꽉 잠긴 목소리로 그녀는 속삭였다. 가슴 안에서 첫사랑 김선욱이 활활 불타고 있었다. 생살이 찢기는 듯한 극한의 고통 속에서 그녀는 그를 보내고 있었다.

"고마워할 것 없어. 아직은 완전히 허락하는 거 아니니까."

"어, 뭐 그래도 거의 반은 허락한 거잖아. 그걸로 난…… 만족해."

"시간은 충분해. 더 생각하고, 더 만나보고 그 사람에 대해 더 잘 알아봐. 그러고 나서 결정해도 늦지 않아. 가족들한테 인사시키는 건 그 뒤로 미루도록 하자."

"응."

간단하게 대답했다. 어차피 리버스를 가족들에게 인사시킬 일은 없을 것이니 아무래도 좋았다. 빨리 혼자가 되고 싶었다. 빨리 그의 시야에서 벗어나고 싶었다. 그의 앞에선 언제나 거짓된 모습을 보여왔지만 더 이상은 그럴 수가 없었다. 지금, 적어도 지금만큼은 가슴속의 모든 감정들이 부글부글 수면 위로 떠오를 위기였다.

"그리고 회사 건 말인데, 다음 주부터 출근하도록 조처해 났다."

"뭐?"

순간, 푹 아래로 꺾였던 리나의 고개가 휙 들어졌다. 무너져 내리던 그녀의 가슴이 다시 리와인드되어 후다닥 복구가 되었다. 아니, 이게 웬 천사 날개 부러지는 소리냐. 회사 문제도 전부 리나가 알아서 하게 해주는 거 아니었어?

"홍보부야. 너한테 잘 맞는 일이라고 생각해서 결정한 거야. 주말까지 푹 쉬고 월요일부터 정식으로 출근하도록 해."

"아니, 오빠! 그건……!"

뭐라고 반박할 틈도 주지 않고 그는 퉁, 소리를 내며 차 문을 열고 밖으로 나가고 있었다. 쐬잇! 욕설을 내뱉으며 리나는 허겁지겁 뒤따라 내렸다. 선욱은 무표정한 얼굴로 뽁, 자동차 키와 함께 붙어 있던 경보버튼을 눌러 시스템을 가동시켰다. 그리곤 리나의 말은 별로 듣고 싶지 않은 듯 몸을 돌려 대문 앞 낮은 계단을 올랐다. 그리고 띵동— 벨을 누르고 있었다. 그의 뒷모습을 멍하게 바라보던 리나는 차가운 바람이 목덜미를 쓸고 지나가자 부르르 떨었다.

[누구쇼.]

집 안에서 윤 언니가 물어왔다. 모니터를 통해 상대가 누구인지 이미 파악한 후겠지만 습관적으로 묻는 듯했다. 순간, 제삼 자가 있는 집 안으로 들어가기 전에 일을 해결해야 한다는 생각 이 퍼뜩 들었다.

"접니다, 아주머니."

선욱이 스피커에 몸을 기울여 대답했다. 그는 두 손을 바지 주머니에 넣은 채 반듯하게 서 있었다. 긴 팔이 반으로 살짝 접혀, 팔짱을 끼면 딱 좋을 공간이 생겼다. 리나는 재빨리 차체를 돌아 그에게 달려갔다. 그때 삐, 소리와 함께 대문이 열렸고 선욱은 지체 없이 성큼 안으로 들어가려 했다. 하지만 두 걸음도 채 떼지 못하고 그는 리나의 손에 붙들리고 말았다.

"내 말 아직 안 끝났어."

리나는 그의 팔꿈치 쪽을 잡아 그의 몸을 억지로 빙그르르 돌렸다.

"무슨 짓이야?"

갑작스런 그녀의 행동에 당황한 듯 그가 눈살을 찌푸리며 그녀를 내려다보았다. 리나는 따끔거리는 눈가에 힘을 주었다. 지금 선욱 앞에서 우는 건 상황 반전에 아무런 도움이 안 되었다. 그는 그녀의 결혼은 허락해 주었지만 그녀가 성인임은 인정해 주지 않았다. 이런 상태로는 독립은커녕 아무것도 할 수 없을 것이다.

그게 얼마나 불행한 일인 줄 알아? 그건, 사랑할 수도 없는 사람 밑에서 영원히 불행해져야 한다는 뜻이었다. 그의 감시를,

간섭을 받으며 그녀는 영원히 그의 굴레에서 벗어나지 못할 것이다. 영원히 그를 사랑해야 하고, 영원히 아파해야 하는 것이다. 리나는 두 눈을 부릅뜨고 이를 악물었다.

"무슨 짓이냐고? 오빠야말로 무슨 짓이야?"

"봉리나."

"나, 분명히 말했어. 필러스그룹에서 스카우트 제의 들어왔고 나도 거기서 일하고 싶다고. 그런데 방금 그 소린 뭐야? 출근 준비를 하라니. 나더러 LS그룹에 취직이라도 하라는 소리야?"

"제대로 이해했네. 잘 알아들었으면 다음 주까지 조신하게 기다려. 딴 짓 할 생각 말고."

제 할 말 다 끝나니 더 들을 필요도 없다고 느낀 듯 그는 다시 몸을 돌려 집 안으로 들어가려고 했다. 하! 어림도 없는 수작이시지. 리나는 그의 옷자락을 힘껏 움켜쥐며 대들기 시작했다.

"딴 짓? 무슨 딴 짓? 필러스그룹 사람들 만나는 거?"

뒤춤을 붙들린 선욱은 짜증스러운 한숨을 내쉬며 두 눈을 감았다. 내내 성공적으로 잠재워 놓았던 분노가 서서히 끓기 시작하자 그는 숨을 고르며 이성을 잃지 않기 위해 안간힘을 써야 했다. 그는 천천히 두 눈을 다시 뜨고 리나를 돌아봤다.

"잘 아네. 상이라도 줘야 할까?"

빈정거리는 그의 말투에 충격을 받은 듯 한동안 리나는 꿈쩍을 않고 서 있었다. 선욱은 서서히 가라앉기 시작하는 혈류를 더욱 진정시키며 자신이 아직까지 이성적일 수 있다는 데에 찬사의 박수를 보냈다.

그는 지금 엉망이었다. 리나가 리버스 페리라는 자식과 붙어 있는 걸 목격한 이후부터 줄곧 이런 상태였다. 당장 그녀를 끌고 나와 버리고 싶은 심정을 눌러 참느라 그는 모든 이성을 긁어모아야 했다. 사랑이 아니라고, 그저 연민이고 정일 뿐이라고 미친 듯이 주문을 외웠지만 진실을 외면할 수는 없었다. 인정하고 싶지 않은 진실, 받아들일 수 없는 진실과 맞닥뜨려야 하는 선욱은 스스로의 마음을 다잡기 위해 점점 더 싸늘해지고 있었다.

"피곤하다. 그만 귀찮게 하고 너도 좀 쉬어. 푹 자고 나면 생각이란 걸 할 정신이 들 거야."

냉정하게 말하고 선욱은 휙, 그녀의 손이 대롱거리고 있는 옷자락을 털었다. 그리고 멍하게 서 있는 리나를 외면하고 넓은 정원이 펼쳐진 대문 안쪽으로 성큼성큼 걸어 들어갔다. 상처받은 리나는 선욱의 뒷모습을 바라보며 덜덜 떨었다.

'오빠, 왜 이래? 나한테 왜 이렇게 잔인하게 구냐고! 안 그래도 오빠를 향한 마음 붙잡느라 나, 힘들단 말이야.'

바짓가랑이라도 붙들고 매달리고 싶었지만 리나는 그럴 수 없었다. 그러는 대신 악다구니를 썼다.

"면접은 이미 봤어!"

현관문을 코앞에 두고 그는 우뚝 멈춰 섰다. 뒤통수를 치고 날아오는 리나의 말이 그의 발목을 붙들었다. 선욱은 살벌한 눈으로 스윽 천천히 고개를 돌려 그녀를 바라봤다. 오기 넘치는 리나의 시선이 그의 얼굴 위로 날아왔다. 정말 독립운동가라도 된 듯 그 시선은 매우 결연했다. 선욱은 착 가라앉은 목소리로 물었다.

"지금 뭐라고 했어?"

"면접 이미 봤다고. 필러스 사장과 직접 애기 끝냈어."

"필러스 사장? 임석인 말이야?"

"그래, 임석인 씨. 그 사람이 사장실로 직접 초대했거든."

임석인이라면 당연히 선욱도 알고 있는 사람이었다. 어찌 모를 수가 있겠나. 별의별 소문이 난무하는 그 지저분한 놈을. '타락의 신'이라 불릴 정도로 그는 여자 문제가 많은 놈이었다. 항간에 떠도는 소문에 의하면 이쪽 재계의 어떤 집안에서도 그에게 딸을 내주려 하지 않는다는 말도 있었다. 그는 하루가 멀다 하고 모델, 탤런트, 영화배우들과 어울렸다. 늘 스캔들의 한가운데에 서 있는 그놈은 악마처럼 잘생긴 얼굴에 여자를 홀리는 재주를 가졌다. 사업적인 면에서는 어쩔지 몰라도 사생활에서는 개차반인 놈인 것이다.

그런데 그런 녀석과 리나가 만났다니 하늘이 노래지는 것 같았다. 물론 업무적으로 만나 업무적인 애기를 나누었을 가능성이 99%였지만, 그럼에도 그의 가슴속에는 불같은 질투심이 타오르기 시작했다. 혹여 그 녀석의 술수에 빠져들까 걱정되고 불안해지면서 그는 점점 이성을 잃어가고 있었다.

"임석인과 네가 만났다고?"

선욱은 믿을 수 없는 사실을 재차 확인했다.

"독대했어. 오빤 모르겠지만 내가 좀 능력이 되거든. 자기네 회사에 오면 최고 대우를 해주겠대."

그의 마음을 모르는 리나는 선욱을 더욱 부채질했다. 비웃고 비아냥대고, 도전적인 눈으로 그를 노려보기까지 했다. 선욱은 숨을 조심스럽게 들이쉬었다. 그녀를 향해 소유감을 갖는다는 건 미친 짓이었다. 옳지 못했다. 이 자리에서 이성을 잃고 속내를 내보이는 일도 옳지 못한 일이었다. 절대 그는 그럴 수 없었다. 그는 더욱 얼음장처럼 차가운 얼굴을 완벽가장하고 딱 잘라 말했다.

"원하는 게 그거냐? 최고 대우?"

"왜? 내 능력이야. 다 내 능력으로 얻어낸 거라고."

"내가 줄게, 그거. 가지 마."

"미쳤어? 오빠한텐 안 가."

"고집 부리지 마. 이성적으로 생각해. 누가 봐도 LS가 필러스보다 나아."

거칠게 숨을 내쉬며 선욱은 차분히 지적했다. 정확하게 말하자면, 그는 차분한 게 아니라 차분해지려고 노력하고 있을 뿐이었다. 자꾸만 그를 거부하고 달아나려는 리나가 안타깝고 미치도록 답답하다는 게 그의 정확하고 솔직한 심경이었다. 극단으로 치닫는 그의 본성은 당장 리나를 붙들고 절대 보내줄 수 없다고 소리쳐야 한다고 충동질하고 있었다.

"미쳤어? 내 능력으로도 충분한데 왜 오빠의 도움을 받아? 오빠네 회사로 가서 무슨 오해를 받으려고."

"오해라니."

"몰라서 물어? 부사장 동생이라 특혜 받았다는 소리 말이야."

"너한테 그런 말 할 사람 없어."

반론은 토시 하나 허용하지 않겠다는 듯 냉정히 잘라 말하는 선욱의 태도에 리나는 더욱 발끈했다. 리나는 두 눈에 굳게 심지를 받고 선욱을 노려보았다. 이번에야말로 그를 꺾을 심사였다. 이렇게 된 바에야 선욱의 눈치 볼 게 뭐가 있겠는가. 하고 싶은 말 다 하고, 하고 싶은 거 다 할 거다. 그래 봤자 여동생. 끽해야 야단밖에 더 맞겠는가. 손해 볼 게 없는 상태였다, 그녀는.

"오빠 앞에선 당연히 안 하겠지. 하지만 뒤에선 다 수군거린다고. 난 그런 거 싫어."

"능력이 있으면 그런 잡음, 문제도 아니야. 넌 잡음을 넘어설 자신이 없는 거야."

"핫! 이해력이 짧으신 모양인데. 오빠! 난 오빠네 회사에서 일하기 싫어. 일하기도 싫은데 그런 잡음까지 내가 왜 견뎌야 해?"

"넌 내 동생이야. LS에서 일하는 건 당연한 수순이라고."

하? 동생? 리나는 이를 드러내며 공격적으로 말했다.

"난 오빠네 회사에서 일하려고 유학한 거 아니야."

잠시 선욱의 무뚝뚝한 표정에 광포한 기운이 서렸다. 금세 평정심을 되찾은 듯 차가워졌지만 아주 잠깐 동안 그가 극한 분노에 휩싸였었다는 걸 충분히 느낄 수 있었다. 그는 리나에게 받은 상처를 똑같이 되돌리려는 듯 냉정하고 잔인하게 중얼거렸다.

"나도 널 다른 회사에 넘겨주려고 공부시킨 게 아니야."

"그게 무슨 소리야? 다른 회사에 넘겨주려고 공부시킨 게 아니라니."

리나의 얼굴이 순식간에 창백해졌다. 설마 공부시켜 줬으니 은혜에 보답해라, 뭐 그딴 소린가?

"미안하다. 말이 헛나왔어."

빌어먹을, 겨우 그런 말로 끝내려고? 리나는 마치 인생을 송두리째 사기당한 기분이었다. 다른 회사에 넘겨주려고 공부시킨 게 아니었다는 말은, 그의 회사에 써먹기 위해 공부시켜 줬다는 거였다. 먹여주고, 재워주고, 공부시켜 줬으니 이제 회사에 나와서 일해 그 은혜를 갚아라, 이 말이었다. 언제나 따뜻하세 그녀를 챙겨줬던 선욱에게서 이런 대접을 받게 될 줄, 그녀는 전혀 예상하지 못했다. 지독한 배신감으로 인해 온 내장이 소독약을 뿌린 듯 싸해졌다. 어떻게 이렇게 잔인한 말을, 다른 사람도 아닌 그가 리나에게 할 수 있을까. 그를 사랑하는 만큼, 그에 대한 믿음도 리나에겐 절대적이었다. 선욱의 말 한마디에 선택하고, 결정하고, 아쉽지만 포기했던 것들도 있었다. 그랬는데 그게 겨우 회사에 써먹기 위한 수단에 불과했다고? 그랬던 거였어?

김선욱, 당신 정말 지독하다.

"말이 헛나온 게 아니겠지. 그동안 마음속에 담아왔던 말 아니야? 화가 나니까 불쑥 진심이 튀어나온 거 아니냐고."

"말이 헛나온 거라고 했잖아. 그뿐이야. 확대해석 하지 마."

씁쓸한 안타까움이 그의 눈동자에 맴돌았지만 리나의 눈엔 보이지 않았다. 그녀는 이미 자신의 상처만으로도 충분히 버거운 상태였다.

"확대해석? 내가? 오빠야말로 눈 가리고 아웅 하지 마. 그래봤자 이미 내뱉은 말이야. 주워 담을 수 있을 것 같아?"

"봉리나."

"변했어. 오빤 변했다고……."

친동기간도 이보다 더 잘 지낼 수는 없을 거라고, 어른들마저 입이 닳도록 칭찬했던 선욱과 리나의 사이다. 그토록 애틋하고 따뜻했던 두 사람의 사이가 칠 년이 흐르는 동안 눈 녹듯 사라져 버린 것이다. 피가 섞인 것도 아니니 그깟 몇 년 간의 속정 따위 흐지부지 사라지는 건 당연지사다. 이런 김선욱에게 잠시나마 사랑을 기대했었다고 생각하니 스스로가 바보 같아 죽고만 싶었다.

"그게 아니야, 봉리나."

"미안하지만, 정말 미안하지만, 안 되겠어. 오빠 회사에선 절대로 일 못해. 억울하면 청구해. 당장은 못 갚아도 언젠간 그 빚 갚을 테니까. 평생 일해서 갚으라면 갚을게."

"바보 같은 소리 마."

선욱이 냉엄하게 그녀의 말을 잘랐다. 짙은 그의 눈동자는 이미 심하게 흔들리고 있었다. 서로 생채기를 내야만 하는 이 상황이 그는 슬프고 괴로웠다. 하지만 리나는 그를 무시하고 계속 말을 이어나갔다.

"하지만 필러스는 절대로 포기 못해. 내 능력으로 내가 붙잡은 기회야. 오빠 때문에 포기하고 싶지 않아."

"안 돼. 거긴 절대로 못 가. 내가 허락하지 않는다고."

"내 마음이야. 내가 원하면 언제든지 받아준다고 했어."

"용납 못해!"

좀 더 강력한 어조로 그가 못을 박았다. 막냇동생의 반항 따위에 절대 밀리거나 휘둘리지 않겠다는 의지가 강하게 배어 있었다. 그는 애써 그녀를 향한 은밀한 소유욕을 감추고, 그녀를 향해 줄달음치는 감정을 제어하는 데에 온 신경을 곤두세우고 있었다. 이 한마디의 일갈은 단순히 리나를 향한 것이 아닌, 그 스스로를 향한 호통이었다.

"미안한데, 난 오빠 허락 필요 없거든?"

리나는 이를 갈며 냉소했다. 슬슬 전투 의지가 끓는 걸 그녀는 느꼈다. 오기라면 오기요, 반항이라면 반항. 이대로 선욱에게 또 끌려가고 싶은 마음 추호도 없었다.

"시키면 시키는 대로 해. 더 이상 반항할 생각 말란 말이야."

"반항?"

콧방귀를 뀌며 리나는 선욱의 말을 비웃었다. 그리곤 결심한 듯 그의 앞으로 탁탁탁, 다분히 반항적인 발자국 소리를 내며 다가갔다. 선욱에 대한 실망감과 분노로 인해 그녀는 제정신이 아니었다.

"오빠, 아직도 모르는 모양인데. 나 애 아니야. 오빠가 시키면 시키는 대로 발랑발랑 말 잘 듣던 그 옛날의 봉리나가 아니라고. 나도 컸고 내 머리도 컸어. 오빠의 그 말도 안 되는 말, 이젠 들을 필요 없다고."

겁 없이 그의 코앞까지 다가간 리나는 그를 일부러 약 올리듯 실실 웃으며 이를 갈았다. 입술이 실룩실룩 움직이기까지 하니 정말 숨통을 끊어놓고 싶을 만큼 얄미워지는 리나였다. 선욱은 거칠게 숨을 내쉬며 속삭였다.

"널 미국으로 보내는 게 아니었는데……."

그의 뜨거운 입김이 훅 얼굴 위로 쏟아졌다. 리나는 색기마저 가득한 미소를 샐쭉 지어 보였다.

"안 가겠다고 버티는 날 억지로 보낸 건 오빠였어."

"후회막급이다."

우울하게 그가 말했다. 리나는 생긋 웃으며 그를 비웃었다.

"그때만 해도 오빠의 말이라면 팥으로 메주를 쑨다고 해도 밑었었지. 멍청이처럼."

"순수했었던 거야."

"오빠한테 잘 보이려고 인형처럼 군 게 순수했었다고?"

말도 안 된다는 듯 리나는 두 눈을 치떴다.

"넌 착한 동생이었어."

"오빠의……."

여자이고 싶었으니까. 그럴 수 없다는 걸 알면서도. 리나는 입 밖으로 튀어나올 뻔했던 말을 간신히 집어삼켰다.

"진짜 동생이고 싶어서 그런 거였지. 바보같이."

"넌 진짜 내 동생이었어."

"웃기시네. 어떻게 김씨와 봉씨가 친남매일 수가 있어? 말이 되는 소릴 해. 어차피 오빠랑 난 남남이라고."

리나의 눈에 불꽃이 튀었다.

"난 널 친동생 이상으로 대했어. 지금도 그런 거고."

"지금도?"

하! 기도 안 찬다. 지금도 친동생으로 여기고 있단다. 그럼 그렇지. 이럴 줄 알았지! 이런 그에게 혹시나 하며 기대했던 그녀가 바보였던 거다. 멍청이 봉리나. 쪼다 머저리. 눈치도 없고 밸도 없는 천치. 찢어질 것 같은 마음을 꾹 참으며 리나는 눈을 감았다. 마음을 진정시키려고, 그의 앞에서 무너지지 않으려고 그녀는 안간힘을 쓰고 있었다. 그러나 다음 순간, 선욱이 건네는 말은 그녀의 평정심을 완전히 무너뜨리고 말았다.

“정말이야. 넌 내게 지옥이나 다름없는 동생이야.”

“……!”

“리나야.”

부드러운 말투. 사랑이 가득 담긴 어조. 따스한 손길까지 겹쳐진 그의 말은…… 오빠다운, 심히 오빠다운 다정함이었다. 리나는 더 이상 참지 못하고 휙, 두 눈을 치뜨고 말았다. 그의 말 따위, 회유 섞인 저 부드러움 따위 더 이상 겪고 싶지 않았다. 리나는 거의 충동적으로 몸을 날려 그의 높다란 목덜미를 끌어안고 입술을 밀어붙였다.

#7 첫키스의 달콤함보다…

십여 년 전. 5월의 어느 금요일이었다.

셔츠며 쓰고 있던 캡모자까지 땀으로 범벅이 된 선욱은 에어
컨이 고장난 자동차를 빠져나오며 이마를 훔쳤다. 습도가 높아
불쾌지수가 하늘 높은 줄 모르고 치솟는 오늘 같은 날씨에 하필
에어컨이 고장이라 학교에서 집까지 오는 동안 그는 땀으로 멱
을 감은 꼴이 되어 있었다. 어서 샤워를 해야겠다는 생각으로
대문 앞에 선 그는 주머니에서 열쇠를 꺼내 들었다.

얼마 전 군입대한 지욱은 물론 엊그제 여행을 떠난 부모님,
여고생인 리나까지 평일 대낮인 오늘 집에 있을 리 없었다. 텅
비어 있을 집을 떠올리며 선욱은 직접 대문을 열고 안으로 들어

섰다. 막 들어서 두어 걸음 떼는데 툭, 발끝에 무언가가 걸려 저만치 튕겨 나갔다. 선욱은 고개를 숙여 확인했다. 우편물이었다.

"뭐지?"

청구서인가 싶어 선욱은 허리를 굽혀 흰 봉투를 집어 들었다. 발신인을 확인한 선욱은 씩 기분 좋은 미소를 지었다. 발신지는 파주. 지욱이 복무 중인 군대에서 보내온 거였다. 그가 리나 앞으로 편지를 보낸 걸 보니 리나가 또 위문편지를 보낸 모양이었다.

"자식, 은근히 챙긴다니까."

쓰기 싫은 티 팍팍 내면서도 녀석은 꼬박꼬박 답을 보내오고 있었다. 사실, 지욱은 성격상 섬세하지 못해 답장 같은 건 절대 안 보낼 줄 알았는데 아주 의외였다. 은근히 요놈도 리나의 정성이 담긴 편지가 기분 좋은 게 틀림없었다. 하기야 군에 있으면 저절로 관심과 사랑에 굶주리게 되는 것. 선욱도 작년까지 리나의 위문편지를 받았던 입장이었기 때문에 그 행복하고 충만한 마음을 충분히 헤아릴 수 있었다.

"글씨 써놓은 것 좀 보라지."

겉봉투를 수놓은 글자들을 보며 선욱은 혀를 찼다. 대충 휘갈겨 쓴 글씨가 정말 동생이지만 너무하다 싶을 정도로 악필이었다. 리나의 오밀조밀 귀여운 글씨와는 아주 대조적이랄 수 있었다. 선욱은 핏, 웃으며 편지를 챙겨 정원을 가로질렀다. 머릿속

엔 리나의 하나하나 꾹꾹 눌러 적은 작은 글씨체가 동동 돌아다
니고 있었다.

지금 대학은 축제 기간이라 흥청망청, 법석이었지만 그는 다
음 주에 있을 시험에 대비해야 했다. 선욱은 며칠 전 아버지의
말을 떠올리며 빙긋 웃었다. 아버지는 이번 시험에서 그가 올A
의 성적을 받는다면, 올 여름 LS그룹에서 인턴사원으로 일할
수 있는 기회를 주겠다고 했다. 그는 그 기회를 잡아 꼭 일해보
고 싶었다. LS는 아버지의 힘으로 일군 회사인 동시에 앞으로
자신이 키워 나갈 회사라고 그는 늘 생각하고 있었기 때문에 인
턴사원에 대한 의지는 더욱 강했다.

선욱은 열쇠를 현관문에 꽂고 옆으로 돌려 문을 열었다. 후
끈. 역시나 집 안은 오랫동안 문을 닫아놓은 덕에 덥고 끈적끈
적했다. 모자를 벗고 선욱은 등에 지고 있던 가방을 소파에 내
려놓은 후 환기를 위해 베란다 문을 열었다. 후덥지근한 바람이
훅 덤벼들듯 그를 덮었다. 뜨거운 초여름의 열기가 집 안으로
스멀스멀 올라왔지만 답답한 기분은 조금 가시는 것 같았다. 이
렇게 통풍을 시키면 집 안을 매우고 있는 이 시큼한 냄새도 사
라질 거고, 그러면 에어컨을 틀어도 문제없을 것이었다. 그사이
샤워라도 해야겠다 싶어 선욱은 양손을 교차해 티셔츠 끄트머
리를 붙들고 휙, 단번에 셔츠를 벗어버렸다. 웃통을 벗어버리니
목을 죌 것 같던 열기가 조금 가라앉는 기분이었다. 선욱은 땀
에 절인 셔츠를 손에 들고 성큼성큼 일층 욕실로 다가갔다.

욕실문은 잠겨져 있지 않아 손잡이가 쉽게 돌아갔다. 선욱은 사람이 없으니 당연한 거라고 생각했고, 그 때문에 열었을 때 느껴졌던 온기도 바깥기온의 영향 탓이라 여겼을 뿐 누군가가 안에서 샤워를 하고 있으리라고는 상상도 하지 못했다. 그래서 문이 열리고 샤워기 앞에 나체로 서 있는 여자를 보았을 때 그는 크게 놀라고 말았다. 기절초풍할 지경으로 놀라 선욱은 꿈쩍도 할 수가 없었다. 그건 상대도 마찬가지인 듯 나체로 서서 온몸에 거품을 내고 있던 여자는 두 눈을 커다랗게 뜨고 선욱의 벌거벗은 상체를 보고 있었다.

그리고 정확히 삼 초 후, 비명이 터졌다.

"꺄아아아아!"

"아아아아악!"

동시에 터진 비명 소리의 주인공은 리나와 선욱이었다.

"빨리 나가, 오빠!"

리나가 손에 들고 있던 타월을 집어 던지며 소리쳤다. 거품을 잔뜩 머금은 샤워용 타월이 선욱의 얼굴에 척 달라붙었다가 툭, 바닥으로 떨어졌다. 선욱은 허둥지둥 몸을 돌려 욕실을 빠져나왔다. 하지만 이미 여고생의 풋풋하고 생기 넘치는 몸을 두 눈으로 구석구석 확인하고 난 후였다.

선욱은 두 눈을 질끈 감고 커다란 손으로 얼굴을 문질렀다. 방금 자신이 본 것들을 그는 한시라도 빨리 뇌리에서 지워 버리고 싶었다. 하지만 봉긋 솟은 가슴과 배꼽까지 연결되어 있는 새하얀 복부, 그 아래 풍만한 둔부와 살짝 솟은…….

"젠장."

찰거머리처럼 따라붙는 기억과 영상은 아무리 고개를 내저어도 여전히 그를 괴롭히고 있었다. 그 충격적인 광경은 선욱에게 확실히 주지시키고 있었다. 리나가 여자임을, 그가 알고 있던 꼬마 어린이 봉리나가 아님을.

선욱은 타는 듯 붉어지는 두 볼을 손으로 미친 듯이 쥐어짰다. 생각에서 밀어내기 위해 안간힘을 썼다. 여고생, 어린 동생에게 성욕을 느낀다는 건 그가 가진 도덕성으로는 있을 수 없는 일이었다. 죄책감과 함께 자기 경멸감이 치밀어 올라왔고, 순식간에 그를 옭아맸다. 이런 상태로는 리나의 얼굴을 똑바로 볼 수 없었다.

"이 시간엔 웬일이야?"

한참 후, 욕실문이 열리고 리나가 퉁명스럽게 물어왔다. 그녀도 조금은 민망한지 선욱을 똑바로 바라보지 않고 있었다. 커다란 수건으로 긴 머리를 감싸 틀어 올린 그녀는 박스형 면셔츠에 반바지를 입고 있었다. 옷을 다 차려입은 리나였지만 선욱은 그녀를 차마 정면으로 바라볼 용기가 나지 않았다. 그는 흘낏거리며 입술을 깨물었다.

"어, 공부할 게 좀 남아서. 넌 이 시간에 웬일이냐?"

"이번 주 시험기간이야. 몰랐어?"

"어? 어……."

"시험 끝나고 도서관엘 가려는데 끈적거려서 도저히 참을 수
가 있어야지. 샤워 좀 하고 가려고 잠깐 들렀어."

"그, 그랬구나."

그때가 아마 처음이었을 거다. 그가 말을 더듬은 건. 마치 교
회 누나 앞에서 사랑 고백하는 사춘기 소년처럼 얼굴마저 붉히
고 있었다. 리나는 네 동생이라고 아무리 생각하고 또 생각했지
만 두근거림은 멈춰지지 않았다. 더 이상 리나가 동생이 될 수
없을지도 모른다는 두려운 생각이 미약하게나마 들기 시작했
다.

"오빠."

"응?"

"나 좀 봐."

"……응?"

"샤워하려고 문 열었던 거 아니야?"

"뭐, 뭐?"

스물세 살이나 먹은 대학생이 열일곱 살 여고생 앞에서 덜덜
떠는 꼬락서니하고는. 선욱은 스스로가 바보 멍청이처럼 느껴
졌다. 하지만…….

"아까 말이야. 아까 벌컥 문 열었잖아. 나 있는 줄 몰랐지?"

"응? 어, 그, 그럼. 몰랐지."

"샤워해."

"뭐?"

선욱은 놀란 얼굴로 그녀를 돌아봤다. 리나는 귀여운 미소를 입에 달고 싱긋 웃었다.

"덥잖아. 샤워할 생각 아니었어?"

"어? 어……."

"아니면 그 옷 좀 입든지. 웃통 벗은 거 보니까 괜히 기분 이상하다."

"……!"

기분이 이상하다는 그녀의 말은 전혀 이상할 거 없었다. 하지만 그 말을 듣고 있는 선욱의 기분은 점점 이상해졌다. 선욱은 서둘러 셔츠를 입으며 리나의 얼굴을 외면했다.

"근데 오빠, 은근히 근육 있다? 비실거릴 것 같더니만. 만날 공부만 하는 것 같은데 운동도 하나 봐?"

"어, 뭐. 그냥……. 나 샤워하러 간다."

선욱은 여전히 리나의 얼굴을 똑바로 바라보지 못한 채 그녀를 지나쳐 욕실로 걸어갔다. 얼굴이 화끈거리고 심장이 미친 듯이 질주했다. 이런 반응, 이런 감정, 절대 용납될 수 없다는 걸 알면서도 그도 어쩔 수가 없었다. 미성년자에게 '느꼈다'는 수치스러움이 그의 양심을 쿡쿡 찔렀다. 이건 근친상간이나 나름이 없다고, 리나는 네 친동생이나 다름이 없다고, 스스로를 다잡았지만 그의 한쪽에서는 '친동생도 아닌데 왜 안 돼?' 냐고 반항 어린 의문을 제기하고 있었다. 선욱은 자신에 대한 실망감과 좌절감으로 인해 괴로웠다.

"오빠!"

막 욕실로 들어가려는데 리나가 그를 불렀다. 아무 말도 못하고 우뚝 서 있자니 그녀가 말했다.

"근데 아까 말이야. 아까…… 어디까지 봤어? 설마 다 본 건 아니지?"

리나의 목소리엔 걱정이 담겨 있었다. 두려움도 스며 있었다. 선욱은 깊은 한숨을 몰아쉬며 선의의 거짓말을 했다.

"인마, 너한테 볼 게 뭐 있다고 그걸 다 보냐?"

"정말 못 봤어?"

"네가 팔로 가리고 있었잖아. 못 보게 타월도 던졌었고."

"아…… 그랬구나. 다행이다."

"그래. 하마터면 내 눈만 버릴 뻔했지."

"뭐라고!"

날카롭게 소리 지르는 리나를 피해 그는 냉큼 욕실로 들어갔다. 탁, 문을 닫고 선욱은 후우우— 한숨을 내쉬었다. 농담조로 대충 상황을 넘기긴 했지만 본질이 해결되는 건 아니었다. 답답한 마음으로 옷을 벗다가 그는 더욱 경악하고 말았다. 자신의 본능적인 부분이 매우 정직하게 욕구를 드러내고 있었기 때문이다.

선욱은 타임머신을 타고 지욱의 편지를 주워 들었을, 바로 그 순간으로 다시 돌아가고만 싶었다. 아무리 부인해도 몹쓸 상상, 몹쓸 생각으로 순결한 리나를 범했다는 건 어쩔 수 없는 사실이었다. 인정해야 함에도 그는 인정할 수가 없었다. 그걸 인정하고 받아들이기에 그의 나이는 너무 어렸다. 겨우 스물세 살의 나이에 십대의 동생을 향한 이 비밀스러운 욕구를 어떻게 해결해야 하는지 알게 뭔가. 그는 그 감정이 그저 두렵기만 했다.

자꾸만 리나가 친동생이 아니니까 괜찮을 거라는 변명만 떠올랐다. 물론 법적으로도 생물학적으로도 리나는 그의 친동생이 아니었다. 단지 그녀가 부모님의 생명을 구해준 은인의 딸이고, 그래서 친딸처럼 돌보고 있는 것뿐 호적도 본명 그대로였다. 하지만 그런 생각은 더욱더 그를 혼란으로 몰아넣었다.

"리나는 이제부터 우리 가족이야. 엄마 배를 빌지만 않았을 뿐, 우리에게 축복을 내려준 아이잖니. 너희도 리나를 친동생으로 여겨주렴."

리나가 처음 집에 왔을 때, 어머니가 선욱과 지욱에게 한 말이었다. 그때 이후로 그는 리나가 친동생이 아니라고 단 한 번도 생각해 본 적이 없었다. 늘 '리나 넌 내 동생이야' 라는 말을 입에 달고 살았고, 사람들도 세 남매의 우애를 칭송했다. 그랬던 그가 지금은 친동생이 아니니까 이런 감정을 갖는 건 죄가 아니라고, 자기변명을 하고 있는 것이다. 이래저래 그는 이중의 죄책감에 시달렸다.

'더러운 놈.'

　샤워를 끝낸 후에도 그는 여전히 자기비하로 인해 질주하는 맥박을 진정시키지 못하고 있었다. 욕실문을 빠져나오면서도 그는 어떻게 리나를 바라봐야 할지 암담한 마음이었다. 그런 와중에도 여전히 서 있는 욕망의 증거는 그로 하여금 짜증과 분노를 동시에 끌어냈다. 욕설을 내뱉으며 서둘러 방으로 들어가려는데, 그 순간 거실 쪽에서 비명 소리가 터져 나왔다.

　"말도 안 돼요! 거짓말이에요! 아아아악!"

　울부짖음에 가까운 리나의 드높은 목소리에 선욱은 깜짝 놀랐다. 황급히 달려가 보니 리나가 거실 응접탁자에 놓인 전화기를 귀에 대고 소리치고 있었다. 고불거리는 전화 줄을 힘껏 쥔 그녀는 거의 사색이 되어 있었다. 선욱은 화급히 외쳤다.

　"리나야! 왜 그래?"

　리나가 즉시 고개를 돌려 그를 봤다. 그녀의 눈동자에는 공포가 떠올라 있었다. 바들바들 떠는 그녀의 모습은 선욱도 처음 대하는 거였다. 리나는 언제나 당차고 밝았다.

　"무슨 일이야?"

　선욱은 리나의 옆으로 한달음에 달려왔다. 그녀의 어깨를 감싸고 향긋한 그녀의 체취를 느끼지 않으려고 미간에 힘을 주었다. 하지만 콧속으로 스며드는 향기는 벌써 그의 이성을 장악했고 마비시키고 있었다. 선욱은 간신히 숨을 내쉬며 리나를 내려다봤다. 정신을 집중시켜야 할 때임을 스스로 일깨우며 그는 다그쳤다.

"누구 전화야? 뭐래?"

"……오빠가 받아봐."

리나는 선욱에게 몸을 기대며 간신히 중얼거렸다. 흐느낌이 섞인 속삭임에 쭈뼛 선욱의 머리카락이 곤두섰다. 그녀의 공포가 고스란히 전달됨과 동시에 가슴 전체가 욱신거렸다. 리나가 아파하는 건 도저히 지켜볼 수 없는 선욱이다. 언제나 그랬다.

"이 사람이…… 이 사람이 이상한 말을 해……."

"뭐라고?"

"엄마아빠가 죽었대 글쎄. 미쳤나 봐. 이 사람, 미쳤나 봐, 오빠……."

그녀는 스르르 전화 수화기를 놓고 기절하고 말았다. 순간 선욱은 쿵, 심장과 연결된 무언가가 끊어지는 듯한 기분을 느꼈다. 이건 대체 뭐지? 이 기분은 뭐야? 혼란스러운 머릿속으로 물음표가 끊임없이 돌아다녔다. 선욱은 떨리는 손으로 리나를 흔들어 깨웠다. 기절한 그녀를 두고 무슨 정신으로 전화를 받았는지 그는 지금도 그때의 일은 도통 기억해 낼 수가 없다.

지옥 같았던 5월의 어느 금요일. 그날은 유난히 푸르렀다.

부모님은 그렇게 가고 그는 리나와 함께 단둘이 그 집을 지켜야 했다. 지욱이 제대하기 전까지 그 이 년 동안, 그는 대학을 조기 졸업했고—미친 듯이 공부한 결과였다—리나는 대학의 합격 통지서를 받아왔다. 그러나 리나에 대한 죄책감과 두려움은 선욱에게 뒤돌아볼 여유조차 주지 않았다. 집안을 바로 세워야 할 의무감 때문이라고 말했지만, 그가 숨 쉴 틈조차 없이 공부와 일에 몰두했던 건 리나를 향한 욕심 탓도 컸다. 돌아가시기 전까지 리나를 걱정하며 숨을 거두었다는 부모님께, 아무것도 모르는 순진한 리나에게 그는 속죄하는 마음이었다.

제대한 지욱은 난데없이 독립을 하겠다고 말했다. 부모님과의 기억이 떠올라 괴롭다는 이유로 오피스텔을 얻어 따로 떨어져 살겠다는 그를 선욱은 말리지 못했다. 대신 선욱은 리나에게 유학을 권했다. 그는 그녀의 미래를 위해서 꼭 필요하다고 말했지만, 둘만 사는 생활로부터 벗어나고 싶었던 이유가 더 주요했다. 강해와의 약혼 이야기가 나왔을 때 역시 그는 아버지의 경영권을 되찾기 위해 필요한 수순이라 말하며 기꺼이 응했다. 하지만 그건 떠나보낸 리나를 여전히 잊지 못하고 있는 스스로에 대한 특단의 조치였다. 그렇게 하면 리나에 대한 욕심 따위 없어질 줄 알았던 거였다.

그때는 그것이 사랑인 줄 그는 몰랐던 거다.

*

선욱은 리나의 저돌적인 키스를 받으며 정신이 아득해지는 걸 느꼈다. 거의 반사적으로 뒷걸음질을 쳤지만 마음은 쾌감으로 가득 찼다. 당장 그녀를 끌어안고 싶은 본능적인 욕구로 두 손이 근질거렸다. 하지만 그런 건 생각조차 해서는 안 될 일이었다. 그들은 절대 그럴 수 없는 사이였다. 선욱은 리나의 어깨를 꽉 붙들고 얼굴을 들었다. 아니, 그러려고 했다. 그리고 그럴 수 있었다. 그녀가 저항하지만 않았다면.

리나는 두 팔을 높이 뻗어 선욱의 머리를 붙잡았다. 그가 뒷걸음질친 만큼 앞으로 다가가며 리나는 금붕어처럼 조그만 입술을 뻐끔거렸다. 자신의 타액으로 인해 촉촉해진 선욱의 입술을 한 번 더 머금은 리나는 고개를 옆으로 기울이며 더욱 깊이 안으로 파고들었다. 미끄덩한 살덩이가 따뜻한 온기를 품고 선욱의 입술을 어루만지자 선욱은 저도 모르게 나지막한 신음을 내뱉었다.

'이건 아니야. 이건 절대 있을 수 없는 일이야.'

알고 있었다, 그도. 이러면 안 된다는 것을. 그는 당장 리나의 입술을 떼어내고 그녀로부터 멀리 떨어져야 했다. 이렇게 망설이는 것 자체도 용납되어서는 안 되었다. 그러나 그는 머릿속으론 계속 안 된다를 외치면서도 그녀에게서 벗어나기를 망설이고 있었다.

선욱은 부들거리는 손끝을 겨우 움직여 리나의 조그만 얼굴을 덥석 쥐었다. 양손 안으로 그녀의 얼굴이 쏙 들어왔다. 부드러운 살결이 그의 차가운 손바닥을 한없이 자극했다. 그는 초인적인 의지력을 발휘해 그녀의 얼굴을 밀어내려 했다. 질끈 감은 눈 위로 미간이 깊게 파였다. 선욱은 리나의 두개골을 꽉 쥐고 하체를 뒤로 내뺐다. 그의 발이 두어 걸음 뒤로 빠졌고, 그와 동시에 리나의 입술이 떨어졌다. 살짝 떨어진 그 틈을 타 선욱은 참았던 숨을 몰아쉬었다. 입술이 자연스럽게 벌어졌고 뜨겁고 습한 입김이 그녀의 얼굴 위로 쏟아졌다.

욕구불만으로 흐릿해진 두 눈동자로 리나의 촉촉한 눈동자와 입술이 들어와 박혔다. 선욱은 질끈 아랫입술을 깨물며 뒤로 한 발자국 더 물러났다. 그러나 그녀와의 안전거리를 확보하기 위한 그의 노력은 곧 수포로 돌아갔다. 그녀는 겨우 벌어졌던 선욱과의 거리를 단번에 좁히며 다시 덤벼들었던 것이다.

이번에 그녀는 놓치지 않았다. 벌어졌던 선욱의 입술 안을 그녀는 단번에 침입해 들어왔다. 뜨겁고 까칠한 돌기를 가진 그녀의 당돌한 혀는 선욱의 입 안에서 자유로웠다. 잔뜩 움츠린 선욱의 혀를 쓰다듬고 자극하는 것도 모자라 아늑한 내벽을 쓸며 돌아다녔다. 치열을 더듬고 치골을 훑어 올렸다가 목구멍까지 밀어붙였다. 쭙쭙 빨아들였다가 할짝할짝 입술 안쪽으로 더듬고 핥았다. 서투르지만 저돌적인 그녀의 혀 놀림에 선욱의 입에선 또다시 신음이 흘러나왔다.

"봉리나……."

너 이러면 안 돼. 그는 생각했던 말을 내뱉지 못했다. 리나의 입술이 전투적으로 달려들어 그의 숨을 앗아갔기 때문이다. 선욱은 도저히 들썩이는 혈기를 가라앉힐 수 없었다. 십 년 전부터 꿈꿔왔던 리나가 바로 자신의 앞에 있다는 사실에 온 심장이 부들부들 떨려왔다. 입 안 깊숙이 들어와 있는 리나는 서툴렀지만 선욱은 그녀에게 정신없이 휘둘렸다. 머릿속이 새하얗게 비워졌고, 그들이 서로를 붙들고 매달리고 있는 곳이 어디인지도 까맣게 잊어갔다.

그리고 마침내 그녀의 집요한 혀끝이 가차없이 그의 입술을 핥아 올릴 때였다. 선욱은 일생일대 가장 두려운 실수를 저지르고 말았다. 그녀의 입술을 저도 모르게 한줌 빨아들인 거였다.

"으흣……!"

후욱, 선욱은 겁에 질린 숨을 들이쉬었다. 앓는 듯한 신음 소리가 자신의 입에서 흘러나왔다는 걸 깨달은 거였다. 순간 온몸으로 길고 강력한 전기가 훑고 지나갔다. 너무나 강력해 그녀를 한 번 더 맛보고 싶을 정도였다. 그녀의 숨은 정말이지 너무나 달콤하고 유혹적이었다.

순식간에 온몸이 긴장되었다. 본능에 충실한 몸의 한 부위도 빠르게 고개를 들기 시작했다. 이러면 안 된다는 생각을 하면서도 몸의 반응을 어찌할 수는 없었다. 숨이 거칠어지고 눈빛이 어두워졌다. 이대로 가다가는 이성을 완전히 잃어버릴지도 모르겠다는 생각으로 그는 점점 불안해졌다. 지금까지도 충분히 쇠악이었지만 이 이상의 선을 넘어버린다면 그는 동생을 범할지도 몰랐다.

선욱은 동원할 수 있는 최대한의 이성을 끌어 모았다. 그녀의 머리를 붙들고 있던 손에 힘이 들어갔다. 부들부들 떨리는 손길을 겨우 움직여 그는 그녀를 멀리, 그로부터 멀리 떼어내려는 최초의 시도를 이어나갔다.

그때였다. 찰싹 달라붙어 있던 그녀의 손이 맥없이 떨어져 나갔다. 그의 입 안을 장악하고 있었던 달콤한 혀가 쑥 빠져나갔고 뒤 이어 그녀의 온기도 훌쩍 그를 떠나갔다. 선욱은 휑한 가슴으로 싸늘한 밤바람이 치고 들어오는 걸 온전히 느껴 버렸다. 찼다. 많이.

"이제는 아니야."

낯선 서늘함에 당황해 있는 그에게 한마디의 비수가 날아왔다. 날카로운 리나의 목소리가 그를 비아냥댔다. 선욱은 천천히 눈을 들어 그녀를 바라봤다. 그의 안에서 귀엽고 요염하게 요동치던 그녀의 혀가 살짝 드러났다 이내 사라졌다. 그의 타액으로 번들거리는 그녀의 입가가 기묘하게 일그러져 있었다. 당장이라도 눈물을 쏟을 것처럼 반짝이는 눈망울은 그를 원망하듯 바라보고 있었다.

"봉리나, 이건……."

"이제는 아니야. 될 수 없지."

그녀는 그의 말을 막았다. 자조적이면서도 시니컬한 미소가 그녀의 입가를 스쳐 지나갔다.

"다시는 오빠 동생으로 못 돌아간다고, 내 말은."

그의 동생임을 거부하기 위해 키스를 한 것일까? 리나는 알 수 없는 말을 중얼거리고는 휙 몸을 돌려 집 안으로 들어가 버렸다. 거칠게 열려졌던 현관문은 즉시, 쾅! 소리를 내며 세차게 닫혔다. 리나의 감정이 얼마만큼 격한지 고스란히 드러나는 소리였다. 선욱은 퀭한 눈으로 그녀를 삼킨 현관문을 무심히 바라봤다.

그의 눈길은 무심했으나 마음은 그러지 못했다. 평정은 이미 흐트러진 지 오래였고 다시 추스를 의지조차 모두 상실한 그였다. 그녀가 머물렀던 가슴팍이 욱신거리며 아파왔다. 잠시나마 그녀의 손길이 장악했던 목덜미로 살을 에는 듯한 바람이 스쳐 갔다. 처음으로, 십 년 만에 처음으로 그는 다시 생각했다. 리나에 대해, 그리고 리나에 대한 자신의 감정에 대해.

아무래도 뜨거운 샤워가 필요할 듯했다. 넋을 잃은 채로 선욱은 천천히 헝클어진 머리카락을 쓸어 넘기며 그녀의 뒤를 따랐다.

막 현관문을 넘는 그의 귓전으로 쾅! 방문 닫히는 소리가 울려왔다. 리나는 벌써 이층 제 방으로 들어가 버린 듯했다. 선욱은 짧고 좁은 계단을 멍하게 올려다봤다. 텅 비어 있는 계단이 마치 그의 속내인 듯 무척이나 쓸쓸하고 어두워 보였다.

"큼! 큼! 아, 뭔 일이여?"

어색한 침묵을 깬 건 윤씨 아주머니다. 지난주부터 집안일을 맡아 돌보고 있는 그녀는 호기심 가득한 눈으로 이층 계단과 선욱을 번갈아 돌아보고 있었다. 벌써 뭔가 수상쩍은 낌새를 눈치챈 모양이었다. 보기와는 달리 이 전라도 아주머니는 눈치가 굉장히 빠른 듯했다. 지욱이 추천한 아주머니니 오죽하랴만.

"우째? 싸웠어? 만날 실실, 헤헤거리기만 하드만 오늘은 이상허네. 뭔 일 있는가?"

리나 얘길 하는 거였다. 선욱은 무표정한 얼굴을 꿈틀 움직여 슬쩍 미소를 지었다.

"쉬세요."

짧은 대꾸를 한마디 남기고 선욱은 제 방으로 들어가 버렸다. 윤 언니는 힐끔 선욱을 돌아보며 슬쩍 혓바닥을 내밀었다. 말로만 듣던 그 싸늘선욱, 주변의 평보다는 괜찮은 총각이다 여기고 있던 자신의 생각이 틀렸다는 걸 느낀 거였다. 일상적인 말 외엔 별로 대화를 나눈 적이 없었지만 지금까지 그는 굉장히 정중한 편이었다. '일하는 아줌마' 밖에 안 되는 그녀에게 늘 존대어를 써주었고, 희미하게나마 웃어주었고, 주급도 꽤 후했다. 하지만 그건 지금처럼 사생활을 터치하기 전의 일이었다. 역시 김선욱은 주위의 평 그대로 싸늘하셨다. 은근히 정 없는 타입이랄까.

'영 까시럽다구마잉(까칠하구만).'

알려고 들지 말라는 뜻이렷다. 리나가 왜 저렇게 화가 났는지, 둘이 왜 싸웠는지, 왜 그렇게 입 박치기까지 해야 했는지, 도우미인 윤 언니는 절대 모르는 척하라는 뜻이렷다. 하지만 아무리 김선욱이라 해도 윤 언니의 호기심을 어쩌진 못했다.

바로 코앞에서 그들이 키스하는 걸 지켜본 그녀다. 현관문 틈 사이로 둘이 대판 싸우는 걸 들었고, 그 때문에 호기심이 잔뜩 발동했으며, 그래서 살짝 문을 열고 그 틈으로 둘의 작태를 다 보아버린 그녀란 말이다. 어떻게 이 상황에서 조용히 입을 다물고 있을 수 있겠냐고!

이건 하늘의 계시였다. 그녀더러 이 모든 문제를 풀어주라는.

말도 안 되는 사명감에 불탄 윤 언니는 정신없이 자신의 방으로 뛰어갔다. 방 안으로 쏜살같이 달려들어 간 윤 언니는 의령네 전화번호를 찾아 콕콕 번호를 찍었다. 그리고 이 제보로 인해 리나와 선욱, 강해와의 삼각관계가 어떻게 변하게 될지 그녀는 정말 궁금해 죽을 지경이었다. 그리고 마침내 통화가 되자 전화를 받은 의령의 어머니를 향해 그녀는 마구 큰 소리로 외쳤다.

"나여! 일용이 집에 들어왔어?"

의령은 집에 있었다. 그리고 윤 언니의 예상대로 의령은 그녀의 말에 비상한 관심을 보였다. 윤 언니는 정신없이 자신이 보고 들은 내용을 죄다 줄줄줄 꺼내 불기 시작했다.

윤 언니와 의령의 통화가 한창 진행되고 있는 바로 그 시각, 선욱은 막 샤워를 마치고 욕실을 나오고 있었다. 허리에 타월을 두른 채로 그는 옷상을 열었다. 리나를 봐야 할지, 말아야 할지 갈등하고 있는 중이었다.

샤워하는 내내 머릿속을 떠나지 않았던 그녀와의 키스.

그녀의 집요하게 파고드는 입술에 속수무책이었던 그.

그 모든 정황들이 그의 뇌리를 장악한 채로 사라지지 않았다.

어떤 식으로든 이 문제에 대해서 결론을 내려야 함을 의미했다.

"다시는 오빠동생으로 못 돌아간다고."

그녀가 했던 말이 귓전을 맴돌았다. 그의 폐부를 찌르는 말이었다. 그녀의 말을 듣는 순간, 그는 머릿속이 멍해져 할 말을 잃고 말았다. 그녀가 무슨 뜻으로 그런 말을 한 건지, 무슨 생각으로 키스를 한 건지 모르지만. 분명한 건 그녀의 말이 맞다는 사실이다. 그녀는 이젠 더 이상 그의 동생이 될 수 없었다. 시간이 갈수록 점점 더 확실히 깨닫게 되는 리나에 대한 자신의 감정은 그녀를 사랑이라 말하고 있었다.

"미친놈. 얼간이. 갠 사랑하는 사람이 있어."

선욱은 이를 악물며 속삭였다. 애인과 함께할 때, 행복해하던 리나가 저절로 떠올랐다. 리나가 선욱을 사랑할 가능성은 제로였다. 그녀가 한 키스가 사랑이 될 수 없다는 증거는 그뿐이 아니다. 분노에 찼던 그녀의 눈동자를 기억한다면 절대 그런 오해는 할 수 없을 것이다. 하지만 그의 이기적인 마음은 리나가 차라리 자신을 사랑해 주었으면 좋겠다고 생각하는 중이었다. 그녀의 키스가 그에 대한 마음을 표현한 것이길 바라고 있었다. 그녀를 향한 옳지 못한 마음은 점점 비정상적으로 왜곡되고 있는 것이다.

"빌어먹을!"

선욱은 거친 동작으로 폴로셔츠와 낡은 데님바지를 꺼내 들고 천천히 옷을 갈아입었다. 스스로의 감정을 속이며 리나를 대할 자신은 없지만 그래야 했다. 그녀를 위해서…….

"그랬다니까!"

그가 그녀의 방 앞에 섰을 때다. 문 건너편으로부터 리나의 난감한 목소리가 들려왔다. 울상인 게 뻔한 그녀는 누군가와 이야기를 나누고 있었다.

"네가 시켜서 한 게 아니야. 그럴 생각이 전혀 없었다고. 난들 나 싫다는 사람 붙들고 키스하고 싶었겠냐?"

네가 시켜서 한 게 아니야? 선욱의 눈썹이 꿈틀거렸다. 그가 제대로 들은 게 맞다면 누군가 시키긴 했단 소리였다. 누가 리나더러 선욱에게 키스를 하라고 시켰단 말인가? 그는 온몸이 싸늘해지는 걸 느꼈다. 그 순간, 그녀의 입에서 영어가 튀어나왔다.

"No! Nothing!"

설마 통화하고 있는 이가 리버스 페리? 그 녀석이라고? 선욱은 믿을 수가 없었다. 그가 무엇 때문에 그녀더러 선욱과 키스를 하라고 시켰단 말인가.

"나도 몰라. 너 내 냄비성격 알잖아. 급흥분하는 거."

선욱의 눈동자에서 빛이 사라지기 시작했다. 깊은 수렁에 빠진 것처럼 혼란은 더욱 걷잡을 수 없이 깊어져 갔다.

봉리나, 이 자식. 대체 무슨 게임을 벌이고 있는 거지? 사랑한다는, 그래서 결혼하겠다는 상대에게 선욱과의 일을 털어놓고 한다는 소리가 뭐? 나도 모르게 그렇게 된 거라고? 불륜을 저지른 아내가 남편에게 실수였다고 징징대는 꼴이었다. 더욱 웃긴 건, 남편 쪽에서 불륜을 저지르라고 충동질을 했다는 거다. 선욱의 머리론 도저히 이해가 안 되는 상황이었다.

"모르겠어, 나도. 내가 잠깐 미쳤었나 봐……. 웃지 마, 야! 넌 뭐가 그렇게 좋아?"

웃지 마? 리버스 페리가 웃고 있다고? 저게 도대체 무슨 해괴한 반응인가. 선욱은 미간을 찌푸리며 리나의 방문을 노려보았다. 남의 방문 앞에서 통화를 엿듣는 자신이 한심하게 느껴지기보다 리나의 통화가 더 기가 막혔다. 어쩐지 자신이 리나의 손바닥 위에서 놀아난 듯한 기분이 들어서 참을 수가 없었다. 마치 리버스와 리나가 짜놓은 덫에 걸려든 듯한 기분이 들었다. 대체 무슨 일이 벌어진 건지 그는 알아내고 싶었다. 설마, 혹시……!

"당연히 화났지. 오케이! 그렇겠지. 너야 그렇게 말하겠지. 무릎팍께서 오죽하시겠냐. 너 그 미친 망상 때문에 내가 한 일을 생각하면 진짜 내가 돌겠다."

문 안쪽에서 리버스와 통화를 하고 있는 리나는 천하태평인 녀석의 태도에 열불을 터뜨렸다. 그는 여전히 선욱이 그녀를 사랑하고 있다는 주장을 펼치고 있었다. 겉으로는 성질을 부리며 짜증을 내고 있었지만, 리나 역시 조금은 설레고 있는 게 사실이었다. 그렇게 당해놓고도 여전히 그에 대한 미련을 못 버리는 스스로가 정말로 한심하기 짝이 없었지만 어쩌겠는가. 자꾸만 그 얼토당토하지 않는 가설이 끌리는 걸.

선욱은 그녀의 키스를 거부하지 않았다. 당장 그녀를 떼어내고 십대의 이유없는 반항쯤으로 치부하고 훈계를 늘어놓을 것으로 예상되었던 그가 그녀의 키스를 허락한 거였다. 그건 분명 의미가 있었다. 적어도 그녀에겐.

[망상이라며. 미친 생각이라면서 왜 키스는 한 건데? 그거 내 말에 조금은 기대한 거 아니었어?]

수화기 속에서 리버스가 킥킥거렸다. 어찌나 정곡을 잘 찔러 대시는지. 리나는 한숨을 푹 내쉬었다.

"너 그거 진짜 신빙성이 있는 feel이야? 진짜로 그렇게 생각해?"

[썬은 널 사랑하고 있다니까. 그게 아니면, 내가 어디가 어때서 결혼을 반대하냐?]

"엄밀히 말하면 이제 반대도 아니야. 아까 말했잖아. 거의 반 허락했다고."

[반허락, 그거 참 애매한 말이다. 허락도 아니고 반대도 아니고. 날 만났으면 당연히 퍼펙트하게 찬성했어야지. 반만 허락한다는 게 말이 돼?]

"솔직히 너 아까 좀 그랬거든? 네가지 없었어. 거만하고."

[그게 왜 거만한 거냐? 자신감이 있는 거지. 남자는 무릇 자

신감이 충만해야 하는 법이야.]

"사랑하는 사람 앞에서 자신있게 행동할 수 있는 사람이 몇이나 될 것 같냐? 넌 아직 사랑을 몰라."

[뭐, 조만간 그 사랑, 알게 될지도 모르지.]

"그게 무슨 소리야?"

[그건 그렇고, 이제 어쩔 거야? 둘이 서로 키스도 했고, 이제 사랑한다고 고백만 하면 될 것 같은데.]

영악한 놈. 말머리를 자연스럽게 돌리며 딴소리 지껄이는 걸 보라지. 다른 때 같았으면 놈의 말꼬리를 붙잡고 늘어져 무슨 일인지 다 캐냈으련만. 상황이 상황이다 보니, 리나는 땅이 꺼져라 한숨을 내쉬며 머리를 긁적거렸다.

"몰라. 그 생각만 하면 나도 죽겠어. 어떻게 하냐, 이제……."

그때였다. 누군가 쿵, 소리를 내며 그녀의 문을 밀고 들어왔다. 리나는 하던 말을 멈추고 휙 고개를 돌렸다. 순간 저벅저벅 걸어 들어오는 선욱의 모습이 그녀의 눈에 들어왔다. 아까 그녀에게 기습 키스를 당한, 그 황홀한 키스의 주인공. 순간 몸 안에서 토네이도가 돌아다니는 것 같았던 아까의 기억이 파뜩 떠올랐다.

강력한 파괴력의 짜릿함이었다. 키스만으로도 그토록 강한 쾌감에 전율할 수 있다는 사실에 리나는 너무나 놀랐었다. 게다가 그의 들숨에 이끌려 입술 안으로 빨려 들어갔을 때의 그 흥분된 감흥은 평생 잊을 수 없을 것이다. 비록 몇 초 되지 않는

짧은 순간이었지만 그 매혹적인 충격은 앞으로 남은 평생을 지배할 수도 있을 것 같았다. 하지만 아무리 그렇다 해도 그게 미친 짓이었다는 데에는 변함이 없었다.

"무슨 일이야?"

리나는 당황한 마음을 숨기고 자리에서 일어났다. 선욱의 무표정한 시선은 곧장 그녀의 핸드폰을 향해 떨어졌다. 이 시선은 그녀의 통화 내용을 들었다는 뜻이었다.

"전화 먼저 끊어."

무뚝뚝하게 선욱이 말했다. 키스 때문에 할 말이 있어서 온 게 분명했다. 한데 하필 리버스와 통화를 하고 있을 때 와서는…….

「나중에 전화할게.」

리나는 빠르게 영어로 중얼거리고 탁, 소리를 내며 휴대폰을 접었다. 얼굴 근육이 저절로 굳어졌다. 그의 무시무시한 눈빛을 보니 그가 뭔가를 알아버렸다는 생각이 강하게 들었다.

"끊었어. 무슨 일이야?"

"방금 내가 들은 게 뭐야?"

"뭘 들었는데?"

천연덕스럽게 그녀는 물었다. 스스로 생각해도 이 대담함이 놀라울 뿐이었다. 그래, 오리발. 이럴 때는 오리발이 최고다. 설마 전화기를 달라고 해서 확인이야 하겠나. 딱 잡아떼면 선욱도 어쩔 수 없이 믿을 거다. 어찌 됐든 오빠를 너무너무 많이 좋아

해서 그런 거짓된 쇼와 위장 연애질을 해왔어요~ 라며 징징 짤
수는 없는 일이 아닌가.

"그거야 네가 더 잘 알겠지."

"난 오빠가 무슨 말을 하는지 전혀 모르겠어."

잘하고 있어. 아주 잘하고 있어, 봉리나. 그녀는 점점 오그라
드는 오장육부를 열심히 격려했다.

"방금 한 통화. 누구야?"

"왜?"

"내가 왜 묻는지 정말 모르겠어?"

"설마 내 통화를 엿들은 거야?"

어이없다는 듯 리나가 두 눈을 치떴다. 선욱은 두 눈을 가늘
게 떴다.

"엿들은 게 아니야. 우연히 듣게 된 거지."

"그게 그거잖아."

"누구였는지 말해."

"미국 친구야."

시치미를 뚝 떼고 리나는 새침하게 대답했다. 물론 여전히 그
녀의 오장육부는 언제라도 쪼그라들 준비를 모두 마친 상태였
다. 제발, 그가 눈치 채면 안 되는데…….

"한국말을 아주 잘 알아듣는 모양이지?"

그녀가 한국말과 영어를 혼용해서 썼던 걸 에둘러 지적하며
선욱은 그녀를 노려보았다. 리나는 눈 하나 깜짝하지 않고 다음

거짓말을 둘러댔다.

"교포거든."

캬~ 봉리나, 널 응기응변 애드리브의 퀸으로 임명한다.

"뭘 들었는지 모르지만 오빠가 오해한 것 같네. 난 방금 친구랑 리버스 얘기를 하고 있었어."

"리버스?"

처음 듣는 단어인 듯 선욱이 멍하게 그녀의 말을 따라했다. 그래, 리버스. 리나가 리버스를 사랑하고 있다는 사실을 그는 잠시 간과하고 있었던 거다. 숨이 멎는 듯한 통증이 그의 가슴을 밀고 올라왔다.

"그래, 내 남자 친구. 당연한 거 아니야? 그럼 내가 누구에 대해 얘기한다고 생각했어?"

선욱은 후우, 뜨거운 숨을 토했다. 그녀의 말을 믿지 않을 수 없었다. 리나는 전혀 당황하지 않았고 선욱이 묻는 말에 제대로 대답했다. 상대가 리버스라고 생각했다니 선욱은 자신의 머리가 어떻게 된 게 틀림없다고 생각했다. 선욱과의 키스를 약혼자에게 얘기할 리 없지 않는가. 리버스 쪽보다는 친구 쪽이 훨씬 신빙성이 있는 말이었다. 선욱은 특유의 무표정한 얼굴로 무장한 채 머리카락을 쓸어 넘겼다.

"미안하다. 신경이 날카로워서 널 오해한 것 같아."

그가 속삭였다. 리나는 꼼짝도 않고 서서 선욱을 바라보았다. 그가 무슨 말을 할지, 저절로 긴장이 되었다. 이 말을 하기 위해 여기까지 왔으리라, 서로 열정을 나누었던 그 키스에 대해 그 역시 할 말이 있는 것이리라, 생각하니 입 안이 저절로 바짝바짝 탔다.

"사실은 아까 일 때문에 왔어. 대화가, 필요할 것 같아서."

"……."

"왜 그랬니?"

그거야 오빠를 사랑해서지.

"왜 내게 키스했어?"

오빠가 얄미워서, 복수하고 싶어서 그랬어. 난 오빠 때문에 괴로운데 오빠는 너무나 멀쩡했잖아.

"내가 미웠니? 결혼도 반대하고, 취직도 반대하고, 그래서 그런 거였어?"

리나는 픽 웃었다. 그리고 마음속과는 전혀 다른 말을 지껄였다.

"오빠를 미워하는데 왜 키스를 해? 웃긴다, 오빠."

"봉리나."

"아까도 말했지만 난 오빠의 간섭이 싫어. 그뿐이야. 나도 이제 어른이 됐다는 걸 오빠에게 알려주고 싶었어."

"그것뿐이니?"

조용히 그가 물었다. 그것뿐이라고, 그녀는 대답할 수밖에 없었다. 그의 관심 대상에서 제외되길 원하면서도, 그의 관심을 바라는 이율배반적인 태도는 이제 더 이상 지속할 수 없었다.

주사위는 던져졌고, 그들의 키스는 돌이킬 수 없었다. 그녀는
이제 선욱의 모든 걸 포기해야 했다. 사랑도 연민도 동정도. 동
생으로 받아왔던 모든 관심도 이젠 그녀의 것이 될 수 없었다.
그녀의 키스는 그런 것일 수밖에 없었다.

"그것뿐이었어?"

재차 그가 물었다. 리나는 울컥 치미는 슬픔을 가까스로 밀어
넣으며 버르장머리 없는 냉소를 씩 지어 올렸다.

"그럼 뭐가 더 있을 거라고 생각해?"

#8 Love, The End

"**미**안하다. 내 잘못이야."

그녀의 말에 그가 맨 처음 보인 반응이었다.

"네가 서운했다는 거 알아. 오해할 만도 했어. 네가 하겠다는 건 모두 반대하는 것처럼 생각했을 거야. 미안해. 하지만 널 위해서였어. 네가 내 동생이니까."

"나, 아직도 동생인 거야? 키스까지 했는데?"

리나는 놀랐다는 듯 두 눈을 훌쩍 키웠다. 실제로 그녀는 놀라고 있었다. 키스, 그들은 키스를 했다. 포옹도 아니었고 단순 입맞춤도 아닌 키스였단 말이다, 그건. 비록 시작은 충동적이었지만 끝은 아니었다. 그들은 벗어날 수 없는 늪 속에서 허우적거리듯 키스에서 벗어날 수 없었다. 실낱같은 자제력으로 그나마 서로에게서 떨어질 수 있었다는 건, 리나도 선욱도 모두 알고 있었다. 입 밖으로 꺼내지 못했을 뿐.

그런데 그 키스를 하고도 그는 여전히 그녀를 여동생으로 여기겠다고 선언하고 있었다. 놀란 그녀에게 선욱은 더욱 놀랄 소릴 해댔다.

"잊어버리자."

뭐라고?

"나도 잊어버릴 테니 너도 잊어버려."

"뭘 잊으라는 거야? 설마, 키스를 잊어버리라는 거야?"

이게 무슨 웃지 못할 블랙코미디인가. 키스를 했더니 잊어버리란다. '넌 내 동생도 아니야' 라며 당장 집에서 내쫓아낼 줄 알았더니 그냥 없었던 일로 하잔다. 그만큼 그녀의 키스를 해프닝 쯤으로 여기고 있다는 말이다. 키스로도 여기지 않는다는 얘기다. 이렇게 잔인한 말을 들을 줄이야. 김선욱, 당신 You win이야. 이 봉리나를 아주 제대로 물 먹이셨다고.

"잊을 수 있을 거야. 잊자."

"미쳤어, 오빠?"

리나는 아랫입술을 퍼르르 떨며 대들었다.

"난 못해."

"그럼 어쩌겠다는 거야?"

"몰라서 물어? 오빠 호적에서 내 이름을 파겠단 말이야."

"집이라도 나겠다는 거야?"

선욱의 눈빛이 날카롭게 빛났다. 동생이라고, 더 이상 동생이 될 수 없는 리나인데도 동생이라고 끝까지 우겨대는 그의 이성이 무섭게 긴장하고 있었다. 또 어떤 말로 자신을 괴롭힐지, 그는 리나가 무서웠다.

"그래야지. 잘됐네. 어차피 곧 있으면 결혼할 거, 지금부터 동거하지 뭐."

"농담도 가려가며 해."

"내 말이 농담이라고 생각해? 내가 못할 것 같아?"

리나는 냉랭하게 물으며 그를 비웃었다. 삐뚤어질 테다. 엇나갈 테다. 마음대로 사랑하지도 못하는 사람을 떠나려고 해도 떠날 수 없는 상황이, 떠나지도 못하게 붙잡는 선욱이 싫었다. 동생, 그딴 거 필요없다. 예전엔 동생으로라도 곁에 있고 싶었지만 이젠 아니다. 이젠 김선욱이란 남자 자체를 마음속에서 몰아낼 것이다. 김선욱이란 남자를 통째로 그녀의 인생에서 몰아낼 것이다. 이런 슬픔에 눈물짓는 것도 이젠 신물이 난다.

"결혼 얘긴 아까 마무리 지었잖아. 좀 더 시간을 두고 생각해보자고 했을 텐데."

"그건 오빠 생각이지. 내 생각은 달라."

"봉리나!"

엄한 목소리로 그가 그녀를 불렀다. 삐딱한 태도가 눈에 거슬린다는 뜻이 내포되어 있는 음성이었다. 이쯤에서 그만 하라는 엄중한 경고인 거다. 하지만 그럴수록 리나의 투지는 더욱 불처럼 타올랐다. 리나는 두 눈을 치열하게 부릅뜨고 이를 갈듯 말했다.

"내 마음대로 할 거야. 이래라저래라 명령하지 마셔."

"집 떠나 만난 지 석 달밖에 안 된 외국 남자랑 동거한다는 게 네 마음이니? 그게 네가 정말 원하는 거야?"

"내 마음? 내 마음이 뭔지 궁금해?"

리나는 두 눈 쪽으로 몰려드는 시큰거림을 꾹 눌러 참았다. 코끝의 찡함도 명치끝의 욱신거림도 꾸역꾸역 참아 누르고 냉랭하게 속삭였다.

"사랑하는 사람과 마음껏 사랑하며 살고 싶은 게, 바로 내 마음이야. 알겠어?"

충격받은 듯, 그가 아무 말도 하지 않았다. 그녀에 대한 상실감과 그녀를 붙잡고 싶다는 본능 사이에서 그는 괴로워하고 있었다. 그는 그녀를 끌어안고 제발 그러지 말라고, 이렇게 자꾸만 나를 힘들게 하지 말아달라고 애원하고 싶은 충동을 두 주먹 안으로 꽉 말아 쥐었다. 그녀를 향해 질주하고 있는 이 마음은 절대적으로 옳지 않았다.

"내가 하고 싶은 일 하면서 마음 편하게 사는 게 내 마음이라고. 하루라도 오빠 눈치 안 보고 사는 게 내 소원이란 말이야!"

참았던 눈물이 리나의 눈가로 기어이 고여들기 시작했다. 성격대로 고함을 질러 선욱에게 반항했지만 가슴은 미어졌다. 답답한 마음은 하나도 풀어지지 않았고, 오히려 더 갑갑해지기만 했다. 너덜너덜 찢어지고 상처 난 그녀의 가슴은 이제 회복 불능이었다. 리나는 눈물이 두 볼을 타고 흐르기 전에 선욱의 시야에서 벗어나기 위해 휙, 몸을 돌렸다. 그를 교묘히 피해 방 밖으로 나가려는 찰나, 그가 뚜벅 다음 말을 꺼냈다.

"아버지, 어머니 생각은 안 하니?"

"……."

두 볼로 뜨거운 눈물이 흘러내렸다. 이렇게 여리고 약한 모습, 선욱에게 보이지 않을 수 있어서 얼마나 다행인지. 리나는 등을 돌리지 않고 비아냥거렸다.

"너무 약한 거 아니야? 돌아가신 분들 때문에 내가 내 인생을 포기할 것 같아?"

리나는 스스로 가슴에 커다란 스크래치를 내고 있었다. 천애 고아로 남겨진 자신을 거둬준 그분들을 떠올리자니 큰 죄를 짓고 있는 기분이었다. 비록 그녀의 아버지가 그분들의 생명을 구해줬다고는 하나, 어디까지나 그것은 대가를 바라고 했던 행위가 아닌 자발적인 희생이었다. 그들에겐 리나를 거둘 법적인 의무가 없었다. 도의적으로 그녀를 거두어 친딸처럼 고이 길러준 그들에게 역시 도의적으로 리나는 감사의 마음을 가지고 있었다.

"오빠 날 잘못 봤어."

무겁고 시크한 목소리로 그녀는 선욱의 마지막 시도를 뿌리

쳤다. 사랑을 가운데에 두고 두 사람은 그렇게 엇갈리고 있었
다.

선욱은 싸늘하고 차가운 그녀의 뒷모습을 바라보며 더욱 세
게 주먹을 쥐었다. 그녀를 이렇게 잃고 싶지 않았다. 이런 식은,
절대로 아니었다. 언젠가는 그녀를 떠나보내야 하겠지만 이렇
게 갑자기, 서로를 등진 채 떠나보낼 수는 없었다. 어떻게든 그
는 그녀를 붙잡아야 했다. 물론 사랑이 아닌, 가족으로서.

"다음 주다."

불행히도 그는 어떻게 해야 리나를 붙잡을 수 있는지, 그 방
법을 몰랐다. 집을 나가고, 호적을 파고, 남자와 동거를 하겠다
고 나오는 리나를 그저 억지로 붙들고 떠나지 말기를 강요하는
것밖에는. 세상 밖으로 달아나기 위해 날갯짓하는 한 마리 나비
처럼, 그녀는 맹렬했다. 그가 조그만 틈이라도 보인다면 그녀는
그 틈을 비집고 그의 품을 벗어날 것이다.

"다음 주부터 일할 수 있게 준비하고 있어."

"꼭 이렇게 해야겠어?"

리나가 이를 악물며 물었다. 돌아보진 않았지만 얼마만큼 선
욱이 분노하고 있는지 충분히 느껴졌다.

선욱은 그녀를 이렇게 아프게 해야 하는 자신이 죽을 만큼 싫
었다. 하지만 그도 이젠 어쩔 수 없었다. 취직을 허락하면, 그녀
는 집을 나가겠다고 할 것이다. 집을 나가게 해주면 마음대로
결혼을 하겠다고 할 것이고, 결국 그는 맥없이 그녀를 놓아줘야

할 것이다. 그는 그게 두려웠다.

"현명하게 굴어. 결국 넌 내 밑에서 일하게 될 테니까."

널 위해서야, 봉리나. 널 위해서.

"싫다고 했잖아."

"쉬어라."

더 이상의 반론은 허용치 않겠다는 듯 그는 그녀의 옆을 지나 방을 나갔다. 리나는 천장을 올려다보고는 이를 갈았다. 대체 왜 이러는 거야. 왜! 당신 막냇동생 자리, 싫다니까! 거저 줘도 싫다고! 돈 주면서 하라고 해도 싫어. 아프단 말이야. 그 자리, 아프다고. 아파 죽을 것 같은데 왜 자꾸 못 가게 막는 거야, 왜…….

'아! 꼴좋다. 마냥 좋아 헬렐레거리더니 이제 LS그룹 들어가 서 윤강해와 김선욱의 깨소금 볶는 냄새를 맡으며 괴로워해야 겠네.'

스르르, 맥없이 어깨를 늘어뜨리며 리나는 고개를 아래로 꺾 었다. 눈물을 멈추려고 했지만 하염없이 흘러내렸다.

"어쩔래, 봉리나? 이제 어쩔 거야?"

혼잣말을 중얼거리며 리나는 축축한 눈동자를 눈꺼풀로 덮었 다.

✻

이튿날 점심, 리나에게 손님이 찾아왔다. 의령이었다. 그녀는 들어오자마자 자신을 반기는 윤씨 아주머니를 향해 이렇게 말했다.

"제가 아주머니 쉬게 하려고 왔어요. 지금 집에서 엄마가 기다리고 계시거든요? 얼른 가보셔요."

바통 터치하는 것도 아니고 이건 또 뭔지. 리나는 좀 당황했지만 윤씨 아주머니와 의령이 마구 수다를 떨며 역할(?)을 바꾸는 모습을 멍하게 지켜보아야 했다.
"무, 무슨 일 있어요?"
윤씨 아주머니가 자리를 뜨고 의령과 단둘이 있게 되자, 리나는 조심스럽게 물었다. 갑자기 찾아온 오빠의 약혼녀를 대하자니 약간 어색했다. 그도 그럴 것이 두 사람이 마지막으로 만났을 때의 상황이 보통 민망스러웠어야지. 그때 펑펑 울고 있는 리나를 그녀는 뜨악하면서도 안쓰러운 얼굴로 바라보았다. 쯧쯧, 혀를 차는 소리가 환청으로 들릴 정도였으니 오죽할까. 그날 이후로 처음 보는 것이니 리나는 창피하기도 하고 무슨 일로 왔는지 궁금하기도 했다.
"리나 씨가 보고 싶어서 왔죠. 그때 그 일이 어떻게 됐는지도 궁금하고."
불쑥 그녀를 찾아온 장본인, 이의령은 상냥한 미소를 지으며 어깨를 으쓱했다. 역시나 그 민망한 일을 의령은 기억하고 있었다.

“회사 문제 말이에요. 그날 아저씨 집에서 싸우고 헤어졌잖아요. 내내 궁금했는데 아저씨가 잠자코 있으라고 해서 못 물어봤어요.”

아저씨라 함은 지욱일 칭하는 말이었다. 새삼 리나는 지욱이 그날의 일을 어떻게 받아들이고 있을지 궁금해졌다. 지욱이야말로 선욱과 리나의 사이를 가장 가까운 곳에서 지켜보아 왔던 산증인이 아니겠는가. 리나의 마음을 모두 알고 있는 유일한 사람이기도 하고. 설마하니 의령에게 다 말한 건 아니겠지?

“아! 그거라면 뭐, 답보 상태죠.”

“여태 냉전 중이에요?”

“대판 싸웠어요. 그래도 오빤 절 억지로라도 LS에서 근무하라고 할 셈인가 봐요.”

“그냥 한번 다녀보는 건 어때요? 마음에 안 들면 나중에 그만두더라도.”

“지욱 오빠도 그렇게 생각한대요?”

“아저씨야 리나 씨가 편한 대로 하라 그러죠. 아저씨 성격은 리나 씨가 더 잘 알잖아요.”

“네~ 아주 자알 알죠. 네 일은 네가 알아서 해라~”

리나는 넉살 좋게 너스레를 떨며 킥킥 웃었다. 선욱도 지욱처럼 느슨한 구석이 좀 있었으면 얼마나 좋을까. 지욱은 사소한 문제엔 대충 넘어가 주는 센스가 있었다. 이빨이 잘 들어간다고 나 할까. 그래서 대하기 편한 면이 많았고 그 때문에 더욱 친근 감을 갖게 되는 사람이었다.

"리나 씨 말이 틀린 게 아니니까요. 저도 리나 씨 입장이라면 그렇게 말했을 것 같아요. 솔직히 저도 얼마 전에 리나 씨와 같은 경우에 처해봤었거든요. 입장이 참 난처하더라고요."

"왜요? 지욱 오빠가 LS그룹에서 일하래요?"

"대학 졸업하고 대학원 준비하면서 잠깐 일하기도 했어요. 아저씨 비서로."

"비서요?"

뜨악한 얼굴로 리나는 의령을 바라봤다. 의령을 비서로 일하게 했다는 소식은 금시초문이었다.

"원래 있던 비서를 자르겠다고 해서 제가 얼마나 놀랐는데요. 남들이 들으면 뭐라고 하겠어요?"

"지욱 오빠가 남들 시선에 신경 쓰는 편이 아니죠."

"그러게요. 겨우겨우 설득해서 원래 계시던 비서 분 그대로 두고 제가 충원해 들어가는 형식으로 일하게 되었었죠. 제가 아주 그때 혼쭐이 나서 대학원 졸업해도 LS그룹에선 근무하지 않겠다고 단단히 일러뒀어요."

그 성격에 얼마나 극성을 부렸을지 대충 상상이 갔다. 비서를 비서가 아니라 상전 모시듯이 했을 테지, 남들 시선도 아랑곳 않고. 입술을 씰룩거리며 리나는 물었다.

“그래서 뭐래요? 그렇게 하래요?”

“그냥 취직하지 말고 시집오래요.”

“풉!”

순간, 음료수를 마시고 있던 리나는 거의 뿜을 뻔했다. 입술을 조그맣게 오므리고 꽉 힘을 주어서 망정이지 안 그랬다면 의령의 얼굴에 아밀라아제 그림을 그릴 뻔했다. 정말 지옥스러운 발언이 아닐 수 없었다. 어쩜 그리 독선적이고 단도직입적인지. 하고 싶은 말은 죄다 다 하고 사는 사람 같다, 김지욱은. 그래서 부러울 때가 한두 번이 아니지만. 리나는 더럽혀진 입가를 수건으로 닦으며 헤벌쭉 웃었다.

“의령 씨가 참아요. 남자들은 다 애라잖아. 우리 지욱 오빠야말로 천하의 애스러운 남자죠.”

“음, 뭐~ 그래서 좀 귀엽긴 해요.”

일부러 조금 새침하게 대답하는 의령과 마주 보며 리나는 깔깔깔 웃어 젖혔다. 하지만 곧 그녀의 표정은 씁쓸함으로 바뀌었다. 지욱의 유치함을 두고 이렇게 웃고 있자니, 같은 여자로서 무척이나 부러웠다. 사랑하는 사람을 마음대로 사랑할 수 있다는 것도 참 복이다 싶었다.

‘에휴, 봉리나. 그만 해라.’

하루 종일 김선욱 생각은 절대로 하지 말자, 그리 결심했거늘. 벌써 몇 번째니? 이럴 바에야 머릿속을 지우개로 지워 버리는 게 낫지. 한숨을 푹 쉬며 리나는 빙긋 웃으며 화제를 전환

했다.

"그나저나 두 사람 결혼 안 해요? 사귄 지 꽤 됐잖아요."

"제가 아직 학생이잖아요."

"그럼 논문 통과하는 대로 결혼하는 거예요?"

"음, 사실 그 부분은 아직 잘 모르겠어요. 아저씨가 선욱 씨를 마음에 걸려하거든요."

"선욱 오빠를요?"

리나의 표정이 급체한 것마냥 신속히 어두워졌다. 역시 뭔가 있어. 인상을 쓰며 괴로워하는 리나를 관찰하며 의령은 확신할 수 있었다. 어젯밤 윤 언니에게서 들은 내용을 떠올리며 그녀는 회심의 미소를 지었다.

애초 지난번 말다툼이 있던 날 저녁, 의령은 두 사람 사이에서 뭔가 심상치 않은 낌새를 눈치 챘었고, 또 그날부로 추궁에 들어가 지욱으로부터 리나가 선욱을 좋아하고 있다는 사실을 자백 받은 후였다. 하지만 솔직히 석연찮은 구석이 많아 선뜻 나설 수 없었던 의령이었다. 일단 강해가 마음에 걸렸고 선욱 역시 심하게 걸렸었다. 선욱이 어떤 마음인지 확신이 없으니 섣불리 나섰다가는 일만 크게 벌어질 것 같았던 것이다. 하지만 두 사람이 키스를 했다는 사실을 알게 된 지금, 의령은 가만히만 있어서는 안 되겠다는 입장이었다.

아무래도 자신의 느낌이 자꾸만 선욱 역시 리나를 좋아하고 있다는 쪽으로 기울어지고 있었다. 만약 그렇다면 누군가가 나서서 두 사람의 관계를 진전시켜 주어야 했다. 이대로 놔뒀다가는 백날 이 지경일 것이다. 왜냐하면 선욱은 자신이 먼저 나서서 약혼을 깨뜨릴 사람이 아니기 때문이다. 의령이 봤을 때 선욱은 가업에 대한 사명감으로 똘똘 뭉친 사람이었다.

"아무래도 형님이시잖아요. 찬물도 위아래가 있는데 결혼도 형님이 먼저 해야 하지 않을까 싶어서요."

"뭐 꼭 그럴 필요 없지 않아요? 요즘 누가 그런 거 따져요?"

떨떠름한 얼굴로 리나가 말한다.

"아니죠. 형님은 지금 약혼한 지가 오 년째인데. 먼저 하는 게 당연하죠. 만약 우리 커플 먼저 결혼해 봐요. 사람들이 뭐라고 수군거리겠어요?"

"그거야 그렇지만……."

"사실 처음, 전 강해 씨를 별로 안 좋아했어요."

의령은 아주 조심스럽게 리나의 눈치를 살피며 중얼거렸다. 리나는 의령이 무슨 말을 하는지 잘 모르겠다는 듯 두 눈을 깜빡거리며 멀뚱멀뚱 그녀를 바라보았다. 의령은 어색하게 씩 웃고는 계속 다음 말을 이어갔다.

"왜냐하면 강해 씨가 아저씨랑 사귀는 줄 알았거든요. 그분이 아저씨 애인인 줄 알았어요."

"지욱 오빠랑요? 무슨 그런 말도 안 되는 소리를요! 강해 씨를 언제 만났는데요?"

"작년에요."

"그때라면 선욱 오빠랑 이미 약혼한 상태였을 텐데요."

영문을 모르겠다는 듯 리나는 여전히 멀뚱했다.

"처음엔 선욱 씨를 못 뵈었거든요. 나중에 아저씨가 병원에 실려갈 정도로 다친 적이 있었는데, 그때 두 분을 함께 뵈었고 약혼한 사이라는 것도 알게 되었죠."

"아……!"

"그 뒤로 아저씨와 제가 틀어졌는데 강해 씨의 도움으로 다시 만나게 되었어요. 나중엔 제 개인적인 일도 대신 처리해 주시고, 제겐 많이 고마우신 분이죠."

"사랑의 메신저 역할을 해주셨구나? 그 언니가 좀 착해요. 정도 많고."

리나는 두 눈을 휙 치켜뜨고는 빙긋 웃었다. 티없이 맑은 미소였지만 의령의 눈엔 왠지 서글퍼 보였다. 의령은 슬그머니 리나의 눈치를 살피며 상체를 수그렸다. 턱을 천천히 괴고 리나의 눈을 들여다보며 그녀는 조용히 말했다

"난 강해 씨가 행복해졌으면 좋겠어요."

"아, 뭐, 그건 나도 마찬가지……."

네가 김선욱에게 키스를 했다는 걸 알면 강해가 잘도 행복하겠다.

리나는 갑자기 목구멍이 콱 막혀 버리는 것 같아 캑캑, 헛기침을 했다. 거짓말을 하려니 양심이 욱신거렸다. 포기하겠다고 어제 그 난리를 쳤는데도, 마음 한구석에는 여전히 선욱을 흠모

하는 마음이 도사리고 있음을 리나는 인정하지 않을 수가 없었다. 미친 것, 그녀는 속으로 자신에게 욕했다.

"그런데 전 강해 씨가 하나도 행복해 보이지 않아요."

"네?"

"선욱 씨랑 강해 씨 말이에요. 서로에게 충실하지만 행복해 보이지는 않는다고요."

이건 또 무슨 소리야? 의령은 트레이드 마크인 맑디맑은 눈동자를 말갛게 뜨고 리나를 똑바로 바라보고 있었다. 그 통달한 눈빛에 리나는 반사적으로 흠칫 놀라 살짝 몸을 뒤로 내뺐다. 의령의 시선을 똑바로 받고 있자니 어쩐지 마음이 꿰뚫려 버린 것 같은 착각이 들어 괜히 두려워졌다.

"왜 그런 생각을?"

"모르겠어요. 두 사람, 서로 필요에 의해 약혼했고 오 년 동안 싸움 한 번 하지 않고 나름 사이도 좋았다고 들었는데…… 이상하게 두 사람을 보고 있으면 사랑하고 있다는 생각이 전혀 안 들어요. 그저 제 기우이려니 생각하고는 있지만 좀 안타깝죠. 제 눈에만 그렇게 보여야 할 텐데……."

아무 말도 못하고 리나는 의령의 말을 들었다. 뭐라고 반응해야 할지 감이 안 섰다. 좋다고 쿵짝을 맞추기도 망설여졌고, 그렇다고 '아니에요~ 내 보기엔 꿀물이 줄줄 흐르던데요?' 라고 오버하기도 그랬다. 민감한 사안이니만큼 함부로 뭐라 하기에도 입장이 난처했고, 또 괜히 입 벌렸다가 속마음이 고스란히 드러날까 봐 겁나는 것도 사실이었다.

"리나 씨는 어떻게 하기로 했어요? 그 외국인 남자 친구, 선욱 씨께 정말 소개해 드릴 거예요?"

"아, 예. 이미 소개해 줬어요."

"네에? 정말요?"

심히 놀란 듯 의령의 눈이 쟁반만하게 커졌다.

"소개하라고 할 때 냉큼 해야죠. 딴말하기 전에."

"뭐래요, 선욱 씨가?"

"음……."

"응?"

엄청 궁금한지 의령이 다음 말을 재촉했다. 리나는 긴장된 나머지 꿀꺽 마른 침마저 삼켰다. 이거야 원, 왜 이렇게 불편하다지? 그냥 궁금하니까 묻는 것뿐일 텐데 자꾸 취조 받는 기분이 들었다. 괜히 혼자 찔려서 말까지 더듬고.

"선욱 오빠 입장은 뭐……."

그때였다. 식탁 위에 놓여 있던 휴대전화가 액정에 불을 밝히며 짱알짱알 벨을 울렸다. 너무나 갑작스레 울리는 통에 긴장되어 있던 심장이 벌떡거리자, 리나는 헉! 숨을 들이마셨다. 호기심 어린 의령의 시선이 식탁으로 재빨리 향했다. 불 밝힌 액정에는 열한 개의 숫자가 일렬도 나란히 박혀 떠 있었다. 리나는 전화기를 들어 액정에 찍힌 번호를 빤히 바라보았다. 처음 보는 번호였다. 누구지?

"모르는 번호예요? 그럼 받지 마요. 광고 전화일 수도 있으니까."

"아니, 그래도 혹시 몰라서요. 연락 끊긴 친구들이랑 요새 다시 만나고 있거든요."

"음, 그럼 친구들끼리 서로 연락이 되어서 리나 씨한테 전화하는 걸 수도 있겠네요."

"그러게요."

멍하게 중얼거리고 리나는 의령에게 살짝 양해를 구하는 미소를 지었다. 의령은 마주 웃어주며 고개를 끄덕였다. 리나는 전화기 폴더를 열고 꾹, 통화버튼을 눌렀다.

"여보세요."

[어…… 봉리나 씨 휴대폰 맞습니까?]

듣는 사람이 다 안달이 날 정도로 느리고 나긋한 목소리가 귓가를 두드렸다. 이 목소리는? 리나는 단박에 상대방이 누구인지 알 수 있었다. 그녀의 뇌세포가 단 일 초 만에, 저장해 놓았던 관련 서류를 찾아내어 그녀의 눈앞에 선명한 영상을 뿌렸다.

임석인. 필러스그룹의 사장.

불과 며칠 전 그녀가 독대하여 만났던 바로 그 사람이었다. 이 사람이 어쩐 일로 전화를 한 걸까? 리나는 당황스러웠다. 보통 필러스에서 걸려왔던 스카우트 전화는 임 사장의 비서나 인력담당 실장이 걸어왔었기 때문이다.

"제가 봉리나인데요. 누구시죠?"

알아들었으면서도 못 알아들은 척하며 리나는 조심스럽게 대꾸했다.

[안녕하세요? 임석인입니다.]

리나는 찌릿찌릿, 한쪽 볼이 타버릴 것 같았다. 의령이 그녀를 유심히 관찰하고 있었다. 대체 의령이 무슨 목적으로 온 건지 의아스럽지 않을 수 없었다. 처음 모습을 드러냈을 때부터 계속 찜찜하다 생각했는데 풀어내는 대화 주제들도 신경에 거슬리는 것들 뿐이었다. 게다가 선욱과 강해 커플이 행복해 보이지 않는다는, 다소 위험천만한 의견을 피력하기까지 하더니 이번엔 또 리나의 전화통화 내용에 지대한 관심을 보이고 있었다. 아무래도 꿍꿍이가 있어 보였다. 리나는 의령이 대화의 내용을 눈치 채지 못하도록 조심해야겠다고 다짐하며 신중하게 입을 열었다.

"안녕하세요."

[반갑습니다. 지금 저와 통화하실 수 있습니까?]

"아, 네……."

[페리 씨에게 제시한 조건을 전해 들으셨는지 모르겠습니다. 저희에겐 한시가 급한 사안이라서요. 새로운 브랜드를 런칭할 계획이라는 건 지난번에 말씀드렸죠?]

"사실은 어제 들었어요, 그 조건이라는 거."

[생각할 시간이 필요하다는 건가요?]

생각하고 자시고 할 게 없다는 뜻인가? 아주 자신만만하시군. 리나는 의령에게 양해를 구하고 그와 본격적인 통화를 하기 시작했다.

그 시각, 선욱은 이른 퇴근길을 준비하고 있었다. 오늘은 강해의 부탁으로 저녁 모임이 있어서 평소보다 일찍 일을 마무리하는 거였다. 그가 기억하는 한, 단 한 번도 그에게 부탁이라는 걸 해본 적이 없는 강해가 어쩐 일일까. 선욱은 조금 긴장했다. 하필 그가 윤 회장과의 면담을 막 마친 후 찾아와서 한 부탁이라 더욱 그런지도 모른다.

선욱은 오늘 윤 회장과 만나 약혼을 더 이상 지속할 수 없다는 뜻을 밝혔다. 다른 여자를 사랑하고 있다는 걸 깨달았으면서 강해와 결혼을 할 수는 없었다. 그는 리나를 사랑해 왔다. 강해와 쉽게 결혼할 수 없었던 것도 마음속의 리나를 품고 있었기 때문이었다. 그걸 자각하지 못했을 뿐.

하지만 이제는 알고 있다. 깨달았다. 그것이 강해와 결혼할 수 없는 가장 확고한 이유였다. 비록 리나를 떠나보내야 할지라도.

다행히 윤 회장은 아무것도 묻지 않았다. 그 역시 다른 혼처를 알아보고 있었다는 말로 수긍의 말을 대신했을 뿐이었다. 강해에겐 윤 회장이 알아듣게 얘기하겠다는 말에 소리 없이 동의하며 선욱은 조용히 회장실을 나왔다. 자신을 친아들만큼이나 따뜻하고 인자하게 대해줬던 윤 회장을 배반하고 있다는 죄책감에 그는 마음이 무거워졌다.

“오빠!”

강해가 그의 사무실 문을 열고 들어왔다. 긴 생머리를 틀어 올려 긴 목을 강조하고 있는 그녀는 누가 봐도 아름다운 보석이었다. 우아하고 조신한 현모양처의 전형이면서도 동시에 유능한 일꾼인 그녀는 선욱과 대학동창 모임에 참석한다는 생각에 자못 들뜬 모습이었다. 아직 그녀는 파혼 얘기를 못 들은 것 같았다.

“어, 그래. 다 됐어.”

“내가 오빠 시간 뺏는 거 아니지?”

걱정스러운 듯 강해는 눈살을 살짝 찌푸리며 물었다.

“모처럼의 부탁인데 들어줘야지.”

침울하게 대답하며 그는 빙긋 웃었다.

“앞으로 자주 부탁할 거야. 나도 이제 약혼자 좀 부려먹을까 하고. 친구들이 오빠 좀 보여달라고 난리도 아니야.”

“네 친구들, 웬만한 애들은 다 알지 싶은데.”

재벌가 자제들이라면 이 모임, 저 모임으로 웬만하면 안면을 트고 있는 터였다. 재벌 상속녀인 강해의 친구들도 대부분 상류층 자제들이라 선욱과도 잘 알고 지내는 편이었다.

“동창들은 오빠를 모르는 애들이 더 많지. 걔네들은 평범한 애들이야. 결혼한 아줌마들도 몇 있고. 내 나이가 좀 그렇잖아……..”

“그래.”

대화 단절. 결혼 얘기가 나오면 늘 그렇듯 두 사람은 침묵에 휩싸였다. 강해는 안절부절못하며 부산을 떨었다. 무안한 상황을 어떻게든 모면해 보고자 일부러 활짝 웃는 그녀의 모습이 그의 죄책감을 더욱 부채질했다. 선욱은 머리카락을 쥐어뜯고 싶은 충동으로 한동안 꾹 입을 다물었다. 그리곤 일어섰다.

"출발하자."

"미안해요. 통화가 길었죠?"

리나는 임석인과의 통화를 끝내고 의령을 바라보며 웃었다. 의령은 통화 내용을 이미 다 분석했다는 티를 팍팍 내며 눈썹을 끌어올렸다.

"일 관련 전화인가 봐요? 사장님?"

"네. 내일 한번 보자네요. 거의 계약까지 가지 싶어요."

임석인은 리버스와 리나를 함께 만나고 싶어했다. 그는 은근히 리나가 리버스의 마음을 바꾸는 데 일조를 해주길 바라는 것 같았다. 그런 거라면 리나도 도와줄 마음이 있었다. 리버스와 함께 팀을 이뤄 일을 하게 된다면 그들은 천하무적이 될 것이다. 문제는 리버스가 한국에 체류해야 하는 필러스의 일을 받아들일 것인가였다.

"리나 씨 되게 유능한가 보다. 사장님이 직접 전화까지 하고."

의령이 부러운 듯 감탄조로 말한다. 머쓱해진 리나는 이마를 손으로 긁으며 어색하게 웃었다.

"뭐 그럭저럭요."

"필러스에서 그렇게 적극적으로 나오면 어쩔 수 없겠어요. 어쨌든 리나 씨의 실력을 인정해 주고 있는 거니까. 사람은 원래 인정받는 곳에서 일하고 싶은 거잖아요."

"그렇죠 뭐."

"선욱 씨가 허락해 줄 가능성은 전혀 없는 거예요?"

전혀요. 유감스럽게도. 리나는 터지는 한숨을 누르며 배시시 밸 없는 미소를 지었다.

"내가 못 미더운가 봐요."

"원래 선욱 씨가 동생들을 유난히 챙기잖아요. 우리 아저씨도 지긋지긋하다고 할 정돈데 리나 씨한테는 오죽하겠어요. 리나 씨가 참아요. 언젠가는 허락해 주겠죠."

"허락해 주길 기다리다가 제가 먼저 죽겠어요."

우스갯소리를 하며 리나는 얼굴을 찡그렸다. 심란한 마음을 들키지 않기 위해 표정 관리하는 것도 잊지 않으며 그녀는 평소처럼 넉살 좋은 웃음을 헤헤거렸다. 그녀를 빙긋 웃는 얼굴로 빤히 바라보던 의령이 문득 물었다.

"제가 좀 도와드릴까요?"

"네?"

무, 무슨 짓을 하려고 그래요? 일용 씨.

"선욱 씨한테 전화해서 밥 사달라고 해요, 우리."

의령이 뜬금없이 제안을 해왔다. 리나의 웃고 있던 얼굴이 그대로 굳었다. 어젯밤 그 전쟁을 치르고 얼굴 한번 마주치지 않았던 그와 밥을? 캑, 체하겠다.

"그, 글쎄요오……."

리나는 말끝을 늘이며 생각하는 척했다. 모처럼 제안한 건데 거절하기도 모냥 빠지고, 참 입장이 난처했다.

"아저씨도 불러요. 저랑 아저씨가 선욱 씨 설득해 볼게요."

"그게 될까요?"

"아저씨한텐 어떨지 모르지만 저한텐 딱 잘라 거절하지 못할 거예요."

"선욱 오빤 좀 바쁠 거예요. 요새 보니까 계속 늦더라고요."

리나는 어색하게 웃으며 어깨를 으쓱했다. 딱히 바쁘지 않아도 안 올 거란 말은 쏙 뺐다.

"리나 씨랑 식사하자고 하면 오실지도 몰라요."

아이고! 이 무슨 해괴한 소릴. 꿈 깨셔요, 일용 씨.

"리나 씨를 선욱 씨가 얼마나 챙기는데요. 눈 뜨고는 못 본다고, 아저씨도 늘 그러셨어요."

"그, 그거야 동생이니까 그런 거죠."

"그러니까요."

달리 생각할 게 뭐 있냐는 듯 의령이 빙긋 웃었다. '동생으로서 남달리 생각하는 거 외에 뭐 다른 거라도? 라고 묻는 듯한 눈빛으로 의령은 리나를 빤히 바라봤다. 일순 민망해져 리나는 꿀 먹은 벙어리처럼 꾹 입을 다물어 버렸다. 하지만 의령이 뭔가를 알고 있는 듯한 느낌은 지울 수가 없었다.

"잠깐 전화기 좀 줘봐요."

의령이 개구쟁이처럼 생긋거리더니 손을 뻗어왔다. 리나는 얼떨떨한 얼굴로 맹하게 대꾸했다.

"전화기는 왜요?"

"선욱 씨한테 전화하려고요."

"왜, 왜 내 걸로?"

당황해 리나는 말까지 더듬었다.

"리나 씨 것으로 해야 선욱 씨가 냉큼 받을 거 아니에요."

"에, 예?"

이번에도 좀 뭔가 이상한 낌새의 말이었다. 하지만 리나는 의령의 말을 곰곰이 곱씹어볼 새도 없이 전화기를 빼앗겼다. 의령도 지욱처럼 무대뽀가 되어가나? 아무리 부부는 닮는다지만, 결혼도 안 한 주제들이시면서 어찌나 부부스러운지! 벌써 의령은 리나의 손에서 휘릭 전화기를 낚아채 꾹꾹 버튼을 누르고 있었다. 황당한 얼굴로 리나는 넋을 잃고 의령의 신들린 듯 움직이는 손가락을 바라보았다.

'아니, 안 올 게 뻔한 사람한테 웬 전화질이냐고요. 그것도 하필 내 휴대전화로요.'

벅벅, 볼따구만 긁어대며 리나는 속으로 울화통을 터뜨렸다. 선욱이 뭐라고 생각하겠나? 전화는 의령이 하지만 뒤에서 리나

가 사주했다고 생각할 게 빤했다. 그렇다고 전화기를 빼앗을 수
도 없고. 으!

"선욱 씨? 아! 저 의령이에요!"

통화가 됐나 보다. 쿵, 리나의 심장이 덜컹 내려앉았다. 아,
쪽팔려!

"아…… 의령 씨. 의령 씨가 웬일로 전화를……?"

차 안에서 전화를 받은 선욱은 당황한 마음을 굳은 표정에 묻
으며 시간을 확인했다. 시계바늘이 다섯 시 반을 넘어 여섯 시
를 향해 가고 있었다. 선욱은 옆자리에 앉아 있는 약혼녀 강해
를 돌아봤다. 강해는 다소곳이 시선을 내리깔고 앉아 그가 통화
를 끝내기를 기다리고 있었다.

[전화를 받으시네요? 안 바쁘세요?]

의령이 밝은 목소리로 물어왔다.

"퇴근 중입니다."

차분하게 대꾸했지만 전화벨이 울린 직후부터 빨라지던 선욱
의 맥박은 연달아 최고 속도를 갱신해 가고 있었다. 리나의 전
화로 의령이 전화를 했다는 게 의미하는 게 뭔지 그는 머릿속으
로 미친 듯이 생각하고 있었다. 혹 리나에게 무슨 일이 생긴 건
아닌지 걱정이 된 나머지 선욱은 이마를 초조하게 문질렀다.

[아! 그래요? 잘됐다! 곧바로 집으로 오시는 건가요?]

"약속이 있어서 이동 중이에요. 무슨 일이죠?"

[어머나, 약속이라고요? 아, 그러시구나. 전 그런 것도 모르

고……. 함께 식사나 할까 했는데 안 되겠네요, 그럼.]

"식사라고요?"

강해의 고개가 살짝 흔들렸다. 자세는 흐트러짐이 없었지만 분명 그녀도 그의 전화통화에 귀를 기울이고 있는 거였다. 선욱은 감정이 담기지 않은 사무적인 말투로 다음 말을 이었다.

"혹시 집에 무슨 일이 있는 건 아닌가요?"

[그런 건 아니에요. 그냥 리나 씨가 기분이 좀 우울한 것 같아서요.]

우울……. 선욱은 미간을 찌푸렸다. 어제 일 때문이라는 건 불을 보듯 뻔했다.

[여러 가지로 머릿속이 복잡한가 봐요. 그래서 기분도 풀어줄 겸 함께 모여서 식사나 할까 했죠.]

귀여운 의령의 목소리가 희미한 웃음기를 머금고 있었다. 선욱은 달리는 차창으로 고개를 꺾었다. 입 밖으로 흘러나오는 작은 신음을 삼키며 선욱은 조용히 말했다.

"이번엔 왠지 제가 끼면 안 될 것 같네요."

[왜요? 왜 그런 생각을 하세요? 무슨 일 있었어요?]

떠보는 듯한 의령의 말투에 선욱은 눈살을 찌푸렸다. 뭘 알고 묻는 건가? 설마 리나가 어제의 일을 말했을 리는 없었다. 선욱은 초조하게 눈썹을 엄지로 문지르며 의령의 말을 못 들은 척 정중히 거절의 말을 꺼냈다.

"오늘은 좀 늦을 것 같아요. 리나는 지욱이랑 의령 씨가 위로

해 주세요."

[그래야겠네요. 저, 혹시나 해서 묻는 건데 지금 강해 씨랑 같이 계세요?]

왜 묻는 걸까? 리나가 묻는 걸까? 의령은 지금 리나의 휴대폰으로 전화를 하고 있었고, 그 얘긴 의령의 옆에 리나도 함께 있다는 의미였다. 그가 무슨 말을 하든 리나의 귀로 들어가게 되어 있다는 뜻이기도 했다. 젠장, 강해와 모임에 가는 걸 리나가 알게 하고 싶지 않았다. 왠지 그래선 안 될 것 같았다. 선욱은 신중하게 단어를 골라보았다.

"모임에 가는 길이에요."

[같이요?]

집요하게 의령이 물어왔다. 이런 건 의령답지 않은 행동이었다. 선욱은 자신을 빤히 바라보고 있는 강해의 시선을 느꼈다. 휴, 짧은 한숨을 내쉬며 선욱은 눈을 감았다.

"맞아요."

감은 눈 위로 상처받은 리나의 모습이 떠올랐다. 그녀가 그럴리 없건만 왜 그런 생각이 든 건지는 선욱도 알 수 없었다. 그저마음이 그랬다. 그의 마음은 이미 리나를 기준으로 움직이고 있었다. 의령의 작별 인사를 들으며 선욱은 얼굴을 초조하게 문질렀다.

"그래요. 부탁합니다."

탁. 한 손에 쥔 전화기를 반으로 접어 폴더를 닫으며 선욱은 손으로 이마를 짚었다. 머리가 아찔해지면서 가슴이 아파왔다. 리나의 키스가 떠오르는 건 물론이었다. 그의 얼굴에 초조함과 고통이 고스란히 떠올랐다.

강해는 앞쪽을 뚫어져라 응시하며 고개를 빳빳이 세웠다. 겉으론 아무런 흔들림이 없어 보이지만 실상 강해는 사시나무 떨듯 바들거리고 있는 중이었다. 꿀꺽, 들리지 않게 조용히 침을 삼키며 강해는 정신없이 생각했다. 바로 옆에 있는데도 태평양보다도 넓은 장애물이 놓인 듯 멀게만 느껴지는 선욱과의 거리를.

그는 리나가 걱정되는 것이다. 모임이 아니었다면 당장이라도 차를 돌려 그녀에게 달려갔을 것이다. 리나에겐 언제나 그랬다. 부모가 자식을 돌보듯, 금이야 옥이야 그렇게 보살펴 왔다. 남들은 그들의 모습을 보며 다시없는 남매라고, 친남매보다도 더 친남매 같다고 칭찬했다. 강해도 그런 거라고 여겨왔고, 지금껏 모든 불만을 삼켜왔다. 하지만 이젠…… 두려움이 밀려들었다.

강해는 입술을 꽉 깨물곤 선욱을 돌아봤다. 쌩— 꽤 빠른 속도로 주행 중인 자동차 안에서 그는 고개를 옆으로 돌려 차창 밖을 바라보고 있었다. 무심한 턱 선. 섹시한 각도를 자랑하는 그 턱 선 밑으로 단정한 드레스셔츠와 슈트가 그의 매력을 더해 주고 있었다. 딴생각에 빠져 있는 듯한 그의 옆모습은 강해에게는 너무나 낯익은 광경이었다. 단둘이 있을 땐 늘 저런 식이었으니까. 저 무서울 정도로 무심한 그의 옆모습은 그녀를 늘 불안하게 했다.

지금도 역시 그건 마찬가지였다. 마음은 이미 리나에게 가 있는 그가 무서웠다. 이대로 그를 놓칠 것 같아 불안했다.

"오빠⋯⋯."

강해는 속삭이듯 그를 불렀다. 하지만 그는 핸드폰을 입으로 물고 잘근거리고 있었다. 머릿속이 온통 봉리나로 가득 차 있는 것이다. 강해는 주먹을 움켜쥐었다. 그리고 결심한 듯 큰 소리로 선욱을 불렀다.

"선욱 오빠!"

"이게 무슨 짓이야?"

약혼자에게 첫키스를 하려 했던 강해가 최초로 들은 말이었다. 무려 십팔 년을 사랑해 온 남자에게, 그것도 약혼이라는 정식 절차에 의해 맺어진 남자로부터 그녀는 고작 '무슨 짓이냐'는 소리를 들었다. 새빨개진 얼굴로 입술이 피가 나도록 씹는 그녀에게 그는 또 '제정신이냐'고 물어왔다. 운전 중인 그의 비서가 큼큼 당황한 기침 소리를 냈고, 선욱 역시 그가 있다는 게 신경 쓰이는 듯 비서를 흘끔 돌아보았다.

물론 안다. 비서가 보는 앞에서 낯 뜨거운 짓을 벌이려고 했던 강해를 지적하려던 것이란 걸 그녀도 알았다. 알았지만 화가 났다. 좀 보면 어때서, 남들 시선이 뭐가 중요해서, 그녀를 이렇게 더러운 벌레라도 되듯 밀쳐 내는 것인지 화나고 서글퍼졌다.

'그래도 약혼녀인데……!'

결국 그는 그날 그녀의 모임에 참석한 내내 입을 다물었다. 웃지도 않았고, 그녀에게 말을 건네지도 않았다. 그녀를 거들떠보지도 않는 그 냉담한 태도에 강해는 다시 한 번 상처를 받았다. 그와의 사이를 의심하는 친구들 앞에 당당히 그와 참석함으로써 애정전선 이상무를 외치고 싶었던 그녀는 그 때문에 더욱 큰 의혹만 남기게 되었다. 친구들은 구석에서, 화장실에서 강해에 대해 수군거렸다. 약혼자와 얼마나 사이가 좋지 않으면 결혼을 오 년 동안 미루고 있는지 별의별 추측이 난무했다. 정말 다시는 떠올리고 싶지 않은 어제였다.

'이 정도로 비참해지다니. 윤강해, 너 정말 한심하구나.'

그녀는 한국 십대그룹 중 하나인 LS그룹 회장의 하나밖에 없는 딸이다. 얼굴도 예쁘고 머리도 좋아 한때는 재벌가들의 며느릿감 일 순위로 꼽혔을 정도였다. 최근엔 선욱과의 약혼 기간이 길어지면서 이상한 소문들이 조금씩 생겨나고 있지만, 그럼에도 불구하고 지금도 여전히 정략 제의가 심심찮게 들어오고 있을 만큼 평판도 좋았다.

그런데도 강해는 선욱에 대한 미련을 버리지 못하고 있었다. 어제의 일로 선욱이 자신을 얼마나 사랑하지 않는지 알게 되었으면서도 여전히 그녀는 그를 사랑하고 있었다. 어쩌면 너무나 오랫동안 사랑해 왔기 때문에 다른 남자를 사랑할 생각도, 그럴 마음의 준비도 되어 있지 않는 건지도 몰랐다.

"봉리나……."

저도 모르게 강해는 중얼거렸다. 테이블 세 개 건너편에 봉리나가 있었다. 삼십 분쯤 전, 한 외국인 일행과 카페에 들어온 그녀는 방금 도착한 남자와 인사를 나누기 위해 일어섰다. 키가 큰 남자는 자신이 사람들의 이목을 확 집중시키고 있다는 걸 모른 채 씩 웃고 있었다. 낯이 좀 익는 듯한데. 저 사람을 어디서 봤더라……. 눈이 별로 좋지 않아, 강해는 실눈을 뜨고 남자를 뜯어보았다.

"뭐라고 하셨습니까?"

그때 앞에 앉아 있는 제일상사 박 부장이 두터운 눈꺼풀을 깜빡이며 물어왔다.

"네?"

"방금 뭐라고 중얼거리신 것 같아서요. 뭐가 잘못되었나요? 세가 꼼꼼히 검토힌다고 했는데…… 마음에 안 드세요? 그러시면 제가 다시……?"

아차차. 그녀는 지금 아웃소싱 사업자의 계획서를 검토하는 중이었다. 워낙 급한 사안이라 직접 만나 검토하고 결론을 내려야 했고, 그 때문에 그녀는 회사 건물 카페에서 긴급하게 박 부장을 만나고 있는 것이다.

중요한 일을 코앞에 두고 딴생각이라니. 미친 게 아니니, 윤

강해? 아무리 선욱한테 거절당한 후유증 때문에 괴로워하고 있다지만 이런 건 윤강해답지 않은 행동이었다.

강해는 서둘러 표정을 수습했다. 최대한 냉정을 유지한 채 그녀는 사뿐히 서류를 접었다.

"아니에요. 나쁘지 않은 것 같네요. 이대로 가도 되겠어요."

"아! 그래요? 다행이네요, 정말."

시름에 겨워 축 처져 있던 박 부장의 표정이 활짝 펴졌다. 자신의 어깨에 회사의 명운이 달린 일이었으니 그럴 만했다. 강해는 편안해 뵈는 미소를 지어 보이며 자리에서 일어났다.

"이대로 진행하시고 진행 사항은 제게 직접 보고해 주세요."

"예, 예! 그렇게 하죠. 감사합니다. 저, 아직 식사 전이시죠? 제가 감사의 의미로 식사라도 대접해 드릴까 하는데요."

"아니에요. 전 따로 약속이 있어서요."

"그래도 저희 사장님께서 감사의 표시를 하라고……."

"감사는요, 무슨. 전 제일상사의 기획이 훌륭해서 채택한 것뿐이에요."

"아, 저, 그래도……."

"전 그럼 바빠서 이만."

강해는 부담스러운 식사 초대를 정중히 거절하고 얼른 그 자리를 벗어났다. 어정쩡하게 서서 진땀을 흘리고 있는 박 부장을 지나쳐 또각또각 걸어가는 건 리나의 테이블 쪽이었다. 아까부터 자꾸만 그녀의 시선을 끄는 문제의 남자는 유난히 느긋한 자세로 앉아 리나의 일행과 대화를 나누고 있었다. 강해는 두 눈을 가늘게 뜨고 초점을 맞췄다. 렌즈도 안경도 쓰지 않은 상태라 그의 윤곽은 희미했다. 누구지? 리나가 만나고 있는 저 남자…….

'임석인?'

리나의 테이블에 가까워졌을 때 강해는 헉, 숨을 들이켰다. 그는 필러스의 임석인이었다. 바람둥이에 연예인들과의 스캔들이 무성한 남자. 그러나 사업만큼은 귀재. 언제나 히트 상품을 제조해 내고, 유행을 선도해 나가는 남자. 강해는 최근 아버지, 윤 회장으로부터 그와 정략적으로 결혼하라는 압박을 받고 있었다. 사진과 파티 먼발치에서 봤던 임석인을 이렇게 가까이서 보게 되다니. 강해는 입술을 꽉 깨물었다.

빨리 이 자리를 벗어나고 싶은 마음이 불끈 치솟았다. 왜인지는 알 수 없지만 갑자기 이 순간이 답답하고 불안해졌다. 실물의 임석인이 사진에서 보는 것보다 훨씬 위험한 인물로 보였기 때문일까? 아니면 그가 만나고 있는 사람이 리나이기 때문일까?

'리나?'

강해는 걸음을 빨리하며 눈동자를 재빨리 움직였다. 리나가 대체 왜 저 사람과? 정말 리나는 필러스에 들어가려는 걸까? 선욱이 그렇게나 강하게 반대하는데도?

'생각이 있는 거니, 없는 거니, 봉리나? 선욱 오빠가 가만히 두고 볼 것 같아?'

분명히 또 불처럼 화를 낼 것이다. 강해는 초조한 나머지 저도 모르게 아랫입술을 핥았다. 리나를 막아야 할지, 모르는 척해야 할지 갈등하지 않을 수 없었다.

"그러니까 팀이 따로 운용될 수도 있다는 건가요? 기존에 있는 팀과는 별개로?"

리나가 임석인에게 묻고 있었다. 강해는 걷는 속도를 늦추고 천천히 그들 곁으로 다가갔다. 순간, 리나에게 초점을 맞추고 있던 임석인의 시선이 강해의 움직임을 포착했다. 그는 강해가 누구인지 알아본 듯 두 눈을 번뜩였다.

"그런 거라고 봐야죠."

천천히 대답하는 임석인의 시선을 따라 리나도 고개를 돌렸다. 리나의 옆자리에 앉아 있던 리버스마저 고개를 돌려 뒤를 바라보자 출입구를 향해 걸어오고 있던 강해는 걸음을 우뚝 멈추었다. 리버스가 눈썹을 씰룩거리며 중얼거렸다.

「와우.」

"강해 언니……!"

리나가 넋을 잃고 중얼거렸다. 물론 속으론 '왓더뻑!'을 외치고 있었다. 사실 LS그룹 건물에 붙어 있는 이 카페를 약속 장소로 잡은 건 그녀가 임석인을 만나는 장면을 선욱이 보게 될 손톱만큼의 가능성 때문이었다. 얄미운 김선욱이 그렇게나 싫어하는 임석인과 그녀가 만나는 모습을 보면 얼마나 방방 뛸까 생각하니 사악한 미소가 절로 나왔다. 유치한 작전인 걸 뻔히 알

면서도 움홧홧! 통쾌한 웃음을 지으며 리나는 신나게 달려나왔
었다. 그런데 보라는 김선욱은 안 나타나고 하필 강해한테 들켜
버렸다. 리나는 괜히 쪽팔리는 마음에 눈알을 굴려댔다. 완전
이유없이 반항하는 십대 청소년이 된 기분이었다.

「누구?」

리버스가 리나의 귓가에 속삭였다. 그녀의 중얼거림을 들은
모양이었다. 리나는 이를 딱 붙이곤 낮게 중얼거렸다.

「썬의 약혼녀.」

이래 봤자 석인이 못 알아들을 리 없건만 리나는 그가 최대한
못 알아듣도록 저질 영어 발음으로 복화술을 해댔다. 리버스도
그녀의 의도를 이해했는지 히죽거리며 영어로 빠르게 말했다.

「예쁜데? 어째 너랑은 비교도 안 되는 것 같다.」

「네 눈에 안 예쁜 여자가 어디 있냐?」

「예쁘니까 예쁘다고 하는 거지.」

「어련하겠냐. 만날 늘씬쭉쭉 가슴빵빵 여자들만 만나는 넌데.
예쁜 여자들만 그렇게 찾아다니다가 나중에 큰코다치는 줄 알
아, 너. 말년을 외롭게 보내지 않으려면 생각 바꾸는 게 좋을 거
야. 알겠냐?」

「안 그래도 바꿨으니까 내 말년일랑 걱정하지 마시고 넌 네
앞가림이나 잘하셔.」

「그건 또 무슨 소리야?」

「첫눈에 반한 여자가 생겼다는 말이지.」

「처, 첫눈에 뭘 해?」

뜨악한 얼굴로 리나가 리버스를 돌아봤다. 리버스는 할 말 없다는 듯 어깨를 으쓱하곤 고개를 가로저었다. 그러나 머릿속엔 곱슬머리 아줌마의 동그란 눈이 동실동실 떠다녔다. 깜찍하게 애인 있다고 거짓말까지 하시고 그를 따돌리는 솜씨가 보통이 아니어서, 깜빡 속을 뻔했던 그였다. 물론 이젠 더 이상 그녀에게 속을 생각은 눈곱만큼도 없었다.

「네 연적이나 신경 써라. 너한테 지금 다가오고 있어.」

"뭐라고?"

다급하니 한국말이 나오는 건 당연한 건가? 리나는 리버스를 향했던 시선을 단박에 거두고 강해를 돌아봤다. 우뚝 몇 초를 서 있었던 강해가 긴장한 얼굴로 리나에게 다시 다가오고 있었다. 세 사람의 관심이 일시에 자신에게 쏟아진 것에 잠시 당황했었던 강해는 그냥 지나치겠다는 결심을 바꾸어 리나를 향해 웃음을 보였다. 스스로에게는 이게 과연 잘하는 짓이냐, 미친 듯이 묻고 있었다.

"여기서 만나는구나."

"어, 그렇네. 어쩐 일이야?"

"일 때문에. 넌 약속이 있나 봐?"

"으, 응……."

리나는 어색하게 고개를 끄덕이며 임석인 쪽을 돌아봤다. 그는 예의 그 호기심 넘치는 눈빛으로 강해를 뚫어져라 바라보고 있었다. 그의 시선이 턱에서부터 발끝까지 훑어 내려가는 게 느껴지자 강해는 흠칫 떨었다. 마치 벌거벗은 몸으로 서 있는 듯한 착각에 이상한 수치심이 일었다.

"이쪽은 필러……."

"미안한데 잠깐 나랑 얘기 좀 할래?"

리나가 임석인과 그녀를 서로 소개시키려 하자, 강해는 얼른 그녀의 말을 막았다. 지금 그와 애길 나눌 수는 없었다. 소개조차 받고 싶은 마음 없었다. 그와 혼담이 오간다는 사실은 그녀만 아는 거였다. 어차피 진행되지도 않을 혼담, 괜스레 긁어 부스럼을 만들고 싶지 않았다. 괜히 인사 나눴다가 이상한 소문이 나면 선욱도 알게 될지도 몰랐다.

"어? 어, 그런데 난 지금……."

리나는 자신의 말을 가로막은 강해를 당황한 눈으로 올려다보았다. 평소 예의에 벗어나는 행동은 절대 하지 않는 강해인데 뭔가 좀 이상하다는 생각이 들었다.

"난 괜찮습니다."

다행히 석이이 눈치 빠르게 자신의 입장을 밝혀주었다. 리나는 어색하게 웃으며 머리를 긁적였다.

"그래도 될지 모르겠네요."

"난 괜찮습니다. 페리 씨는 어때요?"

"나 역시."

강해는 스스럼없이 한국어를 내뱉는 외국인을 뜨악한 얼굴로 바라봤다. 페리 씨라면 리나의 약혼자인데, 이 세 사람이 앉아 뭘 하고 있는 건지 도통 감이 안 잡혔다. 저 두 사람 모두 필러스그룹에 입사하려는 건가?

"그럼 잠깐만 실례할게요."

리나가 고개를 꾸벅 굽히며 자리에서 일어났다.

"가, 언니."

리나의 손이 자연스럽게 강해의 팔꿈치를 붙들었다. 석인은 미안한 티를 팍팍 내며 사라지는 리나와 뻣뻣하게 경직된 채로 걷고 있는 윤강해를 빤히 바라보았다. 깔끔쟁이로 소문난 윤강해가 저런 터치를 허용할 정도라면 두 사람 사이가 매우 가깝다는 뜻이었다. 대체 무슨 사이일까? 석인은 윤강해에 대해 조금, 아주 조금 궁금해지고 있음을 명쾌하게 인정했다.

푸른 스웨터와 스웨이드 재킷, 청바지를 입은 리나와 고상한 회색 정장의 윤강해는 옷차림부터 확연한 차이를 보였다. 성격 역시 활달하고 솔직한 봉리나와는 달리 윤강해는 깔깔하고 매정해 보이는 스타일이었다. 그의 경험상 저런 여자는 사람을 쉽게 받아들이지 못한다. 누구든 다가서기 힘든 타입이라 남자 경험도 많지 않을 것이다. 약혼한 지 오 년이 넘도록 결혼을 못하는 걸 보면 이성에게 별로 적극적인 타입도 못 되는 듯했다. 한마디로 정략결혼이 아니면 평생 수녀로 살게 될 팔자라는 뜻인데…….

「뒤태가 죽이네요.」

두 여자의 뒷모습을 보며 깊은 생각에 빠져 있는 석인을 상념의 수렁에서 끌어올린 이는 리버스였다. 석인은 퍼뜩 정신을 차렸다.

「근사한 여자 아닙니까?」

리버스가 재차 물으며 씩 웃었다. 마치 그가 무슨 생각을 하고 있는지 다 안다는 듯한 미소였다. 석인의 마음을 떠보려고 일부러 자극적인 단어를 쓰고 있다는 감이 딱 왔다. 석인은 리버스의 의도가 뭔지 가늠해 보며 조심스럽고 느린 말투로 대꾸했다.

「어느 쪽을 말하는 겁니까?」

풋, 리버스가 웃음을 터뜨렸다.

「당연히 키 큰 쪽을 말하는 거죠. 리나 같은 난쟁이한테 근사하다는 말을 붙이긴 좀 그렇지 않나요?」

「당신이 첫눈에 반했다는 분도 그럼 키가 큰 쪽인가요?」

석인의 말에 리버스의 웃음이 단박에 사그라졌다.

「이런, 아까 우리가 한 얘기를 들으셨군요?」

「조금.」

「소머즈 귀를 갖고 계시네.」

「뭐, 그 정도까지야.」

「훗, 쉽게 볼 상대가 아니라는 건 전부터 알고 있었죠.」

리버스는 풋, 흐르는 웃음을 웃으며 머리를 긁적거렸다. 그리곤 대뜸 한국어로 물었다.

"삼 개월 어때요?"

그의 질문이 좀 뜬금없었는지 석인은 별다른 반응이 없었다.

더 자세한 설명을 요구하는 듯 눈썹을 휠 뿐이었다.

"난 삼 개월 정도 한국에 머물 생각이에요. 그 시간 동안 생각도 많이 하고 편히 쉬면서 한국 문화에 대해서도 좀 더 많이 체험해 볼 생각이죠."

물론 더 길어질 수도 있었다. 그의 작업속도 여하에 따라 체류 기간이 더 길어질 수도, 짧아질 수도 있었다. 여기서 작업속도란 연애작업을 뜻하는 것이 되겠다. 첫눈에 삘 꽂힌 그 '누님'이 의외로 난공불락이라 삼 개월 안에 작업이 완료될지 완소인 기남인 리버스도 지금으로선 자신이 없었다. 뭐, 말이 '한국 문화' 체험이지 결국 '한국 여자' 체험에 삼 개월을 몽땅 바치겠다는 거다.

"대답을 삼 개월 뒤로 미루시겠다는 말씀이십니까?"

"머리가 좋으시네요."

리버스가 씩 웃었다. 매력적인 금발머리가 한쪽 눈을 거의 덮고 있었다. 머리카락 사이에서 빛나는 맑고 연한 갈색 눈동자를 뚫어져라 바라보며 석인도 씩, 마주 웃었다.

"인내심도 못지않죠."

삼 개월, 리버스가 결정할 동안 충분히 기다릴 수 있다는 뜻이었다. 그의 말뜻을 이해한 듯 리버스는 눈썹을 씰룩거리며 엄지를 치켜세워 보였다.

"그나저나 저 예쁜 아가씨는 리나에게 무슨 말을 하려는 걸까요?"

리버스는 고개를 기웃거리며 석인의 등 뒤로 사라진 두 여자의 자취를 살폈다. 무심히 중얼거리는 그의 말에 석인의 얼굴이 굳어졌다. 그는 번쩍 손을 뻗어 테이블 앞에 놓여 있던 커피 잔을 들었다.

"LS그룹 쪽에서 더 좋은 조건을 제시하려는 건지도 모르죠."

농지기를 하는 석인의 얼굴은 여전히 굳어 있었다. 리버스는 그가 무슨 생각을 하는지 가늠하기 위해 두 눈을 가늘게 떴다.

"리나, 너 어쩌려고 이러니?"

카페 유리문 밖으로 나오자마자 강해가 다그쳐 왔다. 첫 대사부터 이러니 원. 어색하게나마 웃고 있던 리나의 얼굴은 일순 딱 얼어붙어 버렸다. 강해의 이런 반응은 그녀가 리나를 우연히 만난 기쁨 차원으로 불러낸 게 아니란 걸 단적으로 증명해 주고 있었다. 하긴 뭐, 반가웠으면 그 자리에서 웃고 헤어졌을 테지, 이렇게 불러내는 게 아니라. 리나는 구겨지기 시작하는 인상을 열심히 펴며 겨우겨우 물었다.

"무슨 말이야?"

"놀라서 묻는 거니? 저 사람, 필러스그룹 사람이잖아."

"맞아. 거기 사장이야. 언니 소개해 주려고 했는데 말문을 틀어막아서……."

"내 생각엔 너, 잘못 생각하고 있는 것 같아. 네가 이런다고 달라지지 않아."

또다시 말문을 막으며 강해는 리나를 꾸짖었다. 꽤나 매섭고 강단있는 어조였다. 마치 교장선생님이 어린아이를 훈계하는 말투다. 리나의 마음속에 제발 강해가 이대로 모르는 척 가줬으면 좋겠다는 마음이 굴뚝같이 번졌다. 리나는 강해와 툭탁거리고 싶은 마음이 전혀 없었다. 선욱을 좋아하는 만큼 강해에 대한 죄책감도 큰 게 사실이었기 때문이다.

"달라지지 않는다니, 무슨 소리야?"

아무것도 모르겠다는 듯 순진한 얼굴을 애써 지어 보이며 리나는 물었다.

"선욱 오빠 말이야. 오빠 다음 주부터 네가 회사에 나올 것으로 알고 있어."

"오빠한테는 싫다고 이미 말했어."

대수롭지 않게 가벼운 어조로 리나는 말했다. 일부러 심각해지지 않기 위해 마구 명랑한 표정을 지으며 고개까지 살랑살랑 흔들고 있었다. 하지만 그녀의 그러한 노력에도 불구하고 강해의 표정은 점점 더 어두워졌다.

"말도 안 돼. 오빠 회사에 네 자리까지 마련해 났단 말이야."

"그건 내 알 바 아니지. 난 분명 싫다고 말했잖아."

"하지만 오빠……."

"난 결정했어. 다음 달부터 필러스에서 일하게 될 것 같아. 오빠한테는 미안하지만 나도 어쩔 수 없어. 이건 내가 책임져야 할 내 미래니까 내가 결정하는 게 옳다고 봐."

“벌써 결정을 내렸단 말이니?”

강해는 깜짝 놀란 듯 두 눈을 휘둥그레 뜨고 물었다.

“정말이지 않고.”

“너…… 왜 그런 결정을 내렸어? 오빠가 얼마나 화를 낼지 생각 안 해봤어?”

“화내겠지. 동생이 말을 안 들으니 화내는 건 당연하지.”

리나는 어깨를 으쓱하며 간단하게 대답했다. 강해는 숨이 턱 막히는 기분이었다. 어쩌면 이렇게 태연할 수 있을까? 화가 날 정도로 편안해 보였다, 리나는.

강해는 단 한 번도 선욱의 말을 거역해 본 적이 없었다. 워낙 앞뒤가 정확하고 이성적이며 객관적인 판단을 내리는 선욱이라 그의 의견에 반대할 일도 거의 없었지만, 간혹 반대할 일이 생겨도 그녀는 그냥 입을 다물어 버리는 편이었다. 자신의 반대 의사에 선욱이 어떻게 반응할지 강해는 두려웠다. 혹여 그런 일로 다투게 될까 봐 무섭고, 사소한 말다툼이 번져 파혼까지 이르게 되는 불상사가 생기지 않을까 두려웠다. 결국 그녀는 그가 싫어할 짓은 처음부터 하지 않는 게 상책이라 생각하게 되었고, 그 판단에 따라 늘 자신의 뜻을 굽히면서 지내왔다. 그런데 리나는…….

“그럼 하질 말아야지. 왜 알면서 이러니?”

다그치는 강해의 어조는 걱정스러움보다 힐난에 가까웠다. 리나를 비난할 이유가 전혀 없음을 강해도 알고 있었지만 어쩔 수 없었다. 그녀는 리나를 질투하고 있었다.

"언니도 알잖아. 내가 왜 이러는지. 나 필러스에서 최고 대접해 준댔어. 나한테 어서 옵쇼~ 하는 곳이 있는데 왜 오빠 밑에서 일을 해? 아! 진짜, 이 얘긴 수십 번도 더 한 것 같다. 다들 날 왜 이해 못하는 거야?"

순진한 두 눈을 초롱초롱 맑게 뜨는 리나는 여전히 웃고 있었다. 강해는 안고 있던 서류철을 쥐어짜듯 옥죄며 불안한 눈을 깜빡거렸다.

"오빠는 널 걱정하는 거야. 네가 다른 곳에서 일하는 거, 불안해서 그런 거라고. LS그룹 부사장을 오빠로 둔 네가 왜 다른 회사에 가서 일을 해야 하는 건데? 그게 더 이상한 일이라고 생각지 않니? 대우라면 우리 쪽에서도 잘해줄 수 있어. 걱정 말고 그냥 얌전히 LS로 들어와서 일해. 괜히 사소한 일로 오빠랑 다투지 말고."

"언니, 오빠가 보냈어?"

"뭐?"

대뜸 묻는 리나의 말에 강해가 두 눈을 치떴다. 리나는 작은 웃음을 흘리며 빙긋 웃었다.

"스파이 같은데? 오빠가 언니더러 나 설득하래?"

"무슨 소리니? 그런 거 아니야. 난 네가 걱정이 돼서……."

"언니가 너무 오빠 편만 드는 것 같아서 하는 말이야. 그러지 말고 내 편도 좀 들어줘."

"편드는 게 아니야. 오빠한테 밉보여서 너한테 득 될 게 없으니까 하는 소리지."

"득 될 것도 없지만 손해 볼 것도 없지 뭐. 어차피 무슨 이득 같은 걸 기대한 것도 아니고. 오히려 난 오빠한테서 독립하고 싶다는 생각이야. 이참에 홀로 서야지. 내 나이도 낼모레면 서른인데."

"오빠가 허락할 것 같니? 가만 안 둘 거야."

"설마 죽이기야 하겠어?"

복잡한 감정을 애써 숨기며 리나는 어깨를 으쓱했다. 천하태평인 그녀를 향해 강해는 얼굴을 찌푸렸다.

"넌 오빠가 무섭지도 않아?"

"무서운 것도 잃을 게 있을 때 얘기지."

"그게 무슨 소리야?"

강해의 눈동자가 불안하게 흔들렸다. 괜한 말을 했나? 일부러 대수롭지 않게 말했는데 예민한 강해는 리나의 말에 숨은 뜻을 너무나 금세 캐치해 버린 것 같았다. 왠지 실수했다는 생각이 강하게 들었다. 어떻게 하지? 후, 작게 한숨을 쉬며 리나는 길게 눈을 감았다가 떴다. 휙, 고개를 튕겨 흘러내린 머리카락을 뒤로 넘기고 그녀는 콧잔등을 손가락으로 슥슥 긁었다. 초조한 나머지 주의를 흩뜨리며 의미없는 행동들을 되풀이하는 동안 강해는 그런 리나를 뚫어져라 바라보고 있었다. 도망갈 길이 없음을 깨닫고 리나는 축 어깨를 늘어뜨렸다.

"어차피 난 잃을 게 없다는 소리야."

"너……."

강해는 떨리는 심장을 진정시키며 격하게 숨을 내쉬었다. 그리고 폭탄 같은 말을 툭 내뱉었다.

"선욱 오빠 좋아하니?"

이런 말을 대놓고 묻다니. 강해는 자신이 미친 게 틀림없다고 생각했다. 수년 동안 계속 의심해 왔던 거지만 이렇게 직접적으로 물어봤던 적은 단 한 번도 없었다. 어떤 대답이 날아올지 무서웠던 게 정직한 이유였다. 강해의 눈동자는 정신없이 리나의 입술을 쫓았다.

"그야……."

리나는 잠시 말을 멈추더니 큰 소리로 외치듯 말했다.

"당연하지! 오빠잖아. 날 지금까지 먹여주고, 재워주고, 학교 보내주고, 이제는 취직까지 시켜주려고 하는 오빠~ 그런 오빠를 어떻게 미워해? 내가 하려는 걸 못하게 한다는 이유로? 아니야. 난 그냥 더 이상 오빠의 짐이 되고 싶지 않을 뿐이야."

거짓말. 리나가 선욱을 좋아하는 이유는 그딴 게 아니었다. 빤히 보이는 거짓말을 둘러대는 리나의 행동에 강해는 왠지 모를 모멸감을 느꼈다.

'못 알아들은 척하지 마. 내가 무슨 말을 하는지 넌 잘 알고 있어.'

강해의 입술이 저절로 바들바들 떨렸다. 그녀의 얼굴색이 새하얗게 질리자 리나의 밝았던 얼굴도 서서히 굳어지는 것 같았다. 그녀는 난감한 듯 입술을 축이며 고개를 기울였다.

"언니, 어디 아파? 몸이 안 좋은 것 같아."

"네가 선욱 오빠 좋아하는 거 알아."

착 가라앉은 목소리로 강해는 단정적으로 말했다. 가슴 한구석이 탁 막혀 그녀는 작게나마 숨을 헐떡였다.

"언니……."

대답을 못하고 리나는 가만히 서 있었다. 강해는 심장이 미친 듯이 떨리는 걸 느꼈다. 숨결이 저절로 거칠어졌다. 리나의 대답은 듣지 않아도 알 수 있었다. 예전부터 쭉 느껴왔던 거니까. 알면서도, 대충 눈치 채고 있으면서도 모르는 척해왔던 건 강해였다. 어릴적 감정쯤 시간이 지나면 흐지부지 사라질 줄 알았다. 그렇게 퇴색되어 유치한 감정으로 치부될 줄 알았던 게 그녀의 실수였다. 칠 년이 지난 지금까지 그녀의 발목을 붙들고 늘어질 줄 미리 알았더라면…….

아! 지금의 이 거지 같은 상황보다도 더 문제인 건, 이 아픔을 미리 알았더라도 강해는 선욱과의 약혼을 택했을 거라는 거였다. 지긋지긋하지도 않니? 되돌아오지 않는 사랑이 짜증나지도 않아? 그 많은 세월 동안 홀로 감내해야 했던 외로움, 억울하지도 않아? 악에 받친 추궁이 강해의 내면을 차례로 강타했지만, 그녀는 꾹 입을 다물었다. 그녀의 대답은 그 누구보다도 그녀 자신이 잘 알고 있었다.

지긋지긋해도 억울해도 이제 와서 선욱을 포기할 수는 없었
다. 너무 멀리 와버렸다. 이대로 그를 포기하기엔 너무 많은 걸
희생했다. 이런 감정, 욕심이고 오기라는 걸 알면서도 강해는
결단을 내릴 수 없었다. 지금 그녀는 남의 마음 헤아려 줄 처지
가 못 되었다. 강해는 질끈 이를 악물었다.

"선욱 오빠도 널 좋아해. 친동생 못지않게 널 아끼고 있어."

"……."

"오빠는 그 누구보다도 네가 잘되길 바라는 사람이야. 어릴
때부터 널 얼마나 잘 챙겨줬니? 친동생도 그렇겐 못해줬을 거
야. 아저씨, 아주머니의 유언도 있고 하니까 유난히 널 더 챙겨
줬는데 네가 이러면 안 되지."

리나는 강해의 훈계를 조용히 듣고 있었다. 웃는 얼굴로 고개
까지 끄덕이며. 하지만 속은 썩어 문드러지고 있었다.

또 그놈의 동생 타령이네. 정말 사람 미치게 만드는 덴 아주
탁월한 재주를 가졌어, 김선욱 씨. 이제 좀 떨어지시지. 제발 내
머릿속에서 사라져 버리라고.

"아무것도 아닌 일로 둘 사이 나빠지는 거, 오빠도 그렇지만
너도 바라지 않을 거 아니야."

"그야 물론이지. 나도 오빠랑 사이 벌어지고 싶지는 않아."

리나는 두 눈을 반짝 뜨며 빙긋 웃었다.

"오빠가 나한테서 어떤 책임감을 가지고 있는지, 나도 잘 알
아. 아저씨, 아줌마의 마지막 유언이 나였다는 것도 알고. 오빠

처럼 효자에 책임감 강하고 도덕적인 사람이 오죽했겠어. 하지만 이젠 괜찮아, 언니. 나 어른이야. 다 컸어. 오빠가 언제까지 책임감으로 날 돌봐줘야 하는데? 평생?"

"오빠 눈엔 아직 넌 애야."

"풋!"

어처구니없게도 웃음이 흘러나왔다. 드디어 미친 걸까? 웃을 기분이 아닌데 그녀는 웃고 있었다. 리나는 머리카락을 쓸어 넘기며 하늘을 째려봤다.

'아저씨, 아주머니. 정말 전 오빠의 동생밖에 될 수 없는 앤가 봐요.'

작은 날숨을 픽 뿜어내고 리나는 강해를 똑바로 바라봤다. 강해는 어딘지 모르게 불안한 모습으로 아슬아슬 서 있었다. 아까 카페 안에서 처음 봤을 때부터 그녀는 쭉 이런 상태였다. 무엇이 강해의 차가운 이성을 이렇게 혼란스럽게 만들었는지 가늠해 볼 여유도 없이 리나는 눈썹을 씰룩씰룩 움직이며 배시시 웃었다.

"누가 들으면 내가 아직도 열두 살 꼬맹이인 줄 알겠다, 언니. 오빠한테 좀 전해줄래? 나 이제 스물일곱 살이라고. 곧 있으면 결혼도 해. 언제까지 쫄쫄 따라다니면서 내 뒤치다꺼리할 셈이 래? 오빠는 이제 할 만큼 했다니까 그러네."

"결혼, 너 정말 할 거니?"

강해가 미간을 좁히며 심각하게 물었다.

"그럼 하지. 안 해?"

일부러 가벼운 어조로 리나는 말했다.

"국제결혼이잖아. 조금 더 신중하게 결정해야지. 오빠도 그래서 반대하는 거고."

"난 소설 같은 사랑이 좋아. 오빠처럼 재고 따지고, 그런 건 내 성미랑 안 맞아. 그냥 운명적으로 만나서 첫눈에 반하고 결혼까지도 망설이지 않을 수 있는 그런 사랑이 내 취향이야."

리나는 리버스의 사랑관을 줄줄이 읊어댔다. 미안, 리버스. 널 이렇게까지 팔아먹게 될 줄 몰랐다.

"그 외국인 남자한테 첫눈에 반한 거니?"

미심쩍은 얼굴로 강해가 물었다. 연기가 시원찮았나? 리나는 속으로 욕설을 중얼거리며 활짝 얼굴을 펴고는 김치치즈스마일~ 억지 미소를 지어 보였다.

"아휴, 당연하지! 우리 리버스, 아까 봐서 알겠지만 엄청 잘생겼잖아. 게다가 되게 낭만적이다? 날 보자마자 사랑한다고 쫓아다녔다니까. 칠 년 내내 한눈 한 번 안 팔고 나만 사랑하는 남자, 또 언제 만나보겠어. 이런 사람을 꼭 잡아야지. 안 그래?"

"그렇지만……."

"지금 소개해 줄까? 카페 안에 있는데. 사장님 불편하면 리버스만 살짝 데리고 나와서 인사시킬게."

"아니야. 아직은 소개 받고 싶지 않아. 오빠가 허, 허락한 것도 아니고 또……."

"그래 뭐, 언니가 안 내키면 나중에 소개할게. 어차피 오빠가 결혼 허락하면 가족들 다 모아놓고 소개할 자리 마련할까 했어."

"너…… 정말로, 진짜로 저 사람이랑 결혼할 거야?"

"왜 내 말을 못 믿는 거야? 진짜라니까 그러네. 내가 쟬 얼마나 사랑하는데!"

리버스가 들으면 기절초풍할 소리를 하며 리나는 과장된 어조로 소리쳤다. 빈손을 내보이며 진짜라고 주장하는 그녀의 모습은 누가 봐도 행복해 보였다. 쓰나미가 몰아치고 있는 그녀의 속을 그 누가 알까. 눈가가 따끔거리는 것 같아 리나는 강해의 의심 어린 눈망울을 피하며 중얼거렸다.

"나 들어가 봐야겠다. 계약 얘기 하고 있었는데, 나 때문에 늦어지면 곤란해."

"리나야, 회사는……."

"내가 자알~ 알아서 할게. 걱정하지 마."

리나는 쾌활하게 떠벌리듯 말했지만 강해의 기분은 전혀 그렇지 못했다. 리나의 말을 믿어야 할지, 말아야 할지 감이 안 섰다. 저 외국인을 정말 사랑하는 걸까, 리나는?

"어이구! 우리 언니! 오빠 때문에 괜히 걱정했구나. 오빠 성격이 은근히 지랄맞아. 부드러울 땐 한없이 부드러운데 한 번 냉정하게 굴면 또 엄청 냉정하잖아. 고집 때문에 그래. 지욱 오빠도 그렇고, 선욱 오빠도 그렇고. 다들 한고집 하잖아. 언니도 의령 씨처럼 오빠 성격 단단히 고쳐 놔야 되는데. 마음이 너무 하해와 같아서 고생바가지다. 괜히 내가 다 미안해지네. 이참에

나라도 교육을 좀 단단히 시켜야겠어.”

리나가 강해의 허리께를 토닥토닥 어루만지며 우스갯소리를 건넸지만 역시 강해는 아무 말도 할 수 없었다. 머릿속이 너무나 복잡했다.

“나 진짜 가봐야겠다. 다음에 봐, 언니.”

리나는 언제나처럼 밝고 명랑하게 웃었다. 강해가 무슨 생각으로 얼마나 마음이 어지러운지 전혀 모른 채 리나는 강해의 손을 꼭 쥐었다 펴곤 한들한들 한 손을 흔들었다. 강해는 유리문을 열고 카페 안으로 들어가는 리나의 뒷모습을 지켜보았다.

출입문과 멀리 떨어지지 않은 곳에 그녀의 테이블이 있었다. 임석인과 리나의 약혼자라는 외국인의 모습이 눈에 들어왔다. 리나가 들어가자 석인이 흘낏 어깨 너머로 뒤를 돌아보았다. 강해는 흠칫 놀라 고개를 재빨리 돌려 시선을 거두었다. 알 수 없는 두근거림이 그녀의 심장을 강타하고 맥박수를 높였다.

정말 이해할 수 없는 일이었다. 뒤통수로 임석인의 시선이 와 닿는 게 느껴졌다. 눈을 감았지만 그의 피식 웃는 얼굴이 까만 시야를 가득 채웠다. 얼굴로 붉은 기운이 스멀거리자 강해는 저도 모르게 발끈 걸음을 재촉했다. 늘 잘 다잡고 있던 평정심이 싹 날아가 버리는 이 상황이 너무나 낯설었다.

‘대체 이게 뭐지?’

강해는 입술을 깨물고 또각또각 맹렬히 걸었다.

#10 오기와 반항으로 점철되다

리나에게 오늘은 너무나 피곤한 하루였다. 리버스와 필러스의 임석인을 만나 일에 관한 얘길 나누었고, 그곳에서 우연찮게 만난 강해를 상대로 쓸데없이 감정을 너무 심하게 소모시켰다. 다시 자리로 되돌아와 석인과 이야기를 나누는 동안 얼마나 머리가 아팠는지 도저히 집중을 할 수가 없었다. 무슨 얘기가 어떤 식으로 오갔는지 생각이 나지 않을 정도다.

대충 얘기를 마무리 짓고 리버스를 따라 그의 집에 간 리나는 정말 마음 놓고 꺼이꺼이 목놓아 울어버렸다. 마음껏 울 장소도 자신에겐 없다는 사실마저 서러워 진짜 정신없이 울어젖혔다. 오죽 심하게 울었으면 앞집에서 다 놀라서 찾아왔을까. 리버스의 앞집에서 왔다는 여자는 리버스가 리나를 울린 줄 알고 그를 이상한 눈으로 훑어봤단다.

"너 때문에 나만 파렴치한 됐잖아."

리버스가 투덜댈 때서야 리나는 울음을 겨우 멈추었다. 가슴을 들먹이며 훌쩍거리면서 그녀는 '십오 년의 사랑을 지우는데 이 정도 울어주는 건 기본이지'라며 농을 던졌다. 그런 그녀에게 절친 리버스는 '모르겠다. 나 같으면 사랑하는 여자, 이렇게 울리진 않을 거야'라고 응수해 줘 그녀를 더욱 씁쓸하게 했다. 그래, 사랑하는 사람이라면 이렇게 울도록 만들진 않겠지. 인정하고 싶지 않은 현실은 참으로 차가웠다.

어느 정도 마음을 정리하고 집으로 돌아왔을 땐 새벽 두 시가 다 되어가는 시각이었다. 리나는 윤 언니가 열어주는 현관문을 열고 집 안으로 들어왔다. 늦은 시각이었지만 집 안은 불이 환하게 켜 있었다.

"죄송해요, 아주머니. 저 때문에 괜히 밤잠까지 설치고."

현관 앞에 얌전히 놓여 있는 토끼 슬리퍼에 두 발을 끼고 막 고개를 들 찰나였다. 리나는 너스레 떨던 입가가 얼어붙는 걸 느꼈다. 냉동인간보다도 더 차가운 표정의 선욱이 떡하니 서서 그녀를 내려다보고 있었던 것이다. 키스 사건 이후, 만 이틀 만에 처음 대하는 거였다.

아, 아니, 이 인간이 아직도 잠 안 자고 여기서 뭐 하고 있는
거야?

"오빠……."

"늦었구나."

선욱의 오른쪽 눈썹이 아주 희미하게 꿈틀거렸다. 그가 신랄
하게 비아냥거리고 있음을 어렴풋이 느끼며 리나는 그의 옆에
서서 안절부절못하고 있는 윤 언니를 흘끗 바라봤다.

"어, 일이 좀 있어서. 친구도 만나고."

"누굴 만났는지 좀 들어볼까?"

"들어보긴 뭘 들어봐? 내 친구들을 오빠가 알아?"

윤 언니 앞에서 선욱에게 대들며 싸울 수는 없었다. 리나는
어떻게든 웃어보려고 기를 썼다. 하지만 그의 냉기가 뿜어내는
무서울 정도로 거센 기세에 밀리는 건 어쩔 수 없었다. 입가의
웃음은 금세 싸늘히 얼어갔다.

"진짜 친구인지 아닌지 정도는 가늠할 수 있지."

이건 또 무슨 소리래? 리나는 푹, 양심이 찔리는 것 같아 흠
칫 몸을 떨었다. 설마 그녀가 누굴 만나고 왔는지 알고 있다는
말은 아니겠지?

"따라 들어와."

냉동실 저리 가라 할 정도로 차가운 명령이 떨어졌다. 그는
그녀의 대답은 듣지도 않고 휙, 몸을 돌려 이층 계단을 오르기
시작했다. 뒤도 돌아보지 않고 탁탁, 계단을 오르는 그는 매우

화가 난 것 같았다. 넓은 등을 감싸고 있는 와이셔츠가 팽팽하게 잡아당겨져 있었고, 목 뒤쪽은 빳빳하게 굳어 있었다.

대체 왜 저러지? 단순히 너무 늦게 와서 이러는 거야? 아니면 정말 그녀가 누굴 만나고 왔는지 알기 때문에 화를 내는 건가? 하지만 그걸 어떻게 알고? 강해가 말했나? 아니면 그가 봤을까? 뭐, 일부러 그가 보도록 LS그룹 건물에 있는 카페에서 임석인을 만난 것이긴 하지만…….

"아따메. 우째 일케 늦어브렀냐? 얼렁얼렁 안 들어오고."

윤 언니가 걱정스런 얼굴로 딱, 그녀의 등짝을 후려쳤다.

"예?"

얼굴을 찡그리며 리나는 윤 언니를 돌아봤다. 아주머니는 안타까운 표정으로 이층계단 쪽을 돌아보며 연방 혀를 찼다. 그는 이미 모습을 감춘 후였다.

"쯧쯧쯧쯧! 아까침에(아까) 와갖고 을메나 니를 기다리든지. 나는 저 총각, 목 빠져븐(빠져 버리는) 줄 알았다."

"모, 목이 빠져요?"

"문지방이 닳것드랑께(닳겠더라니까). 요리 왔다, 조리 갔다. 전화기를 들었다, 났다. 아조(아주) 으찌나 걱정을 해쌌는지 옆에 있는 내가 다 불안해서 못 봐주것드랑께."

"오빠 언제 들어왔는데요?"

"오늘은 뭔 일인지 일곱 시도 안 되아서 왔으. 퇴근하고 바로 왔는 갑드라고. 참말로 내일 해가 서짝에서 뜰 일이제."

일찍 퇴근하고 들어온 선욱 때문에 윤 언니도 놀랐는지 그녀의 목소리엔 비장미마저 감돌았다. 그럴 만도 한 것이, 선욱은 요새 계속 밤늦게 들어왔다 새벽에 나가는 패턴을 반복하고 있었다. 키스 사건이 벌어지기 전에도 일 때문에 늦게 들어오는 게 다반사였지만 그래도 꼭두새벽부터 횡하니 나가는 일은 별로 없었는데, 그 일이 벌어진 후로는 아침에 가끔 리나와 마주치는 경우조차 참을 수 없었던 모양이었다. 하여튼 오늘 그가 일찍 들어온 건 윤 언니도 리나도 분명 놀랄 일이었다.

"음, 알겠어요. 너무 걱정 마세요. 별일없을 거예요."

"별일이고 뭐고. 내 여기 이 주 정도 있었는디. 저 총각 저렇게 화내는 거는 오늘 첨 보구만. 허벌라게 화났는가 비여. 겁나게 무서워브네."

"괜찮아요. 전 하나도 안 무서운데요 뭘."

배시시 웃으며 리나는 윤 언니의 어깨를 붙들고 안심시키듯 한두 번 토닥거렸다. 그리고는 휙, 그가 사라진 계단을 전투적으로 노려봤다. 대체 어디서 무슨 소릴 듣고 와서 저러는 걸까? 궁금증이 안 생길 수가 없었다. 리나는 휴, 한숨을 내쉬고 녹초가 된 몸을 이끌고 계단을 오르기 시작했다. 윤 언니의 걱정스러운 시선이 따갑게 그녀의 뒤를 따르고 있었다.

계단을 다 올라오니 활짝 열린 그녀의 방문이 한눈에 훅 들어왔다. 방 안엔 불이 환히 켜 있었고, 그 빛 한가운데에 그가 서 있었다. 뚫어져라 바라보는 그의 시선이 그녀의 몸을 태울 듯 훑어 내려왔다. 저절로 흠칫, 몸이 떨려오는 걸 느끼며 리나는 긴장된 마음을 조심스럽게 다독였다. 무엇 때문에 화가 났는지는 모르지만 또다시 그는 오빠로서 그녀의 일에 참견을 할 것이 분명했다. 저 단호한 시선을 보면 알 수 있지.

하지만 이제 리나에게 오빠는 필요없었다. 그가 또다시 오빠 노릇하겠다고 나선다면 리나도 다 생각이 있었다. 리나는 마음의 무장을 단단히 하고는 저벅저벅 그의 앞으로 걸어갔다.

"나, 지금 무진장 피곤한데 잔소리는 내일로 미루면 안 돼?"

약간의 거리를 두고 그녀는 그의 앞에 멈추어 섰다. 이 정도면 충분히 안전한 거리라 여겨지는 지점이었다. 시선과 시선이 허공에서 완만하게 마주쳤고, 그의 긴 팔이 뻗어져도 단박에 그녀에게 와 닿지는 않을 만큼의 적당한 간격이었다. 하지만 그녀에게 손을 뻗을 생각은 없는지 그는 푹, 양손을 바지 주머니에 쑤셔 넣었다.

"뭘 했길래 피곤한지 궁금하구나."

날카로운 그의 시선이 그녀의 얼굴 위를 맴돌았다. 갑자기 불편해지자 리나는 한쪽 다리에 힘을 빼고 느슨하게 섰다. 얼굴이 좀 부었을 텐데……. 아까 운 것이 들통나진 않을지 리나는 조금 걱정스러워졌다. 리버스가 얼음 마사지를 하도록 배려해 주긴 했지만 워낙 많이 울어서 얼굴이 온통 번들번들 퉁퉁거리고 망막도 깔깔했다.

"친구들 만났다니까. 아까도 말했잖아."

“친구들?”

“그래. 말해도 오빠 몰라. 오빠가 모르는 친구들이야.”

무뚝뚝하게 말하는 그녀의 얼굴을 그는 유심히 바라보고 있었다. 한참동안 그녀를 응시하던 그는 묵직한 목소리로 중얼거리듯 말했다.

“미안한데 임석인이라면 이미 알고 있어. 너보다도 더 많이, 훨씬 오래전부터.”

“뭐?”

리나는 깜짝 놀라 반문했다. 역시 그녀가 누굴 만나고 왔는지 그는 알고 있었던 거다. 리나는 입술을 짓이겼다.

“누구한테 들었어?”

설마 강해는 아니겠지?

“중요한 건 그게 아니야.”

“난 중요해! 누구한테 들은 거야, 그 얘기? 강해 언니가 말해줬어?”

꿈틀. 선욱의 미간이 미세하게 움직였다.

“강해도 알고 있단 말이야?”

이 반응은 또 뭐람? 강해에게서 들은 게 아니란 말인가? 리나는 표정관리에 힘쓰며 아랫입술을 초조하게 핥았다.

“만났어. 우연히.”

“……”

그는 강해에 대한 부분은 처음 듣는 듯 얼굴을 잔뜩 찡그리고 있었다. 확실히 강해로부터 들은 얘긴 아닌 듯했다. 리버스나 임석인이 말했을 리도 없는데 대체 선욱이 그 일을 어떻게 안 걸까? 리나가 모르는 제삼자가 목격하고 알렸을 가능성이 제일 크지만, 일부러 그가 사람을 붙이지 않고서야 그녀를 알아볼 만한 사람이 그 근처에는 없…….

"설마……!"

리나는 사그라지던 시선을 번쩍 들어 선욱을 올려다봤다. 크게 열린 그녀의 눈동자는 공포에 떠는 듯 바들거리고 있었다.

"오빠, 미행도 해?"

선욱은 꾹 입술을 다물고 대답을 하지 않았다.

"저, 정말 그랬어?"

리나의 입술이 저절로 벌어졌다. 그가 자신을 미행했다니, 리나는 믿을 수 없었다. 정말 경악할 일이 아닌가. 사람들이 김선욱을 두고 철두철미한 사업가, 정 떨어질 정도로 계산적인 사람이라 말을 했지만 리나는 늘 그건 그를 정말 모르는 사람들이 그의 겉모습만 보고 만들어낸 말이라 치부했었다.

그녀는 그가 얼마나 따뜻한 사람인지 잘 알았다. 말주변이 좋지 않아 자신의 마음을 조리있게 나타내지 못할 뿐, 그는 근본적으로 참 따스하고 인간적인 사람이라고 리나는 생각해 왔다.

그녀가 아는 김선욱은, 칠 년 만에 돌아온 동생에게 그동안 잘 간직해 두었던 동생의 애지중지 슬리퍼를 짜잔! 깜짝 선물로 내놓는 그런 사람이었다. 시차 때문에 피곤할까 봐 아침에도 그녀를 깨우지 않고 쪽지 남겨 인사를 전하던 배려심 많은 사람이란 말이다. 비록 그 친절모드 김선욱은 단 하루 만에 쫑났지만.

"언제부터? 왜?"

그녀는 상처받은 마음을 숨기고 추궁했다.

"왜 미행했어? 내가 왜 오빠한테 미행을 당해야 해?"

"그건 중요하지 않아."

선욱은 딱 잘라 리나의 말을 끊었다. 미행했던 사람이 리나가 아니라 리버스였다는 사실은 말할 필요도 없다고 그는 생각했다. 그걸 말한다고 해서 달라질 건 아무것도 없었다. 미행한 사람이 누가 됐든 어차피 리나는 발끈할 것이다. 일이 이렇게 된 이상, 리나와의 충돌은 이제 피할 수가 없었다.

"당연히 중요해! 오빤 날 미행했어! 사람을 붙였다고."

"넌 임석인을 만났어."

그리고 넌 내 동생이야. 선욱은 차분히 대꾸하며 생각했다. 리버스와 임석인이 만나는 자리에 리나가 있었다는 사실을 알았을 때부터 치솟기 시작하는 화기를 그는 마음속으로 조심스럽게 단속하고 있었다. 그녀가 그들과 만나 무슨 이야기를 했을지는 쉽게 짐작이 갔다. 입사 문제 때문이었을 것이고, 그녀가 자신 몰래 그런 중요한 문제를 남들과 의논했다는 사실에 그는 화가 났다. 그녀가 그의 동생이길 거부할 때보다 더욱더. 그녀를 동생으로 생각해야 한다는 걸 알면서도 여전히 그의 마음속은 폭풍이었다.

"내가 범죄자야? 믿지 못할 사람이야? 설령 그렇다 해도 오빠가 무슨 권리로 내 뒤를 캐?"

"만나지 말라던 사람을 만난 건 내가 아니라 너야. 난 분명히 경고했었어. 필러스는 안 된다고."

"그따위 핑계로 면죄부 얻을 생각 마. 오빤 내 앞에선, 동생이다, 친동생보다도 더 아꼈다 말하면서 뒤꽁무니론 날 미행하고 있었다고. 왜? 내가 LS그룹의 기밀이라도 빼내 필러스에 넘기려는 줄 알았어? 그래?"

리나는 꽉 쥔 두 주먹을 부르르 떨며 선욱을 노려보고 있었다. 이성을 잃지 않기 위해 노력하는 모습이었다.

"물 탈 생각 마. 난 널 그런 쪽으로 의심한 적 없어."

"어머나! 황송하여라. 그런 쪽으론 날 의심한 적이 없으시다니, 황공해서 죽을 것 같네. 그럼 어느 쪽으로 의심하셨던 건가요, 김선욱 부사장님?"

"넌 내 말을 거역했어. 중요한 건 그거야."

"내가 왜 오빠 말이라면 다 들어야 해!"

용케도 성깔을 부리지 않고 있던 리나, 결국 폭발하고 말았다. 뭐 뀐 놈이 성낸다더니. 잘못은 자기가 해놓고 도리어 그녀더러 잘못했다고 다그치는 선욱의 행동이 리나는 너무나 어처구니없을 따름이었다. 리나는 거만한 얼굴로 단박에 그의 앞으로 다가갔다.

"거역? 내가 오빠의 노예야? 절대 거역하면 안 되게? 웃기지 마세요, 김선욱 씨. 내가 여전히 당신 말이라면 팥으로 메주를 쑨대도 다 믿는, 그 순진한 봉리나인 줄 아셨다면 큰 오산입니다. 나 방년 스물일곱이거든요? 키만 안 컸지 다 자란 어른이라고요."

리나는 선욱의 와이셔츠 칼라 자락을 두 손으로 박력있게 거머쥐었다. 그는 순순히 딸려오며 몸을 굽혔다. 잔뜩 찡그린 그는 순식간에 리나를 굽어보는 형국이 되어버렸다. 어라, 이게 아닌데. 오히려 허리를 굽어오는 선욱 밑에 짓눌릴 것 같다는 두려움에 리나는 흠칫 놀랐다. 어쩐지 불길해지는 기분이었지만 리나는 좀 더 전투적인 시선으로 선욱을 째려보았다.

"내 결정은 내가 알아서 할 권리가 있는 성인이라고요, 난. 그리고 당신은 내 결정을 박탈할 권리도, 내 권리를 침해할 자격도 없어요. 내 말 알아듣겠어요?"

"넌 잘못된 결정을 했어. 오빠로서 바로잡아 주는 건 당연한 내 의무야."

선욱은 그녀의 과격한 행동에도 불구하고 차분함을 유지하고 있었다. 적어도 겉으론 그랬다. 그러나 그의 마음속을 점령하고 있는 거센 폭풍은 점점 더 거세어지고 있었다. 당장 그녀를 가져, 네 마음이 어떤 마음인지 그녀에게 알려줘, 그렇게 다그치고 또 다그치고 있었다.

"내 결정이 잘못됐다고 누가 그래? 오빠 마음대로 잘못이라 결론 내리면, 난 꼼짝없이 잘못한 게 돼야 해? 취직 문제고 결혼 문제고, 전부 다 오빠가 하라는 대로 해야 되는 거야, 난? 내 인생이 오빠 거야?"

"결혼 문제는 더 이상 꺼내지 마."

"왜? 왜 꺼내면 안 되는데? 그것도 오빠 마음대로 결정 내리고 결론지어 버린 거잖아."

"그게 최선이었고 옳은 결정이야."

"어떤 결혼이 옳고, 어떤 결혼이 그른 건데? 그딴 게 법으로 정해지기라도 했대?"

"그 녀석과 결혼하면 미국에 들어가서 살아야 해. 한국의 모든 걸 다 뒤로하고 떠나야 한다고. 너, 그거 가능해? 그럴 자신 있어?"

제발 동생으로라도 좋으니까, 내 옆에 있어줘.

"왜 못해? 어차피 미국 생활에 적응해서 잘만 살고 있었는데."

"가족들 다 버리고, 잘살 수 있다고?"

사랑이 아니라도 좋으니까, 제발 한국에 있어줘. 내 옆에 있어줘, 제발……. 그의 심장이 울고 있었다. 하지만 냉정하기 그지없는 그의 겉모습으로는 그의 마음이 어떤지 알 도리가 없었다. 리나의 눈에 선욱은 그저 동생의 반항을 강압적으로 눌러 버리려는 '오빠'로밖에 보이지 않았다. 리나는 그의 고통을 모른 채 매몰차게 대꾸했다.

"어차피 친가족도 아니야. 사랑하는 사람을 위해서인데 이깟 가족이 대수야?"

"……!"

선욱의 얼굴에 충격이 떠올랐다. 그 말을 내뱉은 장본인인 리나도 놀라 숨을 들이켰다. 이렇게까지 말할 작정이 아니었는데, 그녀의 방정맞은 혀끝이 또다시 이성을 잃어버린 거다. 리나는 자신의 혀를 벌하듯 잘근잘근 깨물었다. 하지만 둘 사이엔 기어이 무거운 침묵이 내려앉았다.

씩씩거리는 리나의 숨결만이 정적의 분위기를 아슬아슬하게 맴돌고 있었다. 긴장감이 서서히 그녀를 옥죄었고 그럴수록 더 집요하게 내리꽂히는 선욱의 시선이 불편해졌다. 차라리 비난을 퍼붓는다면, 지금까지 길러준 은혜도 모르는 나쁜 계집애라고 소리라도 쳐준다면 마음이라도 편할 텐데, 선욱은 아무 말도 하지 않았다. 그저 그녀를 집어삼킬 듯 뚫어지게 바라만 볼 뿐.

"책임질 수 있겠어?"

이윽고 그가 말했다. 아무 감정이 느껴지지 않는 단순 질문이었다.

"무슨 소리야?"

메마른 목소리로 그녀는 물었다.

"사랑한다는 그 말, 책임질 수 있냐고."

"……."

"그 녀석 사랑하는 거냐고 묻는 거야. 정말 확실해? 후회하지 않을 자신 있어?"

리나는 꿀꺽 침을 삼켰다. 아니라고, 정말 사랑하는 사람은 김선욱 당신이라고, 목구멍 안에서 아우성치는 단어들도 함께 삼켰다. 거의 다 왔는데 이제 와서 무너질 수 없었다. 그를 잊겠다고 다짐한 게 며칠 전이고, 모든 미련 다 떨쳐 버린 게 몇 시간 전인데 이제 와서 그에게 사랑한다고 말해서 상황을 제자리로 돌려 버릴 수는 없었다.

이 순간만 모면하면 된다. 지금 이 순간만 태연해질 수 있다면 모든 건 물 흐르듯 자연스럽게 해결될 것이다. 리나는 잔인하게 대답했다.

"사랑하니까 결혼한다는 거지. 결혼한다는 건 그 사람을 사랑한다는 거야. 그런 확신도 없이 결혼을 결정한다는 게 상식적으로 말이 돼?"

리나의 말은 비수가 되어 선욱의 가슴을 무차별 난자했다.

"왜? 오빠 아닌가 봐? 이딴 걸 물어보는 걸 보면."

"강해 끌어들이지 마."

"왜? 강해 언니가 상처받는 게 겁나? 안타까워 죽겠어? 그렇게 아끼는 사람을 왜 지금까지 그냥 놔뒀는지, 난 그게 더 궁금하네. 사랑하는 거 아니야? 오빠 사랑해서 강해 언니랑 약혼한 거 아니었어?"

"그만 해."

선욱은 드러나지 않게 조심히 이를 악물며 그녀를 쏘아보았다. 와르르, 그의 세계를 지탱하고 있던 모든 의지들이 부서지

고 파괴되고 있었다. 그럼에도 불구하고 아무것도 생각할 수 없
는 혼미한 정신은 아직도 리나에 대한 사랑으로 꽉 차 있었다.
엿 같은 사랑…….

"하긴, 누가 그러더라. 강해 언니는 하나도 행복해 보이지 않
다고. 언제나 늘 불행해 보인다고."

"봉리나."

"오늘 낮에 임석인 씨 만나는 나를 보고 강해 언니가 뭐랬는
줄 알아? 왜 오빠 말에 자꾸 어깃장 놓냐고, 자꾸 그러면 오빠가
무진장 화를 낼 거라고 그러더라. 친동생 못지않게 아껴주는데
뭐가 불만이냐고, 나한테 책임감 갖고 잘해주려는 오빠의 말이
니까 꼭 들어야 한다고 충고해 주더라고."

"……."

"근데 그런 언니의 모습 보면서 내가 무슨 생각 한 줄 알아?
안쓰럽다는 거였어. 어떻게든 오빠 비위 안 건드려야 한다는 생
각에 사로잡혀 있는 언니, 정말 눈 뜨고는 못 보겠더라. 누가 언
니를 그렇게 만들었다고 생각해? 남들 앞에선 언제나 낭랑하고
화려한 언니가 왜 오빠 얘기만 나오면 그렇게 안절부절못하는
걸까? 사랑이 그런 거야? 눈치 보고, 주눅 들고, 화낼까 봐 전전
긍긍하고. 오빠가 생각하는 사랑은 그런 거야?"

선욱의 미간이 심하게 흔들렸다. 강해가 그렇다는 생각은 단
한 번도 해보지 않았던 그는 이 순간 매우 당황스러웠다. 그저
강해는 원래 성격이 순종적이고 고분고분하다고만 생각했는데

도대체 뭐가 어떻게 된 걸까? 한 번도 그의 앞에서 불만을 토로한 적도 없고, 울어본 적도 없고, 약한 모습을 보인 적도 없는 강해가 정말로 그렇게 아파하고 있었던 걸까? 혼자 숨어서 괴로워했던 걸까? 그런데도 그는 전혀 몰랐던 걸까?

아니, 몰랐던 게 아니다. 관심이 없었던 거였다. 그녀의 마음, 기분은 알려고도 하지 않았다는 게 더 옳았다. 그 착한 애를 그토록 오랫동안 힘들게 했다는 죄책감 때문에 그의 마음은 한없이 무거워졌다.

'넌 저주받아 마땅해, 김선욱.'

강해는 아직 파혼에 대해 모르는 모양이었다. 쉽게 꺼낼 문제가 아니니 윤 회장도 기회를 엿보고 있는 것이리라. 그녀가 아무것도 모른 채 그토록 힘들어하고 있다는 사실에 선욱은 미안한 마음뿐이었다. 하지만 미안함 때문에 그녀와 결혼할 수는 없었다. 다른 사람을 마음에 품은 채 그녀와 결혼하는 건 두 사람 모두에게 불행이었다. 지금으로도 충분히 불행한 인생을 그는 더 어렵게 만들고 싶지 않았다.

그녀도 마음껏 사랑하고 사랑받을 자격이 있었다. 단지 그 상대가 김선욱, 그가 아닐 뿐. 그는 솔직히 강해의 진심을 받을 자격도 없었다.

"천만에. 아니야. 사랑은 두려워하지 않는 거야. 내가 어떻게 해도 내 편이 되어줄 걸 아니까. 믿으니까. 그 사람이 살인을 저질렀대도 난 끝까지 그 사람 옆에 있을 거니까. 내가 사람을 죽

였어도 그 사람이 내 옆을 지켜줄 거란 걸 믿으니까. 사랑
은…… 그런 거야.”

“……!”

“알고나 설교해.”

휙, 리나의 거친 손길이 선욱의 멱살을 뿌리쳤다. 그리곤 거
세게 몸을 돌려 자신의 방을 나갔다. 그의 끝없이 아득한 눈길
을 마주 대할 용기가 나지 않았다. 마치 사랑 고백이라도 한 듯
온몸과 마음이 욱신거렸다.

“어딜 가는 거야, 이 밤중에.”

선욱의 꽉 잠긴 음성이 뒤에서 들려왔다. 리나는 뒤돌아보지
않은 채 거칠게 쏘아 말했다.

“샤워하러.”

리나는 선욱이 보는 앞에서 옆으로 크로스해 멘 가방을 내던
지듯 내려놓고 외투를 벗었다. 양말까지 휙휙 내던진 그녀는 감
정 듬뿍 실린 발걸음으로 꽝꽝 발도장을 찍으며 욕실로 들어갔
다.

쾅!

큰 소리로 욕실문이 닫히자 선욱은 비로소 멈추었던 숨을 거
세게 내쉬었다.

한순간 심장이 멎는 것 같았다. 그녀의 똑바른 눈빛에 심장이
그대로 돌처럼 굳어버렸다. 사랑은 그런 거라고 말하는 리나가
마치 선욱을 향해 사랑한다고 말하는 것 같아, 숨을 쉴 수도 없

었다. 그럴 리가 없는데도…….

감정이 쏠리는 걸 느끼며 선욱은 손바닥으로 이마를 짓눌렀다.

'얼마나 참을 수 있을까? 언제까지…… 이 고통을 감내할 수 있겠어?'

그녀의 결혼식에 그녀의 보호자로서 손을 잡고 행진을 해야할지도 몰랐다. 다른 남자에게 그녀를 넘겨주고 행복하게 살라고 말해야 할지도 몰랐다. 생각만 해도 쓴물처럼 고통이 올라왔다. 누군가에게 짓밟히고 두들겨 맞은 듯 온몸이 욱신거리고 정신이 몽롱했다. 선욱은 고통스러운 숨을 내뱉으며 커다란 손으로 빨개진 눈동자를 쓸어 문질렀다. 하지만 어떻게 생각해 봐도 결론은 하나였다.

그는 리나를 떠나보낼 수 없었다.

✽

"그게 무슨 말씀이세요?"

강해는 깜짝 놀라 아버지인 윤 회장을 향해 두 눈을 치떴다.

"내주에 만날 수 있도록 약속을 잡아놓겠다. 그리 알고 준비해."

"무슨 말씀이시냐고요, 대체? 제, 제가 왜? 제가 왜 그 사람을 만나요?"

윤 회장은 딸의 허옇게 질린 얼굴을 보며 한숨을 내쉬었다. 안쓰럽고 불쌍한 마음이 가슴 가득 차 올랐다. 어쩌다 그놈한테 마음을 빼앗겨서는…….

연민으로 인해 눈가가 시큰거리는 걸 느끼며 윤 회장은 딸을 물끄러미 바라보았다. 황망한 그녀의 얼굴 위로 두려움이 스쳐 지나갔다. 어쩌면 강해는 이런 날이 올 줄 이미 예감하고 있었는지도 모르겠다는 생각이 문득 들었다. 그렇다고 해도 문제가 쉬워지는 건 아니겠지만. 윤 회장은 무겁게 입을 열었다.

"며칠 전에 선욱이가 날 찾아왔었다."

"선욱 오빠가요?"

"긴히 할 말이 있다면서 시간 좀 내달라고 하더구나."

"오빠가 무슨 일로요?"

강해는 마주 잡고 있는 두 손을 비틀며 숨을 헐떡였다. 숨이 턱턱 막혀오고 눈앞이 노래지는 것이 당장이라도 쓰러질 것만 같았지만 강해는 기를 쓰고 버텼다.

"너희들 문제라고 하더구나."

"우, 우리 문제라고요? 무슨 문제요? 우리한테 무슨 문제가 있다고요."

"넌 너희한테 아무 문제가 없다고 생각하는 거냐? 정말 그래?"

"아빠!"

벌써부터 촉촉하게 적셔지는 강해의 눈동자를 윤 회장은 빤

히 바라보았다. 그의 가슴도 무너져 내리고 있었으나 어차피 밟
아야 할 절차임을 그는 스스로에게 상기시켰다. 딸이 언제까지
아닌 사람을 붙들고 있게 할 수는 없었다.

"그래서요? 그래서 뭐라고 하셨어요? 오빠가 뭐래요?"

"그걸 꼭…… 내 입으로 말해야 알겠니?"

"……!"

강해는 눈물을 흘리지 않으려고 안간힘을 쓰며 두 눈을 부릅
떴다. 윤 회장은 근심이 가득한 얼굴로 딸을 바라보며 한숨을
내쉬었다. 피곤함이 물밀듯 밀려와 현기증마저 띵 일고 있었다.
윤 회장은 피로한 눈 밑을 손끝으로 누르며 꽉 어금니를 사리물
었다.

"임석인 그 친구, 내가 보기엔 괜찮은 친구다."

"그 사람 얘긴 또 왜 꺼내세요? 그 사람이 괜찮든 말든 저랑
은 상관없어요."

강해의 목소리가 덜덜 떨리고 있었다.

"임 회장이 밖에서 낳아온 자식이긴 하나, 그 집안에선 유일
한 아들에다 지금은 회사의 경영권마저 장악한 상태란다. 앞으
로 필러스의 주인이 될 인재지. 여자 문제로 좀 시끄러운 적이
자주 있었던 것 같다만 그 문제에 대해선 내 나름대로 알아보았
다. 다행히 이쪽에서 문제 삼을 만한 일은 없었더구나. 자식이
있는 것도 아니요, 정부가 있는 것도 아니요, 그만한 인물에 그
만한 능력이면 여자는 당연히 따르는 거 아니겠니. 임 회장한테

는 내, 앞으로는 그런 스캔들 절대 일으켜선 안 된다고 못을 단단히 박아놨으니 그 점은 너도 걱정하지 말거라.”

“호, 혹시 아빠…… 오빠한테 그 임석인이란 사람에 대해 얘기한 건 아니죠?”

“강해야.”

“아니죠? 정말 말씀하신 건 아니죠?”

“누구라곤 말하지 않았다. 그냥 너 욕심내는 집안이 있다고만 했어.”

“왜 그랬어요? 왜 오빠한테 그런 얘길 한 거예요. 그런 소리 듣고 좋아할 남자가 어디 있냐고요?”

입술을 덜덜 떨면서 강해는 윤 회장을 다그쳤다. 마주 잡고 있는 그녀의 손가락이 하얗게 질리도록 세차게 비틀리고 있었다.

“나라도 화났을 거예요. 약혼녀란 사람이 다른 집안과 혼담을 주고받고 있는데 어느 남자가 화 안 내요?”

윤 회장은 고개를 숙였다. 눈 감고 귀 닫고 현실을 외면하는 딸애는 차마 눈 뜨고 볼 수 없을 만큼 초라하고 처참한 모습이었다. 십 년 전 상처하고 혼자의 힘으로 키운, 가슴 아픈 딸이 어쩌다 이런 지경이 되었는지 마음이 아파왔다. 용모 단정하고 회사 일에도 재능을 보여 늘 그의 가슴을 뿌듯하게 해주었던 자랑스러운 딸이 어쩌다 이렇게 된 건지…….

“오빠 화났을 거예요. 화 많이 나서…….”

“화내지 않았다.”

윤 회장은 살인 선고를 내리듯 묵직한 음성으로 선언했다.

“네?”

예상 못한 말을 들은 강해는 새하얗게 질린 얼굴을 들어 윤 회장을 필사적인 눈빛으로 바라봤다. 제발, 거짓말이라고 말해 줘요!

“선욱이가 어디 네 문제에 화내는 걸 봤냐? 언제나 맨송맨송 미적지근하지.”

리나의 일에는 그러지 않는다.

“너한테는 아직 아무 말도 하지 말라고 하더구나. 괜히 걱정하게 하고 싶지 않다면서. 너와는 따로 얘길 하겠다고 하는데 내가 그럴 필요 없다고 했다. 내가 알아서 하겠다고 했어. 네놈의 자식 따위한테 내 딸을 한시라도 맡길 생각 없다고……!”

분노한 윤 회장의 목소리도 덜덜 떨리고 있었다. 두 눈을 부릅뜬 그의 관자놀이 근처엔 바짝 선 핏대가 아슬아슬 튀어나와 있었다.

“아빠!”

“그렇게 말하고 싶었지만 참았다. 내, 그 자식 아비 얼굴을 봐서 이번 한 번만 참기로 했다. 그러니 너도 자존심없이 그놈한테 매달릴 생각 마.”

강해가 선욱을 믿고 오 년이나 수녀 같은 생활을 하지만 않았어도 그를 미워할 이유는 하나도 없었다. 절친한 친구의 아들이며 회사에 지대한 공을 세운 유능한 일꾼으로서 선욱은 늘 윤 회장의 자랑이었다. 그래서 사윗감으로 점찍어놨던 거고 일찌감치 짝을 맺어주기로 했던 거였다. 하지만 이렇게 강해를 끝까지 책임지지 못할 거였다면 왜 진작 끝내지 않았는지 윤 회장의 마음은 선욱을 질타하고 있었다. 다 녀석의 책임이라고, 딸에게 이 엄청난 아픔을 안겨준 건 다 선욱 때문이라고 욕하고 있었다.

'내가 좀 더 빨리 나섰어야 했는데……'

다른 여자를 사랑한다고 말하던 선욱을 떠올리며 윤 회장은 주먹을 불끈 쥐었다. 강해에게 그것만큼은 말해줄 수 없었다. 지금 이 상태에도 강해에게는 충분히 고통일 것이다.

"제가 얘기해 볼래요. 오빠도 저랑 얘기하고 싶다고 했다면서요. 제가 나서서 해명하고, 오해라는 걸 밝히면 오빠도 생각이 바뀔 거예요."

"얘기를 해보나 마나다. 어차피 이 혼사는 이뤄질 게 아니었어."

"아빠!"

"그만둬라. 이러는 거 너답지 않아. 안 되는 거는 안 되는 거야. 미련하게 붙잡고 있다고 해서 네 것이 되는 게 아니란 말이다."

단호한 어조로 윤 회장은 강해의 반발에 쐐기를 박았다. 이런 문제는 거부하면 거부할수록 더 깊은 상처를 받게 되는 법이었다. 윤 회장은 벌어진 상처에 소독약을 통째로 들이붓는 극약처방을 감행했다.

"임 회장이 널 아주 마음에 들어해한다. 네가 그 집에 들어가면 호박이 넝쿨째 들어오는 거라고 말할 정도야. 한 남자의 약혼녀로 오 년을 살아온 너를 그렇게나 예뻐해 주시니 나로선 고마울 따름이었다. 이제 와서 하는 얘기지만 선욱이 그 자식이 널 이렇게까지 방치해 놓을 줄 알았다면 난 절대 널 그 녀석과 약혼시키지 않았을 거야."

"난 아직도 오빠의 약혼녀예요."

"오 년이다. 오 년! 넌 분하지도 않니? 그동안 그놈은 널 거들떠보지도 않았어."

"이, 일 때문에 오빠 바빴어요."

그렁그렁한 눈으로 강해가 더듬더듬 말했다. 그 틈에도 선욱의 변명을 해주고 있다니. 윤 회장은 속이 터질 것만 같았다. 늘 똑똑하고 자기주장 강하던 윤강해는 다 어디 가고, 이런 덜떨어진 나약함만 남게 된 건지!

"그놈 변명은 그만둬라. 월요일에 내가 직접 들을 거야."

"……"

"어느 누가 봐도, 너희 둘은 이제 가망이 없어. 그건 네가 더 잘 알 거다."

주르르. 강해가 두 눈을 깜빡이자 뜨거운 눈물이 후두둑, 두 볼을 타고 손등으로 떨어졌다. 가슴이 너무나 아파 숨도 제대로 쉴 수가 없었다. 심장께가 미친 듯이 욱신거렸다. 갈라지고 파여 너덜너덜해진 심장을 움켜쥐고 강해는 숨을 헐떡였다. 눈앞이 캄캄하고 막막해 눈을 뜰 수도 없었다. 꽉 두 눈을 감은 채로 강해는 고개를 숙였다. 눈물이 두 볼을 타고 하염없이 흘러내렸다.

"임 군 만날 때까진 마음의 정리를 다 마친 상태이길 바란다. 그게 선욱이 놈한테 복수하는 길이야. 좋은 사람 만나 잘사는 거. 알겠어?"

어깨를 들먹이는 강해를 보며 윤 회장은 아픈 숨을 내쉬었다. 평생을 한 남자만을 바라보며 살아온 딸이 숨죽여 우는 모습은 차마 눈 뜨고는 볼 수 없는 참혹한 광경이었다. 강해의 심정이 얼마나 기막힐까 생각하니 아비인 그마저도 미칠 지경이었다. 하지만 그렇다고 현실을 마냥 외면하고 살 수는 없는 일이었다. 아픈 만큼 성숙해짐을 강해도 조만간 알게 되리라.

윤 회장은 착잡한 마음으로 자리에서 일어났다. 마음이 미어져 다리까지 후들거린 그는 간신히 일으킨 몸으로 딸의 옆을 스쳐 지나갔다.

"내주다. 잊지 말거라."

그리고 저 불쌍한 것이 마음껏 울 수 있도록 슥슥, 바닥을 끄는 느린 걸음으로 서재를 나섰다. 임 회장과는 이미 통화를 끝내고 약속까지 다 잡아놓은 상태라는 건 말하지 않을 생각이었다. 안 그래도 아픈 아이, 강제로 떠밀려 결혼하게 되는 기분이

들게 하고 싶지 않았다. 그는 모든 게 다 잘될 거라고, 긍정적으로 생각하면 되는 거라고, 스스로에게 용기를 북돋고 있었다.

탁. 서재문이 닫히는 소릴 듣는 순간, 강해는 번쩍 고개를 들었다. 이대로 넋 놓고 앉아 바보처럼 울고만 있을 수는 없다고 생각한 거였다. 정말 아버지의 말이 맞는지 직접 확인해 봐야 믿을 수 있을 것 같았다.

"믿어지지 않아. 믿을 수 없다고."

강해는 헝클어진 머리카락을 한 손으로 쓸어 넘기며 정신없이 전화 수화기를 들었다. 허겁지겁 그의 전화번호를 누르고 가쁜 숨을 몰아쉬며 그가 전화 받기만을 기다리고 또 기다렸다. 또르르르, 전화벨 소리는 멈추지 않고 계속 울렸다. 그러나 일 분이 넘는 시간 동안 끊임없이 울렸던 벨소리는 이내 사서함으로 넘어갔다.

"안 돼. 안 돼……."

흘러내리는 머리카락을 계속 쓸어 올리며 그녀는 다시 전화를 걸었다. 그가 리나의 어깨를 안고 웃는 모습이 자꾸만 환영이 되어 그녀의 눈앞을 아른거려, 강해는 눈을 뜰 수도 없었다. 주르르 계속해서 흘러내리는 눈물에 절어 눈동자는 이제 뻑뻑해질 정도였다. 또르르르, 또다시 신호가 갔다. 마치 영겁의 세월만큼이나 길게 느껴지는 일 분이 지나가고, 툭! 투박한 소리와 함께 묵직한 선욱의 음성이 들려왔다.

[여보세요.]

강해는 흐느낌이 새어나올까 손으로 입을 틀어막았다. 입을 열어야 하는데, 그에게 물어봐야 할 것들이 너무나 많음에도 그녀는 스스로 입을 막아버린 거였다.

[여보세요?]

갑자기 두려워졌다. 그의 입으로 직접 거절의 말을 듣게 될까 봐.

[회장님이십니까?]

전화번호를 확인한 그가 윤 회장의 서재 전화번호를 알아보고 조심스럽게 물어왔다. 근심이 잔뜩 배어나오는 말투였다. 순간, 강해는 윤 회장의 말이 모두 진실임을 깨달았다. 그의 입으로 직접 듣지 않았어도 느낌으로 그녀는 알 수 있었다. 강해는 커다랗게 뜬 두 눈으로 허공을 노려보았다.

[혹시…….]

그가 파혼하기로 결정했다니. 상처받은 강해의 눈 안에서 분수처럼 눈물이 쏟아져 나왔다. 주먹으로 입을 틀어막으며 강해는 쓰러지지 않기 위해 안간힘을 썼다.

[강해니?]

아! 너무나 따뜻한 음성이었다. 그녀를 많이 걱정하는 목소리…….

강해는 참지 못하고 격하게 전화 수화기를 놓아버렸다. 그 목소리를 듣고 멀쩡할 여자가 어디 있을까. 흔들리지 않을 여자가 어디 있을까. 강해는 책상 위에 엎드려 참고 참았던 울음보를 풀어버렸다.

그 후 얼마나 시간이 지났는지, 울고, 울고, 또 울다가 지쳐 잠이 들었던 강해는 무거운 눈꺼풀을 들어 올렸다. 즉시 몽롱한 시야로 침울한 어둠이 드리워졌다. 벌써 해가 진 건가. 작은 창문 하나만 있는 서재는 이미 깜깜해져 있었다.

불편한 자세로 엎드려 있던 몸을 강해는 천천히 일으켰다. 미친년처럼 풀어헤쳐지고 헝클어진 머리카락을 대충 쓸어 넘긴 그녀는 뻑뻑한 눈을 비비적비비적 문지르며 생각했다. 십오 년간이나 마음속에 담아두었던 사랑을 이렇게 포기할 수는 없다고.

선욱이 흔들린 건 모두 리나 때문이었다. 그가 리나를 남달리 아낀다는 걸 강해는 이미 알고 있었고, 그럼에도 그를 사랑했다. 비록 반쪽짜리 사랑이지만 리나가 돌아오기 전까진 그럭저럭 괜찮았다. 온전히 사랑해 주진 않았지만 그는 나름 그녀에게 충실했었다. 그녀도 그 정도로 만족하고 있었고. 하지만 리나가 돌아온 후, 모든 것이 달라져 버렸다.

"그래, 이건 리나 때문이야. 리나만 없으면 다 원래대로 돌아오게 될 거야."

허스키하게 쉬어버린 목소리로 강해는 혼잣말을 중얼거렸다. 그녀는 전화 수화기를 들어 산부인과 전문의인 친구 성연의 전화번호를 누르고 있었다. 띠띠띠띠, 기계적인 버튼 소리를 들으며 강해는 실없이 웃었다. 자신이 이런 파렴치한 짓까지 저지르게 될 줄은 꿈에도 생각 못했었다. 이렇게 더러운 짓을 하면서까지 선욱을 붙잡고 싶은 건지 강해는 스스로에게 물어보았다. 대답은…….

[여보세요.]

스스로에게 던진 질문에 뭐라 대답을 하기도 전에 통화가 되었다. 결국 성연과 연결이 되어버린 거였다. 강해는 윗니로 아랫입술을 잡아 뜯었다. 통화를 계속할까, 말까. 단 몇 초 사이 수백만의 망설임이 있었다.

[여보세요? 말씀하세요.]

"……나야."

[누구세요?]

"윤강해."

[어머! 네가 웬일이니?]

강해는 두 눈을 감아버렸다. 악마에게 영혼을 파는 한이 있더라도 선욱을 지키고 싶은 마음이 한순간 가슴 안에 확 퍼져 올랐다. 더러운 욕망이어도 욕망은 욕망. 그 욕망을 채우기 위해선 무슨 짓이든 저지를 각오가 되어 있었다. 강해는 두 눈을 반짝 뜨며 말했다.

"부탁이 있어서 전화했어."

가진 적도 없으니 지킬 수 없는 건 당연하다는 이치를 강해는 아직 모르고 있었다.

✽

"임모 자식이 그걸 그렇게 잘한다며?"

지욱은 차 안 뒷좌석에 앉아 늘어지게 하품을 해대며 낯 뜨거운 농지기를 형에게 건넸다. 예상했던 대로 선욱은 눈살을 확 찌푸리며 험악한 인상으로 지욱을 쏘아보았다. 그의 분노로 후끈, 차 안이 달아오르는 것 같았다. 지욱은 그의 레이저빔 눈초리를 못 본 척 두 눈을 감은 채로 19금 농담을 줄줄 이어 해댔다.

"그 긴 걸 한 번만 휘둘러도 막 자지러진다는데. 천국까지 날아오르게 해준대, 아주."

"김지욱."

엄격한 목소리가 화살처럼 날아왔다. 컥, 화살 맞은 가슴 한 구석이 아픈 척 지욱은 한 손으로 옷자락을 쥐어짜며 비틀거렸다.

"오~ 정곡!"

"넌 오늘 빠져. 임 회장님 앞에서도 그렇게 부주의하게 입을 놀릴 거라면."

"여기서 되돌아가라고? 거의 다 왔는데?"

지욱은 앞좌석에 붙은 내비게이터를 기웃거려 확인하고는 황당해했다. 오늘은 LS그룹의 대주주들이 모여 만든 친목 골프모임이 있는 날이었다. 충북 어느 골프장으로 향하는 자동차는 이미 고속도로를 타고 있는 중이었다. 그런데 지금 여기서 어디로 가라는 소리? 지욱의 둥그렇게 뜬 눈을 무시하며 선욱은 딱 잘라 말했다.

"회사에 도움 안 되는 사람, 오늘은 필요 없어. 오늘은 놀러가는 게 아니야."

"나도 명색이 대주주야. 그렇게 중요한 모임에 날 빠뜨리면 안 되지."

"네가 말한 그 임모 씨도 우리 주식을 5%나 가지고 있어. 임 회장님은 8%고."

"아! 그 사람들 웃기네. 남의 회사 주식은 왜 그렇게 많이 갖고 있어? 기분 나쁘게."

너스레를 떨며 선욱의 웃음을 유발시키려고 했지만 역시 실패. 이상하다, 오늘. 선욱의 기분이 평소보다 몇 배는 더 다운되어 보였다. 리나가 귀국한 이후 이런 모습은 처음이었다. 무슨 일이 있는 건가? 지욱은 선욱의 굳은 얼굴을 유심히 훑어보았다.

"내 말은, 임모 씨가 골프를 잘 친다고. 긴 거, 응?"

순간 선욱이 날카로운 시선을 날렸다. 지욱은 이에 주춤하지 않고 눈썹을 까딱거리며 씩 웃었다.

"긴 골프채를 한 번만 휘둘러도 공들이 자지러진다 이 말이지, 내 말은. 공들이 천국까지 높이, 아주 높이~ 떠버린다는 말이었다고. 내가 뭐 말 잘못한 거 있어?"

“의령 씨도 너 이러는 거, 알고 있냐?”

떨떠름한 얼굴로 선욱이 물었다. 피식. 지욱은 웃었다. 이 정도면 좀 느슨해진 건가? 일단 만족. 하지만 지욱은 선욱이 좀 더 편안한 마음으로 오늘 게임에 임했으면 싶었다. 사업상 치는 골프도 골픈데, 즐겨야 할 레저 생활마저 일의 연장으로 생각해야 한다는 건 너무나 슬픈 일이 아닌가. 하지만 선욱은 늘 그런 인생을 살아왔다. 그게 안타까운 지욱이다.

“일용인 유머를 알거든.”

“그 일용이라는 말 어떻게 바꿀 수 없냐? 아내가 될 사람한테 일용이가 뭐야?”

“왜? 애칭인데.”

“남들이 들으면 웃어. 널 보고 웃는 게 아니라 의령 씨를 보고 웃는다고. 넌 그게 좋아?”

“누가 가만있는데? 웃는 그 입을 그냥 확…….”

옆에 앉은 형을 위아래로 훑으며 지욱이 두 눈을 부라렸다. 어떤 놈이 우리 일용이를 보고 웃는다는 거야? 이의령은 이 김지욱에겐 단 하루라도 없어서는 안 될 존재다. 그래서 일용하다는 건데 그걸 두고 웃어? 누가? 어느 놈이?

“입조심해라.”

뚜벅 선욱이 경고의 말을 꺼낸다. 한순간 울컥했던 지욱은 풉, 한숨을 내쉬곤 풀썩 몸을 뒤로 뉘었다. 그의 커다란 덩치가 시트 쿠션을 찍으며 뒤로 기대어졌다.

"남들 눈이 무슨 상관이야? 난 형의 그 점이 마음에 안 들어. 너무 주변 사람들 눈치를 봐. 안 그래요, 박 비서님?"

운전하는 비서에게 그가 물었다. 두 형제의 얘기에 한참 귀를 세우고 있던 박 비서가 화들짝 놀란다. 어색한 웃음을 내지으며 그는 멋쩍게 머리를 긁었다. 지욱은 속으로 '썩을'을 중얼거리며 비서의 뒤통수를 노려보았다. 요즘 화장실과 휴게실을 매개로 퍼지고 있는 요상한 소문들은 박 비서가 아니면 알 수 없는 선욱의 개인적인 에피소드들이었다. 예를 들어, 강해가 선욱에게 키스를 하려다 거절당했다든지…….

'꼬리만 밟혀보셔. 당신은 죽음이야.'

지욱은 은혜를 원수로 갚는 사람은 딱 질색이었다. 박 비서를 천거한 사람이 강해 아버지인 윤 회장인데, 강해에 대한 좋지 않은 소문을 그런 식으로 퍼뜨려?

"너처럼 남의 시선 상관없이 할 말 다 하고, 할 짓 다 해야 된다는 거냐?"

선욱이 못마땅한 듯 지욱을 곁눈질로 찔러보며 물었다. 지욱은 박 비서 노려보는 걸 그만두고 선욱을 돌아보았다. 어깨를 으쓱하며 그는 대답했다.

"다른 사람 기대에 부응하려고 하기 싫은 일을 억지로 할 필요는 없다는 소리야. 그렇게 해서 형 인생이 꼬이면 누가 책임져 주지도 않는다고."

"내 인생이 꼬이고 있다는 소리로 들린다만."

"뭐, 이미 꼬여 버린 건지도."

지욱은 입술을 삐죽거리며 가볍게 말했다. 언뜻 듣기엔 대충 아무렇게나 대답한 말처럼 들렸으나 선욱은 미간을 찌푸렸다. 요즘 아침에 일어나면 제일 먼저 떠오르는 생각이 바로 그거였기 때문에.

"난 최선을 다해왔어."

"그야 그렇지. 언제나 늘.. 그게 문제가 될 정도로 너무 많이 노력하며 살아왔지."

"그게 잘못된 거냐?"

"글쎄. 잘못된 거라고 말하면, 큰일나려나?"

"장난치지 마."

선욱이 엄격하게 명령했다. 하지만 지욱의 눈엔 그가 영 안쓰러워 보일 따름이었다. 선욱은 불안에 떨고 있었다. 겉은 말짱하나 속은 치열하게 고민 중이었다. 웃지 않는 얼굴에서, 경직되어 있는 태도와 말투에서 지욱은 그걸 느낄 수 있었다. 부모님이 돌아가실 때에도 그는 리나를 미국으로 보낼 때에도, 강해와 약혼식을 하던 날에도 그는 이런 모습이었다.

김선욱, 제발 이젠 좀 편안해지면 안 돼? 나 혼자 행복해지는 거 불편하다고. 형의 희생 밟고 올라가 얻은 행복 같아서 짜증나, 이 양반아. 속으로 중얼거리고 지욱은 휴, 안타까운 한숨을 내쉬었다. 마음이 답답해지자 그는 휙 팔베개를 하고 눈을 감았다.

"다시 바로잡으면 돼."

"뭐?"

"잘못되었더라도 다시 바로잡으면 된다고. 한 번 잘못되었다고 계속 그렇게 잘못되라는 법은 없잖아."

"……."

"박 비서님! 여기 이 길 말고 그 골프장으로 가는 길 또 없어요?"

뜬금없이 지욱이 소리 높여 묻는다. 여전히 눈을 감은 채다. 이미 박 비서의 답을 알고 있다는 듯.

"아, 예. 물론 있죠. 좀 시간은 더 들겠지만 그래도 괜찮으시다면 요 앞……."

"길이란 게 원래 하나만 있는 건 아니죠. 그렇죠?"

"그, 그거야 물론……."

무슨 소린지 도저히 모르겠지? 돌머리 열심히 굴려봐라. 소문 내려거든, 김지욱이 골프장으로 가는 길 몇 갠지 알아보더라, 하고 내. 지욱은 입술을 비틀며 속으로 중얼거렸다. 그리곤 큰 소리로 소리치듯 박 비서의 말을 가로챘다.

"됐어요. 거기로 해서 가봅시다. 임모 씨야, 뭐 좀 기다리라고 하지. 설마 늦게 왔다고 죽이기야 하겠어? 까짓것, 지가 기껏해야 5%지. 난 10%야, 인마."

선욱은 눈살을 찌푸린 채 동생의 하는 양을 날카롭게 찔러보았다. 박 비서가 선욱의 눈치를 보았지만 그는 아무 말도 하지 못했다. 가까운 길을 두고 멀리 돌아간다는 건 선욱의 사전에 없는 일임에도. 누군가 심장을 쥐어짜는 듯한 통증이 싸하게 가슴을 적실 뿐이었다. 길이란 하나만 있는 게 아니란 지욱의 말이 이렇게 가슴 찡하게 다가올 줄 선욱도 미처 몰랐었다.

"그동안 못하고 산 거 많지?"

한참 만에 눈을 반짝 뜬 지욱이 선욱에게 물었다. 선욱의 마음을 다 안다는 듯.

"이제 좀 마음껏 해보고 살아, 제발 좀. 그래서 나도 좀 마음 편하게 살아보자."

"……."

"아직도 내가 스무 살짜리 군바리인 줄 알아? 형이 보호해야 할 사람 이젠 없어. 나도 리나도, 이젠 다 자기 몫은 자기가 해낼 수 있는 나이와 능력을 갖게 되었다고."

움찔. 한순간 선욱의 얼굴 근육이 꿈틀거렸다. 역시 리나 얘기에는 반응하는군. 어휴, 이 등신아. 리나를 사랑하면 리나와 결혼했어야지. 강해와 약혼할 게 아니라. 왜 리나를 미국으로 쳐보내고 이제 와서 괴로워하는 거냐. 왜? 네 잘못된 판단 때문에 강해도 리나도, 얼마나 힘들어졌어?

"형 옆엔 내가 있을 거야. 지금도 회사 내에서 형한테 뭐랄 사람 아무도 없지만 만약 그러는 사람 있으면 내가 가만 안 놔둬."

평소 같았으면 '네가 깡패냐?' 며 거친 지욱의 언변에 대한 훈계를 줄줄 늘어놓았을 선욱이다. 그러나 지금 그는 혼란을 그득

담은 눈으로 지욱의 눈동자를 빤히 들여다볼 뿐이었다. 지욱은 단단한 시선으로 형을 마주 봐주었다. 그만큼 자신이 굳건해졌음을, 진정한 사랑을 획득한 사람이 얼마나 강인해질 수 있는지를 지욱은 선욱에게 똑똑히 보여주고 싶었다.

"그러니까 얽매이지 마. 형 행복, 욕심, 다 찾으라고. 그래도 돼, 이젠."

이 말은 부모님이 돌아가신 이후 쭉 집안을 이끌어왔던 선욱에게 지욱이 할 수 있는 유일한 배려였다. 군에 있을 때 청천벽력 같은 소식을 듣고 괴로워하는 그를 선욱은 굳건하게 다독이고 힘을 주었다. 고등학생에 불과했던 리나의 정신적 충격을 보듬어주는 것도 선욱의 몫이었다. 그의 나이도 겨우 스물셋에 불과했는데…….

부모님이 아무 준비 없이 갑자기 돌아가신 덕에 집안은 금세 휘청거렸다. LS그룹에서의 입지마저 불투명해진 시점에서 선욱이 내린 결정은 아버지의 뒤를 이어 차기 회장으로 등극한 윤 회장의 보호를 받는 거였다. 우연찮게 윤 회장이 그를 사위로 삼고 싶다는 의중을 넌지시 밝혔고, 그는 그의 제안을 받아들였다. 겨우 나이 스물셋에 불과했던 선욱이, 자신의 인생을 포기하고 윤 회장의 사위가 되기를 자청했던 것이다.

이젠 그러지 말기를. 지욱은 간절히 바랐다. 강해도 선욱도, 진정한 사랑을 만나 행복해질 권리가 있지 않는가? 강해가 선욱을 좋아한다지만 선욱과 약혼한 이래로 행복해하는 걸 단 한 번도 본 적이 없는 지욱이다. 그딴 게 사랑일 리 없었다. 지욱은 약혼녀인 의령을 머릿속에 떠올리기만 해도 행복해지는 걸. 사랑은 그런 것이 아닌가? 강해도 선욱도 결국 잘못된 선택의 피해자였다.

"잘못된 선택은 다시 바로잡을 수 있어."

지욱은 다시금 힘을 주어 말했다. 선욱의 눈을 똑바로 바라보며.

그때였다. 그의 새까만 눈동자가 흔들린다 싶을 즈음, 선욱의 재킷 안주머니에서 전화벨이 울렸다.

"전화 받아."

심히 가벼운 어조로 말하며 지욱은 끙, 몸을 옆으로 틀었다. 팔짱을 끼고 눈을 감은 그는 딱 '잠이나 자야겠다' 폼이었다. 한순간 멋진 말을 내뱉다가 다음 순간, 생각없는 놈처럼 행동하는 지욱 특유의 행동 양식이라고나 할까. 선욱은 짧은 한숨을 내쉬곤 물끄러미 녀석을 바라봤다. 키만 커서 싱거운 놈인 줄 알았더니 그새 속이 찼네. 여자 잘 만나 사람 됐군. 한쪽 입술 끝을 씩 끌어올리고 선욱은 전화기를 꺼냈다.

발신자는 최 비서였다. 그는 리나가 임석인을 만나고 있다는 사실을 알려준 장본인으로, 요즘 리버스 페리의 뒤를 캐고 있다. 리나와의 결혼을 무작정 반대할 수 없다는 걸 깨닫고 선욱이 그에게 사람을 붙였던 것이다. 어제의 일을 알게 된 건, 리버스가 리나와 임석인이 만나는 자리에 함께했었기 때문이다.

"무슨 일이시죠?"

[급박한 상황엔 아무 때나 연락을 드려도 된다고 해서 전화를 드렸습니다. 모임이 있다는 건 알고 있었지만 지금 상황이……. 죄송합니다, 부사장님.]

급박한 상황?

"말씀하세요. 무슨 일이죠?"

선욱은 긴장한 채 다그쳤다. 묵묵한 성격에 쉽게 흥분하지 않는 최 비서가 오늘따라 격양되어 있었다. 무슨 일이지? 불길한 예감에 심장이 펄떡거리기 시작했다.

[지금 리버스 페리가 여자와 함께 호텔로 들어갔습니다. 곱슬머리에 검은 옷을 입고 있는데 누군지 확실치가 않아서…….]

"그게 무슨 소립니까?"

[여자는 리버스 페리의 아파트에서부터 함께 나왔습니다만. 아무래도 봉리나 씨가 아니라는 확신이……. 너무 멀리서 봐놔서 확실치가 않습니다.]

"그게 말이 됩니까!"

어찌나 큰 소리로 호통을 쳤던지 지욱이 펄쩍 뛰며 선욱을 돌아봤다. 박 비서 역시 선욱의 흥분하는 모습을 처음 보는 통에 놀라고 있었다. 하지만 선욱은 체면이고 뭐고 차릴 정신이 없었다. 리버스 페리의 아파트에서부터 함께 나왔다니. 페리의 아파트에서 샤워를 막 한 모습으로 서 있던 리나의 모습이 너울거리듯 그의 머릿속을 가득 차 올랐다.

"그 여자가 리나면 그 아파트로 들어가는 걸 봤을 거 아닙니까?"

[그게, 제가 잠시 자리를 비웠던 적이 있어서…….]

화가 머리끝까지 치밀어 올랐다. 중요한 순간을 놓친 최 비서에 대한 화가 아니라 그런 무모한 짓을 벌이는 리나에 대한 화였다. 그녀는 분명 어제의 일 때문에 그에게 반항하고 있는 것일 테다. 대체 그 고삐 풀린 망아지를 어떻게 해야 할까? 어떻게 해야……! 선욱은 붉으락푸르락한 얼굴로 자신의 머리카락을 쥐어뜯고 있었다.

"거기가 어딥니까?"

[네, 네?]

"그 호텔이 어디냐고요?"

[파라다이스 호텔입니다.]

파라다이스 호텔? 선욱은 입술을 깨물었다. 당장 리나, 그 자식의 엉덩이를 두들겨 패버리고 싶을 지경이었다. 이렇게 그의 가슴을 후벼 파야 속이 시원한 걸까, 그녀는?

"당장 들어가서 알아내세요. 만약 리나가 맞다면……."

[…….]

그는 이를 악물었다.

"즉시 데리고 나오세요. 무슨 수를 써서라도."

[알겠습니다.]

긴장한 최 비서의 목소리를 끝까지 듣지도 않은 채 선욱은 폴더를 탁 소리 나게 접었다. 신경질적인 그의 모습을 옆에서 빤히 지켜보고 있던 지욱이 한쪽 눈썹을 휙 치떴다.

"무슨 일이야? 리나에게 무슨 일이 생겼어?"

"몰라도 돼, 넌."

"나도 리나의 오빠라고. 같이 좀 알자. 무슨 일이야?"

"후우—!"

"또 일을 쳤나 보네."

지욱이 심드렁한 목소리로 말하며 선욱을 살폈다. 그는 핸드폰을 두 동강이 낼 듯 쥐어짜고 있었다. 무슨 일인지 화가 단단히 나 있는 모습이었다. 일을 내도 아주 큰일을 낸 모양이다. 하여튼 대단하다니까, 봉리나. 어쩌면 매번 이렇게 선욱의 이성을 들었다 놨다 할 수 있는지.

"내 그 녀석을……."

"호텔 어쩌고 하던데. 리나, 호텔 갔어?"

"닥쳐!!"

히익— 지욱은 버럭 성질을 내는 선욱을 피해 몸을 뒤로 뺐다. 완전 헐크로구만. 눈에 뵈는 게 없는 모양이다. 설마 정말 리나가 남자랑 호텔에 간 건가? 그럴 리가! 리나는 선욱을 미친 듯이 사모하고 있지 않던가? 혹시 이것도 작전의 일환?

'뭐, 그렇다면 성공이네. 김선욱을 헐크로 만들었으니.'

지욱은 선욱 몰래 히죽거렸다. 점점 흥미진진해지는 상황이었다. 이제 지욱은 선욱이 어떤 선택을 할지 잠자코 두고 보기

만 하면 된다고 생각했다. 일이 이렇게 되는 마당에, 그 답은 뻔
할 뻔 자지만.

"박 비서. 차 돌려."

"예? 하지만 곧 골프장이……."

눈치 없는 박 비서가 머뭇거리며 묻는다. 쯧쯧, 사태 파악 못
하기는. 나불거리는 주둥이에 눈치까지 꽝이라니. 비서로서는
최악의 조건이 아닌가. 여태 선욱의 옆에 남을 수 있었다는 사
실이 거의 기적이었다.

'이번 일까지 소문나면 넌 끝장인 줄 알아. 확 잘라 버릴 거
다.'

저런 놈이 선욱을 보필하도록 놔둘 수는 없었다. 리나의 일이
외부로 나가게 된다면 그건 빼도 박도 못한 결정적 증거가 될
테니, 그땐 지욱도 박 비서를 가만두지 않을 생각이었다. 지욱
은 박 비서의 뒤통수를 째려보며 그의 말을 막았다.

"거, 빨리 돌려요. 골프 모임보다 급한 일이 생겼으니까."

"아, 예……."

즉시, 휘이익~ 핸들이 꺾였다. 차가 큰 반원을 그리며 유턴
을 했고, 최 비서가 다음 보고를 해오기 전까지 십여 분 동안을
선욱은 지옥 속에서 보내야 했다. 그의 인생 중 최고로 지독한
순간이었다. 리버스 페리와 함께 호텔을 간 여자는 리나가 아니
었다.

#11 But I Love You

"없다고요?"

선욱은 땀에 절인 운동복 차림으로 서서 험악하게 인상을 썼다. 라운딩을 마치고 서둘러 올라오는 바람에 샤워도 못하고 옷도 못 갈아입어 그는 매우 피곤하고 추레한 모습이었다. 그의 서슬에 함께 따라나서야 했던 지욱 역시 운동 후 씻지 않은 찝찝함 때문에 죽을 맛이긴 마찬가지였다. 정말이지 어서 집으로 돌아가고 싶은 마음뿐이었다.

"핸드폰까지 집에 놔두고 대체 어딜……. 어떻게 하루 종일 같이 있으면서 애가 어딜 갔는지도 모른단 말입니까?"

골프장에서 올라오는 내내 선욱은 리나에게 통화를 시도했지만 리나는 계속해서 핸드폰을 받지 않았다. 서너 번의 시도 끝에 결국 그는 직접 집으로 전화를 걸고 있었다. 골프용 장갑을 낀 손으로 그는 휴대폰을 깨부술 듯 꽉 쥐고 있었다.

"말하지 않고 나가면, 그럼 물어보셨어야죠."

지욱은 쯧쯧 혀를 차며 고개를 가로저었다. 봉리나, 정말 너 대단하다. 어쩌면 이렇게 매번 김선욱을 미치기 일보 직전까지 몰고 갈 수 있니?

"알겠어요."

화가 잔뜩 난 얼굴로 선욱이 전화를 끊었다. 그는 끓는 화를 주체하지 못하는 듯 두 손을 허리에 얹고 고개를 위로 들어 후— 한숨을 내쉬었다. 차 안에 앉아 창 너머로 선욱을 지켜보고 있던 지욱은 눈썹을 쭉 위로 올렸다가 내리며 입술을 비틀었다.

"왜 애먼 윤 언니는 잡고 그래? 무슨 잘못이 있다고."

"애가 어디로 갔는지 모른다잖아. 핸드폰도 두고 갔다는데."

"걔 원래 그렇잖아. 동에 번쩍 서에 번쩍. 봉이 그놈이 어디 간다고 말하고 갈 놈이야?"

"집에서 걱정할 걸 생각한다면 당연히 말하고 가야지!"

휙, 지욱 쪽으로 몸을 돌리며 선욱이 버럭 소리를 질러댔다.

"아이구, 깜짝이야. 내가 말 안 하고 갔나. 왜 나한테 성질 자랑이야?"

"젠장, 그놈 만나러 간 거면 큰일인데……."

"직접 두 눈으로 목격하는 것도 나쁘지 않잖아."

"그걸 말이라고 하는 거냐?"

당연히 안 된다. 리나가 받을 충격을 생각하면 절대, 그러면 안 된다. 유감스럽긴 해도 리나는 리버스 페리란 놈을 깊이 사랑하고 있었다. 그가 딴 여자와 호텔로 들어갔다는 걸 알면 리나는 큰 충격을 받을 것이다. 때문에 선욱은 최대한 냉정하면서도 차분한 상황에서 그 사실을 알릴 생각이었다. 최소한 그녀가 휘청거리는 그 순간, 자신이 꼭 옆에 있어줘야 한다고 그는 생각했다.

"왜? 당사자한테 직접 듣는 것도 괜찮잖아. 리나는 충격 같은 거 별로 안 받을 거야."

지욱이 씩, 알 수 없는 미소를 지었다. 대체 저놈은 정신이 있는 거야, 없는 거야? 리나가 결혼까지 생각하는 남자한테 배신을 당했는데 지금 웃음이 나오나?

"이런 말까지 안 하려고 했는데, 너……."

"응?"

선욱은 진지한 얼굴로 지욱의 생글거리는 얼굴을 내려다보았다.

"미쳤어?"

"뭐라고?"

"정신 나갔어?"

"푸핫! 형!"

지욱이 눈을 반짝 뜨며 입술꼬리를 쭉 내렸다.

'세상에 이런 일이!'

선욱이 이런 말을 내뱉을 줄이야. 선욱이 이런 인신공격성 단어를 구사하는 건 머리털 나고 처음 듣는 거였다. 자긴 태어날 때부터 어른이었던 듯, 늘 점잖고 이성적인 말만 입에 달고 다니던 그가 아닌가. 리나에 대해선 언제나 유난스러운 김선욱이지만 오늘은 그중 최고였다. 과잉보호의 정석을 제대로 보여주는구나.

"지금 리나의 상황이 어떤 건지 몰라서 그런 소릴 해?"

"알지. 알아."

암, 알고말고. 리버스 페리라는 미국 녀석과 애인인 척 연기를 하고 있는 중인데, 그 녀석이 자신의 본분을 망각하고 여자를 꼬시고 있다…… 이거 아닌가. 뭐 선욱은 '연기'라는 대목에 대해선 전혀 모르고 있지만 하여튼, 리나가 알아도 충격받을 일은 전혀 없었다.

"하지만 뒤집어서 생각해 봐. 오히려 잘된 일 아니야? 지금이라도 그놈이 그런 놈이란 거 알게 됐잖아. 그나마 얼마나 다행이야? 결혼한 후에 알았으면 어쩔 뻔했어."

"그건 그렇지만 리나가 이 일을 알면……."

"걱정도 팔자셔. 리나 성격 몰라서 그래? 질질 짜고, 울며불며 매달리고, 몸져눕고. 그런 건 봉리나와는 하등 상관없는 거야. 걱정 마. 걘 제 감정 제가 알아서 잘 수습할 거니까."

“…….”

“난 이제 그만 집에 들어가 볼 테니까 형은 회사 들어가서 최
비서 만나. 코트 줄까?”

앞뒤 사정 다 꿰고 있는 지욱이 최 비서의 보고를 들을 필요
는 없었다. 뭔가 이상하다 생각했는지 선욱은 지욱을 빤히 바라
봤다. 지욱은 두 눈을 치뜨고 재차 선욱의 의향을 물었다. 선욱
은 마지못해 손을 내밀었다. 그 손 위로 선욱의 무거운 코트를
걸며 지욱은 씩 웃었다. 그리곤 세상 이치를 통달한 말투로 부
드럽게 말했다.

“아무 일 없을 거야. 걱정하지 마, 형.”

선욱은 코트를 운동복 위로 걸치며 멀어져 가는 자신의 차를
바라봤다. 지욱의 너무 느긋한 태도가 영 마음에 걸렸다. 리버
스를 죽여 버리겠다고 펄펄 뛸 줄 알았던 지욱이 왜 저렇게 태
평한 건지, 선욱은 알 수가 없었다. 심지어 그는 놀라지도 않았
다. 선욱 못지않게 동생사랑이 대단한 지욱이 왜 저러는지 뭔가
심히 께름칙했다.

하지만 지욱의 태도에 마음 쓸 정신이 선욱에겐 없었다. 당장
어떻게 된 일인지 최 비서의 보고를 들어야 했다. 지금 최 비서
는 그의 사무실에 와 있다고 했다. 선욱이 중요한 골프게임에
임하며 사업을 논하는 동안 그는 이번 일을 정리해 보고서를 작
성하고 있었던 거다. 그 보고서를 쥐기 위해 선욱은 게임을 마
치고 부랴부랴 올라왔다. 선욱은 걸음을 재촉해 서둘러 회사 건

물 안으로 들어섰다.

그 시각, 선욱이 찾고 있던 리나는 집 근처 카페에 앉아 있었다. 테이블을 사이에 두고 그녀의 앞에 앉아 있는 사람은 다름 아닌 윤강해였다. 강해는 이십 분 전, 리나의 집 앞에 도착해 그녀를 불러냈다. 리나는 하루 종일 친구들 만나 수다를 떠느라 피곤했으나, 아주 중요한 일 때문에 그녀를 당장 만나야 한다는 강해의 말에 아무 의심 없이 나와 그녀를 만나고 있었다.

"어디 안 좋아? 언니 아까부터 이상하다."

전화할 때부터 그랬다. 이상하게 초조한 목소리에 자꾸 손바닥을 바지에 문지르고 입술을 혀로 핥으면서 말까지 더듬었다. 그건 결코 평소의 그 깔끔한 윤강해의 모습이 아니었다. 대체 무슨 중요한 일인 건지 리나는 심히 궁금해졌다.

"아, 아니야……. 음…… 그, 그러니까 네가 생각하는 그런 의미로는 아니라고. 난……."

"언니는 뭐?"

"으, 음……."

"왜 그래? 나한테 뭐 하고 싶은 말 있어?"

"아, 아니!"

강해가 강력하게 부인했다. 너무나 강력하게. 리나는 두 눈을 휙 치뜨곤 이내 눈살을 찌푸렸다. 뭔가 하고 싶은 말이 있긴 있는 듯했다. 비록 엄청나게 망설이고는 있지만 말이다. 그게 뭔지는 알 수 없으나 억지로 강해의 입을 열게 할 수는 없었다. 그

러고 싶은 마음도 없고. 리나는 입술 주름을 옹골지게 조였다
펴고는 씩 웃었다.

"그래. 그럼……. 아까 무슨 말 하다가 말았지? 내 취직 문제
였던가?"

"어……. 그, 그렇지."

"음, 그 문제는 아까도 말했지만 별로 해줄 말이 없어. 난 이
미 마음의 결정을 내렸고, 그러니까 내일 LS그룹 홍보실로 출
근할 일은 절대 없을 거야. 언니가 무슨 마음으로 날 설득하려
는지 나도 잘 아는데. 이건 나도 어쩔 수 없는 문제야. 나도 언
제까지 오빠가 하라는 대로 하면서 살 수는 없잖아. 나도 내 인
생이 있는데. 안 그래?"

"그거야 그렇지. 큼! 그런데 너 배 안 고프니?"

"언니는 배고파?"

"어……. 조금."

강해는 어금니를 꽉 깨물고 터지는 비명을 눌러 참았다. 머리
가 터져 버릴 것만 같았다. 마음속의 갈등, 영혼이 찢겨지는 듯
한 통증. 말해야 한다고, 그래서 선욱을 지켜야 한다고 종용하
는 마음의 소리와 그러면 안 된다는 영혼의 울부짖음이 그녀를
온통 뒤흔들고 있었다.

강해는 호주머니에 넣어놓은 손을 바르르 떨며 리나의 시선
을 외면했다. 주머니 속 손에는 친구 성연에게서 구한 어느 이
름 모를 태아의 초음파 사진이 쥐어져 있었다.

"그럼 뭐 좀 시킬까? 여기도 간단한 음식 정도는 되는 것 같은데."

"어…… 뭐……."

애초 그녀의 계획은 이 초음파 사진을 리나에게 들이미는 거였다. 강해가 임신했다고 말하면 굳이 선욱의 아기라 말하지 않아도 리나 혼자 결론을 내릴 테고, 그럼 모든 건 끝이 날 거라고 생각했다. 하지만 리나를 보는 순간, 아니, 리나와 통화가 되는 순간부터 그녀의 입술은 그녀를 배반하듯 덜덜 떨었다. 도무지 말이 안 나왔다. 임신했다는 말 한마디면 되는데 그 한마디를 못하고 이십 분이 흘러갔다. 그사이 입 안이 바싹바싹 말랐고, 손바닥은 땀으로 흥건해져 가고 있었다.

"뭐 먹을래?"

"응?"

"스파게티 어때? 간단하게 요기만 하자."

목이 메는 것 같아 강해는 큼큼, 생헛기침을 해댔다. 누군가 자신의 목을 죄는 듯한 착각에 강해는 자신도 모르게 손을 들어 목 안쪽을 매만졌다. 초조한 마음이 손끝까지 몰려와 바르르 떨렸다.

"어…… 난 그냥……."

"언니, 정말 괜찮아? 얼굴이 창백해."

"아니야. 속이…… 좀 좋지 않아서 그래. 그것뿐이야."

"그래? 그럼 식사는 안 하는 게 좋겠다. 체했을 수도 있잖아."

스탠드형 메뉴를 이리저리 돌려대며 뭘 주문할까 생각 중이던 리나는 어깨를 으쓱하며 허리를 폈다. 강해의 얼굴이 새하얗게 질린 걸 보니 조금씩 걱정이 되기 시작했다. 처음엔 그냥 뭔가 굉장히 초조한 일이 있는 것 같다고만 생각했었는데, 지금 보니 몸 상태가 별로인 것 같다는 생각이 들었던 것이다. 몸이 저렇게 좋지 않은데도 그녀의 일이 걱정되어 여기까지 달려왔다니, 참. 고맙기도 하고 안쓰럽기도 하고. 다 선욱이 리나의 일로 마음 쓸까 봐 나선 거겠지만.

"그, 그러지 뭐."

"……."

"회사 일은 아무리 생각해도……. 크흠! 오빠…… 생각대로……."

"언니?"

말하는 중간중간 하던 말을 멈추는 강해는 아무리 봐도 이상했다. 상태가 대체 얼마만큼 안 좋은 걸까? 목을 쥐고 있는 한 손, 호주머니 안에 넣었지만 배를 쥐고 있는 게 확실해 보이는 다른 손. 리나는 강해를 유심히 훑어보며 인상을 썼다.

"난 네가, 어……."

또 하던 말을 멈춘 강해는 목이 마른지 앞에 있던 음료를 벌컥벌컥 마셨다. 늘 차분하고 조심스러운 강해의 성격상 잘 하지 않는 행동이었다. 음료는 늘 입술을 축이는 선에서 해결하는 강해가 왜?

"언니. 무슨 일인지 말해볼래? 어디가 아픈 거야? 무슨 문제 있어?"

문제지. 아주 큰. 강해는 속으로 중얼거리며 음료수 잔을 소리 나게 내려놓았다. 그녀의 행동에 놀랐는지 리나가 훌쩍 두 눈동자를 키운 상태였다. 죄책감이 싸하게 가슴 전체로 퍼졌다. 리나가 무슨 죄라고. 아무 죄도 없는 리나를 붙들고 이래야 하는지. 순간 강해는 자신이 너무나 수치스럽고 저주스러워졌다. 이건 옳지 않았다. 절대로…….

"나 잠깐만. 화장실 좀……."

속이 매스꺼운 듯 얼굴을 찌푸린 강해가 자리에서 벌떡 일어나며 말했다. 아까처럼 목을 손바닥으로 감싼 그대로였다.

"왜? 토할 것 같아?"

"아, 아니야. 잠깐이면 돼. 나 좀……."

강해는 말도 채 마치지 못하고 휙, 몸을 돌려 화장실로 달려갔다. 걱정스러운 마음에 리나는 자리에서 일어났다. 뛰어가는 그녀의 뒷모습이 자꾸 마음에 걸려 가만히 앉아 있을 수가 없었다. 리나는 테이블을 돌아 나와 강해의 뒤를 쫓아 빠른 걸음으로 걷기 시작했다. 속이 좋지 않다더니 정말 체한 게 아닐까? 토하려나?

"……!"

토한다고? 속이 좋지 않다고?

"괜찮아? 얼굴이 창백해."

"속이 좀 좋지 않아."

머릿골을 울리는 말소리. 리나는 그 자리에 우뚝 서고 말았
다. 설마, 정말 그녀가 생각하는 그런 일은 아니겠지? 정말로 강
해가 선욱의 아이를 임신한 건 아니겠지? 리나는 다리에 힘이
풀리는 걸 느끼며 휘청거렸다. 간신히 테이블에 의지해 버티고
선 리나는 강해가 들어간 화장실 입구를 불안한 시선으로 바라
보았다.

"아니야, 아닐 거야."

입술을 깨물며 리나는 자신의 자리로 돌아와 앉았다. 섣불리
혼자 이상한 추측을 할 수는 없었다. 밝혀진 건 아무것도 없으
니 리나도 당황해할 것 없었다. 하지만 자꾸 눈가가 따끔거렸
다. 불길한 기분에 자꾸만 뛰쳐나가고 싶었다. 리나는 달아나
버리고 싶은 두 다리 위로 두 주먹을 올려놓고 두 눈을 꽉 감았
다. 제발, 자신에게 더 굳은 용기가 솟길 고대하고 또 고대하고
있었다.

"오래 기다렸지? 미안."

강해는 한참이 지나서야 되돌아왔다. 마치 멀미하는 사람처
럼 얼굴이 새하얗게 질린 채였다. 치미는 울음을 꾹 참으며 리
나는 두 눈을 깜빡였다.

"아니야. 몸은 괜찮아?"

"어······."

어색하게 대답하고 강해는 자리에 앉았다. 리나는 강해가 오면 물어봐야겠다고 마음먹었던 질문을 다시 한 번 머릿속으로 점검했다. 날숨을 훅 들이쉬어 폐 속 가득 공기를 집어넣고 아랫입술을 한번 혓바닥으로 슥 핥은 그녀는 마음의 준비를 마쳤다.

"언니, 혹시 임신한 거야?"

"뭐, 뭐어?!"

예상대로 놀라며 강해가 말을 더듬었다. 새하얗던 얼굴이 이제 새파랗게 질려갔다. 저건 무슨 의미일까? 사실이라는 걸까, 아니라는 걸까? 리나는 머릿속이 아득해지는 걸 느꼈다.

"언니······ 임신 맞구나?"

"어?"

꿀꺽, 강해의 목울대가 미약하게나마 움직였다. 리나를 바라보는 그녀의 표정은 넋이 빠진 사람 같았다.

"아까부터 이상하다고 생각했어. 임신이지? 그렇지?"

"난, 어······."

아니라고 말해줘. 제발! 리나는 온 심장이 갈가리 찢어지는 것 같은 기분을 맛보고 있었다.

"그렇구나?"

"······."

지금이야. 지금! 아니라고 말해. 강해의 양심이 속삭였다.

"추, 축하해."

리나는 급속히 차가워지는 손을 내밀었다. 죽을힘을 다해 얼굴 근육을 움직이니 희미하나마 미소까지 지을 수 있었다. 장하도다, 봉리나. 기특하도다, 봉리나……

"오빠도 좋아할 거야."

"아……. 어, 난…….

"오빠도 알고 있어?"

어색하게 손을 내미는 강해의 손을 잡고 리나는 힘차게 팔을 흔들었다. 목소리는 살짝 흔들렸으나 표정은 밝았다. 눈동자가 번들거리는 것 같기도 했지만 전체적으로 리나는 아무렇지도 않은 듯 씩씩했다. 강해는 이를 악물고 고개를 저었다.

"아니."

"뭐야? 내가 제일 먼저 알게 된 거야?"

"……."

"이렇게 황공할 수가. 조카가 태어나면 꼭 말해줘야겠네. 이 고모가 네 존재를 처음 알게 된 사람이다! 이렇게."

"리나야……."

"아참, 오늘 일요일이지? 나 오늘 약속 있었는데 깜빡하고 있었네. 오늘 저녁에 리버스 만나기로 되어 있었거든. 결혼 문제로 이런저런 상의할 일이 있어서. 나 그만 일어나야겠다. 미안해서 어떡하지?"

"괜찮아, 난."

악수하던 손을 뗀 리나는 벌써 자리에서 일어나고 있었다. 한쪽 팔에 코트를 걸고 다른 손에 가방을 들며 그녀는 밝은 얼굴로 재잘거렸다.

"회사 문제는 걱정하지 마. 오빠랑 내가 알아서 잘 조율해 볼 테니까. 뭐, 오빠도 이제 내 문제에 신경 쓸 겨를이 없겠다. 눈코 뜰 새 없이 바빠지겠는데 뭘."

"으, 응?"

말해. 아니라고. 그게 아니라고 말해! 강해는 바들거리는 손을 마주 잡고 리나를 올려다봤다. 지금 말해야 했다. 임신 같은 거 하지 않았다고. 유감스러운 일이지만 그럴 일은 절대 있을 수 없다고. 선욱은 오 년 동안 그녀의 손끝 하나 댄 적이 없다고. 그렇게 말해야 했다. 그리고 말하고도 싶었다. 정말, 미치도록 말하고 싶었다. 하지만 입이 떨어지지 않는 건 왜일까? 마지막 남은 욕심 때문일까?

"아기 말이야."

강해의 배를 슬쩍 가리키며 리나가 웃었다. 강해는 입술을 열었다. 하지만 그녀의 말을 리나가 가로막았다.

"이제 아기도 생기고 했으니 얼른 결혼해야지. 미리 축하해."

결혼……. 이 얼마나 듣고 싶었던 축하인가. 얼마나 고대했던 순간인가. 강해는 저도 모르게 숨을 들이키며 입술을 다물었다. 지금 이 순간, 그녀는 사악하고 싶었다. 돌을 맞아도 상관없으니 기꺼이 거짓말쟁이가 되고 싶었다. 그렇게 해서 선욱을 가질

수 있다면 그깟 양심쯤 헌신짝처럼 내팽개칠 수도 있을 것 같았
다…….

"나, 그럼 간다. 언니도 조심해서 들어가."

"그래……."

리나는 활짝 웃으며 종종걸음으로 서둘러 자리를 떴다. 강해
의 옆을 스치는 순간, 그녀의 눈에선 주르르륵 눈물이 굴러 떨
어졌다. 이젠 정말 모든 걸 놓아야 할 순간이었다. 절대 오지 말
기를, 기원하고 또 기원했던 그 순간이었는데…….

"바보 같은 봉리나. 세상이 무너졌어? 왜 울고 난리부르스
야?"

그녀의 옆을 지나치는 사람들이 기이한 눈으로 리나를 훔쳐
들 보았다. 울면서 동시에 웃는 여자가 혼잣말을 중얼거리는 모
습은 아무래도 쉬이 볼 수 있는 광경이 아니었을 것이다. 다들
미친 여자라고 생각할 테지. 리나는 히힛, 정말 미친 여자처럼
소리 내서 웃었다.

잠시지만 정말 미쳐 버렸으면 좋겠다고, 그녀는 생각했다.

✼

"다녀왔습니다!"

유난히 씩씩한 목소리로 소리치며 리나는 현관문을 팍! 열고
들어섰다. 허리를 꼿꼿이 세우고 어깨를 활짝 편 그녀는 개선한

장군마냥 위풍당당, 대단한 기세였다. 강해와 헤어지고 포장마차로 가 혼자 소주 한 병을 홀딱 비우고 난 후라 기분이 최고였다. 뭐든 다 할 수 있을 것 같은 기분? 지금 기분으론 후지산, 백두산, 히말라야도 다 정복할 수 있을 것 같았다.

룰루랄라, 노래까지 흥얼거리며 그녀는 몸을 흐느적흐느적 움직였다. 워낙 몸치라 춤이라고 명명하기에도 민망한 움직임이겠지만 그녀는 상관하지 않았다. 오늘은 그래도 되는 날이었다. 그녀가 십오 년간 간직해 온 사랑을 모두 벗어던져 버린 날이니까.

"아임 쏘 쏘리 벗 아이 러뷰, 다 거짓말~ 이야, 몰랐어. 이제야 알았어. 네가 필요해!"

흥에 겨워 노래에 맞는 율동을 하다가 균형을 잃어 리나는 휘청거렸다. 내복 바람에 니트 가운만 걸친 채 현관문 앞에 서 있던 윤씨 아주머니가 기겁을 하며 리나의 팔을 붙들었다.

"아이고! 이게 뭔 일이여~ 술 마셨는갑네잉."

"예, 예!! 제가 오늘 친구들 만나서 한 잔 꺾었어요. 기분 좋은 일이 있었거든요. 아임 쏘 쏘리, 벗 아이 러뷰!"

"아, 그만 좀 흔들어싸! 술도 애지간히 마셔야제, 이게 뭐여? 말만한 처자가 오밤중까지잉."

"미안해요, 아줌마! 워낙 기분 좋은 일이 있었거든요. 집안의 경사죠, 경사."

그녀는 윤씨 아주머니의 어깨 위로 양팔을 올리며 흐느적거렸다. 그러자 무거운 리나 때문에 균형을 잡지 못한 윤씨 아주머니도 함께 휘청거렸다.

"에헤라디야~ 자진방아를 돌려라~ 얼싸~ 경사났네, 경사났어~"

"오메 오메 오메 오메……. 나 죽이네, 죽여."

리나가 박자 맞춰 몸을 흔드는 통에 그녀를 떠안고 서 있던 윤씨 아주머니는 앓는 소리를 내며 고개를 뒤로 젖혔다. 술에 취해 몸에 힘을 다 빼고 있는 터라 리나가 엄청나게 무거웠던 것이다. 그나마 다행스러운 건 선욱의 방문이 열리고 있다는 것이었다. 윤씨 아주머니의 비명 소리를 들었는지, 아니면 쭉 자지 않고 리나를 기다리고 있었는지, 선욱이 방에서 나오고 있었다.

"아주머니는 들어가서 주무세요. 리나는 제가 데려다 눕힐게요."

연체동물처럼 흐느적거리는 리나의 팔을 잡고 선욱이 말했다. 윤씨 아주머니는 흐트러진 옷매무새를 바로잡으며 눈살을 찌푸렸다.

"뭔 좋은 일인가 모르것네. 아까침에 나갈 때만 혀도 벨소리(별소리) 없던디. 혼자 괜찮것소?"

"괜찮습니다. 들어가세요."

"아임 쏘 쏘리 벗 아이 러뷰, 다 거짓말~ 아임 쏘 쏘리, 벗 아이 러뷰!"

선욱의 품에 안겨서도 리나는 한 손을 천장 위로 찔러대며 고래고래 소리를 질러댔다. 대체 무슨 좋은 일이 생겨서 이렇게 술에 취할 정도로 마셨는지. 선욱은 험악하게 인상을 구기며 리나의 등과 허리를 손으로 받치고 계단을 오르기 시작했다. 하지만 리나의 다리에 이미 힘이 풀려 있어 선욱이 조금만 팔에 힘을 빼도 풀썩 주저앉기 일쑤였다. 결국 몇 계단 못 가서 철퍼덕 주저앉은 리나는 아예 계단 모서리에 허리를 기대고 소리를 질러댔다.

"아임 쏘 쏘리 벗 아이 러뷰, 날카로운 말. 횟김에 나도 모르게 널 떠나보냈지만~ 아싸!"

지금껏 단 한 번도 술에 취한 리나를 본 적이 없는 선욱은 황당하기 짝이 없었다. 선욱은 리나를 내려다보며 이를 악물었다. 미국에 혼자 보내는 게 아니었는데, 하는 후회가 물밀듯이 밀려와 뼛속까지 사무쳐 왔다. 미국에서 어떻게 처신하고 다녔는지 안 봐도 비디오였다. 이러니 리버스 페리 같은 쓰레기가 껄떡거리고 쫓아다녔던 게 아닌가. 울화 섞인 한숨을 푹 내쉬고 그는 리나의 허리와 다리 밑으로 팔을 집어넣었다.

"다 거짓말, 이야 몰랐어. 이제야 알았어……."

선욱은 리나를 번쩍 들어 올려 툭툭 계단을 올라갔다. 밑에서 윤씨 아주머니가 호기심 어린 눈으로 자신을 훔쳐보고 있는 것은 물론 전혀 모르고 있었다. 자세가 편안했는지 리나의 팔이 스르륵 올라와 그의 목을 감았다. 그녀의 맨살이 그의 민감한 목덜미를 훑자 선욱은 반사적으로 몸을 움찔했다.

"냄새……."

리나의 얼굴이 선욱의 가슴으로 파고들어 왔다.

"좋다, 냄새."

흠칫, 선욱은 놀랐다. 그녀의 코와 입술이 그의 가슴 안쪽을 비벼왔기 때문에……. 그는 숨을 멈추고 우뚝 서버렸다.

"거짓말이었으면 좋겠어. 다……."

선욱의 눈썹이 꿈틀거렸다. 설마 리버스의 일을 알아버린 건 아니겠지? 선욱은 고개를 숙여 리나를 내려다보았다. 그녀는 여전히 그의 가슴에 얼굴을 묻고 쌕쌕, 나른한 숨을 내쉬고 있었다. 잠이 든 걸까? 가슴팍으로 리나의 뜨거운 숨결을 느끼며 선욱은 조용히 물었다.

"너, 벌써 알아버린 거냐?"

"……."

잠 속으로 빠져드는 듯 리나는 대답이 없었다. 선욱은 안타까운 마음으로 한숨을 내쉬었다. 사랑하는 사람에게 배신을 당했으니 얼마나 마음이 아팠을까, 모든 게 거짓말, 꿈이었으면 좋겠다고 생각했을 것이다. 술에 취해서라도 그 아픔을 잊고 싶었을 것이다.

"그놈 잊을 수 있게 해줄게. 내가."

선욱은 저도 모르게 속삭이며 고개를 숙였다. 머리카락으로 덮인 그녀의 관자놀이에 입술을 찍어 누르고 그는 고개를 들었다. 깊은 잠에 든 듯 그녀는 아무 반응이 없었다. 선욱은 계단을 마저 올라간 후 그녀의 방문을 열었다. 외투를 벗긴 다음 침대에 그녀를 누이고 막 이불을 가슴 근처까지 끌어 올려주는 찰나, 눈을 감고 있던 리나가 입을 열었다.

"미국으로 돌아갈래."

잠이 들었던 게 아니었나? 선욱은 이불을 쥔 채로 모든 행동을 멈추었다. 리나는 아무래도 충격이 심해 어딘가로 도피하고 싶은 모양이다. 선욱은 그녀의 얼굴 위를 덮고 있는 머리카락들을 손으로 정리하며 부드럽게 말했다.

"네 집은 여기야. 돌아간다는 건 말이 안 돼."

"갈 거야. 여기 있을 이유, 이제 없어졌어."

여전히 눈을 감은 채로 그녀는 중얼거렸다. 기력이 없는 듯 그녀의 목소리엔 힘이 없었다. 선욱은 그녀의 이마와 정수리를 조심스럽게 쓰다듬어 내렸다. 알코올로 인한 열기로 그녀는 귓불까지 빨갛게 달아오른 상태였다.

"왜 없어? 나도 있고, 지욱이도 있는데."

선욱의 손에 닿은 그녀의 피부는 따뜻하고 부드러웠다. 그는 손등으로 붉은 두 볼을 어루만졌다. 양 볼이 복숭앗빛으로 물든 그녀는 평소보다 훨씬 더 많이 어려 보였다. 선욱은 사랑스러우리만치 귀엽고 탐스런 턱 선을 매만지며 자분자분 조용히 다음 말을 이어나갔다.

"회사 나오라는 말, 안 할게. 쉬고 싶은 만큼 푹 쉬어. 그리고 다시 시작하자.”

“다시 시작하라고?”

부드러운 그의 목소리에 울컥해진 리나는 두 눈을 반짝 떴다. 인사불성이 된 것처럼 굴긴 했지만 사실 거의 말짱한 그녀였다. 맨정신 수준까지는 아니어도 그가 하는 말이 무엇을 의미하는 것인지 정도는 그녀도 알았다. 강해가 임신한 마당에 뭘 다시 시작하자는 건지, 리나는 눈물이 날 정도로 화가 났다.

“다 잘될 거야.”

“뭐가 다 잘돼?”

리나는 자신의 볼을 쓰다듬는 선욱의 손을 당장이라도 떼어 내고 싶을 지경이었다. 선욱이 너무나 미웠다. 아무 죄도 없다 는 걸 알았지만 미웠다. 죽도록 미웠다.

“사랑이 네 인생의 전부는 아니잖아.”

그의 속삭임은 눈물 나게 따스했다. 왜 이렇게 부드러운 거야? 왜 이렇게 친절한 건데? 도대체 무슨 속셈으로 이렇게 따뜻하게 구는 거냐고. 차라리 소리를 쳐. 반항하는 동생 대하듯 윽박지르고 훈계하라 말이야.

“지금 사랑이 끝났다고 네 인생까지 끝나는 건 아니란 말이야, 내 말은. 사랑은 또 와.”

“또 온다고?”

리나는 피식 웃으며 말했다. 비음이 섞인 느슨한 발음이었다. 그녀는 반쯤 감은 눈으로 실실 웃었다.

"그래, 그럴지도 모르지."

그가 말없이 그녀를 물끄러미 바라보았다. 리나는 힘없이, 맥없이 중얼거렸다.

"그러겠지……. 그래야 해. 안 그러면 안 되지……."

한숨을 후— 쉬며 소주 냄새를 허공으로 날렸다. 가슴이 터질 듯 답답해 술을 마셨지만 아무리 마셔도 가슴은 시원해지지 않았다. 더 답답하고 더 아려올 뿐. 술을 마시면 시름을 모두 잊을 수 있다고 해서 마신 건데, 다 개뻥이었다. 생각하는 능력이 마비되어 버린 것뿐 심장은, 마음은 여전히 아팠다.

"근데 미국엔 갈 거야."

리나의 뾰족한 턱 끝을 만지던 그의 손길이 뚝 그쳤다.

"무슨 소리야, 그게?"

"미국으로 돌아갈 거라고. 내일 갈 거야. 당장 떠날 거야."

"봉리나, 너……!"

리나는 다그쳐 묻는 선욱의 시선을 외면했다.

"너, 아직도 그놈에 대한 미련을 못 버린 거야? 그래?"

"……."

리나가 대답을 하지 않자 그는 그녀의 턱을 쥔 손에 힘을 주었다.

"그런 거야? 아직도 그 녀석을 사랑해?"

그의 눈빛이 날카롭게 흔들렸다. 미간을 찌푸린 그는 그녀를 믿을 수 없다는 듯 노려보고 있었다. 노려보면 어쩔 건데? 그녀

가 뭘 하든 선욱이 무슨 상관인데? 술김이라 더욱 불끈 반항심
이 일었다. 그는 그녀를 이렇게 다그칠 권리가 하나도, 단 하나
도 없었다. 그녀의 마음속에 유일한 사랑이었던 김선욱은 이제
죽었다. 다 끝이 났다는 말이다!

리나는 거친 동작으로 그의 손을 떨쳐내곤 턱을 치켜들었다.
그리곤 옹골차게 쏘아 말했다.

"사랑해."

순간, 선욱의 입술이 뒤틀리나 싶더니 그 안에서 잔인한 욕설
이 터져 나왔다. 잠시 몸을 흠칫 떨었지만 리나는 곧 헤실헤실
웃었다.

"아주 많이! 어마어마하게 무지무지하게 사랑해. 그 사람을
위해서는 가족도 나라도 다 버릴 수 있어. 미국으로 가서 리버
스와 결혼할 거야. 해서, 나도 애 낳고 잘먹고 잘살 거야. 어때?
유후~ 멋진 계획이지? 행복할 것 같지?"

"미쳤구나, 너."

그는 이를 악물고 중얼거렸다.

"사랑하면 미치는 거야. 원래 사랑은 그런 거라니까."

그녀는 선욱의 볼을 톡톡 두드리며 두 눈을 천천히 감았다가
떴다. 혀가 풀릴 만큼 술을 마셨기에 망정이지 그렇지 않았다면
지금 이 순간, 선욱의 분노를 면하지 못했을 것이다. 리나는 쩝
쩝 입맛을 다시면서 다시 두 눈을 천천히 감았다 떴다.

"화났나 봐? 김선욱 씨. 당신 화났어? 하하! 화났나 보네,

진짜?"

"그 녀석은 널 배신했어."

"내가 그 자식을 사랑한다는데 김선욱 씨가 왜 화를 내시나? 왜? 질투나?"

"정신 차려, 봉리나. 리버스는 널 배신했단 말이야. 딴 여자를 만났다고. 그 녀석을 사랑하면 안 된단 말이야."

리버스의 일을 어떻게 그가 알았는지 궁금하기도 하련만, 리나는 여전히 히죽거리고 있었다. 알코올에 지배된 리나의 혀는 이성의 굴레에서 벗어나 버린 후였다.

"왜 안 돼? 나도 딴 남자 좋아하는데 리버스도 딴 여자 좋아해야지~"

"호텔까지 간 사이라고. 단순히 좋아하는 사이가 아니란 말이야."

그는 이를 악물고 눈을 부라렸다. 리나는 풀린 눈으로 배시시 헤픈 미소를 지었다.

"누군지 모르지만 봉 잡았네. 리버스만한 남자가 흔한 건 아니지. 축하해 줘야겠네. 코~옹그레추~레이션! 콩그레추레이션~ 콩구레추, 콩그레 콩그레 콩그레추레이션~"

"봉리나."

"우린 그런 사이야. 자유롭게 연애하고 사귈 수 있어. 사생활은 전혀 터치하지 않아."

"무슨 소리야, 그게."

까불거리던 리나는 순간, 일생일대 가장 후회될 말을 하고 말았다.

"우린 프리섹스주의자거든."

번쩍 정신이 들었다. 술이 확 깼다. 자신이 이런 말을 하리라곤 상상도 못한 리나는 자신의 손으로 직접 제 주둥이를 테이핑하고 싶어졌다. 미쳤지, 어떻게 이런 말을! 리버스가 들었으면 그녀를 아주 죽이려 들었을 거다. 그는 늘 어머니의 엄격한 양육 방식에 대해 말하곤 했는데 그건 바로 '여자와 자면 곧바로 그 여자와 결혼' 이었다. 말도 안 되는 거라고 항상 불평했지만 알다시피 양육 방식에 한 번 길들여지면 그 습성을 쉽게 바꾸기 힘든 법이 아닌가. 그는 여자들과의 관계에서는 꽤나 보수적인 편이었다.

그리고 그건 리나 역시 마찬가지였다. 하여간 이놈의 오버기는. 입이 방정이다. 아무 생각 없이 움직이는 혀를 리나는 깨물고 싶었다.

"봉…… 리나……."

선욱이 음울하게 뇌까렸다. 그의 눈은 벌써 이글이글 불타오르고 있었다. 부르르 몸이 떨려와 리나는 단전에 빡 힘을 주었다.

"나도 뭐, 자고 싶은 남자가 생기면 자곤 하는데 뭘."

미쳤어, 미쳤어! 정말 술에 취한 걸까? 리나는 자신의 입을 통제할 수 없었다. 그녀는 입술 안쪽을 꽉 깨물며 두 눈을 부릅떴다.

"그래?"

선욱의 입술이 심하게 비틀렸다. 분노가 불처럼 그를 지배하기 시작했다. 그는 잠재되어 있는 폭력성이 눈을 뜨기 전에 천천히 자리에서 일어났다. 그녀의 말을 더 듣고 있다가는 자신이 무슨 짓을 저지르게 될지 모를 거란 생각이 들었다.

"그렇다면 필히 널 미국으로 못 가게 해야겠구나. 다리몽둥이를 분질러서라도."

그가 이를 갈듯 잔인하게 선언했다.

"미국이 널 버려놨잖아. 내가 아는 넌 그런 애가 아니었어. 다시 돌아가게 할 수 없다."

"못 막을걸?"

"내가 못할 것 같아?"

언젠가 그녀가 했던 냉소적인 미소를 지으며 그는 살벌한 시선을 그녀의 눈동자 속으로 내리꽂았다. 얼굴을 찡그리며 리나는 꿀꺽 침을 삼켰다.

"난 돌아갈 거야. 오빠는 날 막을 권리 없어."

"넌 지금 널 절제시켜 줄 누군가가 필요해. 그게 나고."

그는 윽박지르듯 두 눈에 힘을 싣고 말했다. 마치 단어 하나하나를 씹어뱉듯 잔인한 어조였다. 리나는 머리가 깨질 듯 아파 오는 걸 느끼며 콧잔등을 잔뜩 찡그렸다.

"오빠가 뭔데 날 절제시켜?"

"아직까지는 나, 네 보호자야. 충분히 권리 있어."

보호자?

"오호라! 그렇구나. 오빠가 내 보호자였구나! 대체 김선욱이 나한테 어떤 존재인가 했더니, 보호자였어. 바로 그거였어!"

소리를 지르자 띵~ 심하게 머리가 아파왔다. 부글거리는 가슴의 통증보다야 훨씬 나았지만. 머리를 한 손으로 쥐어뜯으며 그녀는 미간을 찡그렸다. 그럼에도 기어이 방정맞은 입술을 신랄하게 놀리며 중얼거렸다.

"웃기시네. 그래 봤자 남남이면서."

시야가 흐릿해지자 리나는 하던 말을 중단했다. 머리가 너무 띵해 말도 이젠 제대로 안 나왔다. 그녀는 쥐어짜듯 중얼거리며 머리를 흔들었다.

"당신은 김 씨고 난 봉 씨야. 난 당신 동생이 아니라고. 절대 동생이 될 수 없다고, 난……."

머리 좋은 김선욱 씨. 잘 생각해 봐. 왜 우리가 남매가 될 수 없는지. 이 봉리나가 왜 당신 동생이 되기를 극구 부인하는지, 그 좋은 머리로 좀 생각해 보라고. 이 양반아……. 입 밖으로 채 꺼내지 못한 말을 가슴속으로 중얼거리며 리나는 깨질 것 같은 머리를 베개 위로 박아대기 시작했다. 머리통을 비비며 신음하는 그녀는 가슴이 답답한 듯 옷자락을 마구 쥐어뜯기 시작했다.

"그래. 네 말대로 우린 남매가 아니야."

선욱은 분노로 활활 타오르는 눈빛으로 그녀를 내려다보고 있었다. 그깟 놈 때문에 이렇게 망가지는 꼴은 더 이상 두고 볼 수 없었다. 리나의 남자는 적어도 도덕적으로 깨끗해야 했다. 리나의 발밑에 행복을 바칠 수 있는 믿음직스러운 사람이어야 했다. 여자 눈에 피눈물 나게 할 게 뻔한, 그런 바람둥이 놈에게 리나를 맡길 수는 없었다. 차라리 그럴 바에는…….

"내가 널 가질 거다."

순간, 그녀의 얼굴이 반듯하게 돌려졌다. 그리고 선욱의 혀가 순식간에 쳐들어왔다.

"읍!"

마치 맹세의 키스처럼 그의 혀가 강렬하게 리나의 입술 안으로 들어와 그녀를 휘저었다. 리나는 취기가 순식간에 달아나는 걸 느꼈다. 두 눈을 훌쩍 개방한 채 리나는 기겁했다. 미치도록 부드럽고 숨 막히게 달콤한 혀끝이 입 안 깊숙이 들어와 그녀의 곳곳을 헤집었다. 리나는 반사적으로 고개를 움직여 그의 손에서 빠져나오려고 했지만 그의 손바닥에 갇혀 버린 머리를 빼내는 건 그다지 쉽지가 않았다. 선욱은 힘이 아주 셌다.

쓰라릴 정도로 격하게 빨아들이는 그의 입술 아래에서 그녀는 바르르 떨었다. 그의 등을 쓸고 싶고, 그의 머리를 쥐고 끌어당기고 싶은 욕구가 저절로 일어났다. 그의 입술을 빨고 핥아 이 달콤하고 아릿한 감각을 그에게 돌려주고 싶은 욕구가 간절했다. 하지만 리나는 그렇게 할 수 없었다. 어느새 제정신으로 돌아온 그녀의 머리는 강해를 떠올리고 있었다.

“이러지 마!”

리나는 그를 힘차게 밀어냈다. 그의 거대한 덩치가 순순히 뒤로 물러났다. 씩씩, 가쁜 숨을 내쉬며 리나는 누워 있던 몸을 일으키고 그를 노려보았다. 그 역시 잔뜩 흥분한 상태로 숨을 가쁘게 내쉬고 있었다. 오르락내리락 빠른 속도로 움직이는 그의 가슴을 바라보며 리나는 대차게 소리쳤다.

“뭐 하는 짓이야! 왜 이래.”

“이 정도면 충분하겠지. 널 간섭할 자격. 그놈한테 보내지 않을 거니까, 알아서 해.”

그가 무겁게 중얼거렸다.

“무슨 소리야?”

“이제부터 넌 내가 책임진다는 소리야.”

“뭐라고?”

리나는 경악했다. 자신이 술에 취해 환청을 들은 게 분명하다고 머릿속으로 스스로를 이해시키는 중이었다. 선욱이 왜 이런 소릴 하는 건지 도저히 이해가 안 되었다. 그녀에게 이런 말을 할 사람이 아닌데, 절대 아닌데…….

“네 말대로 너와 나, 법적으로 남남이잖아?”

놀라 말도 제대로 못하는 리나를 물끄러미 바라보며 풋, 선욱이 냉소했다. 한쪽 입가만 살짝 위로 꺾은 그의 미소는 섬뜩할 정도로 무서웠다.

“그 녀석한테 보내느니 차라리 너, 내가 가질 거라고. 알겠어?”

"그게 무슨 말 같잖은 소리야?"

리나가 거의 비명을 지르며 항의했으나 그는 리나의 반론은 전혀 재고의 가치가 없다는 듯 아예 못 들은 척 이미 자리에서 일어서고 있었다. 꿇었던 무릎을 펴고 반듯한 자세로 서서 그녀를 내려다보는 선욱은 저승사자만큼이나 무서워 보였다. 하지만 그와 동시에 건장한 어깨와 이글거리는 눈빛이 강렬하게 리나의 심장을 사로잡고 있으니, 이 무슨 정신 나간 반응이냐. 절망하면서도 한편으로는 기뻐 날뛰는 이 심리는 도대체 뭐란 말이냐고.

'잘못 들은 거야. 선욱 오빤 너무나 원하는 나머지 환청을 들은 거라고. 아니면 환상을 보고 있거나. 저 사람은 김선욱이 아닌 거야!'

리나는 입을 벌리고 두 눈까지 크게 뜨고 선욱을 뚫어져라 바라보고 있었다. 마치 귀신을 본 듯. 리나는 미간을 가운데로 몰아 접으며 중얼거렸다.

"오빠?"

그때다. 그가 싸늘한 바람을 일으키며 몸을 돌렸다. 문이 닫히고 방 안에 어둠이 내려앉기 전, 그의 목소리가 악마의 그것처럼 싸늘하고 묵직하게 날아왔다.

"결혼은 김선욱과 하는 거야."

#12 리나가 사라졌다

다음날 아침, 선욱은 오래간만에 숙면을 취하고 일어나 기분 좋은 아침을 맞이했으나 이내 리나가 사라졌다는 황당하고 기막힌 소릴 들어야 했다. 숙취로 늦잠을 잘 줄 알았던 애가 벌써 일어났다는 것도 놀라운데, 아예 집에 없다니 대체 무슨 소리야? 꼭두새벽부터 대체 어딜 갔다는 거지, 혹시 딴마음이라도 먹은 건 아닌지 순식간에 머릿속은 뒤죽박죽이 되어버렸다.

선욱은 출근까지 뒤로 미루고 당장 그녀가 갈 만한 곳을 수소문했다. 제일 먼저 지욱에게 연락을 해보았고, 그녀의 친구들 전화번호를 모조리 찾아내 일일이 전화를 걸어 리나의 행방을 물었다. 그 짧다면 짧고, 길다면 긴 시간 동안 그는 피가 마르는 것만 같았다. 혹시라도 리버스에게 달려간 건 아닐까, 자살하겠다는 무모한 생각은 한 건 아닐까, 별의별 망상들이 그의 머릿속을 어지럽혔다.

다행히 선욱의 연락을 받고 놀란 지욱이 이리저리 알아본 결과 그녀의 행방을 찾아 선욱에게 알려왔다. 리나가 지금 의령의 집에 있다는 소식이었다.

얼마나 다행인지, 선욱은 너무나 강렬한 안도감에 현기증이 일 정도였다. 그 당찬 리나가, 거칠 것 없이 씩씩한 리나가 얼마나 놀랐으면 그리 했을지 생각하니 선욱의 가슴은 순식간에 싸해졌다. 사랑하는 사람의 배신으로 마음 아플 그녀를 너무 급하게 몰아친 것 같다는 생각에 자책감마저 들었다.

하지만 어차피 한 번은 겪어야 할 시련. 아프겠지만 현실은 현실이었다. 선욱은 이미 엎질러진 물을 담으려고 노력하기보다는, 그로 인한 그녀의 심적 고통을 최대한 줄이도록 노력할 것이었다.

"의령 씨세요?"

의령이 전화를 받자 그는 다급하게 물었다.

[어? 선…… 욱 씨?]

당황한 듯한 의령의 목소리가 수화기를 통해 흘러들었다. 리나의 목소리를 들은 것도 아니었건만 선욱은 일순 안도감을 느꼈다. 리나가 다른 곳이 아닌 의령의 집으로 가준 게 정말 고마웠다.

막 지욱과의 통화를 마치고 자리에 앉아 TV 화면을 컨 의령
은 난데없이 걸려온 선욱의 전화에 놀랐다.

[리나가 거기 가 있다고 들었습니다.]

"아저씨한테서 들으셨어요?"

[네, 방금 연락 받았어요.]

빠르기도 하지. 지욱이 의령에게 전화해 리나가 있음을 확인
한 지 채 삼 분이 안 된 거 같은데 벌써 선욱은 그 사실을 알고
있었다. 어쩜 남자 입이 이리 가벼울 수가 있는지, 의령은 어처
구니가 없어 잠시 할 말을 잃었다. 아무리 같은 남자라지만 피
신 삼아 도망 나온 리나의 행방을 이렇게 쉽게, 이리도 빨리 선
욱에게 알려줘도 되는 거야? 적어도 하루는 입 다물어줘야지.
의령은 속으로 열나게 지욱을 씹었다. 눈치 없는 남자 같으니라
고.

"오늘 새벽에 왔어요. 지금은 자고 있고요."

[어디 다친 곳은······.]

의령은 그녀의 침대에 모로 누워 자고 있는 리나를 물끄러미
바라보았다. 오늘 아침 일찍 찾아왔던 리나의 표정을 떠올리며
의령은 한숨을 내쉬었다. 씻지도 않고 겨우 옷만 주섬주섬 입고
부랴부랴 뛰쳐나온 듯 리나는 초췌해 보였다. 밤새 잠도 제대로
못 잤다고 하는데, 대체 무슨 일 때문인지 너무나 궁금했다. 하
지만 아무리 캐물어도 리나는 속 시원히 대답할 생각을 하지 않

았다. 결국 리나는 선욱 때문에 뭔가 상처받은 게 분명하다는 심증을 굳혔다.

"없어요. 피곤한 것 빼곤 괜찮은 것 같아요."

적어도 육체적으론 멀쩡했다.

[혹시 리나, 옆에 있습니까?]

"지금 자요. 오자마자……."

오자마자 울더니 지금은 지쳐서 자요, 라고 말해야 했지만 의령은 아내 입을 다물었다. 리나가 선욱 때문에 상처받은 거라면 자신의 아픔을 가장 보여주기 싫은 사람도 선욱일 거라는 생각 때문이었다.

[저녁에 데리러 가겠습니다. 그때까지만 리나를 부탁드려요.]

"저녁에 데리러 오실 거예요?"

[그렇게 해야죠.]

"혹시라도 리나 씨가 집으로 가길 원치 않는다면 어떻게 하죠?"

[…….]

"리나 씨를 당분간은 혼자 있게 해주는 게 좋을 것 같아서요."

[하루면 충분하다고 생각합니다.]

"그렇게 쉽게 좋아질 것 같지는 않던데……. 그냥 제 생각이에요. 오늘 당장 데리고 가신다는 건 좀 무리가 있는 것 같아서. 저랑 함께 있게 해주세요. 제 집에 며칠 있으면서 푹 쉬면……."

[오늘 데리러 가겠습니다.]

선욱이 의령의 말을 막으며 고집스럽게 말했다. 도대체 무슨 일일까? 리나와 선욱에게 무슨 일이 있었던 걸까? 그렇게 대판 싸워도 집을 나온 적은 한 번도 없었던 것 같은데. 의령은 아까 윤 언니와 통화를 떠올리며 생각에 잠겼다. 윤 언니의 말에 의하면, 어제 리나는 술에 취해 집에 들어온 것 외엔 별다른 일이 없었다고 했다. 리나가 술을 마신 것도 대단히 좋은 일이 있어서였단다. 그런데 대체 왜 아침 댓바람부터 일어나서 집에서 도망쳐왔을까, 리나는? 흘러가는 상황을 아무것도 모르고 있는 의령으로선 모든 게 너무나 궁금했다.

"저…… 선욱 씨."

의령은 몸을 돌려 침실을 등지고는 아랫입술에 슥삭 침을 발랐다. 평소 오지랖 넓다는 소린 들어본 적 없는 그녀였지만 이 것만큼은 정말 꼭 물어보고 싶었다. 리나가 무엇 때문에 이렇게 가슴 아파하는지는 몰라도 그 주원인은 분명 선욱일 테니. 그걸 알면서도 이대로 두 사람이 엇나가는 걸 보고만 있다는 건 말도 안 되는 일이었다.

"제가 이런 말까지 하긴 뭐하지만 리나 씨 말이에요. 선욱 씨 는 리나 씨를 어떻게 생각하세요?"

순간, 침대에 쥐 죽은 듯 누워 있던 리나의 두 눈이 번쩍 떠졌다. 아니, 이게 대체 무슨 망발이야? 리나는 저도 모르게 번쩍 몸을 일으켜 세웠다. 지금 이 순간만큼은 숙취로 인한 두통이 전혀 느껴지지 않았다.

"제 말은 그러니까, 에…… 리나 씨는 선욱 씨를……."

"의령 씨!"

리나의 포효(?)하는 속삭임에 휙, 의령이 고개를 돌렸다. 자고 있다고 생각했던 리나가 깨어나 자신을 불러 놀란 듯했다. 하긴, 그녀가 무슨 말을 하려고 했는지를 감안한다면 놀라지 않는 게 더 이상하지. 리나는 놀란 의령을 향해 세차게 고개를 내저었다. 아무 말도 하지 말라는 사인이었다.

"마, 만나기 싫어할 거라고요, 제 말은. 리나 씨는 당분간 선욱 씨를 만나고 싶어하지 않을 것 같아요. 제 생각이에요, 그냥. 어, 리나 씨 생각이랑 제 생각은 서로 다를 수가 있죠. 그냥 신경 쓰지 마세요. 어, 전 지금 할 일이 있어서……. 어머! 제가 물을 올려놔서……. 네, 네, 네……. 그래요, 그럼. 네에~"

의령은 갑자기 닥친 위기를 어물쩍 대충 넘기고 서둘러 전화를 끊어버렸다. 횡설수설하는 듯 어수선하게 이말저말 늘어놓다가 바쁜 척 전화를 끊은 의령은 일그러질 대로 일그러진 표정으로 자신을 바라보고 있는 리나를 향해 배시시 무안한 웃음을 지어 보였다.

"미안요. 화났어요?"

"새벽부터 찾아온 불청객을 재워주기까지 했는데, 어떻게 의령 씨한테 화를 내요?"

좀비처럼 맹한 얼굴로 대답하며 리나는 벌러덩 침대 위로 다시 나자빠졌다. 두 팔을 옆으로 쫙 벌리고 뻗은 리나는 천장이 뚫어져라 쏘아보았다. 으휴, 큰일날 뻔했네. 하마터면 들킬 뻔했잖아. 가만있자, 그런데 의령은 무슨 말을 하려고 했던 걸까?

"주제넘게 끼어들려고 했잖아요. 두 사람 사이."

"무슨 그런 말을 해요?"

리나는 똥그렇게 뜬 눈을 굴려 의령을 보았다. 의령은 정말 미안한 얼굴로 그녀의 옆으로 다가와 서 있었다. 리나 때문에 새벽에 잠도 설치고 침대까지 빌려준 천사아가씨는 꽤나 소심한 얼굴로 자신을 내려다보고 있었다. 리나는 씩 웃으며 덧붙여 말했다.

"의령 씨는 그럴 자격 충분해요. 이미 가족이나 마찬가지인데요 뭘."

"……."

"걱정 말아요. 나 씩씩해요."

여전히 웃지 않는 의령을 향해 두 팔을 들어 힘자랑도 해 보였다. 뽀빠이처럼.

"저녁에 선욱 씨 온대요. 리나 씨 데리러."

"아, 뭐, 그 말은 저도 들었어요."

따분한 표정을 지어 보이며 리나는 어깨를 으쓱했다.

"어떡할 거예요? 따라갈 거예요?"

"걱정되세요?"

"그럼요. 선욱 씨는 리나 씨를 들쳐 업고서라도 데리고 갈 기세라고요. 도대체 어제 무슨 일이 있었던 거예요?”

꿈벅꿈벅. 리나는 멀뚱멀뚱 의령을 바라보며 눈만 깜빡거렸
다. 겉으론 심히 생각없고 멍해 보이는 작태였지만 실상 머릿속
으론 어젯밤의 일을 미친 듯이 되새김질하고 있는 리나였다. 선
욱의 갑작스러운 키스가 선명하게 떠올랐다. 부드러운 손길과
더불어 그 짜릿한 키스의 느낌이 정말 너무나도 선명했다.

소주 한 병으론 필름이 안 끊기는구나. 아! 미치겠네! 차라리
잊어버리지. 왜 기억하고 있는 거냐고! 다 잊어버리면 이런 비
겁하고 궁상스러운 고민 따윈 하지 않을 거 아니냐고…….

“결혼은 김선욱과 하는 거야.”

선욱이 그녀더러 결혼을 하자고 했다. 다른 것도 아닌, 청혼
이란 말이다. 청혼! 그건 조금이라도 그녀를 여자로 느낀다는
증거가 아닐까? 아니, 그는 전부터 그녀를 사랑하고 있었던 거
야. 내내 마음을 숨기고 있다가 짜잔~ 말한 거라고! 행복감이
충천해 세상을 다 가진 것만 같았다. 적어도 당시에는.

하지만 늘 현실은 망상보다 차가운 법이었다. 리나는 그가 그
리 말한 이유를 금세 짐작할 수 있었다. 선욱의 고매하신 책임
감과 투철한 희생정신이 그로 하여금 동생의 타락을 그저 손 놓
고 지켜볼 수 없게 한 거였다. 리버스보다는 차라리 자신이 낫
다는, 정말 거지 같은 희생정신 때문에 그런 말도 안 되는 헛소

리를 지껄여 주신 것이다. 젠장! 그 헛소리에 한순간 마음이 동해 좋아했던 자신이 리나는 한심스러울 따름이었다.

이 이기적이고 양심 없는 것! 어떻게 강해의 임신에 대해선 까맣게 잊어버리고 그렇게 진심으로 좋아할 수가 있냐고. 바보 멍텅구리 무뇌충 같으니.

"별일없었어요. 그냥 좀 다퉜거든요."

"다퉜어요?"

"회사 문제로요. 아시잖아요? 저, 그것 때문에 오빠랑 티격태격하는 거."

두 눈썹을 씰룩거리며 헤실헤실 웃는 리나를 내려다보며 의령은 눈살을 찌푸렸다. 분명히 뭔가가 있는 것 같은데 아니라고 딱 잡아떼는 걸 보면 아닌 것도 같고. 오늘 새벽 그 몰골로 여기까지 찾아온 걸 보면 대수로운 일로 치부하기 어려운 그 무언가가 있는 것도 같고. 정말 아리송했다.

"그럼 선욱 씨가 데리러 오면 따라갈 거예요?"

"이우 · 무슨 소리예요? 뭐 하러 올 때까지 기다려요! 부부싸움하고 친정 온 새색시도 아닌데. 그냥 제 발로 가야죠."

"제 발로 돌아간다고요? 왜요?"

"왜긴 왜예요. 오빠 올 때까지 기다리는 거, 그거 민망하잖아요."

"정말 그냥 갈 거예요?"

"그럼요. 이따 점심 먹고 바로 갈 생각이에요."

이제 리나는 생글생글 웃기까지 했다. 아까 새벽에 그렇게 서럽게 울던 바로 그 봉리나가 맞는지 의심스러울 정도로 딴판이었다. 그땐 의령도 리나와 선욱 사이에 무슨 일이 있었던 게 분명하다고 확실하게 느꼈었다. 그런데 이런 밝음이라니 영 께름칙해지는 의령이었다. 하지만 아니라고 이렇게 딱 잡아떼니 뭐라 추궁할 수도 없고. 흠, 작은 한숨을 내쉬고 의령은 입술을 비틀었다.

"생각이 바뀌면 언제든지 다시 오세요. 전 리나 씨 편이니까."

"아이구~ 정말 왜 그래요? 아무 일도 없었다니까요."

리나는 침대 쿠션의 반동을 이용해 벌떡, 단번에 침대에서 빠져나오며 활짝 웃었다. 진짜 아무 일도 없었다는 걸 표정으로 보여주겠다고 작정이라도 하듯 심히 작위적인 싱글벙글이었다. 의령은 어색하게 따라 웃으며 마지못해 고개를 끄덕여 주었다. 리나는 두 손바닥을 비비며 입맛을 다시더니 쓸데없이 과장된 수다를 떨기 시작했다.

"오늘 점심 뭐 드실 건지 물어봐도 돼요? 나 지금 무지 배고픈데. 아침도 안 먹었고 하니, 아점 어때요? 이른 점심 해주시면 좋을 텐데. 지욱 오빠가 의령 씨 음식솜씨 자랑을 엄청 해놔서 기대되는 거 있죠. 아니다! 그러면 의령 씨 어머님한테 욕먹겠다. 애지중지 길러놓은 딸을 막 부려먹는다고 나 막 미워하시겠다."

“무슨 소리예요? 우리 엄마 안 그러세요.”

“지금 어머니 안에 계세요?”

리나가 의령의 등 뒤 쪽을 기웃거리며 씰룩씰룩 눈썹을 움직였다. 의령은 리나의 ‘신경 분산시키기’ 작전에 속절없이 빠져들어 두 손을 살래살래 내저으며 리나의 의미없는 질문에 정성스런 답변을 내놓았다.

“아뇨. 아까 산책 나가셨어요. 요 앞 공원길 세 바퀴 정도 도시고 오신댔으니까 족히 한 시간은 걸릴 거예요.”

“그래도 의령 씨한테 얻어먹긴 좀 그렇다. 미안하기도 하고. 혹시 의령 씨, 오늘 수업 있어요?”

“아뇨. 없어요, 오늘은. 걱정 마요.”

“그럼 우리, 오늘 지욱 오빠한테 맛있는 거 사달라고 할까요? 서프라이즈! 갑자기 찾아가서 사달라고 졸라대기. 어때요?”

리나는 나잇값 못하고 깜찍발랄 표정으로 손가락쌍권총 포즈를 뿅뿅 날렸다. 엉덩이까지 씰룩거리며 콧잔등을 찡그리는 초난감 애교직살에 의령은 흐헤헤, 웃지 않을 수가 없었다.

“갑자기 찾아갔다가 못 만나면 어떡하고요?”

“에이, 그럼 우리끼리 먹는 거죠. 뭐가 걱정이라고. 제가 살게요.”

“아니, 제 말은 그게 아니라…….”

“걱정 마세요. 제가 미국에 있을 때 살뜰하게 돈을 모아뒀었거든요. 가끔 아르바이트도 하고, 공모전에서 받은 상금도 있고요. 저 돈 많아요.”

리나는 의령의 어깨를 툭툭 두드리며 돈자랑에 열을 올렸다. 거기다가 ‘일 년 만에 종자돈 두 배로 모으기’에 대한 노하우 공개가 이어지자 의령의 눈이 동그래지기에 이르렀다.

“어떻게 일 년 만에 그렇게 돈을 많이 불렸어요?”

“그러니까요. 일단 그 돈을……..”

펀드네 주식이네, 리나는 자신의 지식을 총동원해 마구 지껄여 댔다. 어디서 들은 건 있어가지고. 그녀의 돈 불리기 노하우는 겨우 ‘무조건 리버스에게 맡긴다’ 뿐임에도 리나의 입은 가끔 어려운 말도 섞어가며 쉴 새 없이 나불댔다.

물론 그녀의 머릿속은 앞으로 어떻게 해야 할까에 대해 정신 없이 고민하고 있었다. 집으로 간다고 말은 했지만 정말 집으로 갈 수는 없었다. 오늘은 선욱도 강해의 임신 소식을 알게 될 게 빤한데, 그럼 어떻게 그의 얼굴을 본단 말인가. 그의 선택은 굳이 들어보지 않아도 빤했다. 선욱이란 남자는 책임감과 도덕성이 그 누구보다도 투철한 사람이다. 자신의 아이를 가진 여자를 두고 리나에게 올 사람은 아니었다.

‘리나야, 미안하다.’

앞으로 듣게 될지도 모르는 그의 목소리가 환청이 되어 귓전을 때려오자 리나는 질끈 두 눈을 감았다.

인간 봉리나. 이젠 정말 나락이구나.

하루 종일 선욱은 정신이 없었다. 아침 일찍부터 리나 때문에 혼이 쑥 나갔었다가, 겨우 열한 시가 다 되어서 출근한 그는 사무실에 도착하자마자 윤 회장의 호출을 받았고, 윤 회장과의 기나긴 독대가 끝나자마자 미뤄놓았던 시급한 일들을 처리하느라 하루 종일 쉴 새 없이 바빴다.

강해가 결근했다는 걸 안 건 오후 늦게였다. 아파서 하루 쉬기로 했다는 말을 전해들은 그는 문병차 그녀의 집에 들렀지만, 무슨 이유에선지 그녀는 선욱을 만나주지 않았다. 허탕치고 회사로 돌아와 남은 일을 마저 처리한 다음 그가 집으로 향한 시각은 여덟 시. 저녁식사 챙겨 먹을 시간도 없이 서둘러 부랴부랴 돌아오는 선욱의 발걸음은 초조하면서도 날아갈 듯 가벼웠다.

[선욱이 총각인가?]

적나라한 사투리 억양이 인터폰을 통해 흘러나오자 선욱은 피식, 얼굴에 희미한 미소를 띠었다. 며칠 만에 웃는 건지 모를 일이었다. 그냥 웃는 게 아닌, 진정한 미소. 오늘 리나에게 사랑한다고 고백하겠다는 결심을 하고 있었기 때문일까, 그는 모처럼 편안하고 즐거웠다. 그동안 얼마나 자신을 억누르며 살아왔었는지 새삼 깨달으며 선욱은 몸을 숙여 인터폰 스피커 앞에 대고 말했다.

"네, 아주머니."

띠— 긴 신호음을 끝으로 대문이 열렸다.

선욱은 대문을 열고 뜰 안으로 들어가 잠시 집 안을 바라보았다. 불이 환하게 켜진 집 안을 멀찌감치 서서 바라보노라니 새삼 마음이 설레는 것 같았다. 포근한 집, 그의 가정. 저 안에 리나가 있겠지. 지욱의 말이 사실이라면 리나는 오늘 오후 지욱과 점심식사를 마치고 곧바로 집으로 돌아왔을 것이다.

"내가 리나를 몰라? 식당 안에서 애가 어찌나 웃고 떠들고 시끄럽게 굴던지. 내가 아주 창피해서 혼났어. 걔, 원래 기분 꿀꿀하면 더 오버하잖아. 무슨 문제 때문에 둘이 또 옥신각신했는지 모르지만, 제발 이제 리나 마음대로 하고 살게 해줘. 걔, 불쌍한 애잖아. 스무 살 때부터 지금까지 객지에 나가 혼자 살았어. 얼마나 외롭고 쓸쓸했겠냐. 그 막막한 마음, 난 얼마간은 알 것 같아. 리버슨가 셔틀버슨가, 그런 불량한 놈한테 빠져서 허우적거리는 거 이해 안 되는 것도 아니라고. 이제 우리 제발, 리나 좀 웃게 해주자. 편하게 만들어주자고. 응?"

지욱과 의령 사이에 어색하게 끼어 앉은 리나가 자신의 마음을 숨기려고 억지푼수를 떠는 모습이 떠오르자 선욱은 한숨을 흠, 내쉬었다. 리나를 웃게 하고 싶은 건 선욱도 간절하게 원하는 일이었다. 그럼에도 아직은 아무것도 할 수 없는 자신이 너무나 한심스럽게 느껴지는 선욱이었다.

하지만 분명한 건 리버스 페리보다는 자신이 더 낫다는 것이었다. 그 추잡한 놈보다는 자신이 더 리나를 행복하게 해줄 수 있다고 선욱은 자신했다. 그런 놈에게 리나가 상처받고 아파하는 건 이제 더 이상 용납할 수 없었다. 그는 이제 자격 박탈이었다. 리나의 사랑을 받을 자격은 이제부터는 김선욱, 자신에게만 주어져야 한다고 그는 생각했다. 물론 완벽한 자격을 얻기 위해선 시간이 더 필요하긴 했다. 그녀에게도 그를 오빠가 아닌 남자로 받아들일 시간이 필요할 테니까.

"와, 왔는감?"

현관문을 열고 들어가자 거실 턱에 서 있던 윤씨 아주머니가 그를 맞았다. 두 손을 맞잡고 엉거주춤하니 서 있는 폼이 영 불안해 보인다는 생각을 하며 선욱은 한쪽 눈썹을 휙 치떴다. 그녀는 '초조'로 샤워를 한 듯 발까지 동동 구르며 울상을 짓고 있었다. 갑자기 불길한 예감이 들어 온몸의 피가 싸하게 얼어붙는 듯 차가워졌다.

"무슨 일이죠?"

그는 냉정하게 찔러 불었다.

"그, 그릉께 무시 일인지 내가 감을 못 짚것당께. 부~운명히 나한티는 등산…… 간다고 혔는디. 참말로 이게 뭔 일인가 모르것어."

"등산이라고요? 이 밤중까지 말입니까?"

"내 말이 그거여. 올 때가 되았는디, 우째 안 오는 건지 모르것당께. 미쳐 블것어."

걱정으로 새까맣게 타진 속마음을 그 누가 알까. 윤씨는 아까부터 밥도 못 먹고 거실을 서성거리고 있었다. 해가 저문 지는 오래, 바깥은 이미 어둠이 깔려 있었다. 등산을 갔다가 지금까지 못 내려왔다면 딱 조난이라는 건데. 산속에서 어둠에 포위되어 추위와 무서움에 떨고 있을 리나를 떠올리자니 공포심에 뱃가죽마저 오그라드는 기분이었다.

"전화는요? 해보셨어요?"

다그치듯 선욱이 물어왔다.

"바, 방에 놔두고 갔으……."

대답하는 것마저 고통스러워 윤씨는 괴로운 목소리로 신음했다. 선욱의 얼굴 위로 공포가 떠올랐다 사라졌다. 그는 윤씨의 양팔을 붙잡고 거세게 다그쳤다.

"몇 시에 나갔어요? 누구랑 간다는 말은 없었어요? 장비는요? 챙겨 갔나요?"

"몰러, 나도……. 그, 그냥 한 다섯 시쯤에 크~은 가방 하나를 메고 이층에서 내려오드라고. 그럼서 산에 간다고……."

"다섯 시라고요? 그 시간에 산행을 간다고 했단 말입니까?"

거의 비명에 가까운 소리로 그는 고함을 질러댔다. 윤씨 아주머니의 팔을 잡은 손에 저절로 힘이 들어가 그녀는 고통스럽게 얼굴을 일그러뜨렸다. 하지만 그녀의 아픔에 신경 쓸 겨를이 선욱에겐 없었다. 아무 생각을 할 수가 없을 만큼 그는 크게 놀라고 당황했다. 리나가 이 시각까지 아무 소식 없다는 것보다도,

다섯 시가 넘은 시간에 산을 오른다고 나선 것보다도, 더 무서운 건 자신이 이성을 잃고 있다는 사실이었다.

"그, 그렇다니께……."

이성을 잃으면 안 돼. 침착해야 돼. 침착. 침착해야 된다고……!

선욱은 눈을 감고 흥분하는 스스로를 다잡았다. 날뛰기 시작하는 이성의 고삐를 꽉 잡고 그는 간신히 제대로 된 문장을 구사했다. 그러나 그의 눈빛은 이미 침착성을 잃고 있다는 걸 반증하듯 마구 흔들리고 있었다.

"어느 산이라고 했습니까? 어디로 간다면서 나섰어요?"

"그, 그거이……."

윤씨 아주머니가 말을 더듬었다. 가까스로 자신을 억누르며 그가 물었다. 설마…….

"설마, 모르시는 건 아니겠죠?"

"나, 나는 그랑께……."

"모르시는 건 아니겠죠!"

유씨 아주머니의 팔을 흔들고 선욱은 미친놈처럼 포효했다. 핏대 오른 두 눈을 부릅뜨고 괴성을 내지르는 그의 앞에서 윤씨 아주머니는 할 말을 잃고 바들바들 떨기 시작했다. 놀라 입도 다물지 못하는 그녀의 눈가에는 금세 그렁그렁 눈물이 스며 나왔다.

"모, 몰러……."

하느님! 선욱은 고개를 숙이며 눈을 감았다. 설마설마 했는데. 제발 아니길 바랐는데. 믿고 싶지 않은 일이 사실이 되어 그의 목을 조르고 있었다. 버르르, 윤씨 아주머니의 팔을 쥐고 있는 손아귀가 떨려왔다. 선욱은 '우짜쓰까잉'을 반복하며 닭똥 같은 눈물을 뚝뚝 흘리는 그녀를 놓아주곤 이내 욕설을 내뱉었다. 눈앞이 캄캄했지만 이대로 가만히 있을 수는 없었다. 선욱은 재킷 주머니에서 휴대폰을 꺼내 들고 그가 아는 모든 인맥과 영향력을 동원하기 시작했다.

그 밤이 어떻게 지나갔는지 모른다.

동이 새하얗게 터왔지만 선욱은 거실 의자에 꿈쩍도 하지 않고 앉아 자신의 핸드폰을 노려보고 있었다. 그의 핸드폰 옆에는 유선전화기가, 그 옆엔 리나의 신형 전화기가 나란히 놓여 있었다. 그 전화기들 앞에서 선욱은 꼬박 밤을 새고 있었다. 옆에서 함께 자리를 지키고 앉아 있던 윤씨 아주머니는 졸음을 못 이겨 꾸벅꾸벅 고개를 연신 앞으로 기울이며 졸고 있건만 선욱은 여전히 두 눈을 부릅뜬 채였다.

하룻밤을 꼴딱 샜는데 이상도 하지. 피곤하지도 않았고 잠은 더더욱 오지 않았다. 눈알이 까칠한 것 외엔 모든 신경이 온전히 살아 활개를 치고 있었다. 어젯밤, 그가 취할 수 있는 모든 조처를 다 취한 이후부터 계속 이런 상태였다.

띠릭띠릭, 띠릭띠릭, 네 번의 알람 소리가 새벽 여섯 시 정각임을 알렸다. 잠시 정신을 놓고 신나게 졸고 있던 윤씨 아주머니가 퍼뜩 고개를 들었다.

"오메. 내가 잠이 들었는 갑네. 오메오메, 이 정신없는 것……."

선욱은 참고 참았던 한숨을 내쉬었다. 다행히 밤이 지나도록 그녀의 조난 소식은 들려오지 않았고, 병원과 경찰 등에서도 아직 연락이 없었다. 리나가 산에서 조난당했다는 최악의 시나리오는 면한 거였다. 리나가 오후 다섯 시에 산을 오르는 미친 짓을 하지 않았다는 게 죽을 만큼 고마워지는 그였다. 어쩌면 리나는 아직 산에 오르지 않은 걸지도 몰랐다. 어느 산인지는 모르지만 오후 다섯 시에 집을 나섰다면 산에는 밤중에나 도착했을 것이고, 그 시간이면 아예 등반이 통제되고 있을 타임이었다.

"들어가셔서 편하게 주무세요."

"리나는…… 연락 왔다요?"

"무소식이 희소식이죠."

선욱은 희미하게 웃으며 말했다.

"그려두 어찌케……."

"여덟 시 넘으면 리나 친구들한테 하나하나 연락할 거예요. 그때 되면 도움 청할게요. 그사이에 좀 쉬세요."

"그, 그럼 그럴끄나……."

제대로 잠을 못 자 눈 밑에 시커먼 그늘을 단 윤씨 아주머니가 슬그머니 못 이기는 척 일어났다.

좋은 소식을 듣지 못한 채로 자리를 뜨는 그녀는 마치 자신의 잘못으로 일이 이렇게 된 듯 마음이 불편했다. 바로 전날도 리나가 어디 갔는지 몰라 선욱의 화를 샀는데, 이런 일까지 터졌으니 속이 타 들어가는 것 같았다.

그런데도 잠이 오다니, 으이구! 이 주책없는 인사야!

"아주머니 잘못 아니라는 거."

슥슥, 관절염 걸린 다리를 이끌고 자신의 방을 향하는 윤씨 아주머니의 자책감 가득한 등 뒤로 선욱의 무겁고 차분한 음성이 날아왔다. 윤씨는 걸음을 멈추고 고개를 돌아 선욱을 보았다. 그는 꼿꼿이 소파에 자리를 지키고 앉아 있었다. 대단한 체력이다. 하룻밤을 저 자세로 꼬박 세우다니. 리나에 대한 걱정이 그만큼 크다는 것인가.

"아시죠?"

"뭐시라고?"

"어젠 제가 조금 흥분했어요."

미안하다는 사과의 말인가? 윤씨는 빙그레, 점점 찢어지는 입가를 수습하기 위해 덥석 손으로 입을 덮었다. 상황이 상황인 만큼 소리 내서 웃는 건 절대 안 되는 일이었다. 하지만 꾸덕꾸덕 웃음이 비어져 나오는 건 어쩔 수가 없었다. 아니, 저 총각이 웬일이래? 싸늘하기로 이루 말할 수가 없던 김선욱이 미안하다고 말하는 건가? 사람 참 오래 살고 볼 일일세. 윤씨는 미친 여자처럼 시시덕거리고 싶은 걸 꾹 참고 찬찬히 대답해 주었다.

"리나 고거, 아무 일 없이 돌아올 거여. 걱정하덜 마소. 걍 속이 시끌사끌하니께(그냥 정신이 산란하니) 마음 정리나 할라고 어디로 훌쩍 날른 것이여. 인제 보쇼, 내 말이 맞을 것이요."

"훗."

윤씨 아주머니가 알아들을 수 없는 소리를 위로랍시고 툭 던져 주고 사라지자 선욱은 미친놈처럼 헛웃음을 흘렸다.

마음 정리. 리버스를 정리하러 간 것인가, 결국? 씁쓸한 마음이 입맛을 더럽혔다. 선욱은 뻑뻑한 눈을 감고 툭, 소파에 몸을 기댔다. 갑자기 머리가 어지러워졌다.

전화벨이 울린 건 그로부터 한참 후였다.

그사이 선잠에 빠져 있던 선욱은 즉시 번쩍 눈을 뜨며 몸을 일으켜 세웠다. 리나의 전화가 울리고 있었다. 선욱은 덥석 그녀의 전화기를 집어 들어 액정을 확인했다. 일곱 시 이십 분. 전화를 걸어온 사람은 강해였다. 이 시간에 강해가 웬일이지? 혹시 강해와 함께 있는 건가? 선욱은 서둘러 폴더를 열었다.

"여보세요?"

[…….]

대답이 없었다.

"여보세요? 강해니?"

[오, 오빠가 왜……?]

"맞구나, 너."

실망 섞인 한숨을 내쉬며 선욱은 허리를 굽혔다. 기운이 쭉

빠졌다. 강해는 아무것도 모른 채 우연히 전화를 걸어온 것 같
았다.

[이 전화, 리나 거 아니었어?]

"맞아, 리나 거야."

[그런데 왜 오빠가 이 시간에 받는 거야?]

"리나가 지금……."

실종됐어. 선욱은 차마 실종이란 말을 입 밖으로 꺼내기 싫어
말끝을 흐렸다. 아직은 실종이 아니야. 만 하루도 되지 않았잖
아. 말없이 사라진 게 어디 한두 번이었나? 몇 시간 기다리고 있
으면 아마도 헤헤 웃으며 나타날 거다. 리버스 그딴 놈 다 잊었
다고 씩씩하게 큰소리 뻥뻥 치며 나타날 거다.

"넌 괜찮은 거냐? 어제 회사에 나오지 않았던데."

[어? 어, 어…….]

강해가 목구멍이 막힌 듯 대답을 못하고 더듬거렸다.

"아팠어?"

[아니…… 야.]

"혹시 윤 회장님께 무슨 말을 들은 건……."

[리나 바꿔줘. 할 말이 있어.]

그의 말을 강해가 막았다. 서두르는 말투는 마치 그가 무슨
말을 할지 알고 미리 입을 틀어막으려는 것 같았다. 꼭두새벽부
터 전화해서 강해가 리나에게 할 말이란 게 대체 뭐지? 선욱은
미간을 찌푸리며 신경을 곤두세웠다.

“지금 없어.”

[없어?]

“어제 집에 안 들어왔어.”

[외박했다고?!]

수화기 안에서 강해가 비명에 가까운 고함을 내질렀다. 점점 뭔가가 이상하다는 기분에 선욱은 손에 쥔 핸드폰을 꽉 비틀어 쥐었다.

“아무 연락 없이 들어오지 않았어. 너, 뭐 아는 거 없어?”

[나, 나, 난…….]

심하게 말을 더듬는 그녀는 분명히 이상했다. 선욱은 참을성 있게 그녀가 입을 열기를 기다렸다. 갑자기 리나가 자취를 감춘 게 어쩌면 강해와 연관이 있을지도 모른다는, 정말 터무니없는 생각이 들기 시작했다. 술 마시고 집에 돌아왔던 그젯밤에도 뭔가 이상했고, 어제 새벽부터 선욱을 피해 의령의 집으로 달려간 것도 이상했다. 당시엔 리나가 리버스 페리의 배신을 알게 되어 괴로운 마음에 그렇게 한 거라고 여겼지만 지금은 아니었다. 강해가 새벽부터 리나에게 전화를 했고, 리나가 사라진 사실을 안 다음에는 덜덜 떨고 있지 않는가. 쉽게 넘길 일은 아니었다.

“윤강해, 사실대로 말해. 무슨 일이야?”

[몰라. 난 모른다고. 나, 난……!]

“윤강해!”

다급한 마음에 선욱은 고함을 쳤다. 정확히 삼 초 뒤, 강해의 울음이 봇물 터지듯 터져 나왔다. 그녀는 어제 회사까지 나오지 않고 끙끙 앓았던 문제에 대해, 거의 고해성사하는 마음으로 죄다 토해내기 시작했다. 그녀의 말을 다 들은 선욱은 얼이 빠진 얼굴로 힘없이 중얼거렸다.

"너, 어떻게 그런 말을……!"

강해의 울음 섞인 목소리가 수화기를 넘어 날름날름 그의 이성을 갉아먹어 왔다. 선욱은 이를 악물고 전화기 폴더를 닫아버렸다. 지금 이 순간만큼 강해가 저주스러웠던 적은 단 한 번도 없었다. 제길!

그사이 머리가 새까매진 리버스 페리의 첫 반응은 어처구
니없게도 핏, 하는 비웃음이었다. 네 능력이 겨우 이것밖에 안
되느냐는 듯한, 매우 기분 나쁜 미소였다. 요 며칠만큼 자신의
무능력함을 절실히 깨달아본 적이 없는 선욱으로선 심장 한가
운데에 총알 한 방 맞은 듯 욱신거려 왔다.

"늦으셨네. 정확히 육십삼 시간, 삼십팔 분, 사십……."

말끝을 길게 빼며 그는 벽에 기대고 있던 팔목으로 시선을 돌
렸다. 선욱은 놈을 치지 않기 위해 꽉 쥐고 있던 주먹을 부르르
떨어야 했다.

"오 초."

짧게, 하던 말을 마무리한 리버스의 시선이 선욱의 얼굴로 날아가 박혔다. 그를 찾아온 리나의 썬은 처음 봤을 때와는 정반대로 매우 초췌한 모습이었다. 며칠간 세수도 하지 않은 듯 거뭇하고 거친 피부, 넥타이도 없이 대충 걸쳐 입은 듯 구깃구깃하고 후줄근한 셔츠와 재킷, 면도하지 않아 덥수룩해진 수염 자국, 기름기마저 다분한 머리카락. 깔끔하고 완벽했던 김선욱의 흔적은 그 어디에서도 찾아볼 수 없는 모습이었다.

'와우! 대반전인데?'

김선욱의 이런 모습이라니. 리버스는 약간은 놀란 눈을 슬쩍 위로 치켜떴다. 아무래도 상황이 돌아가는 추이를 보아 이 게임의 승자는 봉리나, 그녀가 될 듯싶었다. 이런 종류의 힘겨루기는 원래 아쉬운 사람이 먼저 백기를 드는 것 아니겠는가. 선욱이 리버스를 찾아왔다는 건 '백기'를 의미했다. 물론 리나는 선욱의 백기 따위 받고 싶지 않는 눈치였지만.

[게임 끝이야. 썬, 이제 결혼할 거야.]

리버스는 육십삼 시간 삼십팔 분 전, 리나에게서 받은 한 통의 전화를 떠올리며 씁쓸한 입맛을 다셨다. 선욱의 약혼녀가 임신을 했다는, 충격적인 사실을 알리는 그녀의 목소리는 울음보가 터지기 일보 직전이었다. 잠시 여행을 다녀오겠다는 말을 끝으로 배시시 웃으며 서둘러 전화를 끊었지만 그는 알 수 있었다. 리나가 전화를 끊고 엉엉 울었을 것임을.

휴, 한숨을 푹 내쉬며 리버스는 김선욱을 바라봤다.

"당신, 너무 늦었어."

"리나 어디로 갔어?"

리버스를 향해 선욱은 낮고 음울한 어조로 물었다. 범인 취조에 나선 형사처럼 말투가 심히 명령조였다. 리버스는 자신의 아파트 문을 활짝 열며 씩, 기분 나쁠 정도로 환히 웃었다.

"Come in."

"리나가 여기 있단 소리야?"

순식간에 선욱의 눈이 가늘게 좁혀졌다. 그 살벌한 기운에 리버스는 휘유~ 속으로 휘파람마저 불었다. 무서운 동생사랑이군. 리나가 여기 없으니 망정이지, 있었다면 칼부림이라도 날판이 아닌가. 저렇게 안타까운 여자를 놔두고 왜 다른 여자와 약혼을 한 건지 리버스는 도무지 이해가 안 되었다. 아니, 약혼까진 그렇다 치고 아기는 뭔가. 그건 정말 사랑하는 사람에게 주어야 할 남자의 절개 아닌가? 아님 말고.

「있기를 바라는 겁니까?」

영어로 빠르게 중얼거리며 그는 딱딱한 미소를 지었다. 웃는 것처럼 보이지만 실은 웃지 않고 있다는 걸 선욱은 여실히 느낄 수 있었다. 그의 눈에는 반감이 어려 있었다. 그러나 리나의 행방에 온 신경을 집중하고 있는 선욱의 눈에 그게 들어올 리 없었다. 선욱은 다짜고짜 리버스의 멱살을 잡고 집 안으로 밀고 들어왔다.

쾅!

아파트 현관문이 굉음을 내며 두 남자의 등 뒤로 닫혔다. 선욱은 두 눈에 힘을 주며 씹어뱉듯 잔인하게 입을 놀렸다.

「리나가 어디 갔는지 말해.」

반협박조의 말투에는 가까스로 눌러 참고 있는 분노가 고스란히 녹아들어 있었다. 이거 참 재미있는 반응이네. 씰룩 눈가를 휘며 리버스는 생각했다. 마치 리나가 사라진 게 모두 리버스의 탓인 것처럼 잔뜩 화를 내는 김선욱의 모습이 다소 그에게는 당황스러웠다.

「리나는 혼자 생각을 정리하겠다고 떠났습니다. 그러나 당신에게 행선지를 말해줄 수 없어요.」

「리나가 어디로 갔는지 알고 있다는 말이야?」

선욱이 두 눈을 부라리며 멱살을 더욱 세게 쥐어틀었다. 마치 어떻게 그럴 수 있냐는 듯. 그는 자신도 모르는 리나의 행방을 리버스가 알고 있다는 사실에 기가 막힌 듯했다. 리버스는 희한한 반응을 보이는 선욱을 기이한 물건 바라보듯 뚫어져라 보았다.

「어떻게? 어떻게 네가 알고 있지?」

「그게 중요합니까?」

웃기다는 듯 리버스는 피식 웃었다. 선욱은 잡고 있는 멱살을 더욱 거세게 거머쥐며 소리쳤다.

「네가 어떻게 그걸 알고 있냐고. 어서 말해!」

「떠나기 직전에 내게 전화를 했습니다만.」

다급하고 흥분한 선욱과는 사뭇 대조적인 말투로 리버스가 대답했다. 심드렁한 그의 얼굴에는 선욱에 대한 알 수 없는 감정이 드러나 있었다.

「네게? 리나가?」

너무 기가 막혀 선욱은 리버스를 노려보았다. 리나가 리버스에게만 행선지를 밝혔다는 사실이 도무지 믿기지 않았다. 지욱에게도, 의령에게도, 아무한테도 말하지 않은 행선지를 왜 리버스에게? 그는 리나의 마음에 커다란 상흔을 남긴 장본인이 아닌가. 아무리 강해 때문에 말도 안 되는 오해를 하게 되었다고는 하나, 선욱을 제쳐두고 어떻게 리버스에게만 행선지를 밝히고 여행을 떠날 수가 있는가 말이다! 너무나 허탈해서 말도 제대로 안 나왔다.

「직접.」

계속되는 리버스의 확인사살. 싸한 통증이 날카롭게 선욱의 가슴을 베고 지나갔다. 심장이 도려내진 듯 텅 비어버린 가슴에서 철철철 피가 쏟아졌다. 숨조차 쉴 수 없을 정도로 강렬한 통증에 그는 피가 나도록 입술을 깨물었다. 너무나 세게 쥐어 새하얗게 질려가고 있는 손아귀를 거칠게 놓으며 그는 하! 웃고 말았다.

"네깟 녀석한테 리나가 그랬다는 게…… 도무지 믿어지지가 않는다.”

멱살에서 풀려난 리버스는 불편한 목을 매만지며 선욱의 표정을 유심히 바라봤다. 혼잣말을 중얼거리는 선욱은 정말로 놀란 듯 혼이 쑥 빠진 표정이었다. 아직도 약혼녀의 임신 소식을 모르는 건가? 알고 있다면 저런 식의 표정은 지을 수가 없을 텐데 말이다. 리버스는 뭔가가 잔뜩 꼬여 있는 것 같다는 기분이 젖었다.

「리나는 당신 약혼녀에게서 중요한 사실을 들었어요.」

“뭐?”

선욱이 험악한 인상으로 그를 돌아보았다. 저 표정은 뭐지? 별로 놀라지도, 죄책감을 느끼지도 않는 선욱을 보며 리버스는 미간을 찌푸렸다. 놀라지 않았다는 건 이미 사실을 알고 있었다는 뜻이었다. 그렇다면 당연히 죄책감도 느껴야 정상 아닌가. 그가 아는 남자 중 가장 도덕적인 인간 김선욱 씨라면 이런 상황에서 저런 표정을 지을 수는 없었다. 기분이 점점 더 이상해졌다.

「혹시 알고 있습니까? 당신 약혼녀가…….」

“리나가 그것도 말하던가?”

리버스의 말을 선욱이 막았다. 한국어로 묻는 그의 말투는 매우 공격적이었다.

「알고 있었군요. 당신도.」

“풋! 웃기는군.”

선욱은 며칠 전, 전화 속에서 울부짖던 강해를 떠올리며 냉소했다. 그날 강해가 쏟아낸 사실은 선욱을 경악하게 만들었다. 강해는 그날 자신이 결근했던 이유가 죄책감 때문이라고 했다. 리나에게 선욱의 아이를 임신했다는 말도 안 되는 소릴 해놓고, 그 죄책감에 너무나 괴로워 하루 종일 끙끙 앓았던 것이다. 그 착한 강해가 어떻게 그런 짓을 할 수 있었는지. 하지 말아야 함을 알면서도 어쩔 수 없이 한 거짓말 때문에 그녀가 얼마나 괴로워했을지 모르는 바는 아니고, 거짓말을 할 수밖에 없는 심정이었다는 걸 이해 못하는 것도 아니다. 하지만 아무리 그래도 세상엔 해서는 안 되는 거짓말이란 게 있다.

기가 차고 어처구니가 없어서 그는 아무 말도 하지 못했었다. 강해가 선욱의 아이를 임신한 걸로 알고 있는 상황에서 선욱의 키스를 받았던 리나의 심정이 어땠을지 상상이 가고도 남았다. 그가 혐오스러웠을 것이다. 더럽고 추잡하다 욕했을 것이다. 끝없이 추락하는 스스로가 비참해져 죽고 싶었을 것이다. 그녀가 얼마나 괴로웠을지 생각하면 지금도 마음 한구석이 욱신거리고 저며 왔다. 강해에게 화조차 낼 수 없는, 무기력한 자신이 저주스러웠다. 진작 그가 나서서 상황을 정리했더라면 이렇게까지 꼬이진 않았을 텐데, 하는 자책감으로 죽을 만큼 괴로웠다.

"그거, 내가 모르면 안 되는 얘기 아닌가? 왜 내가 모를 거라고 생각하지?"

선욱은 피곤한 얼굴로 리버스를 노려보았다.

「안다면 그렇게 당당하지 못할 거라고 생각했으니까요.」

"그런 말을 당신 같은 인간한테 들으니 기분이 좀 묘하군."

「나 같은 인간이라? 훗!」

리버스가 다시 웃었다. 대놓고 선욱을 조롱하듯 비웃음 가득한 그의 얼굴을 보는 순간, 선욱의 눈에 불꽃이 튀었다. 뻔뻔한 놈이 뻔뻔하게도 아무 죄책감 없이 꼬부랑 말을 나불대는 꼬락서니에 확 열이 뻗혔다. 결혼까지 약속한 여자 몰래 딴 여자와 호텔까지 간 놈이 무슨 자격으로 선욱을 비웃는단 말인가.

「갑자기 궁금해지네. 당신이 생각하는, 나 같은 사람. 대체 어떤 사람인지.」

"당당하면 안 되는 놈이지. 넌 자격이 없어."

선욱은 날리고 싶은 주먹을 꽉 틀어쥐고 놈을 노려보았다.

「당신이 말하는 자격이 어떤 자격인지 모르겠지만. 리나의 사랑을 받을 자격이라면, 당신 역시 없기는 마찬가지 아닌가?」

"너보다는 나아."

「양다리께서 하실 말씀은 아닌 것 같습니다? 설마 그 말, 진심은 아니겠죠?」

"뭐?"

이 미친놈이 대체 무슨 소릴 하는 거지? 선욱의 얼굴이 험상궂게 구겨졌다.

「당신 약혼녀가 당신의 아이를 가졌습니다. 그걸 아는 리나가 당신의 제안을 듣고 어떤 생각을 했을 것 같습니까?」

선욱은 웃고 말았다. 제깟 게 누굴 비난하는 건가? 누굴 걱정해 주고, 누가 더 낫다는 건가?

선욱은 더 이상 참지 못하고 그에게 다시 덤벼들었다. 우두둑. 어찌나 세게 멱살을 거머쥐었던지 리버스의 와이셔츠가 찢어졌다. 그와 동시에 리버스는 현관 건너편 벽 구석으로 거칠게 밀어붙여졌다.

쿵!

등이 벽에 부딪히고 엄청난 통증이 밀려오자 리버스는 인상을 구기며 선욱을 노려봤다.

"Dammit!"

"너 이 자식. 리나랑 다시 어떻게 해볼 생각, 꿈에도 하지 마."

선욱이 이를 갈며 말했다. 리버스는 어처구니가 없어 코웃음을 쳤다.

"당신이 이러는 거 엄청 웃기시거든요. 지금 코미디하십니까?"

"너 안 돼 내가 가만히 안 있을 거야."

"그건 내가 할 소립니다. 리나한테 껄떡대지 마세요. 당신은 이미 늦었습니다. 지각생은 수업 들은 자격이 없다는 것쯤은 아시겠죠?"

"지각생? 웃기는 소리 마. 이미 늦은 건 너야. 돌이킬 수 없는 짓거릴 한 건 너라고!"

"이럴 거면 임신이나 시키지 말든지. 약혼녀 임신시키기 전에 단 한 번이라도 리나를 떠올렸으면 일이 이렇게 되진 않았을 거 아닙니까? 뒤늦게 후회할 일도 없었을 겁니다."

"리나 걱정하는 척하지 마. 역겨워, 이 자식아."

리버스는 선욱을 똑바로 바라보며 씩 한쪽 입술을 위로 끌어당겨 올렸다.

"내가 할 소릴 계속하고 계시네. 이 양반아, 리나는 당신 때문에 괴로워하고 있어. 당신 피해 달아난 거라고. 마음의 정리? 그거, 당신 정리하러 떠난 거라고."

"뭐?"

선욱이 놀란 듯 뜨악한 표정으로 반문했다. 리버스는 얼굴을 찡그리며 자신의 멱살을 잡고 있는 선욱의 팔을 거칠게 잡아챘다. 거칠 것 없이 폭주하던 그의 팔은 의외로 힘없이 저만치로 떨어져 나갔다. 리버스는 흐트러진 옷매무새를 단정하게 가다듬었다. 한 장에 몇 백 달러나 하는 수제 와이셔츠가 한순간에 걸레짝이 되어 있었다.

'나 이거야 원.'

봉리나 때문에 이게 무슨 추태인지. 럭셔리한 그의 인생에 빈티지 오점 하나 거하게 남긴 셈이었다.

"그게 무슨 말이지? 리나가 날 정리하러 떠난 거라니. 무슨 근거로 그런 말을 하는 거야?"

리버스는 인상을 구길 대로 구기며 선욱을 찔러보았다. 45도

각도의 건방진 시선처리에 선욱이 움찔했다. 그의 행동이나 눈빛이 무서워서라기보다, 그가 또 무슨 핵폭탄 같은 말을 던져 올지 두려운 거였다. 리버스는 몸을 똑바로 세우고 거만한 미소를 지었다.

"별로 말하고 싶지 않습니다만."

"지금, 나랑 장난하자는 거야?"

파밧파밧! 키도 엇비슷해 거의 일직선상에 맞닥뜨린 둘의 시선이 공중에서 치열하고 촘촘하게 얽혔다.

"내가 모든 걸 밝혀도 달라질 게 하나도 없는 마당입니다. 굳이 밝힐 필요도 없는데 밝힐 이유 있습니까?"

"말장난하지 마."

"내 말은, 당신은 곧 결혼해야 할 몸이라는 겁니다."

"약혼녀 임신 이야기 한 번만 더 하면 골백번이다."

"이런! 듣기는 싫은 모양입니다?"

"개수작 떨지 말고 똑바로, 제대로 말해."

"이게 개수작이면 당신이 한 짓은 무슨 수삭이지?"

리버스는 심술궂은 눈빛으로 씩 웃었다.

"딴 여자랑 약혼해, 약혼한 여자한테 임신까지 시켜. 그래 놓고 리나에게 뭐라고 했지? 충고하는데, 책임질 수 없는 말은 입 밖에 꺼내지도 마."

"내가 책임질 수 없는 말로 리나를 현혹했다, 이 소린가?"

"아닙니까?"

아니다, 당연히! 리나를 책임질 생각이었고 그럴 수 있다고 믿었기 때문에 그리 말했을 뿐이었다. 비록 그날 그때, 리나는 그렇게 생각했을 테지만 그건 오해다. 임신을 시키기는커녕 강해와 키스 한 번 제대로 해본 적 없는 그가 아닌가.

"뻑, 유."

선욱이 씹어뱉듯 천천히 내뱉었다. 엿이나 먹으라는 욕설을 들었는데도 리버스는 피식, 다시 웃었다. 이거, 이거. 상당히 흥미진진한데? 남의 일만 아니라면 더 적극적으로 나서서 조목조목 선욱을 공격해 줄 텐데 말이야. 손바닥을 맞대고 마구 비비고 싶은 충동을 느끼며 리버스는 눈썹을 치켜떴다.

"꽤나 자신만만하신데. 좋습니다. 그렇게까지 큰소리를 치시니 한번 믿어보죠. 이 일을 어떻게 해결해 내는지 꼭 두고 보겠습니다."

"이제 입을 여시겠다는 건가?"

"미리 말해두는데. 당신, 리나를 또다시 울게 한다면 나도 가만히 안 있을 겁니다."

"마치 그동안 리나가 나 때문에 많이 운 것처럼 말하는군."

아둔한 남자. 그 이름은 김선욱이라!

"십오 년을 당신 때문에 속앓이를 했으니 꽤 울었겠지?"

"뭐?"

선욱이 미간을 찌푸리며 리버스를 노려보았다. 살짝 고개를 아래로 꺾은 채 두 눈동자를 위로 치켜뜬 모습은 흡사 반항적

색체의 제임스 딘 브로마이드를 보는 듯 멋진 그림이었다. 디자이너 입장에서 확실히 김선욱은 만족스러운 모델이었다. 하긴, 그러니 리나가 자신의 컴퓨터를 선욱의 사진으로 도배한 게 아니겠는가. 제 디자인의 가상모델도 역시 늘 썬, 그였다. 칠 년 동안 한결같이. 리버스는 씩 웃으며 어깨를 으쓱했다.

"놀라지 말고 잘 들어요, 리나의 썬."

"……?"

철저하게 숨겼던 게 분명한 듯 선욱은 '썬'이라는 자신의 애칭조차 못 알아들었다. 하여튼 여자들이란. 정말 섬뜩하다니까. 얼마나 완벽하게 숨겼으면 이자가 이렇게 멍~ 때리느냔 말이다. 힌트라도 줄 것이지, 십오 년을 짝사랑했으면서. 알 수 없는 여자들의 심리에 고개를 저으며 리버스는 태연한 얼굴로 선욱의 옆을 스치고 지나갔다.

"당신에게 보여줄 프로그램이 있습니다. 디자이너라면 누구나 갖고 있는 거죠. 자신의 디자인을 가상의 모델에게 미리 입혀보고, 작품의 문제짐을 분식, 수징하는 깁니다."

"그걸 왜 나한테……."

"리나가 왜 당신 때문에 울었는지 궁금하다면서요."

선욱의 말을 막고 리버스가 말했다. 자신의 작업실로 꾸며져 있는 방으로 그는 이미 향하고 있었다. 그의 뒷모습을 바라보며 선욱은 입을 다물었다. 뭐가 어떻게 돌아가고 있는 상황인지 그는 당혹스러울 따름이었다. 그런 그를 돌아보며 리버스는 신랄하게 중얼거렸다.

"다 보고 나서 약혼녀 문제는 어떻게 처리할지나 말해줘요."

리버스의 노트북이 윙, 소리를 내며 켜지고 있었다.

＊

지욱의 이름을 대고 안내데스크를 통과한 리나는 엘리베이터를 타고 잠시 고민을 했다. 지욱을 만나러 가려면 숫자 '52'를 눌러야 했지만 손가락이 자꾸 반항을 하려고 했다. 조종받기를 거부하는 그녀의 손가락은 부사장실과 대회의실이 있는 58층 버튼을 누르려고 기를 쓰는 중이었다. 바들거리는 손가락을 다른 손으로 붙들고 잡아당기는, 생쇼를 벌이던 리나는 결국 이사실이 있는 55층을 누르고 말았다.

그래, 탁월한 선택이야. 선욱을 보는 것보다는 강해를 먼저 보는 게 백배천배 낫지. 배가 조금은 불러 올랐을 그녀를 보면 혹시라도 남아 있을지도 모를 선욱에 대한 미련이나 부질없는 감정들이 사그리 다 사라질 게 분명했다. 다시 그를 봤을 때 심장이 제멋대로 두근거린다거나 불쑥 둘이 나눴던 키스가 떠오른다면 십중팔구 옛날의 감정으로 되돌아가는 불상사가 생겨버릴 게 아닌가. 예방접종 차원에서 강해를 먼저 짜잔! 만나보는 게 상책이었다.

고속으로 올라온 엘리베이터가 55층에서 멈춘 후, 엘리베이터 문이 열렸다.

훈훈한 공기가 엘리베이터 안을 습격하고 리나는 다량의 공기를 길게 들이마시며 긴장을 풀었다. 터벅터벅, 지저분하다는 말로는 충분치 않은 시커멓고 너덜거리는 운동화를 끌고 엘리베이터에서 나오자 지나가는 사람들이 그녀를 돌아보며 수군거렸다. 그럴 만도 하지. 한 달 동안 서해안을 전전하다 막 귀향한 그녀는 몰골이 말이 아니었다. 리나는 고개를 꺾어 자신의 꼬라지를 쓰윽 훑어 내려보았다.

길거리에서 삼 만원 주고 산 싸구려 잠바때기, 만 원에 세 장짜리 티셔츠. 귀국할 때 사들고 들어온, 나름 미국물 먹은 수입 구제 청바지는 이미 시커먼 기름때에 찌들어 포기한 지 오래였다. 한 달간의 객지생활로 인해 빵빵해진 배낭을 메고, 역시 얼룩덜룩 기름때에 절인 수건을 목에 건 그녀는 반 넝마주이나 다름이 없었다. 게다가 어찌나 냄새가 독한지. 스컹크가 다 '아이고~ 내 코야~' 하며 도망갈 지경이었다. 이런 지경이니 지나가는 사람들의 눈길을 사로잡는 건 당연지사이지요.

"어머, 뭐야?"

"으, 윽!"

코를 쥐며 저만치 달아나는 여직원들을 바라보며 리나는 엽기적으로 씩 웃었다. 손에 칼만 들면 딱 공포영화 주인공이었다. 땟국물이 뒤룩뒤룩 붙은 얼굴에 이만 하얗게 드러난 리나를 돌아본 여직원들이 꺄악! 비명을 질러댔다.

캬~ 늘씬하게 잘도 차려입었다. 예쁘기도 하지들. 오랜만에 하는 눈보신에 세월 좋은 생각을 하며 리나는 배시시 웃었다. 위아래 정장으로 쫙 빼입은 여직원들을 보고 있노라니 현실감이 확 되살아났다. 생존을 위한 치열한 사투를 벌였었던 지난 몇 주간의 일들이 마치 한여름 밤의, 아니, 한봄 밤의 꿈처럼 아득하게 느껴지니, 이것 참 희한한 일이 아닐 수 없다. 리나는 씁쓸한 마음으로 터벅터벅, 피곤한 걸음을 다시 걷기 시작했다.

그녀가 집을 떠나온 지 벌써 한 달.

그녀는 그동안 서해안 지역을 쭈욱 돌면서 시간을 보냈다. 처음 집을 나왔을 땐 등산이나 하면서 선욱에 대한 감정을 깨끗이 지우고 마음을 정화시키려고 했었다. 하지만 곰곰이 생각해 보니 그것보다는 '일'을 하는 게 나을 것 같았다. 빡센 노동으로 육체가 피곤해지면 정신도 피곤해질 테고, 그럼 선욱도 빨리 잊을 수 있을 거란 판단이었다.

그런 마음으로 시외버스에 몸을 실은 리나가 향한 곳은 충남의 어느 마을이었다. 최근 재앙이라 불리는 기름사고 때문에 말도 많고 도움의 손길도 많이 필요한 곳이었다. 사고가 터진 지 몇 달이 지났지만 여전히 봉사의 손길이 필요한 그곳에서라면 아무 생각 없이 일만 할 수 있을 것 같았다. 하지만 그런 불순하고 이기적인 생각으로 찾아간 그곳에 도착하자마자 그녀는 엄청난 사실을 한 가지 깨달았다.

사랑, 그따위의 아픔은 아무것도 아님을. 이 거대한 눈물 앞

에 그깟 한심한 사랑놀음 따위는 아픔 축에도 끼지 못한다는 것
을.

지독한 냄새, 까맣고 두터운 기름띠, 암울한 주민들의 표정,
그리고 눈물…….

수많은 사람들의 손길에도 불구하고 그곳은 여전히 '재앙'이
었다.

재앙 한가운데에서 그녀는 할 말을 잃고 말았다. 자신의 아픔
이 그토록 하찮게 느껴질 줄 몰랐던 그녀는 한동안 넋을 잃고
멍하게 서 있었다. 암담한 현실 앞에 무릎을 꿇고 싶은 심정이
었다. 과연 이게 전부 다 복구가 될 수 있을까 싶은 마음에 시작
도 하기 전에 손을 놓아버리고픈 마음, 절망 그 자체가 되었다.

자포자기의 심정으로 눈물콧물 흘리며 시작한 기름띠 제거
작업은 한 달 내내 이어졌다. 밥 먹는 시간도 아까워하며 미친
듯이 기름을 걷어내는 그녀의 모습이 아마도 봉사활동을 하기
위해 찾아온 수많은 사람들의 모습일 것이다. 그곳을 찾은 사람
들이라면 그 어마어마한 재앙 앞에서 결코 웃는 낯이, 게으른
손이 될 수 없었을 것이다.

그 와중에, 사랑? 김선욱? 그까이꺼, 생각할 겨를 전혀 없었
다. 절망의 늪에서 죽자사자로 발버둥을 치는 사람들 틈에선 그
딴 감정을 가진다는 것 자체도 사치처럼 느껴졌으니까. 혹여 선
욱을 다시 보고 예전의 감정이 다시 되살아나도? 괜찮다. 이젠
사랑의 아픔 따윈 겁, 하나도 나지 않았다. 세상엔 사랑보다 더

아픈 비극이 너무나 많음을 제 눈으로 확인하고 돌아온 마당에 뭐가 무섭겠는가. 아파도 웃을 수 있다, 이제는.

"누구…… 십니까?"

이사실 문을 열고 들어가니 남자 비서가 자리에서 일어나며 인상을 찌푸렸다. 고약한 기름 냄새에 잽싸게 손을 올려 코를 감싸 쥐며 비서는 리나의 몸을 위아래로 훑어보았다.

"윤강해 이사님을 만나러 왔는데요."

"약속하시고 오신 겁니까?"

"그런 건 아닌데요. 잘 아는 사람이거든요. 저 왔다고 하면……."

"약속하신 게 아니면 곤란합니다. 나가주세요."

장 비서는 머리가 지끈거리는 걸 느끼며 단호하게 고개를 흔들었다. 도대체 뭘 파는 잡상인이관대 이렇게 기름 냄새에 전 거지? 지독한 악취였다. 로비에선 대체 무슨 정신으로 이런 사람을 통과시켜 줬는지, 기가 막힐 노릇이었다.

"제가 누구냐면요."

"약속을 잡으신 후 다시 오세요."

"아니, 왜 제 말은 들어보지도 않고……."

"나가주세요."

"이 사람이 근데 정말. 여봐요! 내 이름이나 좀 전해줘 보고 나가라고 해요. 내가 이사님이랑 얼마나 친한 줄 알아요?"

"아니, 어디서 큰소립니까? 나가요. 나가세요."

키 크고 덩치 큰 남자가 밀어내면, 키 작고 땅땅한 여자는 속수무책으로 밀리는 법이다. 남자 비서의 손길 한 방에 리나는 저만치 튕겨져 나가 버렸다. 다리에 빡 힘을 주고 버티려 했으나 등에 진 무거운 배낭 때문에 균형 잡기가 만만치 않았다고 하면, 변명이려나?

남자 팔 힘에 밀려 붕~ 날아간 리나는 철푸덕, 파리채에 정통으로 얻어맞은 오뉴월 파리마냥 벽에 착 찌그러져 달라붙어 버렸다.

"이 싸람이, 진짜!"

리나는 발끈 치솟는 화딱지에 겨워 버럭 소리를 질러댔다. 그때였다. 남자 비서의 등 뒤로 덜컹, 문이 열렸다.

"왜 이렇게 시끄러운 겁니까?"

앗! 이 목소리는?

"부, 부사장님!"

장 비서가 뒤를 돌아보더니 리나를 다시 꼴아보며 험악하게 인상을 썼다. 웬 디리운 불청객 때문에 부사장한테 딱 걸렸으니 리나를 죽이고 싶을 게다. 리나는 예상치 못한 선욱의 등장에 말을 잇지 못하고 숨을 멈추었다. 이, 이게 아닌데……. 이 타이밍이 아니라고!

"누구야?"

이사실에서 강해가 나왔다. 두 사람이 저 안에서 뭘 하고 있었던 거지? 뜬금없는 생각이 불현듯 리나의 머리를 때리고 지나갔다. 그게 너랑 무슨 상관인데, 이 바보 멍충아. 너랑은 이제 아무 상관 없는 사람들이잖아. 그렇게 생각하기로 해놓고! 리나는 저도 모르게 두 눈에 힘을 주고 있었다.

"어? 너……."

강해가 먼저 그녀를 알아봤다. 장 비서의 몸에 교묘히 가려져 선욱은 여태 그녀의 얼굴을 못 알아보고 있었다. 하긴, 리나가 이렇게 더러운 옷차림에 지독한 악취를 달고 나타날 줄 어디 짐작이나 했겠는가. 당근 못 알아보지.

"리나, 너!"

얼씨구. 이번엔 선욱이 그녀를 알아본 모양. 두 눈이 훌쩍 커지면서 파리가 왔다 갔다 할 만큼 크게 쩍, 입이 벌어졌다. 두 눈을 비벼 리나가 맞는지 확인하고 싶은 모습이었다. 리나는 두 눈의 힘을 풀고 헤벌레~ 웃으며 중얼거렸다.

"하이."

"너, 인마! 너……!"

"리나야! 어떻게 된 거니?"

강해도 선욱도, 둘 다 놀라 기절초풍 일보 직전이었다. 리나는 흰 이를 드러내고 바보처럼 웃으며 장 비서를 돌아봤다.

"아저씨, 제가 이래 봬도 부사장님 동생이거든요."

"에, 예?!"

불쌍할 정도로 울상을 지으며 장 비서가 놀란다.

"제가 집을 좀 나갔다 왔거든요."

"그 꼴이 도대체……!"

선욱은 두 눈을 부라리며 고함을 치려다 하려던 말을 멈추고 말았다. 어처구니가 없어서 지금 당장이라도 돌아가실 지경이었다. 그녀가 돌아왔다는 안도감은 정말 단 일 초, 아주 잠깐 들었을 뿐 순식간에 화가 치밀어 올랐다. 저 몰골은 대체 뭐며, 한 달이 넘도록 연락 한 번 주지 않고 어딜 싸돌아다녔는지를 생각하니 울화통이 불끈불끈 솟구쳤다. 그런데도 리나는 아무 죄도 없다는 듯 순진한 얼굴로 빙긋 웃더니 거침없이 저벅저벅 이쪽으로 걸어온다.

"나 없는 틈에 둘이 벌써 결혼한 건 아니지?"

선욱은 두 주먹을 쥐었다 폈다를 반복하며 연방 심호흡을 했다.

"애는? 어떻게 됐어?"

"어? 어……."

강해가 난감한 듯 선욱과 장 비서의 눈치를 살폈다.

"배 아직 안 나왔네? 몇 개월이랬지?"

"리, 리나야. 사, 사실 나는……."

강해가 심하게 말을 더듬었다. 선욱은 진땀을 흘리고 서 있는 강해를 슬쩍 돌아보았다. 리나가 계속 물어온다면 사실대로 다 말할 것 같은 분위기였다. 강해가 거짓말한 건 분명 잘못이고 리나에게 사과해야 하는 것도 마땅한 이치지만 지금은 아니었다. 굳이 장 비서가 있기 때문이 아니더라도, 선욱이 그걸 원치 않았다. 지금은 리나와 그가 나누어야 할 얘기가 너무나 많았다. 모든 건 얘기가 끝난 후에 해도 늦지 않았다.

선욱은 신나게 강해를 향해 걸어오고 있는 리나에게 성큼 두어 걸음 다가가 그녀의 팔을 확 휘어잡았다. 순식간에 리나는 선욱의 품으로 날아와 코를 박았다.

"아이고!"

무거운 배낭에 짓눌린 리나는 선욱의 가슴 안에서 보기 흉하게 버둥거렸다. 그런 리나의 팔을 선욱은 거칠게 거머쥐고 빠르고 넓은 보폭으로 앞을 향해 걸어나가기 시작했다.

"아, 뭐야아~! 왜 이래, 오빠!"

리나가 고래고래 고함을 질러댔지만 선욱은 멈추지 않았다. 강해는 놀란 두 눈을 훌쩍 뜨고 두 사람을 지켜보았다. 쯧쯧. 큰일났군, 봉리나. 어쩌면 좋아. 고개를 가로젓는 강해의 코앞에서 쾅, 문이 닫혔다. 순식간에 아무 일도 없었다는 듯 잠잠해진 출입구를 바라보며 강해는 휴, 한숨을 내쉬었다.

얼마나 다행인 일인가. 그녀는 리나가 무사히 돌아와 준 것만도 감사했다. 그녀가 연락을 두절하고 사라진 한 달 동안, 강해는 너무나 괴로웠다. 지욱과 선욱, 의령을 볼 면목도 없었고 자책감에 죽고 싶은 마음뿐이었다. 비록 선욱은 그녀에게 너무 걱정하지 말라며 네 잘못 아니라며 위로해 주었지만, 그녀는 알았다. 그녀를 바라보는 그의 눈빛이 예전보다도 더 식어버렸음을. 신뢰마저 사라져 버린 그의 시선은 그녀의 자업자득이었다. 남의 것에 욕심을 낸 벌.

선욱은 이미 그녀를 용서했다고 말했다. 그런 그에게 강해는 이젠 새로운 사람을 만나고 싶다고 말해주었다. 표현은 안 하지만 그는 내심 강해에게 미안한 마음을 가지고 있을 게 뻔했고, 그녀는 그게 싫었다. 그의 죄책감으로 인해, 벌써 깨졌을 약혼을 오 년이나 끌어온 것으로도 족했다. 더 이상은 동정표로 사랑을 구걸하고 싶은 생각 추호도 없다. 그건 한 달 전, 리나에게 본의 아닌 거짓말을 하고, 이틀을 꼬박 앓으며 괴로워하고 고민하면서 내렸던 결론이었다.

"임석인은 너와 어울리지 않아."

선욱이 사무실 안에서 방금 한 말이었다. 아무리 생각해도 그는 임석인의 평판이 마음에 걸린다고 했다. 서출이라는 것도 그렇고, 그 집 남매들이 서로 배가 다르다는 것도 심히 걱정스럽다는 것이다. 실제로 임 회장의 현부인은 두 번째 부인이고, 임석인은 밖에서 낳아온 자식이라는 거 세상 모두가 아는 사실이었다. 선욱은 여전히 여동생처럼 그녀를 걱정하고 그녀의 미래에 대해 진지하게 고민하고 있었다. 그거면 됐다고, 그거면 충분히 위로가 되었다고 강해는 생각했다.

선욱의 염려가 아니더라도 강해는 임석인과 만날 생각은 없었다. 아버지의 강한 압박이 있었지만 그녀는 그와의 맞선을 의

도적으로 피해왔다. 덕분에 늘 일에 매달려야 했고, 윤 회장은
그때마다 청천벽력 같은 화를 냈다.

한 번의 맞선이 틀어지고, 두 번째 맞선이 진행되고 있다는
걸 강해는 알았다. 하지만 그녀는 그 두 번째 맞선마저 나가지
않을 것이다. 아무리 약혼자에게 파혼을 당해 꼴이 우습게 되었
다지만, 그렇게까지 바닥으로 떨어지고 싶은 생각 없었다. 그녀
는 자존심 있는 윤강해, 사랑 없이도 잘살 수 있었다. 지금까지
도 잘살아왔듯 앞으로도 버틸 수 있을 것이다. 사람들 시선, 뒷
담화는 전혀 두렵지 않았다. 맞설 자신도 있었다. 아무렇지도
않은 듯 웃으며 의연하게 사람들 앞에 당당히 설 것이다.

강해는 결심을 굳히고 이사실로 들어갔다. 산더미처럼 쌓여
있는 일거리들을 처리해야 했다. 햇살 좋고 바람 좋아, 봄처녀
가슴 두근거리게 만드는 날씨에도 다람쥐 쳇바퀴 같은 그녀의
일상은 어김없이 흘러갔다. 강해는 책상 위의 서류들을 죄다 처
리하기 전까진 퇴근하지 않을 작정이었다.

"어딜 가는 거야, 오빠! 어디까지 끌고 가려는 건데?"

"입 좀 다물어. 조용히 따라오기나 하란 말이야."

저벅저벅, 앞으로 걸어가는 데에 열을 올리고 있는 김선욱은
리나의 손목을 더욱 세게 그러쥐며 이를 악물었다.

"어딜 가는지 말은 해야 할 것 아니야. 그리고 갑자기 이렇게
끌고 나오면 어떻게 하냐? 강해 언니랑 인사도 못했는데. 언니

놀라잖아."

"그건 걱정이 되나 보지? 왜? 한 달 전, 아무 말도 없이 사라졌을 땐 왜 그런 생각을 못했을까?"

"무슨 소리야? 윤 언니한테 다 말하고 갔는데."

"뭐? 등산 간다는 거?"

"그래! 등산. 나, 등산 갔다 왔잖아!"

툭툭, 등에 진 커다란 배낭을 손으로 두드리며 리나가 큰소리를 쳤다. 그 꼴락서니를 하고서 등산을 다녀왔다고 말하면, 대체 믿으란 소린가, 말란 소린가? 기도 안 찼다. 선욱은 버럭 고함을 내지르고 싶은 충동을 억제하며 걸음을 더욱 재촉했다. 코너를 돌면 사용이 중단된 세미나실이 하나 있다는 걸 알고 있었다. 선욱은 당장 리나를 그 방에 쑤셔 넣고 물을 작정이었다. 어디에 있었는지, 뭘 했는지, 이 검은 기름때는 다 뭔지.

"안녕하세……."

무리를 지어 지나가던 직원들이 그를 알아보고 고개를 숙였다. 그러나 선욱은 고개만 겨우 살짝 끄넉였다. 직원들은 멍한 얼굴로 재빠르게 복도를 가로지르고 있는 선욱과 리나를 호기심 어린 눈으로 지켜보았다.

부사장님이닷! 저 여자는 누구고, 저 두 사람은 어디로 가는 거야?!

뒤통수가 따끔거리자 선욱은 입술을 슬쩍 비틀며 냉소했다. 저들이 뒤로 가서 뭐라 수군거릴지 안 봐도 비디오였다. 지금 선욱은 얼마 전 회사를 파다하게 물들인 강해와의 파혼 스캔들로 인해 모든 직원들의 표적이 되고 있었다. 그의 일거수일투족이 사원들의 입방아에 오르내리고 있는 시점인 것이다. 웬 행색 남루한 처자를 이끌고 횡하니 자리를 뜨고 있는 김선욱에게 삐릿삐릿 '~카더라' 레이더가 뾰족 발동하는 건 아주 자연스런 현상이었다.

오늘의 이 해프닝이 몰고 올 파장을 생각한다면 선욱은 당장 멈추어야 했다. 리나를 당장 집으로 돌려보낸 뒤, 퇴근 후에 그녀를 만나는 것이 최선의 방책이었다. 그걸 선욱이 모르는 것도 아니었다. 이미 이주 전에 소문들의 근거지로 추정되는 비서실을 몽땅 뒤집어엎었고, 그 와중에 선욱의 개인 비서인 박창욱 비서가 옷을 벗지 않았나. 조목조목 놈의 죄상을 들이대는 지욱 앞에서 박 비서는 와들와들 사시나무 떨듯 떨며 무릎까지 꿇었다. 하지만 비서의 최우선 덕목인 입단속에 실패한 그를 비서로 계속 채용할 수는 없었고, 결국 선욱은 그를 내보낼 수밖에 없었다.

그런 일을 겪고도 사람들의 눈을 두려워하지 않을 수도 있을까? 선욱도 인간이니 당연히 두려웠다. 하지만 소문보다 더 두려운 건 바로 리나였다. 다시 리나가 떠날 수도 있다는 생각은 선욱의 이성을 갉아먹는 중이었다. 당장 사실대로 말하고 싶어서 좀이 쑤셨다. 불안했고 초조했다. 사라질 수도 있는 가능성을 아예 싹부터 잘라 버려야 이 마음이 안정될 것 같았다.

“아이고!”

벌컥, 세미나실이 문이 열리고 리나는 거의 내던져지다시피 방 안으로 들여보내졌다. 무거운 배낭 때문에 몸이 기웃거리자 리나는 넘어지지 않으려고 비틀거렸다.

쾅!

문이 세차게 닫히더니 이어 달깍, 안에서 문이 잠겼다.

“오빠!”

균형을 완전히 잃고 쓰러지기 일보 직전, 그녀는 저도 모르게 선욱의 팔을 붙들고 늘어졌다. 문을 잠그고 뒤를 돌던 그는 쓰러지는 리나에게 붙들려 함께 바닥으로 벌러덩 나뒹굴었다.

“어, 어!”

“아얏!”

리나는 찔끔 두 눈을 감았다. 바닥에 넘어지지 않으려다 얼떨결에 선욱을 붙잡은 거였는데, 하필 함께 넘어질 게 뭐람. 다행히 무거운 배낭 때문에 뒤로 쓰러졌고, 불룩한 배낭이 그녀를 받쳐 준 덕에 바닥으로 직접 헤딩하는 불상사는 일어나지 않았지만 위쪽은 사정이 달랐다. 그녀 때문에 함께 균형을 잃은 선욱은 하필이면 리나의 몸 위로 쓰러졌다. 마치 식빵조각들처럼 둘은 팔과 다리가 겹쳐진 채 널브러진 형국이었다.

젠장! 된장! 고추장! 쌈장!

“오, 오빠?”

“…….”

어라? 아무 반응이 없다?

"오빠, 괜찮아?"

"……."

어마낫? 정말 아무 반응이 없다? 리나는 두 눈을 부릅뜨고 선욱의 상태를 확인하기 위해 고개를 틀었다. 그녀의 어깨 위에 얼굴을 묻고 있는 그는 꿈쩍도 하지 않은 채 엎드려 있었다. 그녀의 위에서.

"오, 오빠! 선욱 오빠! 정신 차려!"

리나는 선욱의 어깨를 마구 흔들어댔다.

"오빠! 죽은 거야? 아니지? 서, 설마……. 일어나 봐! 하나도 재미없어. 오빠! 오, 오빠!"

무거운 그의 밑에서 빠져나오려고 발버둥 치는 리나는 동시에 그를 흔들어 깨우려는 노력을 게을리 하지 않았다. 기분 나쁠 정도로 너무 조용한 그가 그녀는 무서워지기 시작하고 있었다. 겨우 넘어져서 설마 죽기야 하겠냐만 그래도 사람 일은 모르는 거였다. 방금까지 멀쩡하게 잘 있던 사람도 심장마비네, 뇌출혈이네, 돌연사하는 세상이다. 선욱이라고 그런 일에 늘 예외일 수는 없었다. 덜컥 심장이 떨려와 리나는 마구 소리치기 시작했다.

"안 돼! 오빠! 안 된다고!"

"그만."

헉! 순간, 리나는 모든 행동을 멈추었다. 선욱의 손이 쑥 올라

와 리나의 머리통을 붙들었기 때문이다. 고개는 그대로 그녀의
어깨에 묻은 채인데 손만 불쑥 올라오니 호러무비가 따로 없었
다.

"뭐, 뭐야?"

커다란 선욱의 손에 얼굴을 붙들린 채로 리나는 말을 더듬었
다. 그의 따뜻한 손아귀가 관자놀이 근처서부터 턱밑까지 죄다
감싸고 있었다. 포근한 온기가 볼에서부터 지글지글 타올라 온
몸으로 일사불란하게 쫘악 퍼지기 시작했다. 이건 아닌데, 이런
건……. 이러면 안 된다고!

"아, 무겁잖아. 일어나 봐."

"가만히 좀 있어봐."

그가 묵직한 목소리로 중얼거렸다.

"나 무지 더럽거든? 냄새 안 나? 오빠 옷에 다 배겠어."

"시끄러워."

"아니, 내 말은 내가 너무 더럽다고. 오빠 사무실 돌아가 봐야
하는데 이래서야 어디……."

"쉿!"

귓불 근처로 그의 입김이 훅 와 닿았다. 흠칫, 몸이 저절로 떨
려와 리나는 깜짝 놀랐다. 이게 아닌데. 아비규환, 생존을 위한
치열한 사투 속에서 한 달을 보내고 돌아온 그녀가 선욱의 입김
한 방에 이렇게 무너지는 건 말이 안 되었다. 그는 강해랑 결혼
할 사람이고, 강해는 이미 그의 신부이며 주인이었다. 선욱에게

이런 야리꼬리, 얄랑얄랑한 음심을 품는다는 건 말도 안 되는
거였다.

"무겁다니까! 일어나!"

리나는 소리를 고래고래 질러댔다. 그의 가슴팍을 밀어내면
서.

"봉리나."

선욱의 고개가 옆으로 틀어졌다. 아주 살짝. 그 바람에 그의
입술이 리나의 볼에 거의 닿을 듯 가까워졌다. 뜨거운 입김이
볼 쪽으로 쏟아졌다. 한쪽 볼은 그의 손에 이미 접수된 상태에
서 다른 한쪽 볼까지 그의 입술 앞에 속수무책으로 체포되자,
리나는 온몸을 뻣뻣하게 긴장시키고 두 다리를 버둥거렸다.

"비, 비켜! 비키라고, 좀. 좀!"

"봉리나."

엄격한 그의 목소리에 리나는 눈동자를 슥 굴렸다. 목에 깁스
한 듯 고개를 꿈쩍도 하지 않은 채 눈동자만 굴리는 그녀는 겁
에 잔뜩 질려 있었다.

선욱은 아까부터 스멀스멀 피어오르는 본능의 물결을 꾹 눌
러 참으며 상체를 일으켜 세웠다. 굴뚝청소부마냥 지저분한 리
나의 얼굴, 힙합전사처럼 목에 두르고 있는 시커먼 수건, 그의
집 걸레보다도 더 더러운 옷들이 한눈에 들어왔다. 꿈뻑꿈뻑,
흰자만 눈에 확 튀는 그녀는 눈이 감겼다 떠졌다를 반복했다.
놀라 기절하기 직전인 모양이었다. 이런 경우, 한껏 달아올랐던

욕구도 뚝뚝 떨어지는 게 일반적인 남자들의 반응이지만······?

"오빠?"

"너······."

선욱은 뻐근하게 올라오는 하체의 감각에 머리가 띵해지는 걸 느꼈다.

"진짜 다친 거야?"

리나는 두 눈을 똥그랗게 뜨고 걱정스레 물어왔다. 입술이 닭 똥집처럼 동그랗게 오므라드는 걸 보고 있노라니 온몸에 타는 듯한 불길이 이는 것 같았다. 선욱은 깃털 같은 한숨을 내쉬며 말했다.

"왜 이렇게 날 미치게 하는 거야? 날 죽이려고 작정했어?"

"무, 무슨 소리야."

"너 다시는 혼자 못 돌아다니게 할 거다."

"등산 말하는 거야? 그거라면, 사실은 말이야."

"아예 내 옆에 붙어놓을 거야. 어디든 못 떠나게 할 거다. 내 옆에 항상 달고 다닐 거니까, 각오해."

"그 말은 무슨 뜻······."

선욱의 밑에 깔려 이런 말을 들으니, 기분 묘해지는 리나였다. 자꾸 기분이 야릇해지면서 마구 딴생각이 치밀어 오르니 죽을 때가 다 됐구나 싶은 생각뿐이었다. 아니, 어떻게 강해 생각은 눈곱만큼도 하지 않고 혼자 헬렐레해질 수가 있어? 아무리 상대가 선욱이라도 그렇지. 떠나지 못하게 할 거다, 내 옆에 달

고 다닐 거다, 등등의 드라마주인공 전용 멘트를 그녀의 가슴팍
에 팍팍 쏴주신대도 그렇지! 아무리 선욱이 그렇게 나와도 넌
거기에 홀딱 넘어가면 안 되는 거 아니야? 지금 상황이 그럴 상
황이야?

'응.'

말도 안 되는 대답이 머릿속을 뱅뱅거렸다. 안 돼! 안 된다고!
리나는 상황을 유머러스하게 급반전시키기 위해 배시시 웃었
다.

"그 말은 무슨 뜻일까~요?"

반짝반짝 작은 별~ 수준의 눈동자를 초롱초롱 빛내며 리나
는 고개마저 살랑거렸다. 자신의 얼굴이 점점 붉어지는 것도 모
른 채였다. 선욱은 한쪽 입술을 부드럽게 끌어올리며 씩 웃었
다.

'헉, 멋지다!'

혼자 해서는 안 되는 감탄을 속으로 내뱉으며 리나는 질끈 입
술을 깨물었다. 이런 건 절대 입 밖으론 꺼내면 안 되는 말이었
다. 지금까지 그랬던 것처럼 리나는 선욱에게 심히 가식적으로
굴어야 했다. 그러니 절대 합죽이가 됩시다, 합.

"그건……."

그는 치즈케이크보다도 더 달콤한 목소리로 대답했다.

"널 사랑한다는 뜻."

"날 사랑……."

사랑한다고? 이 무슨 해괴한 말이야? 겨우 코믹한 시추에이션으로 뒤집어놓았더니만 이런 망발을! 이러다가 분명 '동생으로서 널 무진장 사랑한단다'라고 말할 게 뻔했다. 그러니 괜히 기분 심란해할 필요도 없었다. 그냥 발랄하게, 여동생다운 모드로 '나도 사랑해'라고 말해주면 끝이었다. 하지만…….

'야, 기름띠를 생각해. 그 고생 하면서 터득한 게, 바로 이거잖아. 김선욱, 이 남자! 그 기름띠 앞에선 새발의, 피의, 세균의, 바이러스의, 단백질분자의, 탄소의, 최외곽 전자 알갱이만도 못한 존재잖아! 무시해. 무시해 버렷!'

리나는 빠직, 두 눈에 힘을 싣고 선욱을 노려보았다. 하지만 창가로 들이치는 황금빛 햇살을 머리 뒤에 달고 그녀를 내려다보고 있는 그는 홀딱 반할 만큼 멋졌다. 쏟아지는 앞머리에 한쪽 눈이 가려졌고, 호소력 짙은 검은 눈동자와 머리카락 사이에서 곧고 강하게 솟은 콧날, 그리고 지독히 감각적으로 보이는 입술은 온통 그녀를 향해 있었다. 꿀꺽. 목울대를 타고 축축한 타액이 넘어갔다.

자알~생겼구나!

"아마 네가 샤워하던 모습을 우연히 본 후부터였을 거야. 그때부터 쭉 널 사랑해 왔어."

뜨거운 숨결을 몰고 그의 얼굴이 서서히 다가왔다. 몽롱한 눈으로 그를 바라보며 리나는 생각했다. 네가 샤워하던 모습을 봤던……? 네가 샤워……. 샤워?

'샤워라고?'

무슨 샤워? 뇌가 한순간 정지했다. 마치 인터넷 검색창이 단어를 검색하는 동안에는 늘 잠시 화면이 멈추는 듯 그녀의 뇌가 '샤워'를 검색하고 있었다. 샤워하던 모습을 그가 보았다고?

"그땐 내가 고등학생이었는데?"

저도 모르게 그녀는 소리쳤다. 어느새 그는 그녀의 입술 상공 0.1cm까지 다가와 있었다. 한쪽 팔은 이미 팔꿈치를 꺾어 바닥을 짚고 있었고 다른 쪽 팔은 여전히 그녀의 가슴 근처에 걸쳐진 채 손으론 그녀의 볼을 쓰다듬고 있었다. 이건 거의 키스하기 포즈였다.

"네가 알고 있는 김선욱은 다 허깨비였지."

"하, 하지만 그, 그땐!"

그의 달콤한 입술이 그녀의 것을 조용히 덮었다. 시끄러운 그녀의 목소리가 순식간에 그의 목구멍 안으로 삼켜 들어갔다. 눈치도 없이 계속 뭐라고 지껄이려는 리나의 입술은 쉽게도 열렸다. 선욱은 허리 근처로 몰려드는 혈류의 기분 좋게 폭주를 느긋하게 느끼며 리나의 입 속으로 자신의 혀를 밀어 넣었다.

"음, 음……."

선욱의 혀를 입 안 가득 머금은 리나는 저도 모르게 핥고 말았다. 추릅추릅, 입술 끝을 부드럽게 할짝거리는 그의 입술이 그녀의 애간장을 다 녹이고 있었다. 입 안팎에서 달콤한 고문을 시도하는 선욱의 키스에 휘말려 리나는 저도 모르게 그의 목에 팔을 감았다.

어느새 그녀의 목 뒤로 선욱의 팔이 들어왔다. 그는 배낭 팔걸이에서 그녀의 어깨를 빼내 배낭과 그녀의 몸을 분리하더니 그녀의 허리와 등을 두 팔로 감쌌다. 선욱에게 입술을 저당 잡힌 리나는 그가 움직이는 대로 따라붙었다. 입 안을 거칠게 헤집다가 입천장과 잇몸을 가볍게 쓸고, 혓바닥 아래쪽을 달달하게 애무하는 그의 혀끝은 거의 마술이었다. 숨을 앗아가는 마술.

허리 근처로 딱딱한 물건이 지그시 눌러오자 리나는 두 눈을 감았다.

오, 마이 갓…….

그녀는 마음속으로 하느님을 외쳤다.

#14 Isn't She Lovely?

사용이 중단되어 거의 폐쇄된 거나 다름이 없는 세미나실, 그 닫힌 문 안쪽에 기대어 선욱과 어깨를 나란히 하고 앉은 리나는 두 눈을 부릅뜨고 그를 돌아보았다. 어둑한 실내에 점점 적응이 되어가는 듯 리나의 눈은 초롱초롱하게 빛이 났다.

"뭐라고? 그게 다 거짓말이었다고?"

선욱은 딱히 할 말이 떠오르지 않자 어깨를 으쓱하곤 그녀의 시선을 외면했다.

"아니, 어떻게 그럴 수가?"

사기라도 당한 듯 리나의 목소리가 심하게 떨렸다. 어깨가 축 처지는 것 같더니 곧이어 뚝 고개까지 아래로 떨어졌다.

"어떻게 그럴 수 있냐니. 그럼 넌 그게 사실이길 바랐다는 거야?"

"나야 뭐, 두 사람 잘되길……."

차마 바랐다는 말은 못하겠는지 리나는 괜스레 억지기침을 캑캑거렸다. 몸이 어딘가 좋지 못해 나오는 기침이 아닌 게 빤히 보이는데도 선욱은 깜짝 놀라 리나에게 다가갔다. 뇌는 분명 '리나는 괜찮다'고 했는데도 모든 신경세포들이 전자동으로 움직여 그를 딸내미 과잉보호하는 팔불출 아버지처럼 굴게 만들고 있었다.

"괜찮아?"

선욱의 손이 포근하게 그녀의 등을 감쌌다. 리나는 흠칫 떨며 그를 돌아보았다. 선욱이 무진장 가까이 와 있었다. 매우 걱정스러운 얼굴이었다.

"어? 어……."

말은 그리 했지만 목소리는 리나 스스로 들어도 영 괜찮지 않게 들렸다. 사실이 그렇기도 하고. 평소 반듯하고 조용하고, 남에게 해코지 한 번 안 해봤을 모범생 처자인 강해가 그렇게까지 했을 때 그 마음고생이 얼마나 컸을까를 생각하니 꼭 남의 남자 빼앗은 '나쁜 년'이 된 기분이었다. 그녀가 얼마나 선욱을 선망해 왔는지 모르지 않는 리나이니 더욱 마음이 좋지 않았다. 리나의 고개가 저절로 아래로 기울어졌다. 죄인이 된 기분에 얼굴이 홧홧해져 차마 얼굴을 들고 있을 수가 없었다.

"안 괜찮은 것 같은데."

선욱의 시선이 뒤통수로 싸하게 쏟아지는 게 느껴졌다. 그가 걱정하는 게 느껴지자 리나는 고개를 휙 들어 그를 보고는 씩씩하게 웃었다.

"아니야. 괜찮아, 난. 그보다 강해 언니가 더 걱정이다. 엄청 속상하겠어……."

"남 걱정 말고 너나 잘 챙겨, 봉리나. 사람 피 말리지 말고."

"내가 뭘. 나 엄청 건강해. 강골인 거 몰라? 어릴 때부터 통뼈였다고, 나. 근육도 있어."

봉리나, 또 멀쩡한 척한다. 강해에 대한 미안한 마음과 안타까운 심정을 저만치 치워두고 리나는 활짝 웃으며 너스레를 떨었다. 어깨를 옆으로 펼치곤 뽀빠이마냥 없는 근육자랑에 열을 올리는 리나를 선욱은 빤히 바라보았다. '이제 안 통해, 허세부릴 생각 마'의 눈빛이었다.

"만져 볼래? 그러지 말고 만져 봐. 여기, 여기……."

제 한쪽 팔뚝을 마구 흔들며 근육타령을 하던 리나. 다음 순간, 어깨에 힘을 축 빼고는 에휴, 한숨을 내쉬며 고개를 아래로 꺾었다. 선욱의 흔들림 없는 눈빛에 더 이상의 연기는 불가능하다 판단한 거였다.

"그래. 솔직히 마음이 좀 거시기하다. 언니가 나한테 그랬다는 것도 그렇고 이런 상태에서 내가 오빠를 좋아……."

앗! 이런 말을 내뱉을 생각은 아니었는데 입이 또 방정을! 저

도 모르게 튀어나온 말을 잽싸게 집어삼키며 리나는 제 입을 손
으로 봉했다. 눈알을 이리저리 굴리며 선욱의 반응을 살피는데
그가 말했다.

"네가 날 좋아하고 있는 거 다 알고 있어."

잉? 리나는 두 눈을 똥그랗게 뜨고 선욱을 올려다보며 펄쩍
뛰었다.

"무, 무슨 소리셔? 날 좋아한다고 한 건 오빠잖아."

"오리발은 근물. 리버스에게 다 들었어."

선욱이 싱긋 웃었다. 리나의 반응이 재미있다는 듯.

"리버스? 그 자식이 무슨 얘길 했는데?"

"방금 말했잖아. 네가 날……."

리나는 얼굴이 사색이 되어 상체를 슬쩍 선욱으로부터 떨어
뜨렸다. 엉덩이를 들썩여 허리를 비트니 선욱의 얼굴이 정면으
로 보였다. 책상다리를 하고 있는 그녀에 반해 선욱은 긴 다리
를 쭉 뻗은 자세로 앉아 있었다. 비싼 양복바지 다 망가지겠군.
하긴, 아까 바닥을 나뒹굴며 키스할 때 이미 옷은 망가졌겠지
만.

"네가 알고 있는 김선욱은 다 허깨비였지."

불과 십오 분 전, 그가 한 말이었다. 바닥에 누워 그의 키스를
받았던 그 순간이 머릿속에 떠오르자 리나는 얼굴을 붉혔다. 해

가 지기 시작한 덕에 실내가 어둑어둑해서 망정이지. 그렇지 않았다면 선욱이 리나가 의외로 수줍음을 많이 탄다는 사실을 알아버렸을 것이 아닌가. 수줍음 타는 걸 선욱이 안다는 것 자체가 리나에겐 수줍은 일이었다.

"컴퓨터 프로그램도 보여줬어. 네 컴퓨터는 늘 내 사진으로 도배되어 있었다던데. 그거 사실이야?"

"아, 아니, 이 자식이! 제가 뭔데 남의 비밀을 쳐얘기하고 난리래?"

갑자기 당황하니 그 당황함을 화내는 것으로 승화시키는 리나다. 얼굴이 빨갛다 못해 시커멓게 물들기 시작하자 리나는 손으로 제 이마를 덮고는 '아이고, 두야'를 외쳤다. 혈압이 급상승해 당장이라도 뒤로 넘어갈 것 같았다.

"그런 중요한 얘기는 당연히 더 빨리 했어야지. 아무리 비밀이라도."

"아, 그거야……!"

"그만! 리버스 얘기는 여기서 그만."

선욱이 눈을 슬쩍 감으며 엄하게 그녀의 말을 가로막았다. 이렇게 중요하고 역사적인 순간에, 리버스나 강해 얘기로 시간을 빼앗기고 싶지 않았다. 리나가 어디로 갔는지, 왜 갔는지에 대해서 친절하게 말해주었지만 리버스는 여전히 선욱의 경계 대상이었다. 리나가 선욱과도 공유하지 못한 자신의 많은 비밀들을 리버스와 공유하고 의논했다는 걸 생각하면 지금도 선욱은 부아가 치밀었다. 특히 세 사람이 삼자대면했던 그날의 기억은 정말 끔찍한 악몽이었다.

"그딴 비밀, 말했으면 어떻고 안 했으면 어때."

"하지만 그 빌어먹을 놈이 나한테는……!"

"그거 몰랐더라도 결과는 마찬가지였을 거야."

그의 긴 팔이 턱, 리나의 어깨 위로 단호히 내려왔다. 어둠 속에서 그의 눈동자가 리나의 것을 그윽하고 따뜻하게 집어삼키고 있었다.

"네가 결혼한다고 나섰을 때부터 나, 미칠 것 같았다. 그동안 외면하고 살아왔던 내 마음이, 죽어버렸다고 생각했던 그 마음이, 널 보자마자 다시 뛰기 시작했어."

"오빠……!"

심장이 두근두근 떨리기 시작하자 리나는 급하게 숨을 들이쉬었다. 그의 손바닥이 닿은 양쪽 어깨가 지글지글 타고 있는 것 같았다. 리나는 악마에게 홀린 듯 그의 눈에 속절없이 빠져들며 헤~ 입을 벌렸다.

"그거 어떤 기분인지 모르지?"

"지욱 오빠랑 진배없이 친동생으로 생각한다고 할 땐 언제고."

"그건 흔들리는 내 마음을 다잡기 위해 한 말이었지. 진심은 아니었어."

"그때 말해줬더라면 좋았을 텐데……."

그가 그리 못한 게 강해 때문이라는 건 리나도 안다. 강해에게 상처 주고 싶지 않았을 것이다. 약혼녀가 버젓이 있는 남자가 다른 여자에게 사랑을 고백하는 짓은 도리에도 이치에도 맞지 않는 거였고. 김선욱은 도리와 이치 빼면 시체인 사람이 아닌가. 하지만 그런 그의 입장이 이해되면서도 아쉬워지는 마음은 어쩔 수 없었다. 그때 사랑한다고 말해주었더라면 그토록 힘들어했을 필요도 없었을 텐데. 한 달간 바닷가를 전전하며 기름 제거한답시고 왕노가다를 할 일도 없었을 거고…….

'떽! 그건 아니지.'

선욱과의 일은 별개로 리나는 이번 봉사활동에 대한 강한 애착과 자부심을 갖고 있었다. 비록 큰 도움은 못 되었을지언정 마음은 뿌듯했다. 그녀가 할 수 있는 최대한의 노력을 쏟아 부었기 때문이고 조금씩 나아지는 그곳에서 희망을 보았기 때문이다. 눈물과 희망이 교차하는 그곳은, 조만간 다시 한 번 꼭 가보고 싶은 곳이기도 했다.

"앞으론 그렇게. 내 마음 숨기지 않을 거다, 이제."

"정말이야? 장담해?"

리나는 퉁퉁거리면서도 씩 웃었다. 그녀에게 지금은 꿈처럼 너무나 행복한 순간이었다.

"정말."

"믿어도 돼?"

"믿어도 돼."

선욱이 이런 말까지 하다니 리나는 꼴까닥 숨이 넘어갈 것만 같았다. 오오! 십오 년 짝사랑이 결실을 이루고 있는 찰나로다! 정말 뒤로 넘어갈 것 같은 마음에 리나는 두 손을 가슴 앞에 합장하고 깜빡깜빡, 두 눈을 나풀거리고 있었다. 그런데 턱, 그의 손이 이번엔 그녀의 가슴에 사뿐히 와 닿았다.

헉! 가, 가슴이! 가슴이!

"여기에……."

너 있다, 이러는 거 아니야? 어떤 드라마에서 나왔던 바로 그 대사.

"광케이블 깔았다, 방금."

광케이블? 리나가 멀뚱거리며 그를 바라보고 있는데 그가 빙 굿 웃었다. 그리곤 그녀의 손목을 쥐더니 그녀의 손을 자신의 가슴팍에 퍽, 갖다 붙였다.

"네 마음과 내 마음, 이제 네트워킹된 거야."

"오, 오빠……!"

순간, 리나는 발랑발랑한 가슴둔덕을 들썩이며 숨을 사쁘세 내쉬었다. 네트워킹이라니! 이 멋대가리 없는 말 한마디에 왜 이렇게 떠는 거야, 봉리나. 사랑한다는 말도 아니요, 영혼을 바치겠다는 맹세도 아니요, 하다못해 '이 안에 너 있다'도 아닌데. 리나는 가슴이 벅차올라 할 말을 잃어버렸다. 그런 그녀를 선욱은 살그머니 끌어당기며 말했다.

"강해는 너무 염려 마. 한 달 동안 그 녀석도 나름대로 마음의

정리를 마친 것 같으니까. 지금 맞선 얘기가 오가는 모양인
데……."

"맞선?"

그의 품 안으로 빨려 들어간 리나는 고개를 들어 그를 바라봤
다. 딱딱하게 굳어진 그의 표정엔 안쓰러움이 묻어 있었다. 그
도 그럴 것이, 강해는 그를 오랫동안 사랑해 왔다. 그 사랑을 지
키기 위해 최후의 수단까지 썼던 그녀였다. 그런 그녀가 한 달
만에 마음의 정리를 다 하고 선을 본다는 게 과연 말이 되나?

"강해는 바라지 않는데 윤 회장님께서 밀어붙이시는 모양이
야."

"누구랑 선을 보는 건데? 회장님은 왜 그렇게 서두르시는 거
야? 혹시 오빠 때문에 일부러 그러는 거 아니야?"

당혹스러움을 느끼며 선욱은 리나를 내려다보았다. 강해의
맞선 대상이 누구인지 알면 리나는 어떤 표정을 지을까. 당사자
의 얼굴이 떠오르자 선욱은 눈살을 찌푸렸다. 그는 바람둥이 이
미지 때문에 평소 마음에 들지 않았던 인물이었다. 사업 면에
있어서만큼은 타의 추종을 불허하는 귀재였지만 사생활은 그다
지 단정치 못한 전형적인 바람둥이 타입이었다. 흠이라곤 파혼
이 전부인 깔끔쟁이 강해가 만날 만한 인물은 못 되었다. 윤 회
장은 대체 그의 무엇을 보고 강해에게 딱 맞는 배필이라 말하는
건지 알 수가 없었다. 그가 윤 회장 입장이라면 임석인을 절대
딸에게 추천하지 않을 것이다.

"누군데?"

리나가 재차 물어왔다. 정말 궁금한 눈치다. 하지만 선욱은 아직 사실대로 말해주고 싶지 않았다. 리나 역시 그처럼 강해의 안타까운 상황에 죄책감을 느낄 게 뻔했다. 굳이 사서 걱정시킬 필요 없다는 게 그의 판단이었다. 남들 걱정은 늘 앞장서서 하는 리나가 아닌가. 선욱은 화제를 돌리기 위해 리나의 머리카락을 쓸어 올렸다.

"그런데 너, 대체 어디서 뭘 하고 왔어? 얼굴이 온통 검은 거 투성이잖아."

말해놓고 보니 정말 그렇다. 머리 감은 지도 한참 된 것 같은데, 대체 뭘 하다가 왔길래 이 모양 이 꼴이 됐는지 선욱은 무척 궁금해졌다. 서로 뒤엉키고 붙어 떡덩어리가 되어 있는 머리카락을 쓰다듬으며 그는 속삭였다.

"그래도 귀여워 미치겠지만."

"정말 그래?"

리나는 장난스럽게 두 눈을 찡긋거렸다. 귀여워 미치겠다는 선욱의 말 한마디에 강해 생각은 기억 저편으로 홀딱 넘어가 버린 후였다. 그녀는 뭔가 계획이 있는 듯 음흉스럽게 눈동자를 굴리기 시작했다.

"그렇단 말이지?"

"왜?"

리나는 머릿속에서 총총 빛나는 상상 한자락을 열심히 곱씹으며 싱글벙글 웃었다.

"아니, 나 집에 가고 싶어서."

"지금?"

"응. 오빠가 태워다 주면 안 되나? 이제 곧 퇴근 시간이잖아."

선욱은 갑자기 흐뭇해하는 리나를 바라보며 미간을 끌어 모았다. 무슨 꿍꿍이가 있는 듯한 리나의 행동이 영 미심쩍었다.

"태워다 주는 거야 문제없지."

의심이 뭉게뭉게 피어올랐지만 선욱은 선선히 승낙했다. 리나와 함께 있고 싶은 마음이 그 어느 때보다도 더 간절한 지금이었다. 그 어떤 황당한 일이 기다리고 있다 해도 기꺼이, 리나를 따라나설 거였다.

"그전에 한 가지 해야 할 게 있어."

리나는 생긋 또, 그 기분 묘해지는 미소를 짓더니 그의 품에서 빠져나왔다.

"뭔데?"

"오빠가 잘하는 거."

리나는 순진한 선욱의 얼굴을 보며 쾌재를 불렀다. 앞으로 십여 분 후, 벌어질 일을 떠올리니 웃음이 나와 죽을 지경이었다. 깔끔하고 깔끔한 김선욱이 얼굴에 기름때를 덕지덕지 묻히고, 역시 얼굴에 기름때 덕지덕지 묻힌 웬 여자랑 회사 복도와 길거리를 활보할 걸 생각하니 배꼽이 다 빠질 것 같았다.

리나는 영문도 모르고 빙긋 웃고만 있는 선욱을 향해 두 눈이 감길 만큼 환한 웃음을 지어 보였다. 양손을 옆으로 들어 올리고 손가락을 파득파득 움직여 준비 운동하는 것도 잊지 않고 있었다.

"어?"

'잘하는 거, 뭐?' 라고 묻는 듯 그가 눈썹을 치떴다. 리나는 도발적인 미소를 지으며 그의 허벅지 위로 다리를 착 걸쳤다. 뭔가 굉장히 야하고 적극적인 액션이었다. 선욱은 깜짝 놀라 두 눈을 커다랗게 떴다. 그런 그의 재킷 옷자락을 멱살을 쥐듯 쥐어든 리나는 그의 몸을 자기 쪽으로 쑤욱 잡아당겼다.

"키스 말이야, 오빠 잘하는 거잖아."

"봉리나, 이게 뭐 하는 짓이야?"

말은 그리 했지만 그의 몸은 그녀가 의도하는 대로 쑤욱 따라왔다. 훅, 그녀의 입술 앞에서 거센 숨을 들이쉬는 그의 눈동자는 이미 어둡고 짙어지고 있었다. 리나는 엉덩이를 움직여 좀 더 그에게 가까이 다가갔다. 움찔, 그의 표정이 점점 일그러졌다. 아래쪽 어딘가 욕구의 승거가 꿈틀거리며 일어서는 중이었나.

"못하다는 소리 마. 잘하다는 거 이미 잘 아니까."

"그만 해. 너 이러는 거, 위험할 수도 있어."

"어떻게?"

"지금 여기서……."

그의 숨이 더욱 거세어졌다. 어느새 그녀의 허벅지까지 올라와 있는 그의 손이 잔뜩 긴장한 채 힘을 주기 시작했다. 리나는 엉덩이를 좀 더 움직여 그의 몸에 가까이 다가갔다. 그의 양복 바지 앞섶이 리나의 아래에서 구겨졌다. 하던 말을 마무리하지 못한 선욱을 대신해 리나는 느리게 속살거렸다.

"가질 거야?"

"봉리나…… 아무래도 이건…….."

리나는 더러운 기름때가 묻은 두 손을 그의 얼굴에 확 갖다 붙였다. 음흉한 미소를 지으며 씰룩씰룩 한쪽 눈썹을 꿈틀거리더니 리나는 붙들고 있던 그의 얼굴을 아래쪽으로 잡아끌었다.

"키스 실력을 어디서 키웠는지 말해줄 수 있어? 강해 언니야?"

그 어느 때보다도 더 놀라고 당황하고, 그래서 더욱 사랑스러운 선욱의 얼굴이 아래로 내려왔다. 그녀의 입술을 향해.

"그게 무슨 말도 안 되는 소리야? 너, 내가…… 흡!"

충격으로 부릅뜬 그의 눈을 마지막으로 리나는 눈을 감았다. 그의 키스실력이 강해와의 경험 때문이라 해도 리나는 상관없었다. 어차피 그의 반응으로 보아 강해와 키스를 나누었던 건 아닌 것 같지만. 사실 선욱은 성격상, 마음속에 리나를 품고 강해와 실력을 갈고닦을 만큼 자주 키스를 나눌 사람이 아니었다. 그걸 알면서도 직접 묻고 확인해 보고 싶어졌던 건 리나도 평범한 여자라는 증거인가. 리나는 두 팔을 그의 목에 감으며 그의 몸에 자신을 더욱 밀착시켰다.

뚜벅뚜벅. 닫힌 세미나실 밖에서 누군가 바삐 복도를 지나치는 구둣발자국 소리가 들려왔다. 점점 가까워졌다가 다시 점점 사라지는 소리를 들으며 리나는 그를 더욱 깊이 품었다. 헤집어 오는 그의 혀를 긴 호흡으로 쭈욱 빨아들이자 그가 곧 죽을 것처럼 신음했다. 그의 손이 어느덧 리나의 등을 타고 올라왔고, 그걸 느낀 순간 리나는 옆으로 뉘어졌다.

"궁금하다면 말해줄게."

거친 숨을 몰아쉬며 상기된 얼굴로 그가 속삭였다. 얼굴 위로 쏟아진 머리카락이 그의 한쪽 눈을 가렸다. 리나는 머리카락을 쓸어주며 씩 웃었다. 선욱의 얼굴엔 이미 그녀의 검은 손자국이 선명하게 찍혀 있었다.

"말하고 싶다면."

"너."

그가 쉰 목소리로 중얼거렸다. 리나는 그의 고백과는 별도로 그의 얼굴에 온 관심을 기울이고 있었다. 지저분한 손끝으로 잘생긴 선욱의 볼에 까만 볼터치를 그려 넣고 있는 중이었다. 아무것도 모르는 선욱은 리나의 입술을 빤히 바라보며 가쁜 숨을 내쉬고 있었다.

"너였어. 상상 속의 너."

"변태."

"맞아, 변태. 나도 그렇게 생각했었지. 동생을 상대로 그런 상상을 한다는 건 그 어떤 것보다도……."

"그만! 동생 소린 그만 하자고. 난 오빠의 동생이었던 적, 한 번도 없었으니까."

리나는 선욱을 보자마자 사랑에 빠져 버렸다. 열두 살 어린 나이에. 고등학생이었던 선욱은 여드름도 없는 매끈한 피부에 화사한 미소를 가진, 정말 멋진 오빠였다. 보자마자 홀딱 반해 버렸는데 어떻게 오빠로 받아들일 수 있었겠는가.

"리나야."

"응?"

볼터치를 끝내고 수염 자국 만드는 데에 몰두하고 있는 리나는 킥킥 웃으며 대답했다.

"사랑해."

고백과 더불어 부드러운 키스가 그녀를 덮었다. 리나는 두 눈을 감고 조용히 그의 키스를 받아들였다. 텅 빈 세미나실 바닥에 선욱의 몸에 짓눌린 채였지만 그와 나누는 키스는 잘생긴 선욱 얼굴에 수염 그리기보다도 훨씬 더 흥미진진했다.

출입문의 작고 네모난 창문 사이로 복도 불빛이 흘러들어 왔다. 문 밖으로 또각또각, 탁탁탁탁, 뚜벅뚜벅, 사람들의 복도를 지나치는 소리가 정신없이 들려왔지만 그들의 키스를 방해하진 못했다.

리나의 다리 하나가 도발적으로 선욱의 허리를 감자 그의 신음 소리가 더욱 깊어졌다.

"넌 정말……."

미치도록 달콤해.

선욱은 뼛속 깊이 깨닫고 있었다.

＊

　임석인은 비까번쩍한 위용으로 등장해 많은 사람들의 시선을 단번에 사로잡았다. 최근 모 탤런트와의 열애설에 휩싸인 적이 있었던 그인지라, 그는 등장부터 사람들의 어마어마한 관심을 불러일으켰다. 그는 수많은 사람들의 호기심 어린 눈총을 받으며 자신의 벤츠 뒷좌석에서 빠져나왔다. 양복재킷 단추를 잠그며 그는 우아하게 차체를 돌아 반대편 좌석의 도어를 열었다.

　그 안에서 우아한 모습으로 나온 이는 윤강해. 명품드레스에 명품 클러치백을 손에 든 그녀의 화사하고 완벽한 메이크업에 늘씬한 각선미, 멋들어지게 틀어 올린 머리카락 아래로 드러난 고혹적인 긴 목, 두 눈에 어린 지성미와 신비로운 아름다움은 그 어떤 슈퍼모델이나 유명 탤런트보다도 더 매력적이었다.

　윤강해와 임석인은 단숨에 사람들의 이목을 집중시켰다. 최상의 커플. 선남선녀라는 말이 제대로 어울리는 두 사람은 레드카펫을 밟는 영화배우들처럼 환상적인 그림을 만들어내며 결혼식장을 향해 걸어 들어갔다. 그들의 등장은 결혼식 당사자들보다도 더 큰 이슈를 몰고 온 듯 장내가 술렁이기 시작했다.

　스포츠재벌 필러스의 후계자, 임석인과 한국 십대기업 LS그룹의 상속녀 윤강해의 결합이니 당연한 결과일 테다. 하지만 가십거리를 입에 올리며 남 씹는 것에 즐거움을 느끼는 대다수의 사람들은 그들의 결합이 과연 비즈니스 차원이냐, 아니면 그들의 주장대로 첫눈에 반한 사랑 차원이냐 하는 문제에 관심을 기울이고 있었다. 그들 행동 하나하나에 이목이 집중되는 것도 바로 그 탓이었다. 지금 이 자리가 강해의 전 약혼자, 김선욱의 결혼식장이라는 것을 감안하면 오늘은 이들 커플의 비밀을 밝혀낼 수 있는 절호의 찬스일 수도 있었다. 그러나 어딜 뜯어봐도 두 사람은 아주 보기 좋은 커플이었다. 외적인 면으론 물론 완벽했고 강해라면 껌뻑 죽는 듯 행동하는 석인의 모습과 수줍은 새 신부처럼 웃는 강해의 모습 역시 사랑에 빠진 연인, 딱 그거였다.

그들은 식장에 나타난 지 불과 일 분 만에, 시중을 떠도는 모든 의혹들을 불식시키는 듯했다. 분위기만으로도 사람들을 압도하는 그들은 반가움 반, 호기심 반으로 말을 걸어오는 수많은 사람들과 일일이 악수를 하고 인사를 주고받았다.

"다 속는 것 같네?"

큰 손으로 강해의 어깨를 감싸고 있던 석인이 그녀의 귀에 대고 속삭였다. 삐릿, 머리카락이 죄다 쭈뼛쭈뼛 올라서는 심히 불쾌한 기분에 강해는 온몸을 뻣뻣하게 경직시켰다.

"고맙네요."

"다 내 공으로 돌려주신다?"

"잘해주고 계셔서 감사하다는 뜻이에요."

"이거야 원, 황공해서 몸 둘 바를 모르겠습니다."

"비꼬는 건 아니겠죠, 설마?"

강해는 샤르르 녹아버릴 듯 달콤한 미소를 전방을 향해 지어 보였다. 전방 10m 앞 식장 입구엔 재계에서 내로라하는 댁의 자제들이 구물구물 모여 있었다. 신랑인 선욱과 그의 동생인 지욱의 지인들이었다. 물론 강해도, 석인도 모두 안면이 있는 사람들이었다. 저들 때문에 이렇게 사귀는 척하는 것이었고, 그러니 강해가 긴장하는 건 당연했다. 석인도 그걸 알아차린 듯 씩 웃으며 강해의 어깨를 더욱 꽉 끌어당겼다.

"속고만 살았습니까?"

"대부분은요."

"대기업 상속녀께서 좀 험난한 인생을 사셨나 보네."

"입 닥치고 웃기나 해요."

이를 갈며 강해가 중얼거리듯 말했다. 석인은 빈손을 내보이며 눈썹을 치떴다.

"지금도 웃고 있는데. 이보다 더는 무리입니다만?"

말이나 못하면. 강해는 석인을 째려보며 빠드득 이를 갈았다. 정말 엄청 얄미운 남자였다. 꼬박꼬박 정중하게 말하면서 하는 말은 영 정중하지 않는 것도 그렇고, 가끔 뭘 알고 말하는 듯 그녀의 허를 콕콕 찔러주시는 것도 그렇고. 여간 꼴 뵈기 싫은 게 아니었다. 여자들이 대체 뭣 때문에 이런 남자한테 정신 못 차리고 목을 매는지 알 수가 없었다. 매력이라곤 잘생긴 얼굴 딱 하나뿐이지 않나. 그럼에도 강해가 육 개월간의 파트너로 이 남자를 선택한 건 그가 여자들에게 엄청난 인기를 얻고 있다는 것 때문이었다. 저 잘난 재계의 공주들 중, 임석인에게 추파 한 번 던지지 않았던 애가 없었을 정도이니 말 다 했다.

"강해야! 왔구나."

지욱이 먼저 그녀를 알아보고 손을 들었다. 강해는 웃으며 걸음을 빨리했다.

"김지욱이네. 친합니까?"

석인이 물어왔다. 강해는 그를 흘낏 올려다보며 툭 쐈다.

"알 거 없잖아요."

"무슨 말씀을. 사랑하는 사이라면 그런 것쯤 당연히 알아야지."

"누가 사랑……!"

울컥 치미는 게 있어, 강해는 언성을 높였다. 하지만 그녀는 하던 말을 끝까지 마치지 못했다. 석인이 고개를 내려 그녀의 관자놀이에 입술을 맞추었기 때문이다.

"사랑하는 사이예요, 지금은."

"……!"

얼어붙은 얼굴로 걸음까지 멈춘 강해는 얼이 빠진 얼굴로 석인을 쳐다보았다. 이성으로부터 이런 식의 키스를 받아본 적이 없는 강해는 가슴이 벌렁거리는 것만 같았다. 그녀의 마음도 모른 채 석인은 한쪽 입술을 씩, 끌어올렸다.

"어찌 됐든 깨를 볶아야죠. 안 그렇습니까?"

“…….”

“갑시다.”

석인이 그녀의 손을 잡더니 끌어당겼다. 강해는 잠시 숨을 들이쉬며 한순간 얼이 빠졌던 스스로를 다잡았다. 임석인에게 어수룩하게 보이고 싶지 않았다. 절대로. 강해는 냉정을 되찾은 즉시 기계적인 미소를 지었다.

“그래요.”

결혼식장 입구에 서서 손님을 맞는 선욱은 환히 웃고 있었다. 친구들과 이야기를 나누는 그의 모습은 그 어느 날, 리나와 웃고 떠들던 모습과 오버랩되었다. 정말로 행복한 모습, 정말로 기쁜 표정이었다. 그는 진정한 행복감을 맛보고 있는 듯했다. 한 번도 자신에게 보여주지 않았던 선욱의 모습에 강해는 쓴웃음을 지었다. 그러면서도 안심되는 건 뭔지. 모든 게 제자리로 돌아왔다는 안도가 썰렁한 가슴을 채워왔다.

“입 찢어지겠다!”

짐짓 아무렇지도 않는 듯 큰 소리를 지르며 강해는 선욱을 향해 다가갔다.

“어? 강해 왔구나.”

손을 내미니 그가 손을 잡아왔다. 따뜻한 온기에 눈물이 쏙 나올 듯 감정이 쏠렸다. 얼른 손을 빼내며 강해는 슬쩍 눈을 흘겼다.

“그렇게 좋아?”

"그래, 좋아 죽겠다."

"남들이 팔불출이라 그러겠다. 너무 그렇게 티 내지 마."

"사랑을 하면 티를 내지 않으려 해도 티가 나는 거야."

"나한테 고맙다고 해. 내가 오빠 커플을 위해서 얼마나 애썼는지 알지?"

"그래, 고맙다."

리나의 혼수 준비 이야기였다. 친정어머니가 없는 리나에게 강해와 의령이 이것저것 많은 도움을 주었던 것이다. 리나는 두 사람을 친정엄마라고 불러도 되겠다며 너스레를 떨었을 정도였다.

"고맙긴 뭐. 깨가 쏟아지는 걸로 보답해 줘. 그거면 충분하니까. 아참, 소개해 줄 사람이 있어. 오빠한테 제일 먼저 소개해 주고 싶어서 불렀는데, 괜찮지?"

강해는 씩씩하게 웃으며 뒤를 돌아보았다. 지인에게 붙들려 있던 석인이 마침 이쪽으로 다가오고 있는 중이었다. 타이밍도 기가 막히게 잘 맞추네. 역시 선수군.

"네가 소개해 주겠다는 사람이 저 친구야?"

"응."

"강해야, 내 생각에 저 사람은……."

"오빠 생각 이제 중요하지 않아."

걱정스러움이 가득 담긴 선욱의 눈빛을 강해는 애써 외면했다. 리나나 선욱이나, 마음 편히 떠나게 해주고 싶었다. 이제 그 어느 누구의 걸림돌이 되는 건 싫었다. 강해도 이젠 주인공이 되고 싶었다. 아름답고 사랑스러운 로맨스의 주인공. 그 첫 번째 관문이 바로 선욱을 웃으면서 떠나보내는 거였다. 마음속에서 그를 완전히 지우고 새로운 사람을 받아들일 준비를 하는 것이었다.

"윤강해."

"결혼 축하합니다, 김선욱 씨."

어느새 석인이 다가와 악수를 청하고 있었다.

"아, 예. 와주셔서 감사합니다."

"뭘요. 강해 씨와도 친하고, 리나 씨는 조만간 제 직원이 될 사람인데 당연히 와야죠."

단박에 선욱의 얼굴이 굳어졌다. 고집불통 봉리나를 결국 꺾지 못하고 필러스에서 일하는 데에 동의한 선욱이지만, 리나가 임석인 밑에서 일할 거란 사실은 여전히 그를 편치 못한 심정으로 몰아넣었다. 제 사람 하나 단속 못해 다른 회사에서 일하는 걸 넋 놓고 구경해야 할 판이니 그럴 수밖에 없었다. 닭 쫓던 개가 지붕 쳐다보는 심정이 이럴까. 어쨌든 리나는 필러스에서 일할 생각을 굳혔다. 결혼 준비와 신혼 생활 적응 기간으로 석 달의 유혜 기간을 얻었을 뿐이었다. 그 이후로 선욱은 리나가 필러스그룹에서 리버스 페리와 함께 일을 하는 모습을 지켜봐야 했다.

'그나저나 리버스는 왜 아직이지?'

그는 어젯밤 총각파티에서 문제의 그 호텔녀와 함께 올 거라고 공언했었다. 그녀와는 곧 결혼할 사이로 조만간 그날 호텔에

갔던 사연에 대해 얘기해 주겠다며 주변 사람들의 궁금증을 자아냈었다.

"잘 부탁드립니다."

선욱은 임석인의 손을 맞잡고 힘주어 흔들었다.

"이번에 좋은 일 하셨더군요. 재난 지역에 큰 도움을 주셨다고 들었습니다."

"아, 성금…… 말씀이시군요."

얼마 전 기름 유출로 큰 어려움을 겪고 있는 지역에 성금을 보낸 일을 말하려는 모양이었다. 선욱은 악수를 풀며 어색하게 웃었다. 리나에게 조금이라도 잘 보이려고 성금을 한 거라 신분을 밝히고 돈을 냈던 건데 일이 커다랗게 부풀려져 지난 한 달 내내 그는 노블리스 오블리제의 대표격으로 각종 언론에 소개가 되었었다. 삼십억이 그렇게 많은 돈이었던가? 갖고 있던 집과 골프회원권, 땅 조금 팔아 낸 걸 가지고 칭찬을 받으니 기분이 상당히 이상했다.

"별로 대단한 일도 아닌데요 뭘."

"그렇다고 쉬운 일도 아니죠. 그룹 차원이 아니라 개인적으로 하신 걸로 아는데. 그런 거액을 선뜻 기탁하셨다면 칭송받아 마땅하다고 생각합니다."

"그런 거라면 칭송은 제 아내 될 사람이 받아야겠군요."

"리나 씨가요?"

"그렇게 하라고 시킨 사람이 바로 그 사람이거든요. 그런 일에 큰돈 쓰는 남자가 멋있답니다."

"아아! 그런 거였습니까?"

석인이 흥미롭다는 듯 고개까지 끄덕이며 웃었다.

"잘 배워뒀다가 저도 써먹어야겠습니다. 물론 강해 씨가 좋아
해야 할 테지만."

"리나는 어디 있어? 신부 대기실 가면 볼 수 있는 거야?"

석인의 말을 막으며 강해가 조금 크게 물었다. 얼굴이 슬쩍
붉어지는가 싶더니 이내 냉정을 되찾은 듯 그녀는 멀쩡한 모습
으로 석인의 팔짱을 끌어당겼다. 선욱은 눈썹을 휙 위로 끌어올
리며 고개를 끄덕였다.

"의령 씨랑 마린이도 함께 있을 거야."

"대기실이 어딘데? 저쪽이야?"

강해가 당황함이 주렁주렁 매달린 표정으로 고개를 기웃거렸
다. 사람들이 북적거리는 곳 어디쯤 신부대기실이 있을 것 같았
다.

"내가 데려다 줄게."

옆에서 친구들과 얘기 중이던 지욱이 불쑥 끼어들었다. 그는
씩 웃으며 석인을 위아래로 훑는 무례한 시선을 던지고 있었다.
전부터 석인에 대해서는 간간이 소문을 통해 접수하고 있던 지
욱은 석인이 영 못마땅했다. 아무리 남자가 없기로서니 임석인
을 사귀다니. 윤강해, 대체 정신이 있는 거야, 없는 거야?

"김선달은 여기나 잘 지키고 있으셔. 봉이한테는 내가 가볼

테니까."

리나와 선욱을 봉이와 김선달로 부르며 놀렸던 어릴 적 추억을 되살려, 지욱이 장난 섞인 말장난을 해댄다. 까칠한 시선으로 석인을 한 번 더 꼬나본 그는 휙 몸을 돌려, 저벅저벅 기나긴 다리를 이용해 순식간에 멀어져 갔다. 강해는 서둘러 선욱과 인사를 하고 지욱의 뒤를 따라갔다. 임석인의 느긋한 시선이 그녀의 뒤통수를 쫓고 있었다.

"야! 봉이. 강해 왔다."

불쑥 대기실 문을 열고 지욱이 소리쳤다. 몸을 틀어 강해에게 길을 내주니 자리에 앉아 있던 리나가 활짝 얼굴을 폈다.

"언니가?"

"리나야!"

"언니!"

반가워 울먹일 듯 소리치는 리나는 너무나 예뻤다. 쇄골이 드러낸 디자인으로 가슴 라인이 아슬아슬한 드레스는 리나의 흰 살결을 더욱 돋보이도록 하고 있었다. 강해가 잘 아는 스타디자이너의 웨딩드레스로 특별히 그녀가 리나에게 선물해 준 것이었다. 리나의 주위로는 친구들 몇 명과 의령, 선욱의 외사촌동생인 마린이 서 있었다. 그러나 리나는 그 어떤 친구들보다 강해의 출연에 감격하고 있었다.

"진짜 예쁘다, 너. 내가 본 신부 중에서 단연 으뜸이야."

"와줘서 고마워, 언니."

“당연히 와야지. 네 결혼식인데.”

“오셨어요?”

옆에 서 있던 의령이 빙긋 웃으며 인사를 청했다. 마린도 강해를 반갑게 맞았다. 강해는 더할 나위 없이 기쁜 얼굴로 그들과 인사를 나누었다. 평소 셋이 굉장히 친했던 모양으로 분위기는 갑작스레 동네 계모임 모드가 되어버렸다.

리나는 대기실 입구에 몸을 기대고 서 있는 임석인을 금세 알아보았다. 말로만 듣던 윤강해와 임석인이 실제로 함께 나타나니 번개라도 맞은 듯 놀람을 금치 못하는 그녀였다. 석인은 실내가 왁자지껄, 갑자기 시끄러워진 분위기에 적응하지 못하고 눈살을 찌푸리고 있었다. 강해의 낯선 모습에 놀라는 것 같으면서도 호기심이 생기는 듯 그의 눈동자는 윤강해에 딱 고정되어 꽂혀 있었다. 리나는 옆에 서 있는 지욱을 올려다보았다.

“정말 사귀네?”

“그런가 보다.”

지욱은 처음부터 석인을 마음에 들어하지 않았던 만큼, 지금 상황이 영 못마땅한 눈치였다.

“선욱 오빠는?”

“보초 서고 있어.”

“아직도? 좀 쉬라고 하지.”

“손님이 좀 많아야지. 아주 축의금으로 너네 신혼집 도배를 해도 되겠다.”

"그렇게 많이 와? 내 손님은 별로 없는데."

"다 형 손님이지 뭐. 주례를 윤 회장님이 서시니, 회장님 손님도 꽤 되고. 어찌 됐든 윤 회장님은 부모님 대신이었잖아."

그렇다. 강해와의 약혼으로 얽히기 전까지는 고인이 된 부모님의 가장 절친한 친구이셨던 윤 회장은 그들의 부모님 역할을 대신 수행해 주었었다. 살아 계셨다면 가장 편하고 멋진 시부모님이 되어주었을 선욱의 부모님이 떠올라 리나는 눈꺼풀을 끌어내리며 시선을 내렸다.

"아주머니랑 아저씨 생각 많이 나. 오빠도 그러겠지?"

"그러겠지. 아무래도 양가부모님 석이 양쪽 다 공석이니. 아예 없애 버리긴 했지만 형도 마음에 걸릴 거야. 네가 나중에 잘 위로해 줘."

"살아 계셨다면 나, 마음에 들어하셨을까?"

"누구? 어머니, 아버지?"

"응."

핏, 지욱은 웃음을 흘렸다. 거칠 것 없는 천하의 봉리나가 두려워하는 것도 있다니 사람은 역시 오래 살고 볼 일이다 싶었다. 지욱은 한껏 멋을 내 올린 신부머리를 마구 헝클어뜨리고 싶은 충동을 억누르며 끌끌 웃었다.

"당연하지, 인마. 그분들이 널 얼마나 사랑하셨는데. 형이 싫다고 했으면 나하고라도 이어주려고 하셨을걸? 형한테 얼마나 감사한지."

"뭐라고?"

"넌 나도 감당하기 어려운 애야. 형이 정말 존경스럽다니까."

"오빠!"

"크크크."

지욱이 웃고 있는데 강해가 석인을 사람들에게 소개시키기 시작했다. 지욱은 오만상을 일그러뜨리더니 리나의 귀에 대고 속삭였다.

"난 간다. 저 자식 꼴도 보기 싫어."

"오빠! 지욱 오빠!"

리나가 손을 뻗었지만 지욱은 이미 줄행랑을 놓은 후였다. 리나는 얼떨떨한 표정으로 그가 사라진, 텅 빈 입구를 빤히 바라보았다. 대체 왜 저런담?

"여기, 주인공인 봉리나. 인사해요. 리나야, 이 사람은 임석인 씨. 너도 알지?"

"그럼요. 앞으로 제 보스가 되실 분인데. 와줘서 고마워요, 사장님."

"축하해요. 행복해 보이네요."

리나는 행복해 보인다는 말에 고개를 끄덕이며 인정했다. 리나는 가슴이 벅차오르는 걸 느꼈다. 첫사랑이, 그것도 십 년이 넘은 짝사랑이 그 결실을 맺는다면, 누구나 이런 기분이 들 것이다. 제2의 인생이라 불리는 결혼생활을 그토록 원하고 바랐던 김선욱과 함께하게 되었다는 사실 자체만으로도 그녀는 거의 기절할 것 같았다. 세상을 모조리 다 품에 안은 듯 뿌듯하고 눈물 날 듯 감격스러워졌다.

"친구분들, 이제 곧 식이 시작되니까 모두 식장으로 들어가셔서 착석해 주세요."

식을 주관하는 진행요원이 불쑥 고개를 내밀고 선언했다. 아, 가슴이 터질 것 같아. 심장이 너무 빨리 뛰어 금방이라도 쓰러질 것 같아. 손발이 후들거려 일어서는 것도 쉽지 않을 것 같아! 행진할 때 발이 꼬일까 겁이 나기 시작하더니 이젠 눈앞도 캄캄해졌다. 패션모델들은 대체 어떻게 매번 이런 짓을 한다지? 이러다가 심장마비로 쓰러지는 게 아닐까 걱정이 될 정도였다.

"준비됐어?"

썰물처럼 빠져나간 신부대기실을 선욱이 들어왔다. 오늘 결혼식은 동시 입장이었다. 선욱도 리나도, 모두 부모님이 살아 계시지 않는 관계로 선욱이 생각해 낸 거였다. 원래는 윤 회장이 리나의 손을 잡고 식장으로 들어가겠다고 제안을 해왔지만 선욱은 정중히 그의 제안을 거절했다. 대신 그에게는 주례를 부탁했고, 덕분에 사람들은 윤 회장과 강해가 이 둘의 결혼을 진심으로 축복해 주고 있다는 인상을 갖게 되었다.

"어…… 근데 떨려."

"너도 떨릴 때가 있어?"

"날 뭘로 보고. 나도 여자라고. 결혼을 밥 먹듯이 하지 않는 이상 결혼식 날 긴장하지 않는 사람이 어디 있어?"

“핏! 잘 아네.”

뭔 신소리래? 리나는 동그란 눈동자를 찌릿 굴려 선욱을 쏘아보았다.

“뭘 잘 알아?”

“너도 사람이라는 거. 완벽하지 않다는 거. 누구나 떨린다는 거.”

“오빠도 떨려?”

“당연하지.”

“아……! 근데 왜 하나도 안 떨리는 거 같아? 난 정말 떨려 죽겠어.”

리나는 온 인상을 확확 구기며 두 발까지 동동 굴렀다. 정말 떨려서 죽을 것 같은 모양이었다. 선욱은 싱긋 웃으며 리나의 탐스러운 볼을 톡톡 두드렸다.

“더 찡그리면 그림 생기겠다. 화장이 두꺼워서 자꾸 그러면 주름자국 나.”

“떨려 죽겠는 걸 어쩌라고. 나, 이러다가 쓰러지는 거 아닐까?”

“걱정돼?”

“그럼!”

두 눈을 부라리며 리나는 부르르 몸을 떨었다. 생각만 해도 끔찍한 듯했다. 선욱은 귀엽고 예쁘고 사랑스러운 리나를 콱 깨물어 버리고 싶은 생각에 씩 웃을 수밖에 없었다. 무슨 일이든 대범하기 이를 데 없던 리나가 이렇게 애처럼 호들갑 떠는 모습은 정말로 처음 보는 선욱이었다. 선욱은 저도 모르게 대기실 문을 조용히 닫고 달칵, 안으로 잠갔다. 이건 저도 모르게 그리한 거다, 정말로. 진짜다.

"왜? 무슨 일이야?"

영문 모르는 리나가 고개를 번쩍 든다.

"안 떨리게 해줄까 하고."

"어, 어떻게……?"

멍한 그녀의 시선이 선욱의 입술로 와 닿았다. 매혹적인 곡선의 입술이 부드럽게 미소를 지었다. 그는 리나의 어깨 아래로 손을 집어넣고 그녀를 일으켜 세웠다.

"세계 최초로 신부를 유혹하는 신랑이 되어볼까 해."

점점 다가오는 선욱의 얼굴을 바라보며 리나는 꿀꺽 침을 삼켰다.

키스다! 그녀가 제일 좋아하는 그의 키스!

"정말 세계 최초야?"

콩닥콩닥 뛰는 가슴을 누르며 리나가 헐떡였다. 선욱은 악마의 그것처럼 은밀하고 섹시한 미소를 만면에 띠고 리나의 호흡을 일시에 앗아갔다.

"아마도."

리나의 입술을 머금고 선욱이 속삭였다.

 에필로그

당탕탕!
우지끈. 쾅쾅!
"와하하하하하!!"
첫 번째는 나무계단을 미친 듯이 뛰어오르는 소리고, 두 번째는 뭔가가 무너져 내리는 소리와 작은 주먹으로 문짝을 두들겨 패는(?) 소리, 세 번째는 꼬마 녀석들이 비명을 질러대는 소리였다. 리나는 머리를 쥐어뜯으며 정신을 집중하려고 애를 썼다. 사장이 직접 관할하는 '특별팀'의 디자인 책임자로서 제 몫을 다 하지 않으면 안 된다는 강박관념을 날려 버리기 위해 눈까지 감고 심호흡을 했다.

필러스그룹의 특별팀은 국가 대표급 팀 운동복을 수주하고 디자인, 홍보까지 해내는 정말 말 그대로 '특별'한 팀이었다. 팀의 총괄은 사장인 임석인이 직접 진두지휘하면서 각 파트마다 책임자를 두는 초특급프로젝트 팀으로서, 디자인 총책임을 맡고 있는 리나는 요즘 두 번째 출산 때 부은 살들이 저절로 내릴 정도로 어마어마한 스트레스를 받고 있었다. 밤낮 없이 회사에서 머리를 쥐어짜고 잠꼬대에 헛소리까지 해대는 것도 모자라 오늘은 아예 서재에 틀어박혀 눈에 불을 켜고 있는 중이었다.

"내일까지 완성해야 하는데……."

머리를 쥐어뜯으며 리나는 중얼거렸다. 내일까지 사장에게 디자인 콘셉트에 대한 보고가 들어가야 하고, 적어도 내주 안에 회사 임원들과 고객 앞에서 브리핑까지 해야 했다. 통풍 잘되고 땀 흡수력 좋고 타이트해 바람의 저항까지 없앨 수 있다는 이 원단을 가지고도 이렇게 디자인이 안 나올 수가 있을까? 리나는 새삼 자신의 능력치에 한계를 느끼고 있었다. 애를 둘이나 낳은 아줌마란 소리 안 들으려고 엄청나게 노력하며 이를 악물고 있는데, 정말 절망이었다.

쾅쾅쾅쾅!

서재의 방문을 누군가가 두드렸다. 누군지 확인해 보나마나 첫째 현이 아니면 둘째 설일 것이다. 현은 올해 여섯 살인 왕자님이고 설은 네 살인 공주님인데, 둘 다 어찌나 개구쟁이인지 왕성한 체력으로 항상 리나와 선욱을 지치게 만드는 에너자이

저들이었다.

"엄마, 여기 있지?"

공주님이 누군가에게 묻는다.

"아마 그럴걸. 엄마는 일벌레잖아. 분명히 일하고 있을 거야."

왕자님 말씀하시는 걸 보소. 리나는 찌릿, 문짝을 노려보며 인상을 썼다. 이것들이, 일벌레라는 말은 어떻게 알고?

"만날만날 일만 하고. 엄마는 미워."

"엄마한테는 밉다고 하면 안 되는 거야. 가족들끼리 그런 안 예쁜 말을 하면 나쁜 사람이랬어."

"누가?"

"아빠가."

하여튼 부전자전 아니랄까 봐. 아들 현은 아버지를 똑 닮았다. 어쩌면 저렇게 교과서적인 말만 할꼬. 겨우 여섯 살 주제에 속은 영감이다.

"핏! 아빠는 엄마 편이잖아. 내 부탁은 한 개도 안 들어주면서 엄마 부탁은 다 들어준다고."

"너, 아빠한테 사탕 달라고 했지? 사탕 많이 먹으면 이빨 썩어. 그러니까 네 부탁은 안 들어주는 거라고."

"흥! 한 개는 먹어도 괜찮다 뭐. 엄마가 그랬어."

금방 삐치고, 말도 안 되는 걸로 우겨대는 걸로 따지자면 모전여전이다. 딸 설은 리나의 국화빵이다. 태어날 때부터 잘생긴 아빠를 닮지 않아 리나의 속을 상하게 하더니 크면 클수록 성격까지도 엄마를 판박이로 닮아가 리나를 공포의 도가니탕에 빠뜨리고 있었다. 앞으로 저게 무슨 사고를 칠지 지금도 리나는 무서웠다.

"하여튼 안 돼. 엄마 서재에서 소리치는 것도 안 되고, 뛰어다녀서도 안 돼."

"아까 오빠도 뛰었잖아."

설이 볼멘소리를 냈다. 구구절절 옳은 소리만 해대면서 자길 구속하는 오빠가 무진장 짜증나는 말투다.

"그건 너랑 놀아주느라고 그런 거지. 네가 날 쫓아왔잖아."

"아니야!"

"쫓아왔어."

"아니라니까!"

느긋한 오빠와는 달리 설은 오기 창창한 목소리다. 그때 저 멀리서 선욱의 목소리가 들려왔다.

"얘들아, 지나랑 유진이 왔다!"

"와! 지나다!"

현이 소리를 질렀다.

"와! 유진이다!"

따라쟁이 설이 똑같이 소리를 질렀다. 그리곤 약속이나 한 듯이 동시에 우당탕탕 뛰며 아래층으로 내려갔다. 아까는 분명 복도에서 뛰면 안 된다고 강의해 놓고서는. 리나는 어처구니가 없어 한숨을 내쉬었다. 누굴 닮았는지 둘 다 친구라면 사족을 못 쓴다니까.

지나와 유진은 리나의 절친 리버스의 아이들이었다. 결혼해 오 년 동안 한국에 남아 필러스에서 일을 한 그는 작년에 새로운 직장을 얻어 미국으로 이주를 했다. 그러나 와이프가 셋째를 임신하는 바람에 일 년도 채 되지 않아 다시 한국으로 들어오게 되었다. 아내 사랑이 어찌나 유별난지, 임신한 아내가 한국에서 아이를 낳고 싶단다고 쫄래쫄래 따라온 거였다. 자기가 꼭 옆에 붙어 있어야 된다나, 어쩐다나.

"그나저나 왜 이렇게 일찍 왔어? 아직 다 마무리도 못했는데."

안경을 벗으며 리나는 짜증스레 인상을 찌푸렸다. 한국에 돌아온 기념으로 저녁식사나 함께 하자고 했더니 단박에 정원에서 바비큐 파티를 하자던 리버스가 떠올랐다. 나쁜 자식. 친구란 놈이 도움이 안 돼요, 도움이. 식당에서 간단히 때우면 될 걸 꼭 정원에서 왁자지껄 떠들어야 하나. 지욱네, 강해네, 다 둘러 봐도 '넓은 정원' 가지고 있는 집은 리나네 뿐인데, 결국 리나만 죽기 살기로 고생하란 말 아닌가.

하여간 리버스, 문제 있다. 여자들이 집안일하면서 바깥일 한다는 게 얼마나 힘든데? 제 마누라는 아깝고 남의 마누라는 안 아까운가 보지? 다행히 선욱이 있으니 이렇게 마음 편하게 앉아서 일을 하고 있지, 선욱이 리버스 같은 놈이었어 봐.

"끔찍해."

고개를 살래살래 흔들며 리나는 한숨을 내쉬었다. 아직도 보완해야 할 부분이 너무도 많고 디자인이 흡족하게 안 빠지는 이유를 더욱 고민해야 했지만, 손님이 벌써부터 들이닥치기 시작하니 일이 손에 안 잡혔다. 리나는 오늘 하루 온종일 붙들고 있었던 디자인을 떨떠름한 얼굴로 바라보았다.

디자인은 마음에 안 들지만 모델은 이상형이라. 그녀의 모델은 여전히 남편인 선욱, 그녀의 영원한 태양이다. 화면 안에서 선욱은 부드러운 웃음을 지으며 늘 그녀의 피로를 풀어준다. 그의 얼굴을 보고 있노라니 찌푸렸던 얼굴이 저절로 다리미질 되어 펴졌다.

리나는 두 주먹을 입가에 대고는 히히힛, 혼자 수줍게 웃었다. 금세 스트레스 날아가는 걸 느끼며 리나는 컴퓨터를 껐다. 이제 아래층으로 내려가 친구를 만나봐야 할 때였다.

"저 녀석들 좀 봐. 저렇게 좋나?"

"그러게요. 그동안 보고 싶어서 어떻게 참았나 싶다니까요."

"아무래도 우리, 겹사돈 맺게 생긴 것 같지 않아?"

팔짱을 낀 채 서 있던 선욱은 역시 같은 자세의 리버스를 돌아보며 진지하게 말하고 있었다. 정원에서 바비큐 파티를 준비 중인 그는 잔디밭에서 신나게 뛰어놀고 있는 네 꼬마천사들을 무심히 돌아보았다. 여섯 살 김현과 다섯 살 지나 페리는 가위바위보를 하며 얘기를 하고 있었고, 네 살 김설과 세 살 유진 페리는 장난꾸러기 설의 주도하에 신나게 뛰며 골리고 때리기 놀이를 하고 있었다. 현과 지나가 다정다감하게 얘기를 주고받으며 아기자기하게 노는 차분커플이라면, 설과 유진은 발차기에 머리 잡아당기기, 숨기 등 동적으로 노는 천방지축커플이었다. 어른들이 보기에는 두 커플 모두 심하게 러브 모드가 풍겼다. 스타일은 다르지만.

"난 설이 같은 며느리는 별로예요, 형님."

리버스가 말했다. 설은 아무리 봐도 제 엄마인 리나를 쏙 빼다 박은 것 같았다. 미국에서 공부할 때도 '너 여자 맞니?' 란 질문을 꼬리표처럼 달고 다니더니만 딸도 꼭 저 같은 애를 낳았다니까.

"설이가 어때서. 내 눈엔 유진이가 별로야."

"유진이야 절 닮아서 잘생겼죠. 여자가 줄줄이 따를 것 같지 않아요?"

"그래서 하는 말이야, 이 사람아. 바람둥이 사위는 딱 질색이네."

"그 소리 듣기 거북한데요, 형님."

바람둥이라는 단어에 유난히 알레르기 반응을 보이는 리버스다. 결혼 전, 지금의 아내에게 바람둥이 타입이기 때문에 싫다는 퇴짜를 맞았었기 때문인지도 몰랐다. 셋째를 임신 중인 아내는 병원에서 안정을 취하고 있었다. 리버스는 아내 없이는 절대 사사로이 외출하는 타입이 아니었지만 오늘은 예외였다. 저 개구쟁이 유진 녀석이 엄마 옆에서 시끄럽게 떠드는 모습을 보느니, 차라리 홀아비처럼 혼자 애들 데리고 외출하는 편이 낫다는 결론을 내린 거였다.

"리나는 뭐 해요? 아직도 일해요?"

"내일까지 마쳐야 할 디자인이 있대."

"리나도 참. 왜 하필 임석인, 그 인간 밑에서 일하면서 사서 고생을 하는지 모르겠네."

"그 인간?"

선욱이 통쾌하다는 듯 웃었다. 석인을 그 인간이라 부를 배짱은 리버스 외엔 아무도 갖고 있지 않을 것이다. 리버스는 석인과 함께 오 년간이나 일을 해서인지 그와는 허물이 없었다.

"웃을 문제가 아니에요. 나도 그 인간 밑에서 일해봤잖습니까. 사람 피를 말린다니까요."

"연애하는 걸 보면 관대하고 부드러울 것 같던데."

"일할 땐 무섭습니다. 칼이에요, 아주. 리나가 그래서 저렇게 힘들어하는 거예요."

"가끔은 내가 대신 일해주고 싶을 때가 많다니까."

하지만 패션디자이너라는 전문직 종사자를 도와줄 수 있는 일은 거의 없다고 봐야 했다. 조용히 집중할 수 있게 애들이나 봐주는 정도?

"일들 안 하고 뭐 해?"

리나의 카랑카랑한 목소리가 들려오자 선욱과 리버스는 동시에 뒤를 돌아보았다. 운동복 긴 바지에 헐렁한 티셔츠를 입은 아줌마 봉리나가 현관문을 열고 나오고 있었다.

"넌 친구 보고 인사도 안 하냐?"

리버스가 핀잔을 줬지만 리나는 뻔뻔하게도 어깨를 으쓱했다.

"우리 딸을 탐탁지 않게 생각하는 너 따윈 친구도 아니야."

"우리 아들을 쥐어 패는데 그럼? 당연하지."

"그거야 너네 아들이 시원찮아서 그런 거고."

"동생 쥐어 패는 터프가이 네 딸보다는 낫다."

"너 그 터프가이 소리 하지 말랬지!"

리버스가 설의 별명을 언급하자 리나가 소리쳤다.

"그럼 터프걸이라고 해줄까?"

"으이구, 이걸 그냥!"

"그만 해, 다들. 애들 싸움이 어른 싸움 되겠네."

선욱이 웃으면서 두 사람을 말렸다. 선욱의 눈엔 리나를 닮은 설이 예쁘기만 하니, 옆에서 무슨 말을 해도 동요하지 않지만 리나는 매번 이렇게 흥분을 하고 만다. 자기 닮아 까불거리다가 남자한테 인기도 없으면 어쩌냐고, 늘 걱정하는 그녀다. 그런 아내가 선욱은 예쁘고 귀엽고 사랑스러웠다.

"다들 모여 있었네요!"

현모양처처럼 단아한 목소리가 세 사람 사이를 끼어들었다. 잠기지 않았던지 대문이 열리면서 목소리의 주인공이 들어왔다. 사장님, 사모님! 리나는 두 눈을 훌쩍 키우며 입을 쩍 벌렸다. 그녀의 뒤로 리나의 보스, 임석인이 들어오고 있었다.

"봉 실장!"

"아, 아니 어떻게……."

디자인 내놓으라고 닦달할 심사로 온 거야, 뭐야?

"우리만 빼놓으려고 했어?"

사모님이 묻는다. 리나는 속내를 감추고 웃기만 했다. 그리곤 서로 인사를 나누느라 정신이 없는 사람들 눈을 피해 선욱의 어깨를 쿡쿡 손가락으로 쑤셨다.

"잠깐만, 자기야."

특기인 복화술을 해대며 신호를 보내자 선욱이 리나를 돌아보며 빙그레 웃었다.

"손님들이 있는데."

"시끄럽고, 잠깐 나 좀 봐."

천연덕스러운 남편의 반응에 리나는 이를 악물고 속삭였다. 그러자 그는 순진한 눈을 훌쩍 키우더니 리나의 귓가에 얼굴을 대고 속삭였다.

"참아봐."

"뭘 참아봐? 저쪽으로 가서 얘기 좀 하자니까."

"도저히 못 참겠어?"

"무슨 소리야? 뭘 못 참아?"

사장 커플을 대체 왜 불렀는지 따지려면 일단 남편을 데리고 한적한(?) 곳으로 가야 했다. 안 그래도 요 며칠 계속 쪼임을 당하고 있는데, 주말 집에서까지 사장을 보니 경기가 날 것만 같았다. 아무리 친분이 있고 남다른 인연을 가진 사람이라지만 그래도 그렇지, 와이프 눈 밑에 드리워진 암울한 마감 스트레스가 안 보이나?

"오늘 밤에 격하게 해주려고 했더니 안 되겠네. 정 그렇게 못 참겠다면 어쩔 수 없지."

격하게 해? 뭘? 리나는 멀뚱한 얼굴로 그를 바라봤다. 선욱은 리나의 손을 잡아당기며 현관문 안으로 들어가려고 했다.

"어딜 가요? 손님 놔두고."

사장 사모님이 물었다. 사람들의 시선이 일제히 리나와 선욱에게로 향해졌다.

"뭐야? 자기들끼리 둘만 손잡고 어딜 그렇게 가시는 거야?"

리버스가 두 눈을 치뜨고 놀려댔다. 리나의 얼굴이 새빨개졌다. 이 사람들이 대체 무슨 상상을 하는 거야?

"애들은 손님이 봐줄 거라, 이건가? 이거 어쩐지 낚시질 당한 기분인데?"

"그럼 우린 밀회용 베이비시터?"

석인이 한마디 하자 리버스가 옆에서 거든다. 그러자 선욱은 씩 웃으며 말했다.

"당신들도 필요하면 SOS 치라고. 출동해 줄 테니까."

요즘 개인적으로 시간이 참 많습니다. 요양이랍시고 십 년 가까이 해 왔던 일을 그만둔 지 벌써 10개월이네요. 육체적으로 무리하면 안 되는 몸 상태라 하루 종일 일도 안 하고 가만히 앉아 특기인 상상하기에 빠져 살고 있습니다. 함께 살던 꼬맹이 조카들도 타지방으로 이사를 가 집 안이 정말 적적해요. 항상 북적북적한 집 안에서 생활에 쫓기며 없는 시간 쪼개 글을 써왔던 제게는 참으로 많은 변화입니다. 바쁘게만 살아온 지난날들을 뒤돌아보는 성찰의 시간을 가지며, 덕분에 제 자신이 지금까지 써왔던 '로맨스'에 대해서도 더 깊이 생각하고 있습니다.

〈리나가 돌아왔다〉는 고전영화 '사브리나'를(이름이 왜 리나인지 아시겠지요?) 모티브로 하고 있습니다. '사브리나'의 내용을 아시는 분들은 고개를 갸웃하실지도 모르겠습니다만 원래 구상되었던 내용은 비슷했습니다. 중간에 동생인 지욱의 얘기를 먼저 쓰게 되고, 약혼녀인 강해의 캐릭터가 바뀌게 되면서 내용은 점점 제 필력으론 도저히 따라잡을 수 없는 쪽으로 흐르게 되더군요. 중간 등장인물들까지도 이 한 편에 아

우르겠다는 생각을 버리고, 현재의 줄거리로 괘도를 수정하면서부터 윤곽과 틀이 조금씩 잡히게 되었습니다. 덕분에 시리즈도 아닌 것이 시리즈처럼 얘기가 분화되어 리버스의 얘기도 따로, 강해의 얘기도 따로 쓰게 되었지만, 〈리나가 돌아왔다〉를 위해선 현명한 결정이었다고 생각합니다.

하지만 리나는 제 소설 주인공 중에서 가장 눈물을 많이 흘렸던 아이가 되어버렸네요. 글 쓸 때 저, 인상 많이 찌푸렸습니다. 표정과 감정 묘사할 때 그 표정을 따라 짓는 버릇이 생겨 버려서, 리나도 선욱도 강해도 모두 제 이맛살 늘리는 데 한몫을 해주었어요. 두 사람은 물론 이제 행복하겠지요. 강해 역시 자신만의 사랑을 찾아 여행 중입니다. 제 컴퓨터 안에서 흥미진진한 사랑을 엮어가는 중이니, 강해를 응원하셨던 많은 분들께 희소식이 되었으면 좋겠습니다.

실제 이름 모델이기도 하였던 Rivers, 선욱, 강해 씨(이름을 살짝 변형해서 본인께서는 모르실지도)께도 심심한 감사의 말씀 올립니다. 본인들께서는 다들 모르실 거예요. 어떤 식으로든 제게 영감을 불어넣어 주고 글 쓰고 싶다는 의욕을 주신 고마운 분들입니다. 연재글 읽어주시고 힘주신 많은 분들께도 감사드립니다. 계속 노력하여 더 나은 글을 선뵐 수 있도록 하겠습니다.

방향 못 잡고 엉망인 초고에 희망을 제시해 주신 편집부의 이종민 님, 한지윤 님, 청어람로맨스 팀 모두에게 감사의 인사를 드립니다. 끝으로 저의 가족과 동료 작가님들, 이 책을 읽어주신 모든 독자 여러분께 사랑한다는 말씀 올립니다. 행복하세요.

April 2008

베토벤의 템페스트를 들으며,

—홍윤정